Ana María Matute

Unbewohntes Paradies

Roman

Aus dem Spanischen
von Sabine Giersberg

| Hoffmann und Campe |

Die Originalausgabe erschien 2008 unter dem Titel *Paraíso Inhabitado*
bei Ediciones Destino, Barcelona.

1. Auflage 2010

www.hoca.de
Satz: atelier eilenberger, Leipzig
Gesetzt aus der Goudy Oldstyle
Druck und Bindung: Friedrich Pustet, Regensburg
Printed in Germany
ISBN 978-3-455-40280-3

HOFFMANN
UND CAMPE

Ein Unternehmen der
GANSKE VERLAGSGRUPPE

I

Als ich auf die Welt kam, liebten meine Eltern sich längst nicht mehr. Meine ältere Schwester Cristina war damals ein hochmütiges junges Ding. Sie brauchte mich nur anzusehen, und schon hatte ich das Gefühl, ich hätte sie auf unerfindliche Weise beleidigt. Ich bin nie dahintergekommen, was es damit auf sich hatte. Meine aknegeplagten Brüder, die Zwillinge Jerónimo und Fabián, lebten in ihrer eigenen Welt. Und so waren meine ersten Lebensjahre von Einsamkeit geprägt.

Eine meiner frühesten Erinnerungen reicht in jene Nacht zurück, in der das Einhorn flüchtete, das in der Reproduktion eines berühmten Wandteppichs gefangen war. Erstaunlich deutlich sah ich, wie es losgaloppierte und in einer Ecke des Rahmens verschwand; es tauchte aber sogleich wieder auf und kehrte an seinen Platz zurück: prächtig, schneeweiß, rätselhaft.

Ich hatte keine Ahnung, warum das Einhorn versucht hatte, aus dem Bild zu fliehen, die Frage beschäftigte mich lange Zeit, sie machte mir sogar ein wenig Angst. Ich war damals vielleicht gerade mal fünf, doch dieses Erlebnis nimmt unter den frühen Kindheitserinnerungen einen besonderen Platz ein. Manchmal haben Erinnerungen etwas mit scheinbar nutzlosen Dingen gemein, denen man sich auf unerklärliche Weise verbunden fühlt. Wir können uns nicht dazu durchringen, uns von ihnen zu trennen, und so stapeln sie sich in der Schublade, die wir fest verschlossen halten, als könnten wir auf etwas stoßen, das wir nicht sehen wollen oder vor dem wir uns vage fürchten.

In jenen Tagen damals, als ich das Einhorn flüchten sah, wurde mir nach und nach klar, dass ich zur falschen Zeit geboren war. Einen ersten konkreten Hinweis erhielt ich während der vielen Stunden, die ich unter dem Tisch im Bügelzimmer verbrachte und lauschte. Neben der Küche und dem ehemaligen Spielzimmer – das inzwischen ein Studierzimmer war, weil meine Brüder dort für die Schule lernten und in der Familie scheinbar niemand mehr spielte – gehörte das Bügelzimmer zu den Orten, an denen ich mich am liebsten aufhielt.

Es war das Reich der Menschen, die mir am nächsten standen: Tata María, das Kindermädchen, und Isabel, die Köchin. Unter dem Tisch versteckt, belauschte ich ihre Gespräche, die voller Geheimnisse schienen und unzählige Fragen weckten, wenn sie von der Welt und dem Leben im Allgemeinen handelten, aber erstaunlich klar waren, wenn es um meine Person ging. So erfuhr ich schon sehr früh, dass ich zu spät auf die Welt gekommen war, zu einem für die Familie denkbar ungelegenen Zeitpunkt.

»Die arme Kleine hat nicht so viel Glück gehabt wie ihre Geschwister«, murmelte Isabel, die immer sentimental wurde, wenn sie herumliegende Dinge einsammelte und verstaute. Tata María schaute dann nur zur Decke und murmelte hin und wieder etwas Unverständliches, während das Bügeleisen auf die Wäsche niedersauste.

Trotzdem waren meine ersten Lebensjahre nicht unglücklich. Ich würde sogar so weit gehen, zu behaupten, dass sie glücklicher waren als die anderer Kinder, die unter günstigeren Umständen das Licht der Welt erblickt hatten. Ich hatte mir eine eigene Welt geschaffen, umgeben von einem diffusen, manchmal außergewöhnlich warmen Nebel; und dieser Nebel spendete mir die Wärme, die mir, wenn ich den belauschten Worten Glauben schenkte, ansonsten versagt blieb. Doch das Versteck unter dem Tisch – ich hegte den Verdacht, die beiden Frauen ahnten längst, dass ich mich dort aufhielt – war nicht mein einziger Fluchtraum. Ich erinnere mich nicht mehr genau, wann es war, aber irgendwann hatte ich angefangen, mich nachts aus dem Bett zu schleichen und die Wohnung zu erkunden. Ich wähnte die anderen in seligem Schlummer. Und dem war gewiss auch so, oder sie waren gar nicht zu Hause, jedenfalls waren sie weit weg von mir. Nicht so die Wohnung. Die Wohnung erwachte in genau diesem Moment zum Leben.

Tata María und Isabel hatten mir oft Märchen vorgelesen oder erzählt. All die Geschichten aus den Büchern, die meine älteren Geschwister längst verschmähten und denen ich wie gebannt lauschte, bevor ich sie später selbst verschlang, haben mir die lehrreichsten und glücklichsten Stunden meiner frühen Kindheit beschert. Und es kam nicht selten vor, dass ich, wenn ich im Nachthemd barfuß durch die Wohnung schlich, einen Schwarm Schwanenprinzen auffliegen sah – genau elf an der Zahl – oder dass ich den Ruf einer vertrauten Schalmei vernahm, der durch die wehenden Vorhänge an meinem Fenster drang.

Cristina hatte mich anfangs widerwillig in ihrem Zimmer aufgenommen. Den Tränen nahe, hatte sie sich ausbedungen, nicht auch noch ihre Sachen mit mir teilen zu müssen (ich hatte ja nur Celso, den Bären). Meine Mutter sagte, Cristina habe recht, sie sei schon eine junge Dame, und der »Knirps«, also ich, wurde kurzerhand ausquartiert. Das neue Zimmer war viel kleiner als das, das ich vorher mit Cristina geteilt hatte, und es befand sich nicht im sogenannten »vornehmen« Teil der Wohnung, sondern in der Nähe der Küche und des Bügelzimmers, dort, wo ich in meinem Element war. Am Fenster hingen blaugelbe Vorhänge und grobe weiße Gardinen mit einer nahezu unsichtbaren Flicknaht an der Seite – das Werk von Tata María. Wenn die Gardinen aufgezogen waren, hatte man den gesamten Innenhof im Blick, der in meiner frühen Kindheit und in meinen Erinnerungen eine so große Bedeutung hatte. Nicht dass es sich um einen idyllischen Garten gehandelt hätte, es war einfach nur ein geräumiger Innenhof mit sechseckigen grauen Bodenplatten. Hinter dem Eingangsportal befand sich eine Tür, die nur zu diesem Innenhof und zu einer kleinen Garage führte, in der die wenigen Autos der Hausbewohner untergebracht waren. Auf einem goldenen Schild aus einer anderen Zeit war noch zu lesen: KUTSCHEINFAHRT.

Wenn ich aus dem Fenster blickte, konnte ich das Kommen und Gehen der Chauffeure beobachten. Einer von ihnen war Paco. Er sah aus wie ein Riese und trug immer hohe Stiefel, als wollte er sich im nächsten Moment aufs Pferd schwingen. Er war mein Freund, der erste Mensch, mit dem ich außerhalb der Familie je gesprochen hatte; er nannte mich seine Angebetete und warf mir Handküsse zu.

Mein anderer Freund war der Laternenanzünder. Ich habe nie ein Wort mit ihm gewechselt, aber ich beobachtete vom Balkon aus, wie er am Abend mit einem langen Stab flackernde bläuliche Flammen in den Laternenglocken entzündete. Er war klein, marineblau gekleidet und trug eine Kappe mit rotem Band; sein Gesicht habe ich nie gesehen, denn in der Stadt herrschte immer Herbst oder Winter, und zu später Stunde konnte man nicht deutlich erkennen, was sich jenseits der Balkone abspielte. Die Balkone befanden sich vor dem »Salon« – Tata María und Isabel ließen sich das Wort immer förmlich auf der Zunge zergehen –, in den ich mich nachtwandelnd flüchtete, umhüllt von meiner warmen Nebelglocke, durch die nur hindurchdrang, was ich sehen wollte. Dieses Gefühl ist für immer verloren, heute ist Nebel einfach nur Nebel: feucht, kalt und nahezu bar jeden Geheimnisses.

Doch damals war das anders.

Damals erwachte die Welt, wenn ich leise aus dem Bett huschte und vorsichtig in den langen Flur spähte, an dessen anderem Ende sich die Tür zu dem geheimnisvollsten Raum der Wohnung befand: dem Salon, dem die beiden Frauen, die damals so etwas wie meine Familie waren, solche Ehrfurcht entgegenbrachten und der für mich die Schwelle zu der Welt darstellte, in der ich wirklich lebte. Die Nacht war mein Ort, der Ort, den ich mir geschaffen oder der mich erschaffen hatte, der Ort, an dem ich wirklich zu Hause war. Nachts aufzuwachen und am Morgen einzuschlafen, dieses Gegen-den-Strich-Leben, erzeugte in mir ein leises Glücksgefühl, das mich vor unangenehmen Dingen schützte, auch davor, dass ich in eine Familie hineingeboren worden war, der sämtliche Träume und die Liebe seit langem abhandengekommen waren.

Doch zwischen mir und dem Salon mit dem gebohnerten Parkett und den dicken Teppichen, in die meine nackten Füße versanken (noch heute träume ich davon), lag der lange Flur. Manchmal stellte ich mir vor, der Flur wäre ein Fluss, durch den Schiffe aus Zeitungspapier segelten, die Tata María aus alten Ausgaben von *ABC* für mich gebastelt hatte, als ich noch sehr klein war. Und auf einem dieser Schiffe voller Ereignisse und Annoncen reiste ich, und indem ich den Zeigefinger auf die Lippen legte, gebot ich all den sichtbaren und unsichtbaren Wesen, die mich bei meiner heimlichen Überfahrt begleiteten oder beobachteten, zu schweigen. Es war nicht so stockfinster wie im Schlafzimmer. Hinter der Schwingtür begann die Nacht der erloschenen und aufflammenden Lichter; manchmal tauchte aus dem Nichts ein gelbes Viereck auf dem Boden auf und verschwand kurz darauf; und weiter hinten spiegelte sich der Mond im Kristall. Bis ich auf der anderen Seite der Schwingtür landete, so eine wie aus den Westernfilmen, nur aus Glas. Dann begann meine Nacht, mit dem Salon und den Laternen, die mein Freund, der Laternenanzünder, jeden Abend entzündete, und deren Flammen den Gardinen einen leicht bläulichen Schimmer verliehen.

Der Salon war vielleicht der bedeutendste Raum der Wohnung. Ich verließ das Schiff und betrachtete ihn mit klopfendem Herzen, voller Furcht, diesen seltsamen Riesen zu begegnen, die mir so viel Angst einflößten – zu meinem Leidwesen zählten auch meine Eltern dazu – und mich in das gefürchtete Reich des Lichts zurückbringen würden. Doch die den Riesen eigene Gleichgültigkeit begünstigte den Erfolg der nächtlichen Ausflüge. Wenn sie mir den Zutritt zu ihrem Leben verwehrten, bekämen sie auch keinen zu meinem, und meines war so unermesslich viel reicher. Jedenfalls kam es mir damals so vor. (Und das würde ich auch heute noch unterschreiben, da ich kurz davor bin, allem Lebewohl zu sagen, was mich umgibt und umgab. Ich kann es mir nicht erlauben, die Unwahrheit zu sagen, denn ich hole Erinnerungen zurück, Überreste eines Papierschiffes, das tief unten in einer Schublade liegt, die zu öffnen ich bislang nie den Mut hatte.)

Meistens versteckte ich mich unter einem Sofa mit hohen gedrechselten Füßen, wunderschön und unbequem – wie fast alles Schöne. Es ging mir nicht ums Spionieren, es war mehr eine Zuflucht.

Der Salon kam mir riesengroß vor, wie auch die Möbel und alles andere darin. Manchmal nahmen die Gegenstände die Form von Tieren oder Bergen an oder sogar Wasserfällen, die geräuschlos auf das Muster des Teppichs stürzten. Es hing stets ein besonderer Geruch in der Luft, den es nirgends sonst in der Wohnung gab. Ich nenne ihn den »Salongeruch«, eine Mischung aus Bohnerwachs und Mahagoniholz und all den Gerüchen, die sich in den Teppichen angesammelt hatten und durch die Wärme der Heizöfen wieder ausströmten. An der Decke hingen zwei große Leuchter wie Baumkronen, aus deren Ästen anstelle von Blättern Kristalle sprossen. In ihnen flimmerten Sternchen, als hätten sie ein Eigenleben, als bestünden sie aus dem Licht, das von unten, von der Straße, kam, wo die bläulichen Flammen in den Laternenglocken flackerten.

Tata María und Isabel sprachen mit einem fast ehrerbietigen Respekt von diesen Kronleuchtern, die sie zu meiner Verwirrung »Lüster« nannten. Ich fragte mich, ob das ein Tier sei, eine Spinne vielleicht. Mir war nur einmal eine lebende Spinne begegnet, sie war in der Speisekammer neben der Küche herumgekrabbelt und hatte einen hysterischen Aufruhr ausgelöst. Die sonst immer so ruhige und zurückhaltende Tata María war zu meinem Erstaunen auf einen Stuhl gesprungen und hatte die Hand auf den Mund gepresst, um die Schreie zu unterdrücken, bis Isabel die Spinne mit einem treffsicheren Schlag tötete. Ich hatte Mitleid mit dem kleinen, schwarzen, behaarten Tier, auf das ich neugierig geworden war. Isabel sammelte die Überreste mit einem Papier auf und warf sie in den Müll. Vorkommnisse wie diese sorgten dafür, dass ich mich immer mehr von der Welt der Erwachsenen entfernte. Für mich waren es ferne, unberechenbare und manchmal lächerliche Riesen.

Ich weiß nicht, ob die Kristallblätter in den Kronen der Leuchter tatsächlich ein Eigenleben hatten, doch manchmal schien es mir, als hörte ich zwischen den Ästen ein leises, geheimnisvolles Klimpern; und das sich von Blatt zu Blatt fortsetzende Funkeln war für mich wie ein Zwiegespräch in einer eigenen Sprache, die ich nicht kannte, aber bald erlernen würde. Außerdem gab es im Salon eine goldene Uhr mit einem Zifferblatt aus weißem Porzellan mit blauen Motiven, umsäumt von falschen Brillanten; dieses Zifferblatt hatte es mir besonders angetan, es kam mir vor wie einer dieser unermesslichen Schätze aus den Märchen, die meine Phantasie beflügelten. Hinter den Gardinen und Vorhängen war die Straße ganz nah, denn wir wohnten in einem Hochparterregeschoss. Ich schwebte über den Teppich zu einem der beiden Balkone, zog die Gardinen auf und blickte hinaus in die Welt der Laternen und des Anzünders. Auf der anderen Straßenseite befand sich die rote Ziegelmauer der Klostergärten von La Milagrosa, die Kirche, in die mich Tata María jeden Sonntag zur Messe mitnahm. Baumkronen ragten über die Mauer hinaus, und wenn sie sich im Wind wiegten, hörte es sich an wie eine Stimme, die jemandem irgendwo, vielleicht in vergangener, ferner Zeit, etwas zuraunte. Damals lief mir immer ein Schauer über den Rücken, ob aus Furcht oder Wonne, vermag ich nicht zu sagen, vor allem wenn der Mond schien, wie in der Nacht, als ich das Einhorn hatte davonlaufen sehen. Aus den Märchen von Andersen, dem treuen Gefährten meiner ersten Lebensjahre, wusste ich, dass Blumen ihre eigene Sprache haben und in der Nacht wie Königinnen tanzen, bevor sie dahinwelken und im Müll landen. Und es gab eine Geheimsprache, zu der ich den Schlüssel hatte. Als Eduarda einmal zu Besuch kam – eigentlich Tante Eduarda, aber sie mochte es nicht, wenn man sie Tante nannte –, sagte meine Mutter besorgt: »Die Kleine spricht nicht … Man muss ihr die Worte wie Würmer aus der Nase ziehen«, und Eduarda erwiderte: »Umso besser für sie.« Und dann hatte sie mich mit ihren großen blauen Augen angesehen, die denen des Einhorns glichen, und hinzugefügt: »Wahrscheinlich spricht sie einfach nur eine andere Sprache.«

Und so segelte ich in dem Wissen, dass welke Blumen nachts auferstehen können und dass auch Tassen, Gabeln, Nähnadeln und Pfannen ihre Geschichten erzählen, auf meinem Zeitungspapierschiffchen in die Grotte unter dem hohen, unbequemen Sofa, wo all die Wesen, die so taten, als bemerkten sie mich nicht, mich aber liebten, mir erlaubten, sie zu sehen, zu hören und zu riechen. Oder zumindest wollte ich das glauben. Einige Zeit zuvor hatten zwei Statuen, die eine weiß, die andere schwarz, angefangen, mir Zeichen zu geben. Manchmal hatten sie die Hand gehoben und mir zugewinkt, andere Male gelächelt. Merkwürdigerweise lächelte die dunkle Statue, deren Gesicht ich kaum erkennen konnte, öfter. Und vor allem war da ein leiser, geheimer Wind, der mit mir über den Teppich Richtung Balkon strömte; im Herbst hörte ich sogar unter den Hufen des Einhorns die abgefallenen Blätter rascheln. Ich war noch nie in einem Wald gewesen, aber ich ahnte bereits, wie es dort sein würde, was sich Jahre später auch bestätigte; da konnte ich schon lesen, und ich lauschte nicht mehr den Geschichten aus dem Mund von Tata María und Isabel, sondern ich konnte sie selbst aus den Büchern hieven, die in meinem Leben so eine große Bedeutung hatten.

Unter dem Sofa oder unter einem anderen Möbelstück

sitzend, nahm ich Echos, Gemurmel und Lichtfunken wahr, die miteinander kommunizierten. Ja, Eduarda hatte recht, es gab eine andere Sprache, und es war meine.

Aber manchmal, wenn ich im Salon die Stimmen der Riesen vernahm, kehrte ich im Flur Hals über Kopf um; dann strahlten die Kronleuchter, und die Vorhänge waren zugezogen, man hörte Gläser klimpern und merkwürdiges, ersticktes Gelächter, das in meinen Ohren wie ein kehliges Glucksen klang. Es wird mir erst jetzt, in der Erinnerung, klar. Ich wusste damals nicht, was Lachen ist, auch meine Brüder Jerónimo und Fabián lachten so gut wie nie. Nicht einmal wenn sie aus der Schule kamen und im Studierzimmer die Ranzen auf dem Tisch ausleerten. Sie waren mürrisch, fühlten sich unwohl in ihrer Haut, gefangen in diesem Niemandsland, das man Pubertät nennt. Sie vertieften sich in ihre Bücher, schlugen Hefte auf und zu, drehten Bleistifte zwischen den Fingern, wechselten hin und wieder ein paar Sätze. Manchmal standen sie auf und lieferten sich ein Scheingefecht, bei dem es weder Sieger noch Verlierer gab, und kehrten wieder zu den Hausaufgaben zurück. Zumindest kam es mir so vor, wenn ich sie inmitten von Stiften, Heften, Radiergummis und dem stumpfen Spitzer sitzen sah. Aber lachen habe ich sie eigentlich nie hören. Cristina, die sich in ihrem Zimmer verschanzt hatte, stand über allem. Sie lächelte nur.

Wenn ich also Gelächter im Salon hörte und keine geheimnisvollen Lichtflecken und Schatten an der Decke oder den Wänden lautlos in ihrer Geheimsprache miteinander kommunizierten, wendete ich mein Papierschiff mit den Werbeanzeigen für Hustensirup, Lebertran und Pillen zur Brustvergrößerung und steuerte die Küche an. Im Hausmädchentrakt schliefen die Bewohner längst, und manchmal drang sogar das eine oder andere Schnarchen durch die Tür. Dort befand sich ein anderer Teil meiner Welt. Andersen hatte mich gelehrt, dass Tassen, Teekannen, Gabeln und sogar Pfannen ein eigenes Nachtleben führen. Ich warf einen Blick in den Wandschrank und glaubte, die heisere, jammernde Stimme der alten Teekanne zu hören, die von einem kaum sichtbaren Riss durchzogen war, der ankündigte, dass sie bald zu Bruch gehen würde. Ich hörte die Klagen der Teelöffel und Gabeln, die man wahllos in die bunte Küchenschublade gesteckt hatte, in der alle Einzelteile landeten, all die ramponierten Soldaten einer verlorenen Schlacht gegen die Zeit, die aus dem Esszimmer der Riesen ausgemustert worden waren. Sie schienen untröstlich, weil man sie von einem Kameraden oder Freund getrennt hatte, mit dem sie sich untrennbar verbunden glaubten, und ich hörte ihre Klage. Ich erinnere mich sehr gut an einen Teelöffel, den man zum Abtrocknen in eine Tasse gestellt hatte, über den glitzernd eine Träne kullerte, so langsam, dass man glaubte, sie würde niemals hinabfallen. In den Sommernächten erwachte die Zikade in ihrem winzigen Käfig neben den Überresten eines Salatblatts, das Isabel liebevoll für sie hineingelegt hatte. Und auf der Fensterbank stand das Glas mit seinem Bund Petersilie, grün und frohlockend. Manchmal drang aus dem Innenhof der Küche ein Geräusch an mein Ohr. Oder ein Fenster gegenüber erstrahlte in gelbem Licht. Ein Hahn tropfte. Dann kehrte die Stille der Nacht zurück in all ihrem Glanz, der – zumindest für mich damals – all die vielen verborgenen Welten in unserer Wohnung und vielleicht auch all die anderen enthüllte.

Und so war es dazu gekommen, dass ich eines Nachts das Einhorn hatte fliehen sehen. Es war ein flüchtiger Eindruck wie das Funkeln der Kristalle, und schon war es in einer Ecke des Bildes verschwunden, begleitet von einem leisen Rascheln von Laub und dem Geruch gefallener Blätter. Kurz darauf kehrte es zahm unter die Hände der blonden zarten Frau zurück, die es, wie mir schien, liebevoll und zugleich verblüfft oder amüsiert betrachtete.

Jene Nacht ist mir sehr präsent, denn am nächsten Morgen sah ich mich zum ersten Mal Auge in Auge mit der Welt der Riesen konfrontiert. Es war mein erster Schultag am Saint Maur.

Auf die Saint Maur Schule am Paseo del Cisne war auch Cristina gegangen. Das war das Erste, was ich hörte, kaum dass ich die Stufen hinaufgegangen war. Tata María wischte mit dem Schürzenzipfel eine Träne von meiner Wange und sagte, ich solle artig sein und tun, was man mir sagt, und wenn mir etwas Schlimmes widerführe, sollte ich *Jesus, mein Leben* aufsagen, aber dazu würde es nicht kommen, denn die Lehrerinnen dort seien sehr gute und sehr heilige Frauen, ich würde schon sehen, wie schön es dort wäre. Aber als man uns trennte und Schwester Monique mich an der Hand wegführte, drehte ich mich noch einmal um, und da sah ich, wie sie sich mit dem Schürzenzipfel über die Augen fuhr, und ihr Mund war zusammengepresst wie die Socken, die sie immer in ihrer Tasche zum Stopfen mitnahm, wenn wir in den Park gingen, der damals Los Jardines del Museo hieß. Früher gab es dort in der Tat ein Museum mit einem riesigen Skelett namens Mammut, das ich, warum auch immer, mit dem Wort Mama assoziierte.

Als ich allein in der Klasse der I-Dötzchen an meinem Zweierpult saß – eine Kameradin hatte ich noch nicht –, beugte sich Madame Saint Genis freundlich zu mir herunter und sagte in einem undefinierbaren Hauch von Weihrauch, Kerzen und Milchkaffee, Cristina, die große Cristina, die mich aus ihrem Zimmer geworfen und nur vorwurfsvolle Blicke für mich hatte, sei eine Musterschülerin gewesen, tadellos, fromm, fleißig und sanftmütig. Man erwarte von mir, dass ich mich ebenso verhielte und meiner Familie keine Schande machte, meine Familie würde an der Schule sehr geschätzt. Zu dem Zeitpunkt war ich fünf.

Jerónimo und Fabián beschäftigten sich wenig mit mir, aber sie brachten mir ein gewisses Wohlwollen, vielleicht sogar Herzlichkeit entgegen, die ich als kleines Kind nicht schätzen konnte. Als sie wieder einmal ihre Ranzen auf dem Tisch ausleerten, hatte ich gefragt: »Wie ist die Schule denn so?« Sie sahen sich an, und Jerónimo sagte: »Wie das Militär.« Und Fabián fügte hinzu: »Du bist Teil eines Bataillons, und es gibt Hauptmänner, Feldwebel und Generäle.« Jerónimo beugte sich zu mir herab und strich mir zum ersten Mal über den Kopf.

Ich hatte ihre Worte nicht vergessen, und wenig später lernte ich meinen Hauptmann kennen. Diese Frauen, von denen Tata María gesagt hatte, sie seien gut und heilig. Und dass alles gut gehen würde.

2

Doch es ging nicht alles gut. Es begann ein harter Kampf, in dem ich mein Revier, meine nächtliche Welt, verteidigen musste. Vorher hatte ich mich einfach nur verstecken, die Augen offen halten und auf leisen Sohlen über den Flur bis zu der Tür huschen müssen, die den ungebohnerten Boden von dem gebohnerten Parkett trennte. Jetzt musste ich ständig auf der Hut sein, denn es trafen beunruhigende Briefe aus der Schule ein, die meine Mutter mit gerunzelter Stirn las. Meine Mutter hatte mich schon öfter in ihr Zimmer zitiert. Es gab dort einen Frisiertisch mit Spiegeln und vielen Flakons; auch sie funkelten, aber es waren reine Lichtreflexe, keine Botschaften, keine Worte aus Licht und auch keine zarten, aufblitzenden, winzigen Sterne wie nachts im Salon unter dem Sofa.

Meine Mutter hielt ein Blatt Papier in der Hand und hatte die Brille auf der Nase, mit der sie noch strenger wirkte.

»Ich habe dich gerufen, weil sie mir schreiben, dass dein Benehmen zu wünschen übrig lässt. Gleich am ersten Tag bist du während der Messe eingeschlafen, und außerdem hast du geweint. Dabei war ich immer so stolz darauf, dass du keine Heulsuse bist. Außerdem hast du dich geweigert zu essen und dich unter dem Pult versteckt. Sie sind zwar überrascht, dass du in deinem Alter schon das Alphabet kennst und so leicht lesen gelernt hast, aber andererseits sagen sie, du seiest völlig undiszipliniert und in den Pausen wolltest du nicht mit den anderen Kindern spielen. Kein Wort könne man dir entlocken … außer wenn es ums Vorlesen geht. Hast du mir etwas dazu zu sagen?«

Ich hatte nichts dazu zu sagen, weder dazu noch zu sonst irgendetwas, das mit den Riesen zu tun hatte. Vielleicht hätte ich anführen können, dass es mir nur darum ging, ihnen zu entkommen oder zumindest unbemerkt zu bleiben. Doch in der Kompanie des Hauptmanns, bei dem ich gelandet war, unbemerkt zu bleiben, war nahezu unmöglich. Also sagte ich nichts und wandte den Blick ab, zum großen Ärger meiner Mutter.

»Ich spreche mit dir, Adriana«, sagte sie langsam. Gewöhnlich wurde ich Adri gerufen, und nicht Adriana. Mir schwante nichts Gutes, und so flüsterte ich leise: »Nichts.«

Denn ich konnte nicht über die Kälte sprechen, die mein Kinderherz befallen hatte, als mein Hauptmann mich am ersten Tag mit den Worten empfing: »Eigentlich bist du noch zu klein für die erste Klasse, aber weil du Cristinas Schwester bist, werden wir Geduld mit dir haben.« Madame Colette war von hünenhafter Gestalt, sie hatte mir ihre großen knochigen Finger in die Schulterblätter gestoßen und mich zu meinem Platz geschoben. Dann hatte sie mich von oben herab angesehen. Die blassgrauen Augen mit den schwarzen stecknadelkopfgroßen Pupillen und den Mund mit den schmalen, immer trockenen Lippen, die sie vergeblich mit der Zunge zu befeuchten versuchte, werde ich nie vergessen.

»Du hast keinerlei Ähnlichkeit mit Cristina … du kommst bestimmt nach deinem Vater, nicht wahr?«

Ich hatte keine Ahnung, nach wem ich kam. Offen gesagt, weiß ich das bis heute nicht – sofern ich überhaupt nach jemandem komme. Also schwieg ich, wie üblich.

Als Hauptmann war Madame Colette alles andere als liebenswürdig, und es haperte auch an vielem anderen, denn sie zeigte nicht einmal Mut. Am zweiten oder dritten Tag als Mitglied in ihrer Kompanie tauchte eine winzige Maus unter der Tür auf, hinter der sich ein merkwürdiger Raum, halb Wandschrank, halb Abstellkammer, befand. Madame Colette entfuhr ein gellender Schrei, in Windeseile raffte sie ihren Rock hoch und kletterte auf den Tisch, auf dem sie leichenblass und verstört ausharrte, bis andere Schwestern angerannt kamen und die arme, ängstlich im Kreis herumlaufende Maus mit dem Besen erschlugen. Noch heute zieht sich mir das Herz zusammen; die Maus war so winzig, zart und zerbrechlich. Es war, als wiederholte sich die Szene mit der Spinne. Ich glaube, seit diesem Moment hasste ich den falschen Hauptmann. Madame Colette war feige, böse und dumm, drei Eigenschaften, die für Beau Geste völlig inakzeptabel waren, von dem ich später in den Büchern meiner Brüder gelesen habe. Es war die Zeit der hehren Ideale, der Sterne im Salon, der von Laternenflammen an die Wand gezauberten Worte. Diese Flamme, die mein Freund, der Laternenanzünder, entzündet hatte und die wie ein Buchstabe, ein Zeichen oder ein Abschied für immer war.

Als ich an jenem Nachmittag nach Hause kam, glaubte ich, das Recht zu haben, mich mit meinem ABC und meinem Schreibheft zu Jerónimo und Fabián an den Tisch im Studierzimmer zu setzen. Die beiden sahen mich mit einer Mischung aus Erstaunen und Zärtlichkeit an – damals waren sie und die Hausmädchen die Einzigen, die mir ein solches Gefühl entgegenbrachten –, und ich sagte: »Mein Hauptmann ist gar kein echter Hauptmann, sondern ein Feigling!«

Sie blickten sich an, und Fabián fragte, wie ich darauf käme, worauf ich ihnen die Geschichte mit der Maus erzählte. Jerónimo setzte mich auf seine Knie und sagte, sie sei kein

Hauptmann, und außerdem befehlige sie keine Kompanie, sondern ein Hinrichtungskommando. Sie brachen in schallendes Gelächter aus, und ich war völlig verblüfft. Jerónimo strich mir über den Kopf. »Keine Sorge, wir werden dich verteidigen, denn wir sind echte Hauptmänner.«

Doch weil sie so laut lachten, glaubte ich ihnen nicht.

(Viele Jahre später starben sie beide in einem Schützengraben an der Front, in dem festen Glauben, sie würden gegen Feigheit, Dummheit und Boshaftigkeit kämpfen, wie der Beau Geste ihrer Kindheit. Der Held, der nie existiert hatte.)

Mir wurde bewusst, dass ich keine Ahnung davon hatte, was es hieß, traurig zu sein, denn von da an war ich es. All die hoffnungsvollen, aufregenden Vorstellungen, die ich mir von der unbekannten Schulwelt gemacht hatte, fielen nach und nach in sich zusammen. Bald war jede Illusion dahin, sogar der Paseo del Cisne, der sogenannte Schwanenweg, an dem die Schule lag, entpuppte sich als Schwindel – es gab weit und breit keinen Schwan –, und die berühmte Heereswelt, all das, was aus dem Mund meiner Brüder so faszinierend geklungen hatte, weil es fremd war, löste sich in Nichts auf. Ich degradierte sie alle – Hauptmänner, Feldwebel, sogar die Gefreiten – zu einfachen Soldaten. Am Ende des ersten Schuljahres gab es kein Heer mehr, nur noch Frauen in schwarzen Kleidern mit langen, vor Jahrhunderten erfundenen Schleppen, die sie, den Erfordernissen der Zeit angepasst, mit einer riesigen Sicherheitsnadel auf Hüfthöhe hochrafften und nur bei besonderen Festlichkeiten herunterließen. Wenn sie dann in einer Reihe durch den Garten zur Kapelle schritten, war es, als zögen dunkle Schiffe aufs Meer hinaus.

Nicht nur Beau Geste war verschwunden, auch die Worte meiner Mutter, die noch in meinen Ohren hallten, waren auf einmal leer wie auf dem Kopf stehende Gläser: »Du wirst sehen, die Schule wird dir gefallen, du hörst doch gern zu, dort wirst du wunderbare Dinge erfahren, die aus dir ein so gutes Mädchen machen wie Cristina, und wir werden alle stolz auf dich sein.« Aus ihrem Ton schloss ich, dass damals wohl niemand stolz auf mich war. Dass ich wie Cristina werden sollte, überraschte mich. Von den großen Tugenden meiner älteren Schwester hatte ich bislang nichts mitbekommen, ich kannte sie ja kaum. Es war also meine Bestimmung, wie Cristina zu sein. Doch die Prophezeiungen meiner Mutter erfüllten sich nicht.

Nicht nur, dass ich Cristina nicht nacheiferte, ich war offensichtlich das krasse Gegenteil von ihr. Niemand würde je stolz auf mich sein. Aber das focht mich nicht an, genauso wenig wie die Mehrzahl der Worte, die ich hörte, oder besser gesagt überhörte, damit ich in die vertraute Welt meiner eigenen Sprache, wie Eduarda es genannt hatte, zurückkehren konnte. Mit leiser Wehmut dachte ich an sie. Warum sahen wir uns nicht öfter? Sie war die ältere Schwester meiner Mutter, und sie lebte weit weg, im Norden, »in den Ruinen einer halb verfallenen Burg, die sie als Haus bezeichnet«, wie Mama halb im Scherz, halb im Ernst sagte. Bald nahm die Burgruine in meiner Phantasie Gestalt an. Eduarda behauptete, dass meine Mutter und sie, die ganze Familie, zum normannischen Zweig gehörten. Ich fragte die Zwillinge, was es mit diesem normannischen Zweig auf sich hatte, und Fabián erklärte mir, mütterlicherseits wären wir normannischer Herkunft, wenngleich nur sehr, sehr weitläufig. »Und was heißt das?« »Nun, sie stammen aus der Normandie, aus dem Norden Frankreichs, daher auch der Name.« »Und wer waren die Normannen?« Fabián maulte, ich solle ihn in Ruhe lassen, das würde er mir ein anderes Mal erklären, er habe zu lernen. Wusste er es nicht oder wollte er es nur nicht sagen? Ich mutmaßte, dass dieses Wort ein großes Geheimnis barg. Wieder eines dieser Rätsel, bei denen ich in der Schule und zu Hause auf später vertröstet wurde: »Wenn du groß bist, wirst du das verstehen« – das klang fast wie eine Drohung. Vielleicht, wenn ich wie Cristina würde. Deshalb war Cristina so distanziert, so weit weg. Ganz anders Eduarda. Sie war der offenste und geradlinigste Mensch, der mir je begegnet war. Sie sah mich mit ihren großen blauen Augen direkt an, senkte nicht die Stimme, um Dinge anzudeuten – wie ich es gewohnt war –; sie fand immer klare Worte, da war kein Schleier, den ich erst mal lüften musste, wie bei meiner Mutter, bis ich es am Ende leid hatte oder völlig durcheinander war.

Meinen Vater bekam ich nur selten zu Gesicht. Ich wusste, dass er als Rechtsanwalt arbeitete. Vage konnte ich mich noch erinnern, dass er mich, als ich noch sehr klein war, einmal auf den Arm genommen und mir einen Kuss gegeben hatte. Ungefähr ein Jahr nach meiner Einschulung trennten sich meine Eltern. Sich trennen hieß in diesem Fall, mein Vater zog aus dem ehelichen Schlafzimmer aus und bewohnte fortan ein eigenes kleines Zimmer in einem anderen Trakt der Wohnung. Später erfuhr ich, dass man nicht mit schlechtem Beispiel vorangehen und als entzweite Familie dastehen wollte. Als ich das zum ersten Mal aus dem Mund meiner Mutter hörte, erschien mir das widersinnig, aber wie üblich behielt ich meine Meinung für mich. Ich wurde ohnehin nie gefragt, zum Beispiel ob ich Hunger habe oder was ich anziehen wolle oder was ich am Wochenende gern unternehmen würde. Ich hatte keine Wahl, ich wurde einfach mitgenommen. Bevor ich eingeschult wurde, war Tata María immer mit mir in den Park gegangen. Hin und wieder auch mal nachmittags ins Kino, in Shirley-Temple-Filme. Einmal war mein Vater kurz vor Weihnachten mit den Zwillingen und mir ins

Theater gegangen, in *Der Nussknacker*. Ich habe noch fast einen Monat lang jede Nacht davon geträumt. Das Mädchen, das die Hauptrolle spielte, hatte eine gewisse Ähnlichkeit mit mir, und ich stellte mir vor, dass wir Freundinnen sein könnten. Ich besuchte nie andere Mädchen zu Hause, wie meine Schulkameradinnen es taten. Ich hatte keine Freundin.

Die Welt der Mädchen blieb mir vom ersten Tag an verschlossen. Es war noch nicht die Feindseligkeit, die mir später entgegenschlug, doch fast vom ersten Tag an verspürte ich eine offenkundige Abneigung gegen meine Person, die sich nach und nach verstärkte. Mit der Zeit verwandelten sie sich alle in kleine Cristinas. Sie begegneten mir mit einer Mischung aus Verachtung und Misstrauen, und das presste mir das Herz zusammen und machte mich unsicher. Später war ich ständig beißendem Spott ausgesetzt. Ich war eine Außenseiterin und zudem ausgesprochen tadelnswert. Immer wieder hörte ich aus dem Mund der Mesdames ein Wort, das stetig deutlicher Gestalt annahm: BÖSE. Ich war böse. Und auch meine Mutter übernahm es; sie schaute gen Himmel und machte deutlich, wie sehr ich ihre Geduld strapazierte.

Und all die Schlechtigkeit, die in mir steckte, trat zutage, als die erste Kommunion näher rückte.

Man bereitete uns sorgfältig auf diesen großen Tag vor, der, wie es in der Schule, zu Hause, selbst im Bügelzimmer und in der Küche hieß – wohin ich zu meinem Leidwesen immer seltener kam – der glücklichste meines Lebens werden würde.

In unserer Klasse waren wir zehn Kommunionsschülerinnen. Jeden Nachmittag erließ man uns eine Unterrichtsstunde, und stattdessen versammelten wir uns in einem Raum um Pater Torres. Pater Torres war ein kleiner Mann mit einer rosigen Glatze, die gegen Abend glänzte. Es sah aus, als würde er ständig auf Nüssen herumkauen, dabei hatte er gar nichts im Mund. Mit seiner sanften Stimme sprach er zu uns von der Hölle mit all ihren Qualen und dem Himmel in all seiner Herrlichkeit. Und vom Teufel. Vor allem vom Teufel, der einst ein wunderschöner Engel gewesen war, sich aber gegen Gott aufgelehnt hatte und deshalb jetzt der Teufel war. Weil ich mir immer merkte, was er erzählte, denn in gewisser Weise ähnelten seine Geschichten den heiß geliebten Märchen – für mich das Beste, was die Schule bis dahin zu bieten hatte –, ging mir ein Satz nicht aus dem Kopf: dass, bevor es den Teufel gab, das Böse nicht existiert habe, denn Gott sei das reine Gute. Ich hatte das Gefühl, mich auf unsicherem Terrain zu bewegen, als wäre unter den friedlichen Gefilden seiner Worte ein großer Sumpf verborgen, und ich fragte ihn ganz unschuldig, wie es denn sein könne, dass jemand den Engel Luzifer – wie der Teufel vorher hieß – in Versuchung führen konnte, wenn es das Böse doch noch gar nicht gab. Im Raum herrschte Totenstille. Alle Mädchen drehten die Köpfe zu mir, als erwarteten sie eine Antwort, aber ich hatte keine Antwort darauf, ich hatte lediglich eine Frage gestellt. Die rosige Glatze von Pater Torres wurde feuerrot, und mit einer Handbewegung bedeutete er mir, ich solle mich hinsetzen und den Mund halten. Am Ende der »Vorbereitung«, wie der Unterricht genannt wurde, befahl er mir, sitzen zu bleiben, während die anderen Mädchen tuschelnd und leise kichernd an mir vorbei den Raum verließen. Daran hatte ich mich schon gewöhnt. Das war immer so, wenn ich den Mund aufmachte, ob während des Unterrichts oder außerhalb. In den Pausen hielt ich mich abseits, stand unter den Maulbeerbäumen und beobachtete die langen Prozessionen grauer Raupen, eine hinter der anderen, die irgendwohin zogen. Wie Raupen – so kamen mir die Mädchen und die Nonnen damals vor, ich selbst eingeschlossen.

Als wir allein waren, zitierte Pater Torres mich mit dem Zeigefinger zu sich. »Komm nur her, du wirst schon sehen«, schien der stechende Blick der schwarzen, allzu eng beieinander stehenden Augen zu besagen. Und ich bekam eine solche Angst, dass ich, anstatt zu gehorchen, auf dem Absatz kehrtmachte und davonlief. Auf dem Flur hatten meine Klassenkameradinnen sich bereits in einer Reihe aufgestellt. Es war die ersehnte Stunde des Schulschlusses, zu der ich anfangs ruhig und beinahe fröhlich oder zumindest erleichtert – jetzt war ich so gut wie nie mehr fröhlich – die Treppe hinunter gegangen war, denn ich wusste, sobald Schwester Monique meinen Namen sagte, würde ich durch das große Tor in den Garten hinaustreten, wo Tata María, die Vesper in der Tasche, mit ihrer großen, warmen, rauen Hand auf mich wartete, dieser Höhle, in der meine kalte, ängstliche Kinderhand Zuflucht suchte. An dem Tag wartete ich nicht, bis ich von Schwester Monique aufgerufen wurde; einer Windböe gleich, stürmte ich davon, ließ Flur und Türen hinter mir, und draußen im Garten stand wie ein Fels mein gutes altes Kindermädchen; so groß und so schön war sie mir noch nie vorgekommen. Ich stürzte auf sie zu, schlang die Arme um ihre Hüften, tauchte mit dem Gesicht in die plissierte Schürze ein, die nach warmem Toast duftete, nach der Hand, die mit dem Schürzenzipfel eine verschämte Träne trocknete, und sog die träge Stimme auf, die zum tausendsten Mal die Geschichte der Missgeschicke und Freuden eines Zinnsoldaten vorlas.

Ab dem Tag war ich BÖSE. Nicht für alle. Für Tata María, Isabel und die Zwillinge war ich einfach nur sonderbar. Und für Eduarda war ich, wie ich wenig später feststellen durfte, schlicht Adri, ohne jeden Zusatz.

Doch vor ihrem Besuch geschahen noch andere Dinge. Als Erstes bekam meine Mutter einen wichtigen Anruf. Damals war der wichtigste Mensch, den ich kannte, Madame Saint Simon, die Oberin und Schuldirektorin. Diesmal berichtete meine Mutter mir nicht, was man ihr mitgeteilt hatte. Sie behauptete nur, ich sei böse und sie würde mich künftig an die Kandare nehmen.

Darauf flüchtete ich mich in das Bügelzimmer, so wie ich es immer gemacht hatte. Es war ein Samstagnachmittag, es roch nach frischgewaschener Wäsche, nach heißem Bügeleisen und Getuschel. Tata María und Isabel sahen mich schweigend an. Ich setzte mich vorsichtig auf einen Korb mit ungebügelten Laken und lächelte sie auf der Suche nach ein wenig Liebe an. Doch auch ihre Zuneigung war deutlich verhaltener, wenn auch nicht ganz verschwunden.

»Steh auf, die sind noch feucht«, sagte Tata María und reichte mir einen Schemel. Unter den Tisch konnte ich mich nicht mehr verkriechen, obwohl ich für meine sieben Jahre sehr klein war.

Zwei Tage später durfte ich wieder am Kommunionsunterricht teilnehmen. Offenbar hatte man mir den Fehltritt verziehen, den ich zwar nicht benennen konnte, aber augenscheinlich begangen hatte. Da schwor ich mir, dass ich nie wieder jemanden etwas fragen würde, ich würde versuchen, alles, was meine Neugier weckte, auf eigene Faust zu ergründen. Cristinas engelsgleicher Schatten schwebte über mir. Und so schloss ich mich wieder den kleinen Raupen an, die dicht an dicht, langsam und geheimnisvoll unter den großen Maulbeerbäumen ihres Weges zogen. Ich wusste überhaupt nichts mehr.

Es war noch zwei Wochen hin bis zu dem großen Tag. Da kam Eduarda zu Besuch.

3

Weil ich so klein und unscheinbar war, glaubte ich manchmal, ich gehörte zur Familie meiner geliebten Gnome, für die ich in einer leeren Dominosteinschachtel hin und wieder ein Mahl aus Brotkrumen und Schokolade unter dem Heizofen bereitstellte. Vorzugsweise natürlich im Salon, wo ich mich bei meinen nächtlichen Streifzügen unter irgendeinem Möbel oder hinter einer Lehne versteckte. Meine kleine Statur und meine Fähigkeit zu schweigen – das Schweigen zählt bis heute zu meinen engsten Freunden – machten aus mir eine Art Schwamm, der alles aufsaugte, was er hörte und manchmal auch was er sah.

Als Eduarda kam, dachte ich mir, ein Gespräch zwischen ihr und meiner Mutter würde bestimmt Licht in manch unverständliche Dinge in meinem Leben bringen. Also schlich ich auf leisen Sohlen und nahezu unsichtbar wie immer in Mamas Gemach. Es handelte sich um einen kleinen, an ihr Schlafzimmer angrenzenden Raum, wo ich sie schon des Öfteren auf dem Diwan sitzen und zu Musik aus dem Grammophon hatte rauchen sehen. Sie rauchte Zigaretten mit goldenem Mundstück namens ABDULLA. Später fächelte sie mit den Händen in der Luft herum, als wollte sie Schmetterlinge aus Rauch verscheuchen, toupierte die Haare, verteilte einen Hauch Puder auf der Nase, ein wenig Glanz auf den Lippen, zuletzt noch etwas dunklen Lidschatten, und dann begab sie sich in den Salon, wo sie von ihren Freundinnen oder Gästen erwartet wurde. Mir kam sie wie ein Krieger vor, der gut gerüstet in den Kampf zieht. Ich wusste nicht warum, aber in diesen Momenten verspürte ich eine große Zuneigung für meine Mutter. Ich glaubte, dass sie sich genauso fühlte wie ich im Angesicht der Riesen. Musste auch meine Mutter ihnen die Stirn bieten? Sie war groß, schön und stark. Ich nicht.

Als ich hörte, dass Eduarda aus ihrer Burg in den Bergen kommen würde, um am glücklichsten Tag meines Lebens teilzuhaben, hoffte ich insgeheim, eine Verbündete zu finden. Eduarda war jemand, über den man hinter vorgehaltener Hand sprach und spöttelte, doch es klang immer durch, dass die Leute eigentlich nicht wussten, wovon sie redeten. Eduarda hatte bemerkt, dass ich meine eigene Sprache hatte, also kannte sie mich viel besser als die, die mich für ein böses Mädchen hielten. Das traf mich ohnehin nicht besonders, denn dass ich in ihren Augen böse war, hieß doch nur, dass ich anders war als sie. Und als ich von dem Vieraugengespräch erfuhr – woran das Bügelzimmer nicht ganz unbeteiligt war –, schlüpfte ich in mein Versteck und spitzte die Ohren.

Wie üblich wirbelte Eduardas Besuch alles durcheinander. Das ganze Haus war in Aufruhr, vor allem Tata María, die meine Mutter und ihre Schwester duzte, wenn sie allein waren, und ihnen sogar manchmal die Leviten las. Im Bügelzimmer hatte ich gehört, wie sie der interessiert lauschenden Isabel erzählt hatte, sie habe »die Mädchen« schon gekannt, als sie erst elf und vierzehn waren. »Wie verschieden sie sind, mein Gott, kaum zu glauben, die eine lieb, artig, wie es sich gehört, und die andere so eigenwillig … immer mit dem Kopf in den Wolken, aber sie hat ein gutes Herz, ja, das hat sie.« Und dann fügte sie hinzu: »Aber sie ist so sonderbar wie die Adri.« Isabel schob mit gezückter Nadel ein Holzei in die

Ferse eines Strumpfs und erwiderte: »Der Apfel fällt nicht weit vom Stamm.« Tata María sagte noch vieles mehr, sie liebe uns alle sehr, und weder Eduarda noch ich seien im eigentlichen Sinne böse.

Böse hin oder her, auf einmal gab es eine Verbindung zwischen Eduarda und mir. Und ich konnte in meinem Versteck in Mamas Zimmer ihre Ankunft kaum erwarten. Bald hörte ich den Tumult. Eduarda kam immer mit lautem Getöse angerauscht. In ihrem Gefolge befand sich ein Geschöpf namens Sagrario, der sich um alle praktischen Belange kümmerte. Ich hatte Mama einmal sagen hören, Sagrario sei ein »unwürdiger Diener«, er passe nicht in eine Familie wie die unsrige, so etwas sei völlig inakzeptabel. Doch Sagrario war ganz anders, als meine Mutter ihn beschrieben hatte. Ich hatte Gelegenheit, ihn näher kennenzulernen. Ich weiß nicht, wie alt er war – das habe ich nie erfahren –, aber er strahlte so einen Frieden, eine Ruhe, ja fast Glückseligkeit aus. Wenn es so etwas wie Glück gab, dann kannte er sich damit aus.

Sagrario war sehr klein, hatte schlohweißes Haar und winzige, strahlende Augen. Er lachte fast immer und entblößte dabei seine großen, weißen, makellosen Zähne. Und er war merkwürdig gekleidet. So etwas hatte ich bislang nur in einem der Bücher der Zwillinge gesehen: Kniebundhose, Strümpfe und Spangenschuhe. Dazu trug er ein gestricktes Tuch über einem bestickten Hemd mit einer blauen Krawatte. Ich kann mich nicht entsinnen, dass er je etwas anderes getragen hat. An jenem Tag hörte ich, wie Mama zu Eduarda sagte: »Sorg dafür, dass ihn niemand zu Gesicht bekommt, beschäme mich nicht vor …« Und Eduarda entgegnete: »Andere Dinge sind weit beschämender als Sagrario, und sie geschehen direkt vor deinen Augen, in diesem Haus … Warum bekennst du nicht Farbe und sagst allen, dass du deinen

Mann nicht mehr liebst? Wir haben jetzt ein Gesetz, nach dem das erlaubt ist, aber das zählt in diesem Haus natürlich nicht.«

Ich wusste nicht, was an Sagrario so beschämend sein sollte, nur dass Isabel gesagt hatte: »Er ist so übergeschnappt wie seine Herrin«. Mich machte es wütend und traurig, dass die Hausmädchen ihn nicht in ihrer Nähe haben wollten und ihm zum Schlafen eine Liege in das Bügelzimmer stellten. Morgens – ich beobachtete ihn von der Speisekammer aus – zog er sich aus, und wenn er sich im Waschbecken in der Küche wusch, kam er mir vor wie ein Gnom. Er würde mein Freund werden, genau wie Paco und der Laternenanzünder.

An dem besagten Tag setzten sich meine Mutter und Eduarda zusammen und redeten, wie ich schon geahnt hatte, über mich. Besser gesagt, meine Mutter redete. Eduarda hörte ihr schweigend zu, und ich konnte sie eingehend betrachten. Sie war sehr groß, größer noch als Mama, und die war schon nicht klein. Ihr Haar war schlohweiß, und das bildete einen Kontrast zu dem gebräunten glatten Gesicht mit den großen blauen, blitzenden Einhornaugen. Auch sie war seltsam gekleidet, ganz anders als meine Mutter oder ihre Freundinnen, eher wie ein Mann. Sie erinnerte mich an den Jäger aus dem Märchen, den ich einmal in einer Illustration gesehen hatte – es fehlten nur die Gamaschen und das Gewehr –, und später sah ich auch ihren Federhut. Ihre Stimme war kraftvoll, leicht rau. Meine Mutter klagte, sie mache sich große Sorgen um mich, denn die Erste Kommunion stehe bevor, und ich sei darauf nicht richtig vorbereitet, sie wisse nicht, was sie tun solle, ich sei ein ausgesprochen sonderbares Mädchen, ich würde mich an den unmöglichsten Orten verstecken, selbst Tata María und Isabel wäre ich unheimlich, sogar die arme Isabel habe schon gesagt, ich sei eine kleine Hexe – meine

Mutter lächelte mild. Und dann berichtete sie Eduarda haarklein, was sich im Kommunionsunterricht zugetragen hatte, oder zumindest ihre Version der Ereignisse. Man habe mich vom Unterricht ausgeschlossen und nur wieder aufgenommen, weil man unsere Familie – sie, nicht mich – so schätzte, und bei allem, was sie gerade durchmache, die Trennung und was damit zusammenhing, ginge es ihr elend, ausgesprochen elend.

Eduarda hatte ihr ruhig zugehört, ohne sie zu unterbrechen, nicht einmal genickt hatte sie. Als meine Mutter geendet hatte und ihr Taschentuch erst an die Augen und dann an die Lippen führte, sagte Eduarda: »Ich würde gern mit ihr reden. Lass mich einen Nachmittag mit ihr verbringen. Wir gehen essen und reden. Ich denke, es ist alles halb so wild.« Meine Mutter umarmte sie, ließ ein paar Tränen kullern, es war nur Show, das merkte ich sofort, und sagte: »Du warst immer für mich da, Eduarda. Weißt du noch, als …« An dieser Stelle schaltete ich ab, denn ich wusste, was kam. Ich betrachtete meine Hände. Sie waren zu kleinen Fäusten geballt, so heftig, dass sich die Fingernägel in die Handflächen gruben. Wie klein sie waren. Ich hatte das Gefühl, ich sähe sie zum ersten Mal. Auch meine Kiefer waren aufeinandergepresst. Als die beiden das Zimmer verlassen hatten, schlüpfte ich aus meinem Versteck und flüchtete mich in mein Zimmer, an das Fenster zum Innenhof. Ich schob die Gardine beiseite und schaute nach draußen. Kein Chauffeur zu sehen, nicht einmal Paco, mein Verehrer. Ich fühlte mich unglaublich einsam, unglaublich klein, sonderbar und böse.

Am nächsten Tag achtete Tata María besonders sorgfältig darauf, was ich anzog. Sie brachte mir das neue Kleid, »das Frühlingskleidchen«, wie meine Mutter es nannte. »Man soll sehen, dass der Frühling da ist.« Dabei drückte meine Mutter das kleine Taschentuch, das schon Teil ihrer Hand zu sein schien, gegen ihre Wange. Und dann weinte sie still, man merkte es nur an dem feuchten Glanz auf ihrem gepuderten Gesicht. Tata María sagte ein wenig rau, doch zugleich zärtlich: »Aber, aber, Mädchen …« Und meine Mutter tat etwas Überraschendes. Sie beugte sich zu ihr herab – Tata María kniete gerade neben mir und schob meine Arme in die Ärmel –, gab ihr einen Kuss und sagte leise: »Tata …« Und schon war sie entschwunden. Tata María seufzte und zog mich fertig an. Sie kämmte mein Haar und murmelte: »Kein Vergleich zu Cristinas blonden Locken …« Ich hatte diese Worte schon tausendmal gehört. Trotz meiner inständigen Bitte, die Schulschuhe anziehen zu dürfen, musste ich die neuen Schuhe anziehen, die mir die Fersen wund scheuerten. Es war der Nachmittag mit Eduarda.

Eduarda gehörte zu den wenigen Frauen, die damals Auto fuhren. Sie wartete hinter dem Steuer auf mich. So etwas hatte ich noch nie erlebt. Nicht einmal im Traum hätte ich mir meine Mutter oder eine ihrer Freundinnen am Steuer eines Wagens vorstellen können. Und erst der Wagen, mir war sofort klar, warum sie ihn »die Kaffeekanne« nannte, was mich bis dahin ziemlich beschäftigt hatte. Die Kaffeekanne stand während Eduardas Besuch in der kleinen Garage bei den anderen Autos im »Chauffeurhof« (wie ich ihn nannte), und ich begann zu erahnen, warum Paco und die anderen Chauffeure darüber lästerten. Die Welt um mich herum war eine Landkarte voller Labyrinthe, die ich mir Schritt für Schritt erschließen musste.

Sofort nahm Eduarda den Kampf mit Schalthebeln, Reglern und Pedalen auf, und der Motor begann zu schnauben, als wäre er sehr wütend. Die Kaffeekanne ruckelte und machte einen Satz, der mich beinahe vom Sitz katapultiert hätte, und dann setzten wir uns frohen Mutes in Bewegung. Ich sage frohen Mutes, denn während wir zwischen zwei Akazienreihen die Straße hinunterfuhren, schoss pfeilgleich direkt vor unseren Augen ein Schwarm Mauersegler aus dem Himmel herab und flog davon. Ich glaube, es war das erste Mal, dass ich so etwas wie Euphorie empfand. Ich fühlte mich frei und unbeschwert und verspürte eine unbändige Lust zu lachen, völlig grundlos.

»Heute werden wir dein Kommunionsgeschenk kaufen«, sagte Eduarda.

Ich war so überrascht, dass ich kein Wort herausbrachte. Einige Geschenke hatte ich schon bekommen, fast ausschließlich Rosenkränze, kleine, in Perlmutt gebundene Gesangbücher, Kruzifixe, Medaillons und eine ziemlich hässliche Puppe im Kommunionskleid. Ich konnte sie von Anfang an nicht leiden. Ich machte mir ohnehin nichts aus Puppen, für mich waren sie alle wie die Mädchen aus meiner Klasse, die nicht gerade liebevoll mit mir umsprangen. Doch Eduarda hatte sich ein ganz anderes Geschenk für mich ausgedacht. Sie nahm mich mit in ein großes Spielzeuggeschäft und kaufte mir ein Kasperletheater. Komplett mit Bühnenausstattung und Figuren, auch der Teufel war dabei. Ich war hin und weg. Bei einem der Parkbesuche mit Tata María hatten Männer einmal eine spanische Wand aufgebaut. Sie waren hinter der Wand verschwunden, und wenig später waren darüber genau solche Figuren aufgetaucht, wie Eduarda sie mir jetzt schenkte. Damals im Park hatten sie mit Pfannen und Stöcken heftig aufeinander eingedroschen, dass ich mir die Augen zuhalten musste. Doch jetzt würde ich über die Figuren bestimmen, ich könnte mit ihnen machen, was ich wollte: Geschichten erfinden über das Leben, die Menschen, die Bösen, die Guten, über die Riesen und mich selbst. Ohne dass jemand sich einmischte oder mich bestrafte in diesem Raum, den ich mir fernab von allem erschaffen würde … Das schoss mir wie ein rasanter Film durch den Kopf, als Eduarda sagte: »Ich weiß, dass du dich gern versteckst. Jetzt kannst du einfach hinter der Bühne verschwinden und tun, was dir gefällt.«

Das Kasperletheater war ziemlich groß, und man bot an, es nach Hause zu liefern. Da brach ich mein Schweigen.

»Nein! Nein, ich will es jetzt haben, jetzt!

Eduarda verstand sofort, und gemeinsam mit einem Verkäufer verstaute sie das Theater auf dem Rücksitz der Kaffeekanne. Das war nicht so einfach, denn die Bühne war sperrig und die Kaffeekanne ziemlich klein. Ich fragte mich, wo der Haken an der Sache war. Sicher sollte ich als Gegenleistung etwas tun, das ich nicht konnte oder das mir widerstrebte. Aber das war nicht der Fall.

»Wo möchtest du jetzt gern hin, Adri?«

Ich musste nicht Rede und Antwort stehen, nichts tun, das ich nicht mochte. Mir fiel der Nachmittag wieder ein, an dem meine Mutter mich zum Einkaufen mitgenommen hatte, es war das erste und das letzte Mal. Wenn Cristina sie zu diesen Ausflügen begleitete, bildeten die beiden bei ihrer Rückkehr eine verschworene Gemeinschaft. Beladen mit Paketen und Geheimnissen kamen sie nach Hause, und Cristina überhäufte Mama mit Küssen. Mich schleppte sie in das Miederwarengeschäft Venus, wo ich mehr als eine Stunde auf einem hohen Stuhl warten musste, bei dem ich nicht einmal die Füße auf den Boden setzen konnte, bis sie endlich aus der Anprobe kam. Am Ende hatte sie mich mit einem Besuch bei Espumosos Herranz belohnt, wo man riesige Limonadenkrüge vor uns hinstellte, für mich Erdbeere, was sie gewählt hatte, weiß ich nicht mehr. Deshalb sagte ich: »Zu Espumosos Herranz.«

Eduarda lächelte. Das kam nicht oft vor.

»Wenn du erlaubst, würde ich dir gern etwas anderes zeigen«, sagte sie.

»Gut«, entgegnete ich.

Nun waren wir zu dritt in der Kaffeekanne. Das Gefährt ruckelte durch enge Straßen, bis wir zu einem Lokal kamen, wo man sie offensichtlich gut kannte, denn sie wurde von allen freudig begrüßt.

»Die Kleine darf sich etwas aussuchen.«

Ich wusste nicht, was ich bestellen sollte, also sagte ich »Nichts«, denn eigentlich interessierte mich nur, was Eduarda und die Leute dort machten. Man brachte mir ein Vanilleeis. Erdbeere wäre mir lieber gewesen, aber ich sagte nichts. Ich war sehr artig. Eduarda bestellte einen Scotch, und ich erinnerte mich an eine Geschichte mit dem Bild von einem Schotten im Faltenrock, der Dudelsack spielte, und ich wunderte mich, warum sie so etwas bestellte. Aber dann kam nur ein Whisky. Man bot ihr Eiswürfel an, doch die lehnte sie mit den Worten ab, einen Single Malt mit Eis zu trinken sei eine Sünde. Dann sagte sie unvermittelt: »Weißt du, dass deine Eltern sich getrennt haben?«

Ich wusste nur, dass sie nicht mehr im selben Zimmer schliefen, dass Papa nur noch hin und wieder mit uns aß und ich ihn kaum zu Gesicht bekam.

»Mama sehe ich auch nicht oft. Nur wenn sie mich in ihr Zimmer ruft.«

Eduarda bestellte noch einen Scotch.

»Ich habe dir dieses Theater gekauft, damit du dich zurückziehen und schalten und walten kannst, wie du willst«, sagte sie. »Irgendwann nehme ich dich mal mit in meine Burg. Die muss ich dir unbedingt zeigen. Denn du gehörst eindeutig zum normannischen Zweig. Man braucht dich nur anzusehen.«

Was hatte es mit dem normannischen Zweig auf sich, und was hatte ich damit zu tun? Alles in meinem kleinen Leben war ein einziges Rätsel.

»Wenn sie sich getrennt haben, warum zieht dann nicht einer von beiden aus?«, fragte ich.

»Weil sie Angst haben«, erwiderte Eduarda nach einem kurzen Schweigen. »Weil sie nicht den Mut haben, es offen auszusprechen, weil sie feige sind.«

Mehr sagte sie nicht.

Nun war ich vollends verwirrt, doch Eduarda war in meiner Achtung gestiegen. Wir fuhren nach Hause.

Meine Mutter rief mich zu einem Vieraugengespräch in ihr Gemach und fragte: »Worüber hat Tante Eduarda mit dir gesprochen?«

»Über nichts.«

»Hat sie dir denn keine Fragen gestellt?«

»Nein.«

»Und was habt ihr gemacht?«

»Wir waren Eis essen.«

Zum ersten Mal verließ ich das Zimmer meiner Mutter mit einem Gefühl der Erleichterung. Ich hatte nichts erklären müssen.

Als Sagrario und der Portier das Kasperletheater hereintrugen, verschlug es ihr die Sprache.

»Mein Gott, Eduarda, das ist doch kein passendes Geschenk für …«

»Doch, das ist es«, sagte diese ruhig, während sie die gelben Handschuhe auszog, die sie beim Autofahren trug.

Und damit war das Thema für sie beendet. Es folgte eine Diskussion zwischen meiner Mutter, Tata María und Cristina, wo denn der »Klotz«, wie das Theater alsbald hieß, untergebracht werden sollte. Cristina sagte frei heraus, in ihrem Reich sei kein Platz dafür. Nach einigem Hin und Her und nachdem man zunächst versucht hatte, es im Studierzimmer aufzustellen, was jedoch am Protest der Zwillinge scheiterte, wurde beschlossen, es in das warme, freundliche Bügelzimmer zu stellen. Wie so oft hatte Tata María meine Mutter überzeugt (»Tata María hat sich ja schon um mich gekümmert, als ich noch ein kleines Kind war«). Und dort war es fortan der Ersatz für mein altes Versteck unter dem Tisch. Es stand, wenn meine Erinnerung mich nicht trügt, eine ganze Weile in einer Ecke, für die anderen nahezu unsichtbar, aber nicht so für mich.

Es war eine glückliche Fügung. Die Puppen über die Kinderhände gestülpt, gab ich Vorstellungen für Tata María und Isabel, und am Ende hatten die beiden Frauen mich völlig vergessen; ich wurde tatsächlich unsichtbar, und dieses Gefühl gefiel mir von Mal zu Mal immer besser. Hinter der Bühne auf dem Boden sitzend, mit den Puppen um mich herum, konnte ich im Halbdunkel des rötlichen Lichts, das durch den Vorhang drang, unzählige Geschichten verfolgen, über meine Familie, über mich, über die Hausmädchen und über vieles mehr. Ich hatte ein neues Refugium, und da man jetzt wusste, wo ich steckte, machte sich keiner Sorgen, keiner rief und suchte nach mir, ich wurde nicht behelligt. Eduarda hatte mir ein großartiges Geschenk gemacht.

Der eigentliche Tag der Kommunion war hektisch. Man zog mir ein weißes Kleid an und setzte mir einen weißen Schleier auf. Mir wurde aufgetragen, bei den Fürbitten für alle Menschen zu bitten, aber da mir niemand erklärt hatte, worum, bat ich allein für mich, um ein echtes Pferd. Ich habe es nie bekommen.

Am nächsten Tag reiste Eduarda zurück in ihre Burg. Ohne sich zu verabschieden und mit Sagrario sowie all ihren Koffern auf dem Rücksitz. Paco, der im Hof stand, bekam es mit. Er lachte sich immer kaputt; alles, was Sagrario und Eduarda taten, schien ihn königlich zu amüsieren, obwohl ich nicht verstand, warum. Aber ich verstand ja die meisten Sachen, die um mich herum geschahen, nicht.

Ich war die Einzige aus der Familie, die sie wegfahren sah, denn die anderen schliefen noch. Ich schaute vom Balkon hinunter, wo die Hausmädchen gerade saubermachten, und auch sie guckten und tuschelten, achteten aber darauf, dass sie nicht gesehen wurden. Geheimnisse über Geheimnisse. Die Riesen waren wirklich ein Rätsel, sogar die Hausmädchen. Ich winkte dem Auto nach, bis es verschwunden war. Dann war alles still. Gegenüber nur die Mauern des Klosters La Milagrosa, dahinter halb versteckt die reglosen Bäume, denn es wehte nicht das geringste Lüftchen; es waren keine Passanten unterwegs, und zu beiden Seiten der Straße standen die Laternen erloschen in einer Reihe. Ich dachte an meinen Freund, den Laternenanzünder, der am Abend mit seinem langen Stab und der blauen Kappe mit dem roten Band wieder auftauchen und ihnen für die Nacht Leben einhauchen würde. So wie ich.

Ich kehrte ins Bett zurück und schlief weiter, denn ich hatte keine Schule. Glaubte ich. Doch am Nachmittag musste ich wieder mit weißem Kleid und Schleier antreten und auf ein großes, aufgeschlagenes Buch schwören, dass ich Satan, seinen Verlockungen und seinen Werken entsagte. Die einzigen Werke, die ich kannte, waren Bauwerke, doch Satan im Unterhemd mit Schubkarre? Das erschien mir wenig glaubwürdig. Als ich nachfragte, was Verlockungen seien, bekam ich zur Antwort: weltlicher Tand, Seifenblasen. Das fand ich interessant, denn auf den Abbildungen, die ich im Kommunionsunterricht vom Teufel gesehen hatte, war er eine finstere, behaarte Gestalt. Die Seifenblasen jedoch, die ich machte, indem ich die Hand zu einer Trompete formte, wenn Tata María mich badete, glitzerten in allen Regenbogenfarben. Und sie schwebten.

Am nächsten Tag war alles vorbei. Ich kehrte in die Schule am Paseo del Cisne, zu Madame Saint Sulpice und den garstigen, spottenden Mädchen zurück, die so brav und rätselhaft waren.

4

Ich wollte nur mal nach der Kleinen sehen«, sagte Eduarda in der ihr eigenen knappen Art.

Sie war unangemeldet aufgetaucht, diesmal ohne Sagrario, nur mit einem Koffer. Kaum hatte ich sie kommen hören, war ich zu meinem Versteck in das Gemach meiner Mutter geeilt. Das Versteck bestand aus dem schmalen Raum zwischen einem Paravent, die damals sehr in Mode waren, und der Wand. Ich glaube, einem anderen Zweck, als mich zu verstecken, diente er nicht, denn dahinter fanden lediglich ein Schemel und ich Platz.

»Du kommst wie gerufen, Edu«, sagte meine Mutter. Sie küsste ihre Schwester auf beide Wangen, dann setzten sie sich einander gegenüber, wie ich es schon hundertmal gesehen hatte. Das weiße Taschentuch blitzte in der Hand meiner Mutter. Durch die Ritzen des Paravents hatte ich sie gut im Blick.

»Wie gesagt, du kommst wie gerufen«, betonte meine Mutter noch einmal, nachdem sie vergeblich auf eine Reaktion ihrer Schwester gewartet hatte. »Dieses Kind treibt mich in den Wahnsinn. Sie versteckt sich, und keiner kann sie finden, sie redet nicht, fragt nicht … sie schaut einen nur mit diesen großen Augen an, mit einem so starren Blick, dass es mir manchmal Angst macht … Das sind keine Kinderaugen. Außerdem hat sie keine Spur von Gefühlen! Nichts rührt sie, nichts kann ihr eine Träne entlocken. Ich habe sie schon ewig nicht mehr lachen oder weinen sehen! Mein Gott, manchmal denke ich, was haben wir getan, was haben wir verbrochen, dass Gott uns mit diesem letzten ›Nachschlag‹ (wie soll man es denn sonst nennen) straft, es war doch nur noch Leidenschaft und keine Liebe mehr im Spiel …«

»Red keinen Unsinn«, unterbrach Eduarda sie. »Komm zur Sache, ich habe nicht viel Zeit.«

»Du kannst dir nicht vorstellen, was sie mir aus Saint Maur über Adris Benehmen schreiben. Klar, ich weiß, dass die Kleine unter den Folgen unserer zerrütteten Familienverhältnisse leidet, aber …«

»Was sollte sie denn von der Zerrüttung merken? Soweit ich weiß, wohnt Germán immer noch hier.«

»Ja, aber du weißt doch …«

»Ich weiß nichts, und es interessiert mich auch nicht. Ich bin einzig und allein wegen Adri hier, ich will sie sehen.«

Hinter dem Paravent gab es, so kam es mir vor, eine Art Erschütterung, ein winziges Erdbeben, das die Pferde und die Pagoden auf dem Stoff erzittern ließ. Ich spürte eine brüske Umarmung, stürmisch und zugleich unglaublich warm. Ich sah, wie meine kleinen, zu Fäusten geballten Hände zitterten.

Eduarda stand auf. Die Plauderstunde der Schwestern war beendet, doch diesmal gab es noch einen Nachtrag. Eduarda hielt in der Tür inne und sagte: »Was die Nachrichten aus Saint Maur angeht, gebe ich dir einen Rat: Vergiss sie. Dort herrschen Dummheit, Unwissen und Hochmut.«

»Wie kannst du so etwas sagen?«, erwiderte meine Mutter fassungslos. „Ausgerechnet du, die du immer die Klassenbeste warst, die allseits Gelobte, die man uns als Musterbeispiel hinstellte, die …«

Eduarda unterbrach sie mit einer Handbewegung. Ein Hauch von Spott blitzte in ihren Augen.

»Genau deswegen«, sagte sie.

Beide verließen sie das Zimmer, und meine Mutter lachte schallend – wieder einmal kam mir die Welt der Riesen seltsam vor. In meinem ganzen Leben habe ich sie nur äußerst selten lachen hören.

Es war schon spät, und ich aß mit den Hausmädchen zu Abend, ohne dass ich gerufen wurde. Entmutigt, enttäuscht und ziemlich durcheinander ging ich zu Bett. Am nächsten Tag war Sonntag, wenigstens musste ich nicht in die Schule. Ich glaube, das war mein letzter Gedanke vor dem Einschlafen.

»Heute gehst du mit Tante Eduarda essen«, sagte meine Mutter, kaum dass ich zu Ende gefrühstückt hatte. Und dann redete sie mir ins Gewissen: »Benimm dich anständig, sei nicht so widerborstig und mundfaul. Du weißt schon, was ich meine. Du weißt genau, wie man sich zu benehmen hat, auch wenn du es nicht tust. Tante Eduarda« – sie konnte und wollte das ihre Schwester so störende »Tante« einfach nicht weglassen – »ist sehr gut zu dir, sie will dich auf den rechten Weg bringen, und dafür solltest du ihr dankbar sein.«

Bei den letzten Worten hatte ich das Gefühl, etwas nicht Greifbares, aber sehr Schweres fiele auf meinen Kopf. Auch Eduarda wollte mich also »auf den rechten Weg bringen«. Was für eine riesige Enttäuschung. Um ein Haar hätte ich geschrien oder geweint (was ja nichts anderes als ein stilles Aufschreien war).

Am Vormittag machte Tata María mich »ausgehfein«. Sie zog mir den Sonntagsstaat an, in dem ich immer zu den Shirley-Temple-Filmen gegangen war. Es war Winter, und Weihnachten stand vor der Tür. Nach der letzten Erkältung war ich ein wenig gewachsen. »Es ist kaum zu glauben, wie die

Kleine in zwei Wochen in die Höhe geschossen ist«, murmelte Tata María. Der »Ausgehmantel« war mir zu kurz, und so musste ich den Schulmantel anziehen. Er war marineblau und reichte mir fast bis an die Knöchel, wie man es in Saint Maur verlangte, und ich hasste ihn. Für ein paar Augenblicke welkte alles dahin.

Schließlich brachte Tata María mich in den Salon, wo ich bereits von meiner Mutter und Eduarda erwartet wurde. Meine Tante trug die gelben Handschuhe und das Jägerhütchen mit der Feder.

»Wir werden uns einen schönen Tag machen, Adri«, empfing sie mich, und auf einmal waren alle Befürchtungen wie weggeblasen. Ihre großen blauen Augen funkelten wie der beste und fröhlichste Freundschaftsbeweis, auch wenn sich auf ihren Lippen nicht das geringste Lächeln abzeichnete.

Nein, Eduarda würde mich nicht enttäuschen. Und das tat sie auch nicht. Im Gegenteil, sie teilte die Welt und die Sprache, die ich für mich geschaffen hatte, und erweiterte sie auf ungeahnte Weise.

Als ich mich in die Kaffeekanne setzte – als »Beifahrer«, wie sie sagte –, fühlte ich mich schon wie zu Hause. Also wie in meinen besten Verstecken am Tag und in der Nacht. Ich war keine Fremde, kein kleiner, scheuer Sonderling, der versucht, unter Riesen zu überleben. Ich war Teil dieses lärmenden, knatternden, ruckartig anfahrenden und bremsenden Gefährts, und trotz der moderaten Geschwindigkeit, die mir rasant vorkam, zerzauste die kühle durch die offenen Fenster hereindringende Morgenbrise mir das Haar und wehte mir die verhasste Schulmütze vom Kopf. Ich juchzte vor Freude, und Eduarda sah mich an und zwinkerte mir zu. Erklärungen, Fragen und Antworten waren überflüssig. Wir hatten soeben einen Pakt fürs Leben geschlossen.

»Da ich festgestellt habe, dass du für dich behältst, was keinen außer dir und mir etwas angeht«, sagte sie, ohne mich dabei anzusehen, »werden wir einen Ort aufsuchen, den weder deine Mutter noch sonst jemand aus diesem Haus je betreten würde …« Sie sagte »aus diesem Haus«, als spräche sie von etwas, mit dem sie nichts gemein hätte.

»Es ist nichts Verbotenes«, fügte sie nach einer kurzen Überlegung hinzu. »Es entspricht einfach nur nicht ihrem Geschmack. Es ist weder luxuriös noch exquisit, aber ich kenne den Besitzer und alle anderen dort, und sie kennen mich; da braucht es nicht vieler Worte, sie lesen dir von den Augen ab, was du willst. Du wirst dich wohlfühlen.«

Alles, was sie sagte, war so neu, so anregend, dass es meine Neugier weckte. Und ich war immer erstaunter darüber, wie viele unterschiedliche Menschen es auf der Welt gab, sogar in ein und derselben Familie, sogar unter den Riesen.

»Sie sind arm und kultiviert. Sie sind aus ihrem Land geflohen, weil man sie töten wollte. Ja, das kommt vor, es gibt Menschen, die andere töten. Wir sind nicht besser als die Raubtiere. Weißt du, was Raubtiere sind?«

»Nein.«

»Nun, genau die, die den Menschen ähnlich sind.«

Wir bogen in eine schmale Straße mit Kopfsteinpflaster ein, und die Kaffeekanne machte kleine Hüpfer.

»Da werde ich wohl die Felgen auswechseln müssen, aber erst wenn ich wieder in meiner Burg bin. Möchtest du mal mitkommen in meine Burg?«

»Ja«, sagte ich mit all der Leidenschaft, zu der ich fähig war. Eduardas Burgruine war für mich mittlerweile gleichbedeutend mit der Freude, von der sie vorhin gesprochen hatte.

Es war ein Wintermorgen, und an dem fast klaren blauen Himmel mit ein paar wenigen vom Wind ausgefransten Wolken schien eine blasse Wintersonne. Der Wind hatte sich gelegt, man hörte nur die Vögel, die irgendwo verborgen auf einem kahlen Ast saßen.

»Sieh dir mal die Bäume an, die Baumstämme«, sagte Eduarda plötzlich.

Und ich betrachtete die Stämme zu beiden Seiten der Straße, die einen wie die anderen völlig kahl, wobei die Äste sich schwarz vor dem hellen Himmel abzeichneten.

»Die Bäume sind wie die Menschen«, erklärte sie weiter. »Üppige Kronen, üppige Pracht, die die wahre Natur überdeckt oder schützt. Jetzt ist der Winter gekommen, und er ist gnadenlos. Er bringt alles ans Tageslicht, die geraden wie die krummen Stämme. Das ist der Winter. Ich kann dir sagen, wie der letzte Lebensabschnitt bei den Menschen.«

Damals verstand ich nicht recht, was sie meinte. Aber wenn sie sprach, war sie nicht nur sehr resolut, sondern sie zog einen in den Bann.

Die Straße führte zu einem Platz, der von Antiquitätengeschäften und Restaurants gesäumt war. Eines fiel mir sofort auf, weil mir der Name bekannt vorkam. *Michael Strogoff – Der Kurier des Zaren*, eines der Lieblingsbücher der Zwillinge. Es hatte eine Tür aus Glas und rot gestrichenem Holz und zwei Fenster mit halbhohen Scheibengardinen aus besticktem Leinen. Drinnen stand auf dem Fensterbrett ein Blumenkasten. Eduarda hatte Schwierigkeiten beim Einparken, aber nicht weil die Parklücke so eng gewesen wäre, der Platz war menschenleer. Es war vielmehr der mir bereits bekannte Zweikampf mit der Kaffeekanne. Kurz zuvor hatte es geregnet, und in einem der vielen Löcher im Boden hatte sich eine Pfütze gebildet, aus der Spatzen Wasser tranken. Einer von ihnen legte den Kopf in den Nacken, wie ich es einmal bei Isabel gesehen hatte, als sie über dem Waschtisch in der Küche gurgelte. Alles kam mir so seltsam vertraut und zugleich fremd vor.

Eduarda nahm mich an der Hand, und zum ersten Mal spürte ich bei einem anderen Menschen als Tata María, wie warm und schützend sich eine Hand anfühlte. Sogar bei einem Riesen.

Eduarda stieß vehement die kleine Tür auf, sodass die Scheiben bebten. Ein Glöckchen ertönte.

Wir betraten einen nicht übermäßig großen Raum voller kleiner Tische, auf denen bunt gestreifte Tischdecken mit Fransen lagen. Daran standen Stühle aus schwarzem Holz mit Sitzflächen aus Strohgeflecht. Auf jedem Tisch standen eine Vase mit Feldblumen und ein Kerzenleuchter. Im Eingangsbereich befand sich eine kleine Theke mit einer Klingel, einem Telefon und einer Porzellanlampe.

Weiter hinten erahnte man hinter einem roten Samtvorhang eine Tür. Die leeren Tische strahlten nicht nur Stille, sondern ein Gefühl von Abwesenheit aus.

Eduarda rief frei heraus: »Michel, Michel, *mon amour*!«

Man hörte ein lautes Knarren von Holz, als hätte ein ganzer Wald begonnen zu ächzen und zu stöhnen, weil man ihn in eine Treppe verwandelt hatte. Eine Hand schob den roten Vorhang beiseite. Mit ausgestreckten Armen lief ein Mann auf Eduarda zu, wie ein Schiffbrüchiger, der unerwartet Land sieht.

»Eduarrda, Eduarrda, *mon trésor*!«

Noch nie in meinem Leben war mir ein derartiger Hüne begegnet. Er war fast zwei Meter groß, seine Arme und Beine sahen aus wie kräftige Birkenstämme, und sein Brustkorb konnte locker mit einer der massiven Kommoden von Großmutter mithalten, die meine Mutter im Dunkelzimmer aufbewahrte.

Er hatte rotes, stark ergrautes Haar, trug einen kurzen, sehr gepflegten Bart und einen Schnäuzer mit langen schlohweißen Enden. Eduarda und er fielen sich in die Arme und drückten sich, als wollten sie zu einer Person verschmelzen. Die Vorfreude und die Neugier ließen mein Herz fast zerspringen. Als würde ich von einer Welle der Liebe durchflutet – zu wem oder was wusste ich nicht, zu dem knarrenden Holz, den bebenden Scheiben, den sonoren R-Lauten, mit denen er Eduardas Namen gerufen hatte. Diese Liebe schloss sogar den Spatz mit ein, der sich gerade eben noch das Wasser hatte in die Kehle rinnen lassen. In dem Moment geschah etwas Ähnliches wie an dem Abend, als das Einhorn geflohen war. Plötzlich entzündeten sich alle Kerzen in den Leuchtern. Und ich glaubte im Flackern der Flammen einen stillen, verschwörerischen Freudenschrei wahrzunehmen. Mein Herz pochte wild, und in meiner Kehle lag etwas Zartes, Bebendes, das es an einen bis dahin unbekannten Ort zog: zu der Burgruine, so wurde mir plötzlich klar; eine Verheißung von Paradies und Glück, die ich erahnte, aber nicht benennen konnte.

Ich vermag nicht zu sagen, wie lange sie sich in den Armen hielten und Michel seinen rotgrauen Schopf an Eduardas Hals drückte, als wollte er sich zwischen Hals und Ausschnitt verstecken. Ich erinnere mich, wie Eduardas Hand sanft über seine zerzauste Mähne fuhr, als machte sie seit ewigen Zeiten nichts anderes und würde noch lange nicht damit aufhören.

Auf einmal – alles geschah extrem langsam und zugleich schnell – hatten sie sich aus der Umarmung gelöst und standen mit ernster Miene vor mir.

»Adriana« – Eduarda nannte mich zum ersten Mal bei meinem vollen Namen, und mir war sofort klar, dass dies ein bedeutender Augenblick war. »Adriana, ich möchte dir den Oberst vorstellen.«

Der Oberst verneigte sich feierlich vor mir. Ich wusste, ich musste seine Geste erwidern, und wie man es mir in Saint Maur beigebracht hatte, hob ich mit Zeigefingern und Daumen die Enden des abscheulichen marineblauen Mantels an und machte einen solch anmutigen Knicks, wie ich ihn nie mehr im Leben zustande gebracht habe. Wenigstens einmal hatte Saint Maur mir Ehre eingebracht.

Dann war es mit der Förmlichkeit vorbei. Der Oberst – alias Michel Mon Amour oder Michael Strogoff – geleitete uns zu dem hellsten Tisch, direkt am Fenster. Das winterliche Licht drang durch die linnene Scheibengardine und verlieh der Tischdecke einen metallischen Glanz. Die Teller, die Gläser und die Gesichter wirkten fast durchsichtig. Der Glanz ähnelte ein wenig dem im nächtlichen Salon, wenn ich ausgebüchst war und darauf wartete, dass das Einhorn wieder flüchtete.

Das Glöckchen an der Tür läutete, und ein kahlköpfiger kleiner Mann betrat den Raum, der hinter dem roten Vorhang verschwand und mit einem schwarzgrün schimmernden Frack wieder auftauchte, offensichtlich nicht seine Größe, denn man sah, dass ihm die Schöße beim Gehen hinderlich waren.

Ohne zu fragen, stellte er je ein Glas vor Eduarda und Oberst Michel Mon Amour hin. Es folgten ein Eiskübel, Zitronenscheiben und Salz. Als Nächstes brachte er eine große Flasche Wodka – »selbstgebrannt«, wie ich später erfuhr –, aber dem Wohlbehagen, das er auslöste, nach zu urteilen, offensichtlich sehr geschätzt.

Sie unterhielten sich auf Französisch, doch Michel Mon Amour hatte einen besonderen Akzent. Er rollte nicht nur das R, sondern in seinem Ton schwang etwas Heulendes mit, wie die wehrlose Klage verletzter Wölfe. Das stachelte meine Phantasie an und versetzte mich in verschneite ferne Winterlandschaften. Unerreichbar wie ein Traum oder ein Wunsch. Wieder waren die Märchen, die Geschichten aus den Büchern für mich realer als die Wirklichkeit.

Weil ich am Saint Maur Französisch lernte, konnte ich recht gut verstehen, worüber sie redeten. Ich entnahm ihren Worten, dass Michel sehr traurig war, das Restaurant lief nicht gut, es kamen kaum Gäste, und zudem hatte Serge, der Koch, gekündigt. Was konnte er uns also noch anbieten? Er war kurz davor, das Lokal zu schließen und nach Paris zurückzukehren, in sein geliebtes Paris. Obwohl es ihm dort offensichtlich auch nicht sehr gut ergangen war. All das erzählte er Eduarda, während sie ein Glas Wodka nach dem anderen tranken. Hin und wieder stießen sie an – auf so viele Dinge, dass ich mich nicht mehr daran erinnern kann –, bis Michel plötzlich zu weinen anfing. Eduarda hielt mir die Augen zu.

Ich sagte: »Du brauchst mir nicht die Augen zuzuhalten. Ich weine auch, und ich schäme mich nicht.«

Michel nahm meine kleinen Hände, die ich zu Fäusten geballt hatte, um nicht zu weinen, und küsste sie.

»Wie gern hätte ich jetzt Musik, aber auch die Musiker haben mich verlassen«, sagte er und trocknete seine Tränen.

»Sie sind die Verlassenen«, sagte Eduarda ernst. »Was war das denn schon: Ein Balalaika-Spieler und ein heiserer Bariton! Um die ist es nicht schade. Die Musik ist in unseren Herzen … und im Wodka!«, sagte sie mit einem kaum merklichen, hintergründigen Lächeln auf den Lippen.

»Außerdem haben wir ja noch Lev!«, rief Michel laut. »Er verlässt das sinkende Schiff nicht wie die beiden Ratten.«

Lev, der kleine Mann im Frack, lächelte und schenkte

Wodka nach. Dann brachte er Aufschnitt, Roastbeef und dunkles Brot mit Butter. Ich fand alles köstlich. Dazu servierte Lev mir eine Limonade in der berühmten Kugelflasche.

»Setz dich zu uns, mein Lieber«, sagte Michel voller Überschwang. »Setz dich und trink das letzte Glas mit uns!«

Und plötzlich fingen die drei aus unerfindlichem Grund an zu lachen, sich Küsse auf die Wange zu drücken und zu singen.

Irgendwann kramte Eduarda in ihrer Handtasche. Es war eigentlich keine Handtasche, wie meine Mutter und ihre Freundinnen sie besaßen, es war fast schon ein Koffer, den sie liebevoll »Sack« nannte.

»Chéri, ich habe hier Eintrittskarten für ein Ballett heute Nachmittag: *Petruschka* und *Dornröschen*. Es ist nicht das Bolschoi, aber …«

»Oh, Chérie, Chérie, ich fasse es nicht! Was für ein Abschied, *mon Dieu*, was für ein Abschied!«

Er eilte hinaus, wieder knarrte das Holz der Stiegen, und das Glas bebte. Als er wieder herunterkam, sah er aus wie ein richtiger Oberst. Er trug eine schöne Uniform, die Brust voller Orden. Man entschied, Lev könne so gehen, wie er war.

»Ich auch, Madame?«, fragte er verwundert.

»Du auch. Ich habe Eintrittskarten für alle gekauft. Die für die beiden Ratten sind ohnehin übrig. Also, mach dich fertig, und los geht's.«

Es war mehr ein Befehl denn eine Einladung.

Michel Mon Amour schloss die Tür des Michael Strogoff ab – ich hatte das Gefühl, für immer.

Die Kaffeekanne war voll besetzt, die Vögel hatten die Pfützen verlassen, und am Himmel war kein einziges Wölkchen zu sehen, nur die Vorboten der Nacht, wie ein großes Tier, warm, unermesslich und geduldig.

»Ein Jammer, dass wir kein anständiges Theater für solche Sachen haben«, sagte Eduarda.

Ich fand es wunderschön: Es war dasselbe Theater, in dem ich *Der Nussknacker* gesehen hatte, und wehmütig dachte ich an den Abend zurück.

Unser Einzug war ziemlich spektakulär. An der Spitze Eduarda in ihrem Jägergewand, hinter ihr Michel als Oberst, dann ich in dem knöchellangen Mantel, und als Letzter Lev, der angesichts der Umstände wohl noch am passendsten gekleidet war. Obwohl sein Tick, ständig die Hände vor das Gesicht zu nehmen, das wieder wettmachte. Der Platzanweiser musterte uns argwöhnisch, doch als Eduarda ihm ein paar Münzen in die Hand drückte, lächelte er und verneigte sich sogar. Er hatte uns die Tür zu einer Loge geöffnet, und erleichtert ließen wir uns nieder. Sofort wurde es feuchtfröhlich. Lev holte Kuchen und Wodka aus einer Tasche und für mich noch eine Limonade.

Es war ein phantastischer Nachmittag. Erst *Petruschka*, die Geschichte der Puppe, die keiner mag; andere Puppen, die meinen Klassenkameradinnen sehr ähnlich waren, kamen aus ihren Kisten und machten ihm das Leben schwer. Wie gut ich ihn verstand! Zumindest glaubte ich das damals. Dann *Dornröschen*. Die Musik habe ich immer noch im Ohr, und Prinzessin Aurora hat sich unauslöschlich in mein Gedächtnis eingebrannt, ich muss nur die Augen schließen, schon sehe ich sie vor mir. Sicher habe ich in meinem Leben bessere Musik gehört, aber keine weckt so viele Bilder und Gefühle in mir, sie versetzt mich in eine eigene Welt, die ich einst ersonnen und erlebt habe und die nur noch in meiner Erinnerung existiert. Ich kannte die Geschichte gut: Ein Mädchen hatte hundert Jahre geschlafen. Hundert Jahre, verflogen wie ein Tag, wie der Gesang eines Distelfinks, wie der flüchtige, strahlende Glanz der Umarmung von Eduarda und Oberst Michel Mon Amour, der selbst die einfachen, erloschenen Kerzen im Michael Strogoff entzünden konnte.

Anders als sonst, logierte Eduarda damals im Hotel.

Nach dem Ballett gingen wir nach kurzer Überlegung in ein Restaurant in der Nähe des Theaters. Ich fand es sehr schön dort, es gab viele Spiegel und Kellner – alle sehr groß, glaube ich mich zu erinnern –, deren Beine in lange weiße Schürzen gehüllt waren, die so eng anlagen, dass ich mich fragte, wie sie damit überhaupt gehen konnten; und wie fix sie dabei waren. Immer wieder zogen sie dampfende weiße Tücher aus Metallgefäßen mit Deckeln oder legten welche hinein. Das ganze Lokal war in einen warmen Dunst getaucht, der mich an den liebevoll vertrauten Geruch des Bügelzimmers erinnerte: Es war wie ein feuchter Glanz, der Dinge einhüllt, die neu sind und einem dennoch bekannt vorkommen. Als wäre ich vor langer Zeit schon einmal dort gewesen, ohne es zu wissen.

Eduarda ging telefonieren, und als sie zurückkehrte, glänzten ihre großen Einhornaugen mehr denn je.

»Adri, wenn du willst, kannst du heute Nacht mit mir im Hotel übernachten. Ich habe mit deiner Mutter gesprochen, sie ist einverstanden. Ich bringe dich morgen früh in die Schule. Willst du?«

Ich war überwältigt. »Ja, ich will«, erwiderte ich und bemühte mich, meine Stimme so fest wie möglich klingen zu lassen.

»Das hört sich ja an wie auf einer Hochzeit«, kommentierte Lev.

Das war alles so weit weg vom Alltag meines kleinen Lebens, dass ich gar nicht genau wusste, wozu ich da Ja gesagt hatte. Doch ich wusste, dass ich eines nicht wollte: den Zauber des Abends zerstören, auf das Abendessen und alles, was noch kam, verzichten. Und dann die Aussicht, die Nacht in einem Hotel zu verbringen. Für mich würde es immer *das* Hotel sein, es war das erste Mal, dass ich eines aus der Nähe sah. Bis zu dem Zeitpunkt war das Wort Hotel vage mit den Reisen meines Vaters verknüpft, vor allem mit seiner häufigen, langen Abwesenheit.

Wir aßen schweigend und hielten uns an ein bestimmtes Zeremoniell. Aber es war nicht das kalte, distanzierte Schweigen, das bei uns zu Hause jenseits des Bügelzimmers herrschte, und das Zeremoniell erinnerte auch nicht an das strenge, undurchschaubare Ritual während der »Feiern in der Kapelle« in Saint Maur: Hinknien und Aufstehen im Takt einer Art Kastagnetten – ohne einen Hauch von Fröhlichkeit –, die Madame Saint Simon bei der Gelegenheit verwendete. Hier gab es keine umbarmherzig zu befolgenden Befehle, sondern eine harmonische, ein wenig anarchische Ordnung, die allein über Blicke und Lächeln funktionierte, ohne das impertinente Geräusch falscher Kastagnetten.

Ich fühlte mich sehr wohl. Ich hatte das Gefühl, dass sich auf beiden Seiten, in meinem Herz und in ihren Blicken, immer mehr kleine Fenster auftaten.

Aber ich nahm noch mehr wahr. Ich konnte regelrecht sehen, wie sich die stummen Worte, die zwischen Eduardas blauen und Michel Mon Amours schwarzen Augen hin- und herwanderten, miteinander verwoben. Ein Glitzern und Funkeln ähnlich wie bei den Kristallleuchtern in der Nacht, wenn sie sich über Blütentrauben aus Licht unterhielten. Ich kannte diese Sprache von meinen nächtlichen Ausflügen in den Salon.

Unerwartet – zumindest für unser kleines Grüppchen, für das Zeit etwas Vages, Sprunghaftes war – ertönten mehrere Glockenschläge. Erst da bemerkte ich die Uhr an der Wand, ganz in unserer Nähe. Das goldene Pendel hatte etwas Beunruhigendes. Ich glaube nicht, dass jemand die Schläge mitgezählt hatte, doch Eduarda sagte: »Es ist spät geworden.«

Wir erhoben uns. Schon seit einer Weile standen auf der Tischdecke nur noch ein paar kleine Gläser mit einem letzten bernsteinfarbenen Tropfen. Lev zog mir rasch den Mantel an, ebenso vorsichtig, wie er ihn vorher an einem Reh- oder Hirschgeweih aufgehängt hatte. Und ich dachte, ach, wäre doch Sagrario jetzt bei uns. Für mich war er der fehlende Teil dieser menschlichen Symphonie, bei der »die anderen« nur dissonante Töne sein konnten; »die anderen«, die, die nicht zur Gruppe gehörten, die uns mehr oder weniger offensichtlich beobachteten und verstummten, wenn wir an ihnen vorbeigingen. Dieses erste Gefühl von »wir« und »sie« hat mich lange verfolgt; manchmal überfällt es mich noch heute, und dann sind die Schatten wieder da, die vielleicht nie aus meiner Erinnerung verschwinden. Vielleicht währt die Kindheit länger als das Leben.

Wir verabschiedeten uns in der Kaffeekanne, denn Michel Mon Amour wollte Eduarda nicht ins Hotel begleiten. Ihm sei kalt ums Herz, sagte er. So saßen wir fast im Dunkeln, und nur eine Laterne tauchte das Innere des Wagens in spärliches blaues Licht.

»Es wird schneien«, sagte Lev.

Und Eduarda fügte hinzu: »Chéri …, ich werde immer auf deiner Seite sein.«

Wortlos, ohne uns auch nur anzusehen, ließ Michel Mon Amour seinen massigen Körper sanft aus der Kaffeekanne gleiten. Es war, als ob er trotz seiner hünenhaften Gestalt nahezu unsichtbar entschwebte. Und Lev murmelte: »Merci, merci, Madame …« und folgte ihm.

Arm in Arm – das sagt man so, aber es sah eher aus, als hinge Lev wie eine Tasche an Michel – verschwanden sie in der Dunkelheit. Und da gewahrte ich auf einmal ihre Schatten unter der Laterne, und es kam mir so vor, als blieben sie noch ein Weilchen dort, als wollten sie uns die Spuren ihrer Schritte, das Echo ihrer Anwesenheit, ihre Erinnerung zurücklassen.

In der Eingangshalle des alten großen Hotels hingen Kronleuchter an der Decke, wie die im Salon, nur viel größer und ohne jedes Geheimnis. Als wir den Aufzug betraten, der ähnlich ruckelte wie die Kaffeekanne (die ich im Geist mit mir gleichsetzte), war ich von Spiegeln umgeben. Unvermittelt wurde ich mit meinem eigenen Blick unter dem glatten, rötlichen Pony konfrontiert, der bis über die Augenbrauen reichte. Zum ersten Mal in meinem Leben wollte ich in meine Augen eintauchen. Alles war ein einziges Staunen, ein einziges Entdecken, ohne Unterlass.

Als Eduarda und ich allein waren, überschlugen sich die Worte in meiner Kehle, als wäre ein Damm gebrochen. Sie sprudelten nur so hervor, stießen sich gegenseitig beiseite. Und selbst das, was ich immer so gefürchtet hatte und dem ich immer ausgewichen war, die Fragen, ich stellte sie, eine nach der anderen, ohne Scham. Eduarda schien weder überrascht noch verärgert. Ich glaubte sogar, in ihrem Gesicht im Spiegel des Frisiertischs den Hauch eines Lächelns zu sehen, während sie ihren Federhut absetzte, ich bin sogar versucht zu sagen, ein Mona-Lisa-Lächeln (obwohl jeder Vergleich zwischen ihr und Mona Lisa natürlich vollkommen abwegig ist).

Noch bevor sie ihre großen Hände von den gelben Handschuhen befreit hatte, bestürmte ich sie: »Eduarda … Warum ist Michel Mon Amour gegangen? Warum hat er geweint? Warum will er nach Paris?«

Sie drehte sich langsam um und sagte: »Woher weißt du, dass er nach Paris geht?«

Ich zuckte die Achseln und murmelte: »Ich weiß es, weil … ich es weiß.«

»Eine gute Antwort«, bemerkte Eduarda ohne jede Ironie. Dann zog sie Mantel und Schuhe aus und sagte: »Setz dich und warte auf mich. Wir haben uns viel zu erzählen heute Nacht.«

Sie ging ins Bad, schloss die Tür hinter sich, und ich machte es wie sie: Ich entledigte mich meines Mantels, legte ihn so ordentlich ich konnte aufs Bett und zog die Schuhe aus. Dann setzte ich mich in einen Sessel an einen runden Tisch, auf dem ein Aschenbecher und eine Lampe mit einem rosafarbenen Schirm standen. Zu meiner Rechten befand sich ein Balkon, vor dem lange gelbgoldene Vorhänge herabfielen, und dahinter erstrahlte, wie im Salon, die Nacht. Das ließ mein Herz höher schlagen; ich fühlte mich beschwingt, wenn nicht aus Freude, dann aus Erleichterung. Es war eine Form von Freiheit, die ich noch nie zuvor verspürt hatte, als hätte mir vorher eine Hand den Mund zugehalten, die den Griff nun gelöst hatte und verschwunden war. Ich atmete tief ein; mit großem Wohlbefinden sog ich die Luft ein und ließ sie langsam zwischen den Lippen entweichen.

Wenig später kam Eduarda in einem langen Morgenmantel und mit einem zum Turban um den Kopf geschlungenen Handtuch aus dem Bad.

»Ich werde dir etwas herauslegen, was du als Nachthemd anziehen kannst«, sagte sie.

Ich trug damals keine Nachthemden, nur Pyjamas, aber

ich sagte nichts. Alles, was von Eduarda kam, war eine Entdeckung. Sie kramte in ihren Sachen und reichte mir eine Hemdbluse. Ich zog mich aus und ging ins Bad, wo die Hähne noch tropfnass und die Spiegel beschlagen waren. Neugierig betrachtete ich die Dinge, die dort herumstanden: Tiegel und Flakons, Seifen, Eau de Cologne, Bürsten … Ich wischte den Wasserdampf vom Spiegel und betrachtete mich darin. Ich streckte die Zunge heraus und verließ das Bad schließlich in der Bluse, die mir bis über die Knie reichte.

»Setz dich, Adri« – Eduarda streckte die Hand aus und deutete auf den Sessel. So wie es die Riesen untereinander taten. Eduarda sprach auf Augenhöhe zu mir, nicht von oben herab wie alle anderen.

Ich setzte mich in den Sessel gegenüber. Während ich mich im Bad umgeschaut hatte, musste sie einen Whiskey bestellt haben, denn just in dem Moment wurde er ihr von einem Kellner mit weißem Backenbart auf einem Tablett mit einem Kübel Eiswürfel serviert.

Als er gegangen war, holte Eduarda ihr silbernes Zigarettenetui heraus, ich dachte schon fast, sie würde mir eine anbieten, so selbstverständlich war das Gefühl von Frieden, Freiheit und – fast wage ich zu sagen – Glückseligkeit in ihrer Gegenwart. Sie steckte sich die Zigarette zwischen die Lippen, ließ das Etui zuschnappen, und nach dem ersten Zug traten aus ihren Nasenlöchern zwei weiße Stoßzähne aus Rauch, als wäre sie ein wunderschöner, friedfertiger Elefant, wie ich sie in einem Buch mit dem Titel *Spielend lernen* gesehen hatte, das mir irgendjemand zur Kommunion geschenkt hatte. Ich hatte damit weder gespielt noch etwas gelernt, außer fortan Elefanten zu lieben. Eudarda wurde Teil der auserwählten Gruppe.

Da sich bei mir inzwischen sämtliche Hemmungen verflüchtigt hatten, wollte ich die Worte nicht wieder zurückdrängen, und ich sagte, auf den Kübel mit den Eiswürfeln deutend: »Wohl kein Malt Whisky.«

Sie sah mich an, die Zigarette schwebte in ihrer Hand vor dem Mund. Ihr Blick ging mir durch Mark und Bein. Sie stieß eine weitere Rauchwolke aus, diesmal zwischen den Zähnen hindurch, und streifte die Asche ab.

»Du bist eine gute Beobachterin, verschwiegen und außerdem eine Normannin. Was kann man von einem neunjährigen Mädchen mehr verlangen.«

Ich wollte sie verbessern, dass ich bald zehn würde. Doch ich machte meiner Verschwiegenheit alle Ehre und hielt den Mund. Doch ansonsten überschüttete ich sie mit Fragen. Ich, die ich Fragen scheute wie der Teufel das Weihwasser. Doch bei Eduarda war alles anders: das Leben, die Welt, die Zeit.

Ich kann mich nicht mehr erinnern, womit ich sie im Einzelnen gelöchert habe. Heute hätte ich Mitleid mit ihr, wenn ich mich nicht noch lebhaft daran erinnerte, wie bereitwillig sie mir jede einzelne Frage beantwortete, ohne Entsetzen oder Wut, die ja der Grund dafür waren, dass ich nie jemandem Fragen stellte. Ich habe nur die Erklärungen behalten, die mich als Kind besonders interessierten.

Ich erfuhr, was es mit dem normannischen Zweig auf sich hatte, nämlich dass mein Urgroßvater aus der Normandie stammte. Deshalb fiel es den Mädchen am Saint Maur auch so schwer, meinen zweiten Namen auszusprechen, den Nonnen hingegen ging er naturgemäß leicht über die Lippen.

In einem Buch der Zwillinge hatte ich mal etwas über die Wikinger gelesen, und in meinem Kopf waren sie eins mit den Normannen.

Eduarda sagte: »Inzwischen nicht mehr, früher war das mal so. Aber was soll's ... du magst die Wikinger?«

»Ich glaube schon … Ja, ich mag sie.«

Sie drückte die Zigarette im Aschenbecher aus, und bevor sie die nächste anzündete, sagte sie: »Man sucht sich selbst aus, wo man herstammen und zu wem man gehören will. Und zu wem nicht. Wenn du die Wikinger magst, ist das naheliegend, sie sind so etwas wie entfernte Verwandte. Du kannst sie zu deiner Familie zählen.«

Und dann fragte ich unvermittelt: »Warum haben Papa und Mama sich getrennt?«

Sie erwiderte, Menschen würden sich ständig weiterentwickeln, und wenn sie sich schon seit dem Sandkasten kennen und heiraten würden, dann seien sie am Ende nicht mehr wie als Kind oder wie zu der Zeit, als sie geheiratet haben, denn »die Zeit ist ein Gräuel«. Sogleich fielen mir die langsamen Glockenschläge der Uhr und das hin und her schwingende Pendel wieder ein. Das war alles.

Ich erinnerte mich, was ich an dem Tag gehört hatte, als ich das Kasperletheater und das Vanilleeis bekommen hatte. Meine Eltern waren feige. Und der Grund dafür war, so schloss ich mit dem Verstand eines fast zehnjährigen Kindes, dass sie bestimmte Menschen waren, als sie sich kennenlernten, und später andere, dass man das ursprüngliche Wesen nicht auf Dauer festhalten kann, und ich dachte, dieser Wunsch, alles möge so bleiben, wie es ist, war so wie die Schatten von Michel Mon Amour und Lev auf der Straße: Ganz gleich, wie lang sie hinter ihnen ausharrten und sich streckten, am Ende würden sie verschwinden.

Ich ging ins Bett, doch weil die Lampe auf dem Tisch brannte, beobachtete ich Eduarda noch eine ganze Weile. Sie rauchte bedächtig, und als sie den Whisky ausgetrunken hatte, stand sie langsam auf, als trüge sie eine große Last auf ihrem Rücken. Sie ging zum Balkon, zog die Vorhänge auf und betrachtete lange die Stadt, die Nacht und die flimmernden Lichter. So wie ich es machte, wenn ich vom Salon aus meinen Freund, den Laternenanzünder, betrachtete. Oder die Lichter, die er auf seinem Weg zurückgelassen hatte, obwohl er selbst längst entschwunden war. Wie die Schatten unter der Laterne. Dann schlief ich ein.

Am nächsten Tag war ich so müde, dass ich nicht mehr weiß, wie Eduarda mich ins Saint Maur gebracht hat. Doch die große Leere, die sie hinterließ, als sie wieder fort war, ist mir noch gut in Erinnerung. Es sollte viel Zeit vergehen, bis wir uns wiedersahen.

Nicht nur sie war verschwunden, auch die Wärme, die Neugier, der Wissensdurst, den sie in mir geweckt hatte. Ich hätte nie gedacht, dass ein abwesender Mensch so viel Raum einnehmen kann, viel mehr als jeder anwesende. Ich war mir meiner großen Einsamkeit bewusst. Und dieses Wissen vergrößerte die Traurigkeit noch, mit der ich bereits Bekanntschaft gemacht hatte. War ich früher von Unruhe, Neugier und Furcht erfüllt gewesen, so nahm nun die Einsamkeit mit jedem Tag zu, und ich entfernte mich nach und nach von allem, was mich umgab. Und das Saint Maur, das vorher einfach nur lästig und fade war, wurde zur Qual.

Jeden Morgen, wenn sich Tata María am Schultor von mir verabschiedete, kam es mir so vor, als wäre ich nicht gebracht, sondern hinter dem Gitter aus hohen, schwarzen bedrohlichen Lanzen ausgesetzt worden. Auf einmal wurde jede noch so banale Kleinigkeit zur Falle, in die ich unweigerlich geraten würde, und niemand würde mich retten, denn Eduarda war weit weg. Ich glaube, niemand hat je so intensiv von Burgruinen geträumt wie ich damals. Und dabei wusste ich nicht einmal, wie sie aussahen.

Mir fiel eine Szene wieder ein, die im Tumult der sich überschlagenden Ereignisse nahezu untergegangen war. Es war spätabends gewesen, und ich war ins Bett geschickt worden, hatte mich aber in der Speisekammer versteckt, wo ich alles hören konnte, was in der Küche gesprochen wurde. Es war in der Woche, in der Eduarda wegen meiner Kommunion bei uns zu Besuch war. Isabel und Sagrario saßen allein in der Küche und unterhielten sich im Flüsterton, wohl damit Tata María sie nicht hörte, die sich in einem der angrenzenden Zimmer befand; ihr missfielen Sagrarios Reden und seine Anwesenheit. Aber wenn Isabel und Sagrario allein waren, schienen sie sich ganz gut zu verstehen, vor allem bei einem Thema: »Sie«. Sagrario sprach über die Burgruine und seine Stimme klang bestimmter als sonst.

»Ja, Liebes«, sagte er (das sagte er zu allem und jedem, vor allem zu Isabels Kater; sie hatte ihn heimlich aufgenommen, und keiner im Haus wusste von seiner Existenz, außer Tata María und mir, obwohl ich den Verdacht hegte, dass auch Jerónimo es wusste, sich aber nichts anmerken ließ). »Ja, Liebes, ich kann dir versichern, dass ich sie kenne, ich habe sie sogar gesehen. Hör gut zu: In den Nächten, vor allem bei Mondschein, es muss nicht unbedingt Vollmond sein, ein Viertel reicht, aber das Licht darf nicht von Wolken verdeckt sein, kommen sie in Bewegung. Sie schleichen in den Dachstuben umher, man hört ihre Schritte, Tapp, tapp, tapp … Ich rühre mich dann nicht vom Fleck, ich ducke mich, wo auch immer ich mich gerade befinde, und lausche, ich sperre die Ohren weit auf, denn, weißt du, aufs Hören verstehe ich mich! Ich kann dir sagen, in manchen Nächten spielen sie Geige, herzzerreißend! Ich bekomme jedes Mal eine Gänsehaut, aber ich lausche, ich lausche … und beobachte. Manchmal lassen sie sich kopfüber nach unten gleiten und tauchen an den Fenstern auf, sie drücken ihre Gesichter gegen die Scheiben, und die langen Mähnen hängen herunter wie Vorhänge oder wie Weidenäste, und all das, liebe Isabel, geschieht immer, wenn ich allein bin, wenn alle gegangen sind oder schlafen, was ja dasselbe ist, als wären sie fort ...«

Überwältigt hörte Isabel ihm zu. Das merkte ich an ihrem langen Schweigen. Sie war ausgesprochen redselig, normalerweise fiel sie den Leuten ständig ins Wort. Und ich sagte mir, »Sie«, diese Wesen, über die Sagrario sprach, waren ein wenig wie ich; auch ich schlich in der Wohnung umher, wenn die Riesen schliefen oder sonst wie fort waren. Sagrario erzählte weiter: »Außer mir wissen nur die Katzen von ihnen ...« Isabel interessierte sich sofort für die Katzen, aber ich bemerkte ein ungewohntes Beben in ihrer Stimme. »Doña Eduarda hat Katzen?« »Ja«, erwiderte er, »eine Unmenge, ich hab aufgehört sie zu zählen, immer wieder taucht eine neue unter den Möbeln auf.« Ich verstand Isabels Eifer. Der Kater, unser Geheimnis – ich hatte ihn nach dem Chauffeur Paco getauft –, war noch ganz klein gewesen, als Isabel ihn von der Straße holte, und er hatte riesengroße, glänzende blaue Augen. Wie das Einhorn und Eduarda. Dann betrat Tata María die Küche, und das Gespräch war schlagartig beendet. Ich ging ins Bett und träumte von der Burgruine; vor den Fenstern hingen lange Weidenmähnen, man hörte ferne Violinklänge, die sich mit dem Prasseln des Regens und vereinzelt aufflammenden Blitzen vermischten.

Doch als ich aufwachte, war da nichts als die quälende Routine des Saint Maur; und lange Zeit kehrten die Ruinen nicht mehr in meine Erinnerung zurück. Und auch nicht in meine Träume.

5

Allmählich gewöhnte ich mich daran, böse zu sein, am Ende war ich sogar davon überzeugt; es war ein schleichender Prozess. »Böse« war nicht mehr länger nur ein Wort der Riesen, sondern konkret fassbar; früher hatte ich den Sinn nicht verstanden, doch jetzt hatte ich eine Vorstellung, was es bedeutete: Es hieß, nicht so zu sein wie sie. Und ich war nicht wie sie – oder wie sie mich haben wollten. Ich war wie Eduarda. Und das war auch der Grund, warum Tata María und Isabel über sie – und zunehmend auch über mich – hinter vorgehaltener Hand sprachen. Es schien mir, als ob die Mesdames des Saint Maur alles Gute auf sich vereinten, das mir verwehrt blieb, sie waren das Gegenbild zu meiner bösen Natur. Und deshalb hatte es mich auch gestört, dass Lev Eduarda Madame genannt hatte.

Wenn Tata María mich morgens in die Schule brachte – inzwischen musste ich mich allein ankleiden, dabei sehnte ich mich danach, dass sie mir, wie früher, die Kniestrümpfe anzog –, schwieg sie meistens. Erst wenn wir vor dem Gitter mit den hohen schwarzen Lanzen standen – sie begleitete mich auch nicht mehr die Treppen hinauf bis zur Glastür –, gab sie mir einen winzigen Kuss auf den Pony oder wo sie mich gerade erwischte. Sie schien es eilig zu haben, mich abzuliefern, mich zu verlassen, und der Kuss war wie ein launischer Schmetterling, der sich mal niedersetzte und mal eigenwillig umherflog und mich lediglich kurz streifte.

Die nachhaltigste Erinnerung aus jener Zeit ist das Gefühl, dass sich mein Herz in einen Stein verwandelte. Sobald ich den Gitterzaun passiert hatte, wurde der Stein mit jeder Minute schwerer. Der Druck ließ erst nach, wenn am Nachmittag die Schule zu Ende war. Ich aß in der Schule zu Mittag, aber das hasste ich. Weil ich die Kleinste in meiner Klasse war, setzte ich mich an den Rand des großen Tisches, was dazu führte, dass alles wie aus zweiter Hand bei mir ankam. In den Schüsseln war kaum noch etwas drin, aber das war es nicht, was mich ärgerte, sondern wie es aussah. So gut das Essen auch war – und ich muss sagen, über das Essen am Saint Maur konnte man nicht meckern –, ich bekam immer nur die unansehnlichen Reste.

Aber das war nicht das Schlimmste. Während des Essens war die Überwachung gelockert, die Mesdames speisten in einem anderen Refektorium, und nur die Novizinnen kümmerten sich um uns und trugen das Essen auf. Meistens waren sie jung, zerstreut oder mit den Befehlen aus der Küche beschäftigt, und sie interessierten sich nicht für unsere Gespräche oder für das, was wir taten.

In diesen Momenten erstrahlte Margots Reich in all seinem Glanz. Margot war ein großes, kräftiges Mädchen mit stämmigen Beinen. Sie war die Anführerin der Ballmannschaft, eine kriecherische und einschüchternde Rotte, bestehend aus einer auserwählten Gruppe furchteinflößender dummer Gänse. Sie hassten mich. Und sie ließen keine Gelegenheit aus, es mir zu zeigen.

Die einzige Aufsicht im Speisesaal war Madame Saint Sulpice, doch aufgrund ihres hohen Alters war sie allem entrückt. Sie betete die ganze Zeit über den Rosenkranz, nickte zwischendurch ein oder seufzte zwischen den Mysterien von Wonne und Schmerz. Sie war nur hellwach, wenn eine der jungen Nonnen einen Teller oder ein Glas fallen ließ oder etwas verschüttete. (Madame Saint Sulpice ist die Einzige, an die ich eine gute Erinnerung habe, denn sie sagte bei solchen Gelegenheiten: »Los, Mädchen, beeil dich, kehr das auf, bevor sie in der Küche etwas davon mitbekommen …« Und dann betete, döste und seufzte sie weiter.)

Einmal, als wir in einer Reihe den Speisesaal verließen, strich sie mir über den Kopf, als ich an ihr vorbeikam, kein Wort über Cristina. Da fiel mir auf, dass mich eigentlich nie jemand streichelte.

Wenn es Flan gab, herrschte Margot mich an: »He, Kleine, du weißt ja, den Nachtisch hebst du schön für mich auf.« Und das tat ich, mehr aus Bequemlichkeit denn aus Angst. Doch an einem Tag, es gab Biskuitrolle, die ich gar nicht sonderlich mochte, begehrte ich auf und sagte: »Nein, keine Lust«, und stach mit dem Teelöffel in die mickrige Scheibe. Ich erinnere mich noch gut, wie die Kirschmarmelade hervorquoll. Margot stürzte sich auf mich und schüttelte mich. Ich verteidigte mich so gut ich konnte, und es gab ein Riesentohuwabohu. Madame Saint Sulpice fuhr aus ihren Mysterien auf und eilte herbei. »Hört sofort auf«, rief sie, doch weil sie es auf Französisch sagte, verstanden wir es zwar, fühlten uns aber nicht angesprochen und ließen nicht voneinander ab. Ich hielt Margots dicke Beine umklammert, und sie schlug nach Strich und Faden auf mich ein.

Natürlich wurde sofort die Schulleitung verständigt. Man trennte uns, und wir wurden bestraft. Ich musste mich in die Ecke stellen, wie immer, und was sie mit Margot gemacht haben, weiß ich nicht, aber zumindest blieb ihr Anblick mir für den Rest des Nachmittags erspart.

Als ich nach Hause kam, tagte der Kriegsrat. Tata Marías beharrliches Schweigen auf dem Rückweg von der Schule hatte mich bereits vorgewarnt. Es regnete heftig, und sie hatte einen großen Schirm aufgespannt, der uns beiden Schutz bot. Sie sagte kein Wort, gab mir nicht einmal einen flüchtigen Kuss. Als wir das Haus betraten, warf Joaquín, der Portier mit seiner Mütze, dem weißen Backenbart und der grünen Uniform mit den goldenen Paspeln, mir auf der Treppe einen Blick zu, als hätte auch er mir eine Missetat vorzuwerfen. Er wirkte sehr ernst, und ständig hatte er an Paco, meinem Verehrer, etwas auszusetzen und stritt mit ihm herum.

Während Tata María den Schirm zumachte, flüsterte sie mir zu: »Sei demütig, Kind, sei demütig … Werd ja nicht frech, wenn deine Mutter mit dir spricht … Bleib ganz ruhig, was hast du bloß angestellt, Kind.« Was ich angestellt haben soll, ist mir nach wie vor schleierhaft, doch am nächsten Tag wurde ich mit meinen Heften, Büchern, Stiften und Radiergummis – Tafel und Griffel, die mir so ans Herz gewachsen waren, hatte man als Schulutensilien abgeschafft – in die letzte Reihe verfrachtet. Margot saß dagegen nach wie vor in der dritten Reihe. Ich bedauerte das nicht, im Gegenteil, ich freute mich. Dort war nur ein einziges Pult besetzt, und zwar mit mir und meinen Sachen. Ich konnte mich nach Belieben breitmachen, und meinen Schulsachen geliebte Dinge hinzufügen.

Meine Mutter hatte mich noch am selben Nachmittag, ich hatte mich gerade ins Studierzimmer gesetzt und meine Schulsachen herausgeholt, in ihr Zimmer zitiert.

Sie war sehr ernst. Die Brille trug sie zwar nicht auf der Nase, aber sie hielt sie in der rechten Hand.

»Komm her«, sagte sie, ohne mich anzusehen.

Zum ich weiß nicht wievielten Male hörte ich, wenn ich unbedingt böse sein wollte, würde sie mir das schon austreiben. Das hieß, dass sie fortan sehr streng mit mir sein würde.

»Du hast versucht, einem anderen Mädchen den Nachtisch wegzunehmen. Adriana, das ist sehr ungezogen, das gehört sich nicht für ein Fräulein. Cristina würde vor Scham sterben, wenn sie sich einem solchen Vorwurf ausgesetzt sähe, wenn sie erführe, dass ihre Schwester …«

Erstmals in meinem Leben wünschte ich, sie möge es erfahren und vor Scham sterben, sollte sie doch sterben und mich in Ruhe lassen. Das habe ich nicht laut ausgesprochen, aber meine Mutter muss etwas in meinen Augen gelesen haben, denn sie sprang wie von der Tarantel gestochen auf und sagte: »Du gehst jetzt auf dein Zimmer, bis ich dich rufe und du deine verdiente Strafe bekommst.«

Und die verdiente Strafe war mit das Beste, das mir zu jener Zeit widerfahren ist.

Es handelte sich um das Dunkelzimmer. Ich hatte schon von Tata María davon gehört, als ich noch sehr klein war. Wann immer ich etwas tat, das ihr missfiel, sagte sie: »Nimm dich in Acht, mach das nicht noch mal, sonst kommst du ins Dunkelzimmer.«

Bei der finsteren Kammer, von der alle sprachen, als müsste man davor einen Heidenrespekt haben, handelte es sich um einen Raum, bei dem vor der einzigen vorhandenen Fensterluke ein Schrank stand. Es fiel nahezu kein Licht herein, und die einzige Glühbirne, die an einer dünnen Leitung baumelte, war kaputt. Sie wurde nie ersetzt, denn es befanden sich nur Schränke darin, die dem Zimmer seinen zweiten Namen gaben: »Das Schrankzimmer«. Und in diesen Schränken stapelten sich neben anderen unzähligen Dingen, an die ich mit Wehmut zurückdenke (alte Spielsachen, Federkästen für größere Kinder, das ein oder andere Exemplar der Reihe *Ich kann schon lesen*), auch die ausgemusterten Kleider, die keinem mehr nützlich waren, außer kurz vor Weihnachten, wenn man etwas für eine am Saint Maur häufig erwähnte Einrichtung spenden wollte, die für mich damals sehr geheimnisvoll war, weil ihr Name immer mit einer Mischung aus Argwohn und Scham ausgesprochen wurde. Unter uns Schülerinnen wurde sie schlichtweg »Die Armen« genannt.

Heute weiß ich, dass es sich dabei um Mädchen handelte, die in Saint Maur kostenlos unterrichtet wurden, unterstützt von einer Wohltätigkeitsorganisation, der auch meine Mutter angehörte. Damals wurde ich auf die Existenz dieser Armen durch einen Spruch aufmerksam, den ich manchmal aus dem Mund von Margot und ihren Anhängerinnen hörte, die jeden Tag das »Campos-Spiel« spielten, das darin bestand, Bälle von einer Seite zur anderen über die Mauer zu werfen, und bei dem ich nicht mitmachen konnte und wollte – in den Augen der anderen einer meiner unzähligen Makel. Wenn der Ball über die Mauer flog und auf der anderen Seite am Boden landete, kreischten die Mädchen mit ihren Kinderstimmen: »Treffer bei den Armen!«

Ich hatte viele Geschichten von Römern und Wikingern gelesen, von schrecklichen Kriegen im Mittelalter, in denen Burgen von furchterregenden feindlichen Horden belagert wurden. Und so waren die Armen für mich wie ein Stamm, der auf der anderen Seite der Mauern lauerte und den man jedes Jahr zu Weihnachten mit getragener Kleidung, Konservendosen und ausgemustertem Spielzeug zu befrieden versuchte.

Mama höchstpersönlich führte mich an der Hand an den Ort meiner Bestrafung. Eine nicht alltägliche und ernste Angelegenheit. Langsam öffnete sie die Tür, die einen langen Klagelaut ausstieß, wie ein Kind, das aus dem Schlaf gerissen wird.

Dann schob sie mich in die gefürchtete Dunkelheit. All dem haftete etwas Zeremonielles, etwas von einer Kerkerstrafe an, und doch war ich gespannt und insgeheim amüsiert.

Sie wussten es nicht, aber ich war es gewohnt, in meinem Papierschiffchen im Dunkeln den Flur zu durchqueren, bis ich die Symphonie der Lichtblitze im Salon erreichte. Ich erwartete, dass in der finsteren Kammer etwas Ähnliches, vielleicht sogar noch Schöneres geschah.

Kaum hatte sich die Tür hinter mir geschlossen, war ich von einer freundlichen, ja, man könnte sagen schützenden Dunkelheit umgeben. Niemand würde mir Vorwürfe machen oder Fragen stellen, dort war ich allein, auf angenehme Weise allein. Ich begann zu erahnen, dass es zwei Formen von Einsamkeit gab. Die schlechte und die gute. Die schlechte bedeutete: keine Wärme, keine Zärtlichkeit, keinen flüchtigen Kuss auf meinen Pony; und die gute: keine Einmischung, keine Forderungen und Fragen, die mein Begriffsvermögen überstiegen. Die schlechte war die Leere, in die Eduardas Abwesenheit mich gestoßen hatte, die wachsende, mir unbegreifliche Distanz zwischen Tata María, Isabel und mir.

Anfangs war es stockfinster, doch dann konnte ich verschiedene Umrisse erkennen. Es war, als hätte die Dunkelheit ein eigenes Licht bekommen, anders als das bekannte; über die Jahre konnte ich dieses Licht der Dunkelheit manchmal zurückgewinnen.

Mit einer Mischung aus Neugier und Unbehagen setzte ich mich in eine Ecke auf den Boden, ganz Auge und Ohr. Wenig später nahmen die Schränke noch konkreter Gestalt an. Sie waren unterschiedlich hoch und bildeten so etwas wie die Skyline einer schwebenden Stadt, die im Dunkeln eine ungekannte Dimension bekam.

Es waren dieselben Schränke, doch jetzt wirkten sie geheimnisvoll, auf paradoxe Weise strahlender. Mir kam es so vor, als wären sie von einem Lichthof umgeben. Die Dunkelheit, die immer transparenter wurde, verwandelte sich in eine riesige Lupe, die alles näher heranholte und vergrößerte. Es war so, als tauchte ich in stiller Abgeschiedenheit in die lichterfüllte Dunkelheit der Buchseiten ein. Ein Gefühl, als würde man zu unglaublichen Höhen aufsteigen und dann wieder in meeresähnliche Tiefen hinabgleiten. Diese Art Vergrößerungsglas machte all die Dinge greifbar, die oben (in der Außenwelt, der Wirklichkeit der Riesen) vollkommen unsichtbar und unbekannt waren. Jetzt trieb ich nach Lust und Laune in einem dunklen Zimmer, das sich in ein riesiges, wunderbares Märchenbuch verwandelt hatte. Ob an der Oberfläche oder in der Tiefe, hier waren die Befehle und Strafen, die lästigen Ermahnungen und Drohungen nur sinnentleerte Worte, ein Zirpen von Grillen in der Nacht. Wie im Märchenbuch veränderten sich die Räume und Dimensionen, sie passten sich an, erstrahlten. Und diesen Glanz werde ich nicht vergessen.

Wachen Sinnes erkundete ich Handbreit für Handbreit jeden Winkel. Dieses Erkunden mit den Händen war wie die Materialisierung eines Traumes; sobald das Licht anging, wäre alles wieder alltäglich, gewöhnlich, ohne Zauber und ohne Hoffnung. Die Hoffnung, dass mir von jetzt auf gleich etwas Wunderbares widerfahren könnte.

Während ich mich so vortastete, stieß ich auf eine Leiter. Ich erkannte sie wieder, denn Tata María und Isabel benutzten sie, um an unerreichbare Stellen zu kommen, wie eben an die oberen Etagen der Schränke in dieser Kammer. Obwohl die Leiter ziemlich schwer war, gelang es mir, sie unter großer Anstrengung zu verschieben und gegen eines der Schrankgebäude zu lehnen, aus denen meine Geheime Stadt bestand, die Strahlende Stadt der Dunkelheit. Ich kletterte hinauf. Zwischen Schrank und Decke war zwar wenig Platz, doch für ein kleines Wesen wie mich reichte es. Auf dem Bauch kroch ich über die Schränke wie ein Frosch durch Ödland. Nachdem ich eine Weile über die imaginäre Stadt gewandert war, die für mich näher und wirklicher war als jede andere, wollte ich wieder nach unten und dort weiterforschen. Der Abstieg gestaltete sich allerdings schwieriger als der Aufstieg. Meine Beine baumelten in der Leere, bevor sie Tritt fassten, aber schließlich hatte ich wieder Bodenkontakt.

Als Nächstes versuchte ich nach und nach die Schränke zu öffnen und tastete nach Griffen und Knäufen. Das war nicht einfach, denn die einen waren höher, die anderen tiefer angebracht, und manch ein Schrank hatte weder das eine noch das andere, dafür aber zum Glück einen Schlüssel, der im Schloss steckte. Alles in allem mühselige Kleinarbeit, doch ich wurde von einem vagen Wunsch getrieben, bei dem die Suche selbst aufregender war als die Entdeckung.

Im ersten Schrankgebäude, das ich öffnen konnte, stieß ich auf eine lange Reihe von Schubladen. Ich war überzeugt, dass sich ganz oben das befand, was ich unbewusst suchte. Die Schubladen wollte ich als Leitersprossen nutzen. Zum Glück waren sie leer. Beim Hochklettern musste ich die jeweils nächste aufziehen, und ich spürte, wie die Welt unter meinen Fußsohlen ins Wanken geriet. Als ich an die dritte Schublade kam, passten meine Füße nicht hinein – obwohl ich in weiser Voraussicht barfuß unterwegs war –, und ich musste umkehren. Um ein Haar hätte ich mir den Hals gebrochen.

Keuchend setzte ich mich wieder in die Ecke. Ich trug noch meine Schuluniform, und in den Falten des Rocks befanden sich, halb versteckt, zwei große Taschen. Sie enthielten eine Vielzahl verschiedenster Gegenstände. Murmeln, Überbleibsel aus den Sammlungen der Zwillinge – eine mit rotem, eine mit blauem Einschluss –, die ich wie Juwelen hütete, oder Stücke aus rotem Glas, die Scherben irgendeiner Vase, oder Silberpapierchen, die einst Schokolade, Karamell- oder Pfirsichbonbons umwickelt hatten, eine goldene Kordel, von der ich nicht wusste, wozu sie diente … Und Zuckerwürfel. Zuckerwürfel übten eine große Faszination auf mich aus. Vielleicht weil ich sie immer dem Mahl für die Gnome hinzufügte, das ich unter den Heizlüftern für sie bereitstellte. Vielleicht weil sie so sauber geschnitten, so weiß, so wohlgeformt waren.

Einfach um ein wenig bei mir selbst zu sein, kramte ich in einer der Taschen und fand einen Zuckerwürfel. Ich holte ihn heraus und teilte ihn in zwei Stücke. Und da geschah auf meiner Handfläche, im Dunkeln, ein Wunder. Es knisterte, und das Zuckerstück verwandelte sich in eine hauchzarte blaue Flamme. Mir kam wieder in den Sinn, wie Isabel mich einmal in die Speisekammer gerufen hatte, um mir im Halbdunkel bläulich schimmernde Seehechtscheiben zu zeigen. »Damit du siehst, wie gut und frisch er ist.« Doch jetzt waren da weder ein Seehecht noch Isabel, noch befand ich mich in der Speisekammer. Da war nur ich allein mit meinem blauen Juwel in der zitternden Handfläche.

In dem Moment wurde ich von etwas durchgeschüttelt. Genauso fühlte es sich an: als ob jemand mich packte und schüttelte, so wie es Tata María und Isabel mit den Teppichen auf dem Dach machten.

Ich hatte etwas entdeckt, das ich nicht benennen konnte. Die Märchen von Andersen, den Gebrüdern Grimm, von Perrault kamen mir zu Hilfe, und vielleicht noch andere, die ich mir insgeheim an den Nachmittagen am Saint Maur ausgedacht hatte, wenn Madame Colette uns die Geschichten der *Goldenen Legende* vorlas. Und ich sagte mir: »Ich bin eine Zauberin.«

Plötzlich erlosch das Licht der Dunkelheit, denn die Tür ging auf. Die Strafe war beendet, und ich kehrte in die Welt der Riesen zurück.

»Ich will hoffen, dass dir das eine Lehre war«, sagte meine Mutter, »und dass du dich von jetzt an so benehmen wirst, wie man es von dir erwartet.«

Ich wollte schon davonstürmen, ohne mir weiter Gedanken zu machen, was man von mir erwartete, da fasste sie meine Hand und hielt mich zurück. Ihre Augen waren feucht, und in ihrem Blick, in dem Anflug eines Lächelns, sah ich etwas, das ich noch nie zuvor gesehen hatte.

»Kind«, sagte sie zu mir; es war das erste Mal, das sie mich so ansprach (gewöhnlich nannte sie mich Adri oder Adriana), und ich bemerkte ein leichtes Beben in ihrer Stimme, wie das einer Libelle über dem Wasser, die jeden Moment davonfliegt. »Kind, sei artig.«

Ich warf mich in ihre Arme und drückte sie, so fest ich konnte. Danach rührte ich mich nicht vom Fleck und wusste nicht, was ich sagen oder tun sollte.

»Geh schon«, sagte sie, wieder weit weg. »Geh auf dein Zimmer.«

An dem Tag hatte ich einen Entschluss gefasst. Fortan würde ich mich schlecht benehmen, damit man mich wieder in das Märchenbuchzimmer sperrte.

Wenn ich mich unbeobachtet wähnte, öffnete ich zaghaft die Tür und spähte hinein. Es passierte nichts dergleichen, was ich dort während meiner Bestrafung erlebt hatte. Ich versuchte dahinterzukommen, was mich zurück in diese wundersame Kammer führen könnte, was die Riesen unter schlechtem Benehmen verstanden.

Und ich tat alles, was meinem kindlichen Verstande nach schlecht war. Also das, wofür man mich tadelte, manchmal zu Recht und manchmal zu Unrecht, wie ich fand. Hauptsache, es brachte mich ins Dunkelzimmer.

Dabei entdeckte ich den Schrank, in dem die Mäntel hingen, die den Zwillingen zu klein geworden waren und die auf ihren Bügeln geduldig auf jemanden warteten, der ihnen noch nicht entwachsen war.

Kurz zuvor hatte ich damit angefangen, mir vorzustellen, dass ich nicht nur ich selbst war, sondern noch andere Personen, zum Beispiel eine Figur aus dem bunten Reigen, der meine Geschichten bevölkerte. Vielleicht nahmen sie die Stelle der Freunde ein, die ich nie hatte, mit Ausnahme von Paco, dem Chauffeur, und dem schemenhaften Laternenanzünder. Weil ich allmählich lernte, die Arme weit genug auszustrecken, erreichte ich alles, wonach ich suchte, mit Leichtigkeit. Ich glaube, es kam ein Moment, in dem ich mich viel flinker und ungezwungener in dieser Art hellsichtigen Blindheit bewegte als draußen, im grausamen Licht der Welt der Erwachsenen. Ich nahm die Mäntel vom Bügel und zog sie nacheinander an. Dadurch nahm ich eine Persönlichkeit an, die, sagen wir, mehr mir selbst entsprach, so konnte ich die wahre Adri sein, denn wie durch Zauberhand war ich, wenn ich nicht die Kleidung der Schule und der Shirley-Temple-Filme trug, einfach das, was ich in dem Moment sein wollte; und auch der Mantel nahm an meinem Körper die Form an, die ich ihm gab. Ob mit ausgemustertem Mantel oder ohne kletterte ich die Leiter hinauf, die auf wundersame Weise noch immer dort am Schrank lehnte, wo ich sie bei meinem ersten Besuch zurückgelassen hatte. Und da oben, wo ich über die geheimnisvollen Dächer meiner Schränkestadt kroch und am Ende zum Erstaunen von Tata María ganz mit Staub bedeckt war – der obere Teil der Schränke war offensichtlich ein Gebiet, das noch keinen Staubwedel gesehen hatte –, konnte ich zu jemand anderem werden und dabei ich selbst bleiben: eine Bettlerin, Eselshaut oder auch Kay und Gerda in ihrem Garten über den Dächern, was ja ausgezeichnet passte.

6

Einmal hatte es am Vorabend vor Weihnachten geschneit. Das war keine Seltenheit, denn in kalten Wintern schneite es in unserer Stadt, während in anderen die Sonne schien und irgendwo auf der Welt sogar Winterblumen erblühten. Das hatte mein Vater mir an dem Tag erzählt, als er mich in den *Nussknacker* mitnahm.

Wie immer um diese Jahreszeit ging es zu Hause hoch her, besonders in meinem Bereich der Wohnung, dem mit dem ungebohnerten Parkett (dem »nicht vornehmen«, wie Tata María sagte). Dort befand sich auch der Dienstboteneingang, durch den Mario, der Fischer, Fermín, der Bäcker, und Luquitas, der Milchmann, kamen. Und nicht ganz so häufig, dafür aber umso polternder, im Winter der Kohlehändler und im Sommer »der Mann mit den Eisblöcken«. Letztere machten mir ein wenig Angst, denn sie stürmten immer herein, als hätten sie etwas dabei, das jeden Moment sterben oder explodieren konnte, und luden es wortlos ab. Der eine war kohlrabenschwarz, und der andere trug einen Überwurf aus Sackleinen. Es waren übellaunige Gesellen, die mit Isabel herummaulten und von ihr ebenfalls angeblafft wurden. Mir schien, dass auch sie Angst vor ihnen hatte. Ich versteckte mich immer, wenn sie kamen. Bei den anderen nicht. Vor allem nicht, wenn Mario, der Fischhändler, kam, den Isabel immer Marisco nannte. Ihm fehlte ein Zahn, er trug eine grüne Schürze mit schwarzen Streifen, und er duftete nach frischem Hecht. Er begrüßte mich immer mit »Winzling«, und das gefiel mir überhaupt nicht, deshalb konnte er auch nicht mein Freund sein wie der Laternenanzünder oder mein Verehrer Paco, der Chauffeur. Aber er lachte ständig und sagte, ich würde jeden Tag größer – was so nicht stimmte –, und prophezeite: »Mit diesen Augen wirst du vielen wehtun, du wirst schon sehen.« Ich wollte niemandem wehtun – außer Margot vielleicht –, und das verwirrte mich doch ziemlich.

Isabel lachte viel mit ihm, obwohl sie sich ständig kabbelten. Er sagte, er sei verrückt nach ihr, und sie erwiderte, er sei einfach nur verrückt. Aber ich bemerkte, dass da etwas zwischen ihnen war, etwas Verborgenes und zugleich Durchschaubares; ich verstand es nicht, aber es war fröhlich, sehr fröhlich. Zu dem Bäcker hatte ich ein besonderes Verhältnis. Ich wusste, wann er läutete, denn er klingelte stets drei Mal, und dann eilte ich zur Tür, um ihm aufzumachen. Tata María schimpfte mit mir, ein Fräulein würde nicht an die Tür rennen, dafür seien sie zuständig, und ich dachte bei mir, ich bin kein Fräulein, ich bin eine Zauberin, auch wenn es keiner weiß. Das Wort war wie ein verstohlenes Lächeln, man will nicht, dass die anderen es sehen.

Der Bäcker war im Alter der Zwillinge, er hatte weißblondes Haar und kleine Augen mit ständig zuckenden Lidern. Tata María sagte: »Er ist Albino … Als ich klein war, gab es in meinem Dorf auch so einen, und niemand mochte ihn. Da siehst du, wie schlecht wir Menschen sind, du musst nett zu ihm sein, denn der Albino aus meinem Dorf ist an gebrochenem Herzen gestorben, weil niemand ihn mochte, und das ist schlimm, gemein.« Also ging ich immer an die Tür und begrüßte ihn mit einem »Hallo«, und er sagte auch »Hallo«, und das war's. Er hatte eine Tüte mit Brot dabei, Isabel nahm sie entgegen und gab sie ihm leer zurück. Eines Tages (ich glaube, es war der Vorabend vor Weihnachten) dachte ich: Ich werde ihm ein Geschenk machen. Ich zeichnete ein Brot und zwei rote Kugeln und schrieb dazu: »Ich hab dich sehr lieb, Albino«, und steckte den Zettel in die Tüte. Doch Isabel hatte es gesehen, holte den Zettel wieder heraus und fragte: »Was ist das?« Ich erklärte es ihr, woraufhin sie mich auf eine merkwürdige Weise ansah, erschrocken, oder als würde sie mich nicht kennen. Sie knüllte den Zettel zusammen, warf ihn weg und sagte: »Er kann nicht lesen ... So wie ich.«

Das war eine große Überraschung für mich: Es gab Menschen auf der Welt, die nicht lesen konnten. Wie unglücklich mussten sie sein! Ich ging in die Küche, wo Isabel und Tata María mit den umfangreichen Weihnachtsvorbereitungen beschäftigt waren. Dort setzte ich mich in eine Ecke und wartete, dass sie kurz schwiegen, damit ich mich zu Wort melden konnte. Schließlich wurde Tata María von meiner Mutter gerufen, und ich gesellte mich zu Isabel.

»Isabel, wenn du nicht lesen kannst, woher kennst du dann so viele Märchen?«

»Meine Großmutter hat sie mir erzählt.«

»Konnte deine Großmutter lesen?«

Isabel lachte auf, doch ohne jede Freude. So etwas merkte ich immer sofort. Sie sagte: »Nein, Kind, nein. Bei mir zu Hause konnte niemand lesen, aber wir haben uns immer alles erzählt und die Dinge auf diese Weise weitergegeben.«

Sie wendete sich wieder den Töpfen und Pfannen zu und brummelte vor sich hin. Plötzlich hielt sie inne und starrte auf einen für mich unsichtbaren Punkt. Sie ging in die Speisekammer, und ich folgte ihr auf leisen Sohlen, wie immer. Isabel stellte sich auf die Zehenspitzen, streckte den Arm aus und griff nach einer Flasche im Regal. Den ersten Schluck nahm sie direkt aus der Flasche, dann füllte sie ein Glas bis zum Rand. Und zum ersten Mal gewahrte ich Scheu und Furcht in ihrem Blick.

»Da wird einem warm ums Herz.«

»Ich will auch ein warmes Herz«, erwiderte ich.

Sie ließ mich an dem Glas nippen und flüsterte: »Jetzt troll dich … und zu keinem ein Wort.«

Und sie fügte noch hinzu: »Das ist nichts Schlechtes! Aber, weißt du, *SIE* verstehen das nicht.«

Schnell war mir klar: *SIE*, das waren für Isabel wie für mich die Riesen.

Da wir Ferien hatten, wusste ich, dass um die Festtage einige Mädchen aus dem Saint Maur ihre Freundinnen zum Mittagessen einluden; sie imitierten für ihr Leben gern ihre Mütter. Mich lud niemand ein. Aber Cristina bekam viele Anrufe und Einladungen, ständig klingelte das Telefon. Tata María hatte großen Respekt davor und nahm den Hörer so ängstlich ab, als erwartete sie im nächsten Moment einen Stromschlag oder Peitschenhieb. Wenn es hinten im Flur schrillte, riss sie die Augen auf, als liefe ihr ein Schauer über den Rücken, als hätte sie das Brüllen eines erwachenden, Millionen Jahre alten Tiers gehört, wie das des Mammuts in dem Museum, in das sie mich früher, bevor ich in die Schule kam, oft mitgenommen hatte. Und so war das Telefon auch für mich ein Störenfried, der in die Stille einbrach, aber zugleich stachelte es meine Neugier an, was die Riesen trieben.

Zu Hause waren sie alle viel zu beschäftigt, um mit mir ins Kino oder in den Park zu gehen, der ohnehin halb vereist war. Manchmal dachte ich an meinen Vater. An den Festtagen sahen wir ihn am häufigsten. Oder besser gesagt, dann bekamen wir ihn überhaupt mal zu Gesicht, denn das übrige Jahr war er nur ein Schatten, der von seinem Zimmer zur Wohnungstür huschte oder umgekehrt.

Und während ich an ihn dachte, fiel mir der *Nussknacker* wieder ein, und ich wünschte mir sehnlichst, er möge mich noch einmal mit ins Theater nehmen, damit ich das Mädchen wiedersehen könnte, das, wie ich glaubte, mir so ähnlich war. Aber sooft ich auch zu der Tür seines Zimmers ging und sie leise öffnete, ich sah ihn nie. Auch nicht, wenn ich durch die Scheibentür in sein Arbeitszimmer spähte (es hieß so, obwohl er nie darin arbeitete). Er war selten dort anzutreffen. So auch an jenem Tag. Als ich vorsichtig die Tür aufmachte, fand ich nur seine kleine Bibliothek vor, die fein säuberlich aufgereihten Bücher in den Regalen, zwischen denen jetzt größere Lücken waren, in der unverwechselbaren Stille der Einsamkeit. Ich weiß nicht, ob tatsächlich überall Staub lag, wohl eher nicht, aber in meiner Vorstellung war alles, die Bücher eingeschlossen, von einer zarten, leicht silbrigen Schicht überzogen. Meine Mutter las lediglich eine argentinische Zeitschrift namens *Für dich*, und Cristina gar nichts. Doch die Zwillinge lasen viel, außerdem hatten sie *Billiken* abonniert, eine argentinische Kinderzeitschrift. Sie waren zwar schon zu alt dafür, aber sie blätterten immer noch darin herum, und dann gaben sie sie mir, und ich verschlang sie von der ersten bis zur letzten Seite.

Wie ich schon sagte, damals schenkte man mir keine Beachtung, es sei denn, ich kam jemandem in die Quere. Ich erinnerte mich an die Flasche, die das Herz wärmt, und ging in die Speisekammer. Ich kletterte auf einen Hocker und bekam die Wunderflasche zu fassen. Mit etwas Anstrengung gelang es mir, den Korken herauszuziehen, und ich vernahm ein Quietschen, das sich wie das Lachen eines Gnoms anhörte. Ich nahm ein paar Schlucke, die auch nicht besser schmeckten als beim ersten Mal, und stellte die Flasche vorsichtig wieder an ihren Platz. Dann kletterte ich von dem Hocker herunter und legte die Hand auf die linke Seite der Brust, wo sich, wie man mir gesagt hatte, das Herz befand. Aber das Herz schlug ganz normal weiter, ohne dass ich eine besondere Wärme verspürte. Ich spürte gar nichts.

Ich dachte an Paco, meinen Verehrer, aber mir war bereits klar, dass Paco kein Verehrer wie die anderen war. Im Bügelzimmer hatte das Wort Verehrer schon vor langer Zeit eine Bedeutung bekommen, die nichts mit ihm zu tun hatte. Als ich noch sehr klein war und mich unter dem Tisch verstecken konnte, hörte ich manchmal, wie Isabel und Tomasa, die Frau, die montags und donnerstags die Wäsche machte, von ihren Verehrern sprachen. Tomasa aß an den Tagen mit María und Isabel in der Küche und ließ immer die Faust, mit der sie das Messer umschlossen hielt, auf den Tisch donnern. Ich hatte ein wenig Angst vor ihr, obwohl ich sie sehr hübsch fand. Sie war kräftig, wirkte aber nicht dick, vielleicht wegen der strammen Muskeln. Ihre großen grünen Augen sprühten Funken, wenn sie von ihren Verehrern oder »den Herrschaften« sprach (ein neuer Stamm, den ich gerade erst entdeckt hatte wie zuvor »die Armen«).

Die einen brachen ihr das Herz, und die anderen waren Blutsauger. Die Worte sprudelten aus ihrem Mund, während sie mit der Faust auf den Tisch schlug, bis Tata María wütend wurde und sagte: »Na, deine Wangen sind doch schön rot, so sehr werden sie dich nicht ausgesaugt haben …« Und dann lachten Isabel und sie und sagten: »Komm, du bist doch schon gezähmt … Außerdem ist die Zeit der Verehrer doch für dich vorbei … Was weißt du schon vom Leben?« In Bezug auf die Verehrer gab es ein Wort, eine übergreifende Bezeichnung: »Schufte«. »Dieser Schuft«, sagte die Wäscherin Tomasa, feuerrot vor Wut, »erst hat er mich geschwängert, und dann fliege ich raus und lande auf der Straße …« Die Verehrer-Schufte sind abscheulich, sagte ich mir; ich sah Tomasa vor mir: auf der Straße, halb verblutet, alles wegen »der Herrschaften«, und das erschreckte mich. Isabel fügte hinzu: »Ja, sie sind alle Schufte.«

Damals wusste ich nicht, was »geschwängert« bedeutet, aber aus dem Zorn und dem Mitleid in den Mienen von Isabel und Tata María schloss ich, dass es etwas so Furchtbares sein musste, dass man deshalb auf der Straße landete. Ich kam aus meinem Versteck – in dem Fall aus der Speisekammer –, und die Frauen waren keineswegs überrascht, weshalb mir der Verdacht kam, dass die Speisekammer als Versteck nicht viel taugte. Ich sagte: »Mein Verehrer, der Paco, ist er auch ein Schuft?« Und sie brachen in schallendes Gelächter aus, das mich sehr kränkte. Bis Isabel mich an sich zog, gegen ihre blau-weiß gestreifte Schürze drückte und mich beruhigte: »Nein, Paco ist kein Schuft, nicht alle Verehrer sind Schufte … nur unsere.«

Wieder lachten sie. Aus den Märchen wusste ich, dass Schufte sehr böse waren, sie lauerten den Leuten am Wegesrand auf und raubten ihnen ihr Geld, und sie raubten auch Kinder und entnahmen ihnen, für mich unvorstellbar, das Fett. Also waren alle Verehrer – bis auf Paco – Schufte. Und diese Meinung wurde durch Isabel noch bestärkt, die ein goldenes Armband mit einem kleinen Schild trug, bei dem auf der einen Seite ihr Name und auf der anderen der ihres Verehrers eingraviert war. Ich erinnerte mich, dass sie es einmal von ihrem Handgelenk gerissen und mit den Worten auf den Boden geworfen hatte: »Der Schuft, der Schuft, zur Hölle mit ihm!« Später – nur ich habe es gesehen – hat sie es wieder aufgehoben und eingesteckt.

Ich ging in mein Zimmer und zog die Vorhänge und die Gardine auf, weil ich in den Hof schauen wollte. Die Scheibe war beschlagen, ich fuhr mit der Handfläche darüber, worauf sich so etwas wie eine zweite Scheibe öffnete, feucht, durchsichtig, glänzend. Ich lehnte meine Stirn dagegen und blickte hinaus. Da machte ich eine Entdeckung.

Der Hof sah anders aus: Er war schneebedeckt und glitzerte. Ein paar schwache Sonnenstrahlen fielen auf die weiße Fläche, und es war, als entdeckte ich einen neuen, völlig anderen Raum. Wie das Dunkelzimmer, nur umgekehrt, dachte ich geblendet. So wie in der Kammer die Dunkelheit durchscheinend wurde, war es, als ob in dem verschneiten – gewöhnlich grauen – Hof sich das Licht überall mit einer Helligkeit ausgebreitet hätte, dass man fast erblindete. In jeder Ecke, in jedem noch so kleinen Winkel funkelten Kristalle, als würden sich die Lüster im »Salon der funkelnden Lichter« Botschaften senden, in einer Sprache, die nur ich allein verstand, oder als hätte sich, nachdem ein Glas zerbrochen war, eine Kaskade aus Lichtblitzen über den Boden ergossen, worüber Tata María schimpfte, ich mich aber freute. Es war ein Licht, in dem die Stille leuchtete und das den Innenhof in eine gleißend helle, funkelnde Ebene verwandelte.

Und dann glaubte ich, das Einhorn vorbeihuschen zu sehen, so weiß und strahlend wie damals, als es aus dem Bild flüchtete, in dem es gefangen war. Diesmal lief es völlig geräuschlos durch die neu entdeckte Ebene und hinterließ geheimnisvolle Spuren in der feierlichen Stille des Schnees. Mein Herz war wie ein Vogel, der seinem Käfig entfliehen wollte. Mir fiel der kleine Kay ein, der an einem Wintertag auf dem Heizofen eine Münze erwärmte, sie an die Scheibe drückte, und als das Eis geschmolzen war, durch die runde Öffnung zum ersten Mal die Schneekönigin sah.

Doch ich sah keine verhasste, böse Schneekönigin, sondern nur Paco, den Chauffeur, in seiner dunklen Lederjacke und den hohen Stiefeln; die Hände in den Taschen, schaute er zu einem Punkt, der ihm ein zufriedenes Lächeln entlockte, ein Blick, den er sonst nur für mich hatte. Ich schaute zu demselben Punkt, und da tauchte ein ungewöhnliches Wesen auf, das mit einem großen, munter umhertollenden Wolfshund spielte. Es warf ihm einen roten Ball zu, der Hund fing ihn mit der Schnauze auf, legte ihm den Ball wieder vor die Füße und wartete auf den nächsten Wurf. Sie spielten in rasantem Tempo, man sah kaum, wie der Ball flog und wie der Hund danach schnappte.

Ich öffnete das Fenster, als hätten wir Sommer, und lehnte mich weit hinaus, so neugierig und aufgeregt war ich. In der prächtigen Stille des Schnees hörte man ein Wort, besser gesagt, man sah es förmlich durch den Raum zischen: »Zar«. Dieses Wesen, offenbar ein Junge, rief seinen Hund Zar und sprang umher, als hätte er Flügel. Er erinnerte mich an einen Gott mit Helm und Flügeln an den Füßen, den ich einmal in einem Buch der Zwillinge gesehen hatte.

Aber selbst wenn er Flügel gehabt hätte, alles andere an ihm kam mir noch seltsamer vor. Ich erinnere mich, dass meine Mutter sich darüber mokierte, wenn Jungen lange Haare oder Korkenzieherlocken trugen, wie es damals Mode war (Letzteres fand sie sogar regelrecht anstößig). Was mir ein Rätsel war, denn auf Cristinas dichte Lockenpracht war sie stolz (Nacht für Nacht wurden sie von Tata María mühselig auf Lockenwickler gedreht; eine seltsame Prozedur, die ich durch den Spalt der offen stehenden Badezimmertür beobachtete). Locken waren am Saint Maur hoch angesehen; ich kann mich noch gut an den Tag erinnern, an dem Cristina sie sich abschneiden ließ und mit einem Garçon-Schnitt auftauchte. Cristinas kleine Verfehlungen wurden ihr immer nachgesehen (zu Hause wie in der Schule). Jedenfalls war klar, dass nur Mädchen Locken tragen durften. Und dieser Junge hatte lange Locken, wie ich sie noch bei keinem anderen Jungen gesehen hatte. Sie quollen unter einer braunen Schildkappe hervor und wirbelten im Eifer des Gefechtes durch die Luft. Einmal fiel ihm die Kappe in den Schnee, und in dem kurzen Moment bevor er sich bückte, um sie aufzuheben, war sein ganzer Kopf wie in Gold getaucht: So hatte ich den Erzengel Gabriel abgebildet gesehen (»Heiliger Erzengel Gabriel, Großer Kämpfer«, sang Tata María, während sie die Wäsche bügelte und stärkte). Und unter dem wehenden Pelzmantel – wie ich ihn auch noch an keinem Kind gesehen hatte – tauchten lange Beine auf, die von einer Kniebundhose aus braunem Samt und langen Strümpfen bedeckt waren, mit Rauten in vielen bunten Farben, ganz anders als meine Röcke. Immer nur marineblau, dachte ich leicht verärgert. »Immer dunkel.« Da kam mir Bibi in den Sinn, das dänische Mädchen, das auf dem Einband des von mir so geliebten Buches über ihre Abenteuer eine wunderschöne bunte Mütze trug, aus der goldblonde Löckchen hervorschauten.

Zum ersten Mal spürte ich, was Anziehung bedeutet. So wie damals, als Tata María alle Nadeln aus dem Nähkästchen gefallen waren und Fabián mit einem winzigen Magneten anrückte, den er und Jerónimo benutzten, wenn sie ihre Meccano-Konstruktionen aufbauten und Teile zu Boden fielen, und ruck, zuck alle wieder einsammelte. So erging es mir in dem Moment mit der braunen Hose. »Ich will so eine Hose tragen, nicht die Schuluniform des Saint-Maur«, sagte ich mir. Die Locken konnte ich bei meinem glatten Haar vergessen, das sich von verschnörkelten Wicklern nicht bändigen ließ. Ich war mir nicht hundertprozentig sicher, ob es sich tatsächlich um einen Jungen handelte. Aber ich war wie eine kleine Nadel, die von einem Magneten angezogen wurde.

Es waren jedoch nicht allein der Junge und der Hund, die mich anzogen; es war alles, was mein Blick erfasste, und sogar noch mehr: das Licht auf dem Schnee, die Erinnerung an die tausend Farben auf Bibis Mütze und an die Gnome, an die goldenen Locken des Erzengels Gabriel, die braune Samthose, die freudigen Sprünge, und ich sagte mir: »Ich will auch so spielen und so einen Freund haben, zumindest einen wie Zar.« Auf einmal waren die beiden wie lang herbeigesehnte Freunde für mich und vor allem greifbar; nicht wie der Laternenanzünder oder Paco oder der Fischhändler oder der Bäcker. Sie könnten echte Freunde sein. Paco feuerte sie in ihrem Spiel an: »Los, Zar! Los, Gavrila!«

Wie bei dem Vorhang im Theater, in dem ich *Der Nussknacker* und *Petruschka* gesehen hatte, als das Träumen und Sehnen seinen Anfang nahm, öffnete sich vor mir eine Tür oder ein Fenster zu einer Welt, die über das Saint Maur, meine Mutter, Tata María und Isabel hinausging; und auf geheimnisvolle Weise sah ich plötzlich das Bild vor mir, wie sich Eduarda und Michel Mon Amour umarmten, an jenem Tag, an dem ich glaubte, dass alle erloschenen Kerzen im Michael Strogoff sich entzündeten. Jetzt war es, als ob der Schnee sich entzündet hätte, das Einhorn kehrte vom anderen Ende des Innenhofes zurück, wohin es zuvor entschwunden war. Zum ersten Mal fiel mir auf, dass sein Horn aus Gold war, und wie immer war da das Rascheln und der Geruch nach gefallenem Laub.

Eine ganze Weile beobachtete ich das Treiben des Jungen und des Hundes mit dem Ball, staunte über das Funkeln des Schnees und Tausende und Abertausende von winzigen Sternen, die hinter ihren Schritten aufschossen wie eine Fontäne. Ich weiß nicht, wie lange das andauerte, aber ich erinnere mich gut, wie die beiden (oder, besser gesagt, die drei, denn der Ball war Teil der Einheit) den Hof verließen und hinter einer Tür verschwanden. Ich hatte das Gefühl, etwas habe sich entzündet. Die Welt, meine Welt, hatte sich zum ersten Mal entzündet. Denn im Schnee war – ich habe es heute genauso klar und deutlich vor Augen wie damals – etwas aufgetaucht, das nur ich allein sehen konnte: die Spuren des Einhorns.

Paco und Anastasio, der andere Chauffeur, waren schon fort, es war niemand da, nur eine Stimme, die wie ein Peitschenhieb durch die Luft sauste und an einen unbekannten fernen Ort getragen wurde. Die Zeit verstrich. Es war schon vollkommen dunkel, als ich mich allmählich vom Fenster zurückzog. In dem Moment kam Tata María herein.

»Um Himmels willen, mach das Fenster zu! Du wirst dir noch eine Lungenentzündung holen. Du bist ja eiskalt.«

Sie redete weiter, doch ihre Worte perlten an mir ab. In mir war eine bittersüße Freude aufgekommen, in die sich Ungeduld und Angst mischten.

»Hast du vergessen, was heute für ein Tag ist? Es ist Heiligabend! Ich muss dich anziehen und kämmen, und du musst dich anständig benehmen … Jesus wird heute Nacht geboren, und er will, dass die Kinder ihn lieben und artig sind.«

Ich hatte längst vergessen, dass es die Nacht von Jesu Geburt und der artigen Kinder war. Ich ließ mir das blaue Samtkleid mit Spitzenkragen, die weißen Kniestrümpfe und die Lackschuhe anziehen. Tata María kämmte mich und stöhnte wie immer über das glatte rötliche Haar und über den viel zu langen Pony, den man immer zu schneiden vergaß, eines Tages würde er mir noch bis über die Augen reichen. Und plötzlich sagte sie hastig, als hätte sie die ganze Zeit auf den geeigneten Moment gewartet: »Dein Vater hat nach dir gefragt, er hat gesagt, er habe eine Überraschung für dich …«

Sie sprach sehr leise, als würde sie mir ein Geheimnis anvertrauen oder als fürchtete sie, ihre Worte könnten in falsche Ohren gelangen.

»Papa?« Ich wunderte mich. Doch dann fiel mir ein, dass er an den Feiertagen immer mit uns zu Abend aß und sich mal wieder zeigte.

»Eine Überraschung«, jubilierte ich innerlich. Und ich erinnerte mich an unseren gemeinsamen Theaterbesuch mit dem *Nussknacker*, dem ich so nachtrauerte. Und so musste ich auch wieder an Eduarda denken, an *Petruschka*, *Dornröschen* und Michel Mon Amour.

Mein Vater und meine Mutter saßen im Salon, jeder in seinem Sessel, und meine Geschwister liefen hin und her und sammelten ihre Geschenke ein.

Ich sah meinen Vater an und erahnte zum ersten Mal etwas, das ich später, über die Jahre, als Einsamkeit in Gesellschaft erkennen würde. Er lächelte, doch der Blick seiner großen schwarzen Augen wirkte irgendwie verloren. Ich stürmte auf ihn zu, wollte ihn umarmen, mein Gesicht in seinem Hals vergraben, wie ich es manchmal bei Tata María machte. Doch als ich seine Knie berührte, war ich plötzlich wie gelähmt von einer plötzlichen Schüchternheit, ja, ich möchte fast sagen Scham, obwohl ich nicht wusste, wessen ich mich schämte. Vielleicht lag es daran, dass sie beide kein Wort sagten und mich nur anblickten. Schon damals konnte ich es nicht ertragen, wenn man mich ansah. Ich wünschte, ich hätte mich in einem meiner Verstecke verkriechen oder einen Blumenstiel als Tarnung verwenden können wie der Gnom in einem von Andersens Märchen.

Was war nun Papas Überraschung für mich? Sicher nicht der Puppenherd, das »Mensch, ärgere dich nicht« oder das *Heidi*-Buch, das mir als Einziges von all den Geschenken gefiel; ich hatte auch Marzipan bekommen und Zigaretten und Münzen aus Schokolade in goldenem Papier. Den Puppenherd fand ich überflüssig, denn mich faszinierte der echte. Gas- und Elektroherde gab es damals noch nicht, unserer wurde noch mit Kohle und Streichhölzern entzündet, und das war ein in jeder Hinsicht wunderbares Spektakel, das ich erstmals mit fünf Jahren entdeckte. Ich durfte Eier verquirlen und sogar den Eischnee fertig schlagen, mein Lieblingsspiel unter den Spielen, die Mädchen erlaubt waren. An dem Puppenherd war nichts echt. War ja auch nicht anders zu erwarten, kam er doch aus der Welt der Riesen.

Mein Vater machte meiner Schüchternheit ein Ende, indem er mich an sich zog und so fest drückte, dass es fast wehtat. Und ich erinnerte mich an Isabels Worte: »Die kommt ganz auf den gnädigen Herrn …« Anfangs dachte ich, es sei von Gott die Rede, denn Tata María und Isabel nannten ihn immer so. Aber mit der Zeit begriff ich, dass das Wort »Herr« auch meinen Vater einschloss.

Als ich mich aus seinen Armen löste, vorsichtig, als könnte er zerbrechen, gab ich ihm einen Kuss. Ich glaube, es war das erste Mal in meinem Leben, dass ich ihn küsste.

Meine Mutter stand auf und begann zwischen meinen Geschwistern umherzugehen, sie kicherte und lachte, als wäre sie sehr fröhlich. Doch ich wusste, dass sie nicht fröhlich war. Denn schon damals konnte ich unausgesprochene Worte lesen, so wie ich Funkeln für Funkeln gelernt hatte, die Worte aus den Lichtern der Lampen zu entschlüsseln, die die Hausmädchen Lüster nannten.

Meine Mutter war wunderschön mit dem roten Lippenstift und dem Kleid mit den Silberpailletten am Ausschnitt. Sie trug die lange Perlenkette der Großmutter und die Brillantohrringe von Tante Antonia, sie hatte ein Faible für Erbstücke.

Dann aßen wir zu Abend. Nach dem Essen wurde ich ins Bett geschickt und wusste immer noch nicht, was es mit der geheimnisvollen Überraschung meines Vaters auf sich hatte.

Am nächsten Morgen wartete Tata María gleich nach dem Aufwachen mit Neuigkeiten auf. Wieder hatte sie diesen fast schon verschwörerischen Ton, und ich glaubte in ihren Augen ein zufriedenes Lächeln zu sehen.

»Du wirst den heutigen Tag mit deinem Vater verbringen.«

Im »Arbeitszimmer« – oder auch »Papas Bibliothek« – war mein Vater, wie gesagt, so gut wie nie anzutreffen und die Reihen der Bücher hatten sich gelichtet.

»Der gnädige Herr nimmt alle Bücher mit … er wird schon wissen, wohin«, sagte Isabel. Und Tata María erwiderte: »Was redest du denn da, er hat doch seine Kanzlei! Was du immer gleich denkst! Außerdem, so selten wie er zu Hause ist …«

Zwei oder drei Mal hatte ich mich an die Tür mit den geschliffenen Scheiben geschlichen, als ich Licht brennen sah. Mit einem Auge hatte ich durch einen der wenigen transparenten Flecken in dem üppigen Blumenmotiv hineingespäht und meinen Vater lesend im Sessel sitzen sehen, oder besser gesagt, einen Teil von ihm.

An jenem Weihnachtsmorgen kam mir all das wieder in den Sinn, während Tata María mich anzog und sorgfältig kämmte, vor allem den Pony, über den sie mir besonders zärtlich strich.

Mahnend sagte sie: »Sei ein gutes Mädchen, du wirst sehen, dann ist dein Vater auch gut zu dir.«

Die ganze Welt strotzte vor Güte. Nach dem Frühstück machte ich mich also auf den Weg zu der Tür mit den geschliffenen Scheiben, wie man es mir aufgetragen hatte. Meine Mutter war noch nicht aufgestanden und Cristina anscheinend auch nicht, nur die Zwillinge hörte ich im Studierzimmer reden. Ich war kurz versucht, zu ihnen zu rennen und ihnen zu erzählen, dass ich einen Ausflug mit Papa machen würde, doch sogleich verwarf ich den Gedanken wieder. Die Scheu oder die Angst, ich könnte etwas zerstören, wenn ich mit jemandem darüber sprach, war zu groß.

Die Tür zur Bibliothek ging von dem Flur ab, wo mich meine nächtlichen Streifzüge hinführten, die immer seltener wurden. Doch in der morgendlichen Stille, im zarten Halbdunkel, schienen die Überfahrten und der Duft von Wachs, Holz und der von Heizlüftern erwärmten Teppiche wieder aufzuleben, was in mir den Zauber meiner Reisen in das Land der Träume und geheimen Entdeckungen wachrief.

Ich legte die Stirn auf die Scheibe und spähte hinein, doch diesmal konnte ich meinen Vater nicht im Sessel sitzen sehen. Das Licht war intensiver, denn diesmal brannte keine Lampe, sondern die Sonne schien herein. Ich klopfte, wie Tata María es mich gelehrt hatte, und wartete. Ich hörte, wie ein Stuhl über den Boden schleifte, und kurz darauf ging die Tür auf. Papa kam mir größer vor als je zuvor, und er war in der Tat sehr groß. Und ich verspürte ein leises Unbehagen, wie immer in Gegenwart der Riesen.

»Komm rein, Adri, komm rein«, sagte er und beugte sich zu mir herab. Er küsste mich auf den Pony – für die Riesen offensichtlich die Stelle für Zärtlichkeitsbekundungen.

Da sah ich den Raum von innen, den ich fortan heimlich, im Schutz der Nacht, noch häufig aufsuchen sollte.

Wie Isabel gesagt hatte, fehlte der größte Teil der Bücher aus den Regalen – das war das Erste, das mir auffiel. Es sah aus wie nach einer Naturkatastrophe, als wäre ein Wirbelsturm über ein Dorf gefegt und habe Teile mitgerissen – wie ich es einmal in der Wochenschau im Kino gesehen hatte –, oder wie ein riesiges Gebiss, bei dem die Mehrzahl der Zähne ausgefallen sind. Mein Herz zog sich zusammen, denn ich stellte mir vor, wie mein Vater auch die restlichen Bücher zusammenpackte und in großen Koffern verstaute; und wie er dastand, im Mantel und mit Handschuhen. Er hatte sogar eine Pfeife im Mund, die Rauchwölkchen ausstieß wie eine kleine Lokomotive, die jeden Moment pfeifend losfährt, weit weg, sehr weit weg.

Doch mein Vater machte einen ruhigen Eindruck und lächelte mir zu. Er setzte sich in den Sessel, in dem ich ihn manchmal durch das gläserne Laub hatte lesen sehen, und er sagte, ich solle mich in den anderen, ihm gegenüber, setzen.

Nach einem flüchtigen Blick stellte ich fest, dass es in dem Zimmer nur einen Tisch, eine Schreibmaschine, unsere beiden Sessel und ein kleines Sofa gab. Es wirkte nackt, oder anders gesagt, ausgeplündert.

An einigen Stellen der Wand sah man deutlich helle Flecken, vermutlich hatten dort früher einmal Bilder gehangen.

Mein Vater und ich sahen uns eine Weile schweigend an. Er lächelte die ganze Zeit, und die Finger seiner rechten Hand trommelten auf der Armlehne herum. Ich hatte das Gefühl, er wusste nicht, was er sagen sollte, oder dass ihm das Reden ebenso schwerfiel wie mir. Ich dachte: Sie haben recht … ich bin meinem Vater sehr ähnlich. Dann versuchte ich, ihn mir mit Pony vorzustellen, aber das passte nicht zu ihm. Er hatte eine breite Stirn und schwarzes Haar mit ein paar weißen Strähnen über den Ohren.

»Du bist die Jüngste«, sagte er auf einmal hastig. Er räusperte sich und fuhr fort: »Wie gesagt, du bist die Jüngste, und deshalb habe ich nicht so viel Zeit mit dir verbringen können wie mit deinen Geschwistern … Und in Anbetracht der Tatsache, dass du schon zehn bist …«

»Elf«, fiel ich ihm ins Wort.

Es war noch ein wenig hin bis zu meinem Geburtstag, aber ich hatte entschieden, dass ich eigentlich ja schon so gut wie elf war. Mein Vater zögerte, als rechnete er im Kopf nach. Doch er ließ es dabei bewenden.

»Gut, elf, umso besser. Ich habe mir gedacht, heute ist ein guter Tag, um etwas zu unternehmen. Wir werden in einem Lokal essen, das dir gut gefallen wird, und danach gehen wir wohin du willst.«

»In *Nussknacker* und *Dornröschen*«, sprudelte es voller Hoffnung aus mir heraus. Mein Vater war überrascht; sein Mund stand sogar ein wenig offen.

»Aber … das hätten wir uns vorher überlegen müssen. Außerdem glaube ich nicht, dass das heute irgendwo auf dem Programm steht … Ich dachte, du würdest gern ins Kino gehen. Weißt du, heute ist der erste Weihnachtstag, und da sind die meisten Kinos geschlossen. Aber zwei nicht, und in einem zeigen sie einen Film, der dir bestimmt sehr gefallen wird. Ich habe auf jeden Fall zwei Karten reserviert.«

»Mit Shirley Temple?«, fragte ich innerlich bangend und fürchtete schon, die Schmetterlingsflügel, die mir an manchen Tagen wuchsen, würden mir ausgerissen.

»Nein, aber … magst du Shirley Temple nicht?«

»Doch, ich mag sie …, aber ich habe schon alle Filme gesehen, einen sogar zwei Mal.«

»Nein, es ist keiner mit Shirley Temple. Er heißt *Kreuzritter Richard Löwenherz*. Deine Brüder …, also, ich weiß, dass du mehr Zeit mit ihnen verbringst als mit …, na ja, sie haben mir erzählt, dass dir die Geschichten in ihren Büchern so gut gefallen.«

»Ja«, sagte ich. Und ich dachte an Beau Geste, an Robinson und an Jim aus *Die Schatzinsel* und viele andere. Eine Geschichte handelte von Richard Löwenherz.

»Aber wenn du nicht magst, unternehmen wir etwas anderes.«

»Doch, doch, ich mag, ich hab ihn ja noch nicht gesehen.«

»Wenn du etwas nicht verstehst, werde ich's dir erklären.«

»Ich werde es schon verstehen«, sagte ich, um ihn ein wenig zu trösten, denn er kam mir so hilflos vor.

»Außerdem«, fügte ich in einem Anfall von Redseligkeit hinzu, »sollte ich ihn nicht verstehen, denke ich mir eben was aus.«

Da tat mein Vater etwas für ihn sehr Ungewöhnliches. Er brach in schallendes Gelächter aus und konnte gar nicht mehr aufhören. Er, der immer sehr leise sprach und dem man kaum ein Lächeln entlocken konnte. Zu meinem noch größeren Erstaunen fasste er meine beiden Hände und zog mich an sich. Er sagte:

»Man merkt doch gleich, nach wem du kommst, mein Kind.«

Es war das erste und letzte Mal, dass ich dieses Wort aus seinem Mund hörte. Am liebsten hätte ich geweint. Aber ich tat es nicht. Seit den längst vergangenen Zeiten, in denen Tata María meine Tränen mit dem Schürzenzipfel getrocknet hatte, kam es nur noch sehr selten vor, dass ich weinte. Doch in der letzten Zeit hatte ich das Gefühl, als lasteten Steine auf meiner Brust und als schnürte sich mir der Hals zu. In dem Moment verschwand der Druck zwar nicht, aber er ließ ein wenig nach.

Dann tat er etwas, das alle Riesen machten. Durch eine kleine Armbewegung sorgte er dafür, dass erst der Ärmel und dann die Manschette ein wenig nach oben rutschten. Er warf einen kurzen Blick auf die Uhr und sagte: »Fein, Adri. Jetzt beginnt unser Tag.«

»Warum schaust du auf die Uhr?«, wagte ich mich vor, weil sich die Begegnung so locker anließ.

»Weil man wissen muss, wie spät es ist und wie man die Stunden ausfüllen will. Na ja, man muss sich die Zeit sinnvoll einteilen.«

Die Art, wie er es sagte, kam mir unnatürlich vor; als hätte er es irgendwo gelesen, zum Beispiel in einer Werbeannonce in der Zeitung, und würde es nachplappern. Die Zwillinge machten sich einen Spaß aus dergleichen, und ich verstehe bis heute nicht, was sie so lustig daran fanden, immer wieder laut das Wort »Busenpillen« zu wiederholen oder »Ob groß, ob klein, jedermann weiß, wo man Englisches Öl füllt ein.« Auch wenn sie noch nicht den Status von Riesen erreicht hatten, waren mir meine großen Geschwister ein echtes Rätsel.

»Wir werden in einen herrlichen Park gehen«, sagte mein Vater. »Magst du Parks?«

»Ja, Tata María hat mich immer mit in den vom Naturkundemuseum genommen.«

»Dieser hier ist viel besser, es gibt einen See, kleine Schiffe und viele Bäume.«

Tata María zog mir den neuen Mantel an, der zu meinem Leidwesen auch wieder blau war, aber nicht so dunkel wie der

Schulmantel, und er reichte mir auch nicht fast bis an die Fersen. Doch als sie versuchte mir ein, wie meine Mutter sagte, »passendes« Hütchen aufzusetzen, weigerte ich mich standhaft. Es hatte vorn eine seitlich mit einem Band befestigte Troddel, und für mich war es das Schlimmste, das man mir auf den Kopf setzen konnte. Und das geschah jeden Tag, gegen meinen Willen.

»Nein, das will ich nicht! Ich will nichts auf dem Kopf tragen, das den blöden Namen Kapotte trägt. Das hört sich an wie Kapuze.«

»Adri«, Tata María sah mich an, wie sie es immer in schwierigen Situationen tat. »Wohlerzogene Mädchen tragen eine Kapotte.«

»Wohlerzogene Mädchen?«, schrie ich.

Mir kam das alles so albern vor, so unsinnig. Ich stellte fest, dass die kurze, scheinbar unbedeutende Begegnung mit meinem Vater mir die Kraft oder den Mut gegeben hatte, Dinge zu sagen, die bislang unter den Steinen begraben waren, die mir das Herz so schwer machten. Das Gefühl war so ungewohnt, dass es mir fast Angst machte. Ich musste an Eduarda denken, an ihr Jägerhütchen mit der Feder, an ihre großen blauen Einhornaugen und die wunderbaren, unvergesslichen Hüpfer der Kaffeekanne.

»Dann sollen die wohlerzogenen Mädchen doch eine Kapotte tragen«, sagte ich langsam, fast sanftmütig. Ich riss mir das schreckliche Ding vom Kopf und warf es in die Ecke, und Tata María blickte mich an, als sähe sie mich zum ersten Mal. Mich oder vielleicht das Phantasma der kleinen Adri.

Mein Vater besaß das Auto, das früher einmal neben den anderen gestanden hatte, die von Paco und Anastasio chauffiert wurden, nicht mehr. Aber es stand immer ein Taxi für ihn bereit. Auch das war völlig neu für mich. Ich hatte welche vorbeifahren sehen, aber noch in keinem gesessen.

Das Taxi wartete vor der Haustür. Joaquín, der Portier, der immer so einen strengen Eindruck machte, war auf einmal nett und zuvorkommend, er öffnete uns die Autotür und sagte: »Einen schönen Tag, die Herrschaften.«

Ich hatte das Gefühl, auf einen Altar gehoben worden zu sein, direkt neben dem Herrn.

Der Taxifahrer kannte meinen Vater, denn er begrüßte ihn nicht nur voller Respekt, sondern fast schon herzlich. Und im Verlauf des Tages stellte ich fest, dass meinem Vater die Herzen zuflogen, wohin wir auch gingen. Ähnlich wie bei Eduarda, aber doch wieder anders.

Papas Park – er mag heißen, wie er will, für mich wird er immer Papas Park bleiben – kam mir riesengroß vor. An einem solchen Ort war ich noch nie gewesen, er war mit dem Museumspark nicht zu vergleichen, und zum ersten Mal kam ich mit dem großen Geheimnis der Bäume in Berührung. Mein Vater erklärte mir, wie sie hießen. Die Namen kamen mir merkwürdig vor, und so taufte ich sie einfach um: »Der nach Regen riecht«, »Der wie ein alter Mann aussieht«, »Der Weinende«. Alles war verschneit und kahl. Der Weiher oder See, wie mein Vater ihn nannte, war zugefroren. Für mich sah er aus wie eine glitzernde Glasscheibe. Es waren keine Spaziergänger unterwegs, nur mein Vater und ich schlenderten über die Wege, meine Hand geborgen in seiner, und durch den Handschuh hindurch spürte ich seine Wärme.

Die Erinnerung an den Park, an den langen, stillen Spaziergang über die von weißer Pracht gesäumten Wege ist so lebendig, dass nichts sie auslöschen kann. Wir hatten alle Zeit der Welt, niemand wartete auf uns, um uns in seinen Tagesrhythmus aufzusaugen, in dem sich Hektik und Leere abwechselten. Niemand machte uns Vorwürfe, dass wir zu spät zu irgendeiner imaginären Verabredung kamen. Wir waren nicht genötigt, uns – gegenüber ohnehin desinteressierten Ohren – zu rechtfertigen, was wir gemacht, womit wir die ihnen so wertvolle Zeit vergeudet hatten. Wir flanierten einfach über die Wege, vorbei an den Schneebeeten und den nackten Bäumen, die ihre schwarzen Arme dem stählernen Himmel entgegenstreckten; durch die magische Stille, die nur Schneelandschaften eigen ist. Ich weiß nicht, wie lange wir so ziellos umherschlenderten; wir mussten nirgendwo ankommen, wir gingen einfach nur, ohne Eile durch die samtweiche Stille des Schnees.

Ich hätte ihm zu gern gesagt, welchen Frieden oder welches Glück ich empfand, dieses gefährliche Wort, das man nicht aussprechen durfte und das einfach über mich gekommen war. Doch ich drückte einfach nur seine Hand. Und er drückte meine, gleich zwei Mal. Wir blickten in den fast schon blendend hellen Himmel, und ich drückte noch einmal seine Hand, um ihm zu sagen, dass ich ihn liebte. Wieder erwiderte er meinen Händedruck. Ich glaube, ich habe nie mehr ein so wunderbares Zwiegespräch geführt. Ein einsamer verschneiter Park, ein Mann und ein Mädchen allein, ein gläserner Weiher; kein Wort, kein Laut – wenn das letzte Blatt vom letzten Winterbaum gefallen wäre, wir hätten es gehört – störte den stummen Dialog, den wir, Hand in Hand, für uns erfunden hatten.

Mein Vater blieb vor einem riesengroßen Baum stehen. An den Namen erinnere ich mich nicht mehr, nur an die kahlen, schwarzen Zweige vor dem gleißend hellen Himmel. Ich hatte das Gefühl, mein Körper sauge alles Licht und die Stille auf. Mein Vater deutete auf drei Vögel am Boden, in der Nähe des Stammes. Sie waren pechschwarz und bildeten einen seltsamen Reigen, als verfolgten sie sich. Es waren Wintervögel, von Tata María »Kältevögel« genannt. Dieses Kreisen um eine unsichtbare Achse schien ein altes, fast schon heiliges Ritual zu beschwören.

»Sieh mal, Adri«, sagte er, »sie wärmen sich gegenseitig …«

Mir kam es allerdings nicht so vor, als ob sie sich wärmten, eher, als ob sie sich verfolgten, ohne einander je zu erreichen. Sie wirkten verschreckt, desorientiert, als wüssten sie nicht, welchen Kurs sie nehmen oder wem oder was sie sich auf der langen Reise in das Land der Sonne anschließen sollten. Diese Reise hatte ich gerade erfunden, es war eine Reise in das Licht, und sie hatte nichts mit dem zu tun, was uns umgab. Dort, zu jener Zeit, in jenem Winter wirkten sie verschreckt, als hätten sie vergessen, wie man fliegt. Instinktiv sprudelte es aus mir heraus: »Sie wärmen sich nicht … sie haben Angst. Sie sind wie du und ich, Papa.«

Und mein Vater erwiderte: »Sag doch so was nicht, Adri. Wir beide haben vor nichts Angst.«

Das stimmte nicht. Ich hatte sehr wohl Angst – und er auch, wie ich in dem Moment merkte.

Plötzlich fragte er: »Ist dir kalt?«

»Ich weiß nicht.«

Bis dahin hatte ich gar nicht gemerkt, dass ich zitterte.

»Ich bin eine wandelnde Katastrophe«, sagte er, mehr zu sich als zu mir. »Ich kann nicht mit Kindern umgehen, nicht mit Erwachsenen … nicht einmal mit mir selbst.«

»Ich auch nicht«, erwiderte ich.

Er blickte gen Himmel, schloss die Augen, und aus seiner Nase kamen kleine Wölkchen wie aus dem winzigen Schornstein eines Zwergenhäuschens.

»Adri, ich weiß so wenig von dir …«

Jetzt, viele Jahre später, glaube ich zu verstehen, was er meinte. Doch genau wie damals bin ich mir nicht sicher, was er tief im Innern seines Herzens fühlte.

Er wirkte aufgekratzt. Er drückte mich an sich – besser gesagt an seine Beine – und rief laut aus: »Lass uns irgendwohin gehen, wo wir reden können!«

Ich war überrascht, dass ein Riese mit einem Gnom reden wollte. Von klein auf hatte ich mir gern vorgestellt, dass ich tatsächlich ein Gnom war. Mir fiel wieder ein, was Isabel zu mir gesagt hatte: »Bei uns zu Hause haben wir uns immer alles erzählt und so die Dinge weitergegeben.« Und sie kannten unzählige Geschichten, auch wenn sie nicht lesen und schreiben konnten.

Mein Vater zerrte mich fast schon zu dem Taxi, das am Eingang des Parks auf uns wartete.

Der Fahrer und mein Vater gingen sehr vertraut miteinander um, ich dachte, dass er bestimmt sein Freund war, etwa so wie der Laternenanzünder für mich.

Als wir im Taxi saßen, drehte er sich zu uns um und sagte: »Don Germán … selbst an einem Tag wie heute bringe ich Sie, wohin Sie wollen … und an jedem Tag des Jahres, wo auch immer es hingehen soll …«

Ich hörte heraus, dass er ihn zwar gernhatte, dass es aber auch ein großes Opfer war, an einem solchen Tag für ihn zu arbeiten. Mit zehn achtet man mehr auf den Ton als auf die Worte. Mir sind damals nur die im Gedächtnis geblieben, die Türen öffneten und nicht schlossen.

»Ich weiß, Ernesto, ich weiß … Und ich bin dir sehr dankbar.

Zum La Peña«, sagte mein Vater, und Ernesto wusste sofort Bescheid.

Der Club La Peña war geschlossen. Doch an der rechten

Seite der Tür gab es eine kleine Klingel, und mein Vater drückte auf den Knopf. Wenig später wurde geöffnet. Ein schlaftrunkener Portier, der Joaquín ähnlich sah, machte eilig den obersten goldenen Knopf an seiner Uniform zu.

»Don Germán, was für eine Überraschung … Gestern hatten wir Hochbetrieb. Bis fünf Uhr in der Frühe!«

Im Club war es ziemlich dunkel. Es gab zwei große, mit Holz getäfelte Räume, in denen es sehr angenehm roch. Vor dem Kamin, wo ein paar wenige Holzscheite schwach vor sich hin glühten, setzten mein Vater und ich uns einander gegenüber in zwei Sessel – das zweite Mal an diesem Tag. Sofort kam ein junger Mann und legte Holz nach. Mit dem Schürhaken entfachte er das Feuer wieder und sagte: »Verzeihen Sie, mein Herr …« – mein Vater wurde mal wieder zum Gott erhoben –, »aber wir haben nicht damit gerechnet, dass heute …«

»Wo ist Eliseo?«, fragte mein Vater. Die spontane Fröhlichkeit war aus seiner Stimme verschwunden. In der Nähe des Fensters zauberten die bunten Scheiben gelbe und grüne Fleckchen Wintersonne auf das blanke Parkett. Ein junger Kerl eilte herbei, fast noch ein Kind, doch gekleidet wie ein alter Mann. Er wirkte so verschüchtert wie ich, wenn Madame Saint Genis mich aufforderte, zu reden.

»Und Eliseo …?«, sagte mein Vater leise.

»Er hat heute frei, mein Herr. Es ist Weihnachten.«

Ich begann aus dem Wort einen versteckten Vorwurf herauszuhören.

Mein Vater fuhr sich mit der Hand über die Stirn und sagte: »Aber ja, natürlich … es ist Weihnachten.«

Seit jenem Tag schwingt für mich bei dem Wort Weihnachten immer die Farbe der schmalen Wege im Schnee mit, der Tenor halbherziger Festlaune und die kurzzeitig wieder aufflammende Freude eines Mannes, den einige Herr nannten und ich Papa.

Mein Vater bestellte einen Sherry »fino« – ein Name, der mir imponierte – und die Zeitung. Doch es gab an dem Tag keine Zeitung, es war ja Weihnachten. Er wirkte bitter enttäuscht, und ich dachte: Ich werde ihm etwas erzählen, wie man es in Isabels Familie macht. Ich sagte: »Papa, ich habe einen Jungen im Hof gesehen.«

»Was für einen Jungen?«, fragte er. Das beeindruckte ihn offenbar wenig.

»Ein Junge, der gar nicht wie ein Junge aussieht, er hat lange Locken … und er spielt mit einem Hund, der Zar heißt.«

Es kam mir so vor, als ob mein Vater von einer langen Reise zurückkehrte und nichts und niemanden mehr erkannte. Ich wechselte das Thema.

»Papa, kennst du Eduarda?«

Diesmal schien er die Frage zu verstehen. Er beugte sich zu mir und fragte leise, fast schon im Flüsterton: »Wieso fragst du? Natürlich kenne ich sie. Sie ist die ältere Schwester deiner Mutter.«

»Findest du auch, dass sie übergeschnappt ist? Die Hausmädchen sagen das.«

Mit dem erhobenen Glas Sherry in der Hand sah mein Vater mich an. Er beugte sich noch weiter zu mir herab.

»So etwas sagt man nicht, Adri. Niemand ist hier übergeschnappt.«

Und es folgte ein Vortrag, was man sagen durfte und was nicht, bis wir es beide leid waren. Ich hakte nach: »Magst du Eduarda?

»Natürlich mag ich sie. Ich glaube, sie ist einer der wenigen Menschen, mit denen ich reden kann … in dieser Familie.«

»Bin ich deine Familie?«

Mein Vater wurde sehr nervös und sagte, wir sollten jetzt essen gehen. Wieder schaute er auf sein Handgelenk und kontrollierte die Zeit. Und während wir im Stehen darauf warteten, dass man unsere Mäntel brachte, sagte er: »Und du bist dir sicher, dass du *Kreuzritter Richard Löwenherz* sehen willst?«

»Ja, bin ich.«

Und noch während ich das aussprach, kam mir der Gedanke, dass ich mir eigentlich nie sicher war.

Wir gingen in das Restaurant, von dem mein Vater gesagt hatte, es würde mir sehr gefallen. Aber es war Weihnachten.

Es handelte sich auf jeden Fall um ein sehr schönes Restaurant. Viel größer und luxuriöser als das, in dem ich nach der Aufführung von *Petruschka* mit Michel Mon Amour, Lev und Eduarda war.

Es war so gut wie niemand da, nur ein uraltes Ehepaar, das schweigend am Tisch saß und aus dem Fenster schaute. Und wir beide. Und der Maître sowie ein Kellner, der ebenso betagt war wie das Ehepaar, das durch das Fenster den Schnee betrachtete, und meinen Vater mit den Worten begrüßte: »Frohe Weihnachten, Don Germán. Ist das euer Nesthäkchen?«

Ich hatte das Wort Nesthäkchen noch nie gehört. Es war erstaunlich, wie viele Worte und Dinge es gab, die ich nicht kannte oder die mir verwehrt blieben. Nesthäkchen, dachte ich. Ich würde es in das geheime Notizbuch schreiben, das ich unter den Taschentüchern und den Strümpfen im Schrank in meinem Zimmer versteckt hatte. Es kam zu all den anderen Schätzen, die ich bei jeder Gelegenheit sammelte. Eduarda, Isabel, Tata María hatten schon etwas dazu beigetragen. Manchmal auch Paco oder Mario, der Fischhändler. Jetzt käme noch mein Vater dazu oder all das, was sich durch ihn ergäbe. Schätze wie die Botschaften der wandernden Lichtreflexe der Kristallgläser auf dem Tisch, wenn ich mal gemeinsam mit den Riesen essen durfte. Die Gläser in der Küche – wo ich gewöhnlich aß – enthielten nichts außer Wasser oder Orangensaft.

»Ja, das ist die Kleine.« Und auf einmal schien es mir, als spräche Traurigkeit aus seinen Worten. Nicht meinetwegen, nicht weil ich dieses Nesthäkchen war – ein Wort, das mir so gar nicht gefiel –, nicht wegen des verschneiten Parks, nicht wegen Weihnachten und auch nicht, weil wir ins Kino gingen anstatt in den *Nussknacker*. Vielleicht war es, weil er bislang keine Zeit oder auch einfach nur keine Lust gehabt hatte, mit mir zu sprechen, wie er es mit Cristina oder den Zwillingen getan hatte.

Vielleicht war er auch aus einem ganz anderen Grund traurig. Die Traurigkeit war ein zartes Gefühl, das jeden Moment reißen, das sich unerwartet in etwas anderes verwandeln konnte, in etwas, das mich abstieß. All das schoss mir durch den Kopf, ohne dass ich mir der Bedeutung bewusst war, aber ich spürte bereits einen Abgrund. Ähnlich wie an jenem Morgen, als Isabel mich mit auf das Dach genommen hatte und ich mich an der Brüstung festhielt, hinuntersah und unwiderstehlich von der Tiefe angezogen wurde. Nur Isabels entschiedene Stimme und ihre kräftigen Arme konnten mich aus dieser Faszination reißen. Ganz subtil entfaltete der Magnet seine Anziehungskraft nun bei allem, was mein Vater tat oder sagte.

»Bestell dir, was du willst, heute musst du nichts essen, was du nicht magst, und wenn du keinen Hunger mehr hast, dann lässt du den Rest auf dem Teller …«

Ich erinnere mich noch vage, als wären sie in Nebel getaucht, an dieses Mittagessen und die Stimme meines Vaters.

Er versuchte liebenswürdig zu sein, er versuchte Vertrauen zu wecken, vielleicht hatte er sogar versucht, mir seine Zuneigung zu zeigen. Aber ich hatte Angst, ich merkte, dass sie schon immer da gewesen war und dass diese Angst alles überschattete, was ich tat oder sagte oder hörte. Es war eine unterschwellige, schwache und doch enorm zerstörerische Angst.

Doch zum Glück gibt es das Lachen, und das vereinte uns an jenem Tag, auch wenn es mir damals nicht so bewusst war.

»Adri, du weißt, am sechsten Januar bringen dir die Heiligen Drei Könige alles, was du dir wünschst. Hast du deinen Wunschzettel schon geschrieben?«

Ich sah ihn an, liebevoll, fast schon wie ein Riese einen Gnom. »Nein, Papa. Ich glaube schon seit zwei Jahren nicht mehr an die Heiligen Drei Könige. Doch einen Wunschzettel habe ich natürlich schon.«

Mein Vater schien überrascht.

»Wer hat dir gesagt, dass es die Heiligen Drei Könige nicht gibt? Es gibt sie. Doch wenn die Kinder aufhören, an sie zu glauben, wenden sie sich ab, und dann müssen die Väter sie ersetzen, damit sie nicht … damit sie weiter glauben, dass …«

»Ja«, unterbrach ich ihn, denn ich merkte, dass er den Faden verloren hatte. »Ich weiß, keine Sorge. Die Heiligen Drei Könige und ich, wir sind immer noch gute Freunde.«

Das stimmte nicht, aber ich hatte sie kurzerhand in den Kreis aufgenommen, dem bereits der Laternenanzünder, der Fischhändler und Paco, der Chauffeur, angehörten.

»Letztes Jahr habe ich mir ein echtes Pferd gewünscht.«

Mein Vater schüttelte betrübt den Kopf, doch auf einmal blitzten seine schwarzen Augen schalkhaft.

»Meine Güte, da hast du sie aber ganz schön in die Bredouille gebracht.«

»Stimmt«, setzte ich noch einen drauf, »es hätte nicht in mein Zimmer gepasst, und du kannst dir ja denken, was Cristina sagen würde …«

Wir lachten so laut, dass das Ehepaar, das die ganze Zeit den Schnee betrachtet hatte, nach einem vordergründig entrüsteten Blick schmunzelte.

Mein Vater streckte über Teller, Gläser und alles andere hinweg die Hände aus, nahm meine kleinen Fäuste und drückte sie fest.

Noch nie hatte ich so aus vollem Hals gelacht, und es war, als ob etwas in mir zerspränge, als ob die Steine, die so schwer auf meinem Herzen gelegen hatten, sich in alle Winde zerstreuten. Wie gut es tat, zu lachen.

»Du wirst dein echtes Pferd bekommen«, sagte mein Vater, »das verspreche ich dir. Nicht jetzt, nicht morgen, ich weiß nicht, wann … Aber ich gebe dir mein Ehrenwort, dass du es bekommen wirst. Und wenn es eines Tages vor dir steht, dann denk an deinen Vater.«

Ich betrachtete ihn aufmerksam, fast begierig, so wie ich damals alles betrachtete, was ich erfassen wollte. Ich sah, dass er Tränen in den Augen hatte.

Zart drückte auch ich seine großen, braunen, warmen Hände, denn ich bekam erst mal kein Wort heraus, und dann sagte ich: »Ja, Papa.«

Ich zog meine Hände zurück, die so oft zu Fäusten geballt waren, vor Zorn oder Schmerz und so vielen anderen Dingen, die in mir waren und die ich nicht verstand. Doch jetzt machte sich Jubel in mir breit: Cristina könnte nie im Leben ein echtes Pferd in ihrem Zimmer beherbergen. Ich schon. Und das Einhorn noch dazu.

»Papa, sehen wir uns jetzt den *Kreuzritter* an?«

»Aber ja, selbstverständlich … Es wird dir bestimmt gefallen.«

Nach dem Dessert zogen wir unsere Mäntel an und machten uns auf den Weg ins Kino.

7

Das Kino war eines der größten in der Gran Vía. Allein die großen bunten Plakate, die vielen Lichter und die leuchtenden Buchstaben, mit denen *Kreuzritter Richard Löwenherz* angekündigt wurde, ließen mein Herz höher schlagen. Etwas Neues, Aufregendes wartete auf mich. In großen Lettern las ich die Namen Henry Wilcoxon und Loretta Young. Auf riesigen Plakaten war ein Mann mit erhobenem Schwert abgebildet. Papa zeigte auf ihn und sagte: »Das ist König Richard Löwenherz.«

Ich war überwältigt; wie oft hatte ich den Namen schon aus dem Mund der Zwillinge gehört.

»Hatte er wirklich ein Löwenherz?«, fragte ich, zu dem beeindruckenden Ritter emporblickend, und umklammerte seine Hand noch fester.

»Das bedeutet, dass er sehr mutig war, deshalb hat man ihn so genannt.«

Der Kinosaal war in dezentes Halbdunkel getaucht, und der Platzanweiser mit seiner Laterne war der Komplize bei dem großen Abenteuer, das jeden Moment losgehen würde. Es war alles so luxuriös, so feierlich und riesengroß. Kein Vergleich mit den Shirley-Temple-Sonntagen, an denen Tata María im Sessel neben mir einschlief und ich sie hin und wieder wecken musste, damit sie nicht anfing zu schnarchen. Ich war so gebannt, dass ich mich kaum rührte in meinem Sessel. Es war eine Mischung aus Staunen, Faszination und einem

Fünkchen Angst, aber vor allem die Aufregung, einen neuen, absolut unbekannten und fesselnden Raum zu betreten. Denn ich *sah* den Film nicht, ich befand mich darin; ich galoppierte auf den Pferden, stimmte in die Schlachtrufe ein, schwenkte das Schwert … Ich verstand nichts, doch genau das machte es für mich noch attraktiver: Das Ganze war ein einziges Geheimnis, ein einziges Rätsel; das Land, in dem ich leben, weiterziehen, meine Phantasie spielen lassen wollte; das Meer, in das ich eintauchen wollte, immer kurz vor einer neuen Entdeckung; es war der reine Wunsch, einen Ort zu erreichen oder zurückzugewinnen, einen Ort, der mir gehörte und den ich noch nicht gefunden hatte. Was die Bilder des Films in mir alles aufwühlten, kann ich heute nicht mehr im Detail nachvollziehen. Da sind nur Fragmente, wie die Szene, als Loretta Young zum ersten Mal als Prinzessin Blanca von Navarra auftaucht und ich sofort von ihrer Schönheit betört war. Ständig musste ich mir anhören, wie schön, wie elegant Cristina war, doch als die Prinzessin auftauchte, verblassten alle bekannten Schönheiten. Noch nie – nicht einmal in Märchenillustrationen – hatte ich solch ein zauberhaftes Wesen gesehen. Sie war blond, hatte große strahlende Augen, aber vor allem war sie von einer leuchtenden Aureole umgeben, die durch die Kleider, ein Hauch aus Tüll und Zierrat, noch betont wurde. Die Prinzessin stellte einen schmerzlichen Kontrast zu dem rauen, grausamen Kampfszenario dar, und sie versetzte mich immer wieder in Erstaunen, besonders, als sie an seiner statt das Schwert von Richard Löwenherz heiratete.

Am Ende hatte ich einen trockenen Mund, mir zitterten die Hände, und ich konnte mich nicht von der Stelle rühren. Mein Vater war schon aufgestanden und wollte mir den Mantel anziehen.

»Na ja«, sagte er, »ich weiß nicht, ob dir das gefallen hat. Aber viel Auswahl hatten wir ja nicht, Kleines. Zu erfinden brauchtest du jedenfalls nichts, das haben sie schon erledigt. Was für ein Humbug, die reinste Geschichtsfälschung!«

Schweigend verließen wir den Saal. Ich hatte immer noch Herzklopfen.

Mein Vater schaute auf seine Armbanduhr – das war ein Tick der Riesen – und sagte: »Du hast doch bestimmt Hunger, oder?«

Ich wusste nicht, ob ich Hunger hatte, ich wusste nur eines: Ich wollte nicht zurück in die Welt der Riesen von Saint Maur oder der Wohnung … Aber ich brachte kein Wort heraus, als wäre der Quell meiner Worte versiegt, selbst derer, die ich noch gar nicht entdeckt oder ersonnen hatte.

Mein Vater und ich gingen in ein Lokal, in dem es Schokolade und Eis ab. Wir setzten uns an einen Tisch am Fenster, und nach einer Weile kam eine gelangweilte Kellnerin.

Mein Vater fragte mich, was ich haben wollte, doch es kam immer noch kein Wort über meine Lippen.

»Sag schon, Adri, was möchtest du?«

Da explodierte etwas in mir, und ich ballte die Fäuste, wie immer, wenn ich Kraft sammeln wollte, und brüllte: »Ich will zurück ins Kino! Ich will noch mal ins Kino!«

Mein Vater sah mich so erstaunt an, dass ich mich in ihm wiederzuerkennen glaubte. Zumindest in seinen Augen.

»Schön, aber bis dahin … was möchtest du?«

Im Gedenken an Eduarda bestellte ich ein Vanilleeis, und als die Kellnerin gegangen war, bettelte ich: »Papa, bitte, ich will noch mal ins Kino, bitte.«

»Ist ja gut«, sagte mein Vater und drückte meine Hand. Er seufzte und murmelte kaum hörbar: »Was sind Kinder doch für seltsame Geschöpfe … Zumindest dieses Exemplar.«

Als ich feststellte, dass er durchaus ein offenes Ohr hatte, wagte ich mich weiter vor. »Ich will nicht nach Hause, ich will immer im Kino bleiben, bei dir … und im Kino.«

Ich war so beharrlich, dass mein Vater am Ende nachgab.

»Na schön, ich glaube, du hast einen Engel oder einen kleinen Teufel auf deiner Seite … Ich hatte schon Karten für einen anderen Film gekauft, für alle Fälle, aber dann fand ich den *Kreuzritter* besser, aber vielleicht war das ein Irrtum.«

Er zog zwei rosafarbene Billetts aus seiner Brieftasche, auf denen »Parkett« stand, und ich war hellauf begeistert. Mein Vater hatte sich längst geschlagen gegeben.

»Der Film spielt während der Französischen Revolution, ich weiß nicht, welcher besser zum heutigen Tag passt.«

Aus der Art, wie er die Kiefer zusammenpresste und angesichts der hervortretenden Ader an seiner Stirn schloss ich, dass er lachte.

»Also, dann geben wir sie nicht zurück, sondern …«

»Nein, gib sie nicht zurück!«

Fast hätte ich sie ihm aus den Händen gerissen. Mein Vater sah mich mit immer größerem Erstaunen an, als hätte er eine Unbekannte vor sich.

»Papa«, sagte ich, um das Ganze abzuschwächen, »ich möchte immer im Kino sein, ich möchte im Kino leben.«

Bevor er mir eine Antwort gab, bestellte er noch ein Eis für mich und etwas Alkoholisches für sich. Und während ich mein Eis aß und er an seinem Drink nippte, sagte er: »In deinem Alter solltest du längst wissen, dass man nicht im Kino leben kann. Die Kinoleute haben auch ihr Zuhause, ihre Familien …«

Er versteht nicht, was ich ihm sagen will, dachte ich, er hält mich wohl für dumm. Aber angesichts der Tatsache, dass wir noch einen Film anschauen würden, hielt ich den Mund. Offenbar resigniert redete er weiter.

»Na, dann komm. Aber wenn er dir nicht gefällt ... beschwer dich bitte nicht!«

Der Film hieß *Flucht aus Paris* und basierte auf einem Roman von Charles Dickens: *Eine Geschichte aus zwei Städten*. Die Zwillinge besaßen das Buch, und auf dem Einband war eine Guillotine abgebildet.

Während des Films erfuhr ich, wozu diese Apparatur diente und viele Dinge mehr. Ich glaube, in den beiden Kinofilmen habe ich mehr über die Riesen und ihr Verhalten gelernt als in den fünf Jahren in Saint Maur.

Als wir aus dem Kino kamen, war es schon dunkel. Ich klammerte mich an die Hand meines Vaters und verspürte ein Zittern, das ich nicht unterdrücken konnte. Ich war gewohnt, es zu verbergen, vor allem, wenn meine Mutter mich in ihr Zimmer bestellte und die Brille in der Hand hatte. Doch jetzt war es anders. Mir fielen die Augen zu, mein Kopf tat mir weh, und meine Zähne klapperten. Mein Vater bemerkte es.

»Was ist mit dir? Mein Gott, ich glaube, du hast Fieber.«

Er legte die Hand auf meine Stirn. »Du glühst ja förmlich! Mein Gott, das ist ja eine schöne Bescherung«, murmelte er.

Er rief ein Taxi – Ernesto hatte sich bereits verabschiedet, um mit seiner Frau und seinen Kindern Weihnachten zu feiern –, und es dauerte ein Weilchen, bis es kam.

Während der Fahrt vom Kino nach Hause hielt mein Vater mich im Arm und strich mir immer wieder den Pony aus der Stirn.

Als wir nach Hause kamen, rief er sofort nach Tata María.

»Kümmern Sie sich um die Kleine, ich rufe den Arzt.« Für

mich hörte es sich so an, als ob seine Stimme fast genauso zitterte wie ich. »Ich glaube, es geht ihr nicht gut. Wo ist die gnädige Frau?«

»Sie ist mit den Kindern im Theater.«

Tata María nahm mich auf den Arm, obwohl ich eigentlich schon viel zu groß dafür war. Wie üblich war sie diejenige, die einen kühlen Kopf bewahrte. Als ich mich in ihre Arme flüchtete, fühlte ich mich getröstet, obwohl ich eigentlich gar keinen Trost brauchte. Denn trotz des Fiebers und obwohl mein Kopf und meine Glieder wie nach einer Tracht Prügel schmerzten, war ich fröhlich, und dieses Gefühl war stärker als alles andere.

Tata María brachte mich ins Bett. Sie hatte den Pyjama angewärmt, wie früher, als ich mich noch nicht selbst ausziehen konnte. Sie schlug das Kreuzzeichen über mir, zog mir die lange marineblaue Strumpfhose aus und rieb meine Füße.

»Deine Füße sind ja eiskalt, Kind, und du hast Fieber«, flüsterte sie.

Zum Schluss nahm sie mir ganz vorsichtig die Ohrringe ab: kleine Perlenstecker, die ich schon fast seit meiner Geburt trug. Das ist das Letzte, woran ich mich erinnern kann, bevor sie mich zudeckte.

Später wälzte ich mich unruhig hin und her und wachte immer wieder durstig auf. Tata María wich nicht von meiner Seite, und die Nachttischlampe brannte. Das dezente Licht und die Anwesenheit von Tata María, die im Sessel neben meinem Bett döste, erfüllten mich mit einem Gefühl von Frieden und Wohlergehen. Das muss Glück sein, sagte ich mir, wie ein Wort, das ich oft gehört und gelesen hatte, dessen Sinn sich mir aber erst in dem Moment erschloss. Ein mir bisher unbekanntes Lächeln umgab alles, was ich ansah. Als lächelte ich selbst mit meinem ganzen Wesen.

Von dem, was dann geschah, habe ich nur noch bruchstückhafte Bilder in Erinnerung: der Besuch des Arztes – ich kannte ihn, oder zumindest kamen mir seine Hände bekannt vor –, das Thermometer, seine sanftmütige Stimme. Lange hatte ich mich nicht so ausgeglichen und fröhlich gefühlt – vielleicht sogar noch nie zuvor. Auf einmal existierten das Saint Maur, Margot, die spottenden Mädchen, das gefallene Laub der Maulbeerbäume mit den Raupen, die meine einsamen Schulpausen umgaben, nicht mehr. Es war, als ob an jenem Tag das Leben wieder in die richtigen Bahnen kam, als ob ich alles hinter mir ließ, was mir zuwider war oder mich am Fortkommen hinderte.

Dann taucht vage das Gesicht meiner Mutter über meinem auf, ihre grünen Augen, ohne die Brille. Doch am deutlichsten erinnere ich mich an ihre lange Perlenkette, die mich streifte, und ihr Parfüm.

Ich glaube, irgendwann bin ich eingeschlafen. Zumindest wurde ich über viele Stunden sanft im Halbdunkel gewiegt, neben mir der helle Schein der kleinen Lampe, die auf mir und an der Decke Schatten und Lichtflecken verteilte, in denen sich, für das bloße Auge unsichtbar, das ein oder andere Lächeln verbarg – und das Glück, oder zumindest kam es mir so vor. Ich hatte erreicht, was ich sonst nur im Dunkelzimmer erlebte. Man ließ mich in Ruhe.

Ich ruhte mich aus, wiegte mich beinahe selig im Schlaf, und zugleich war ich mir bewusst, dass ich schlief; der Schlaf war keine vergeudete Zeit. Als hätte ich plötzlich bemerkt, dass ich mich von einer Müdigkeit erholte, die ich seit langem mit mir herumgeschleppt hatte. Langsam, sanft befreite ich mich von ihr. Ich erinnere mich, dass ich tief atmete und mich wohl fühlte, auch wenn meine Glieder, der Kopf und die

Augen schmerzten. Die Schlaftrunkenheit und die Glut des Fiebers ließen nach, wenn Tata María mir einen Saft gab, der entfernt nach bitteren Mandeln schmeckte.

Die Benommenheit hielt nur drei oder vier Tage an. Ich erwachte, und meine halb geöffneten Augen nahmen als Erstes ein Viereck aus Licht an der Decke wahr. Und durch dieses Viereck aus Licht, das aus dem Hof kam, huschten kleine Schatten, und die Umrisse erinnerten mich an einen Gnom und einen Hund. Doch auch wenn sie durch das Viereck liefen, wie ich es bei dem Einhorn gesehen hatte, wusste ich, dass diese Schatten zu lebenden Menschen gehörten, und ich konnte ihre Stimmen hören. Manchmal sprang einer der Schatten in die Luft, als könnte er fliegen, und die Bewegung kam mir bekannt vor.

Wie immer, wenn einem der Wind etwas zuweht, vernimmt man die Worte zunächst undeutlich, und dann werden sie klar. Und auch wenn ich die Worte erst allmählich erfasste, war ein Wort darunter, das wie ein Peitschenhieb durch die Luft zischte und mir einen Namen und eine Stimme zuwehte, die ich unter Tausenden wiedererkannt hätte: »Zar!« In dem Moment war ich wirklich wach.

Ich setzte mich im Bett auf, den Blick auf das helle Viereck gerichtet, in dem sich die Schatten bewegten wie in einem wunderbaren Film: Gavrila und Zar. Im Hintergrund hörte ich die Stimme meines Verehrers Paco, der sie anfeuerte. Und in dem Moment empfand ich das, wovon Isabel gesprochen hatte, bevor sie mir einen Schluck aus der Flasche zu trinken gab: Wärme im Herzen. Damals hatte ich es nicht gespürt, aber jetzt. Mir wurde warm ums Herz.

Ich ließ mich langsam aus dem Bett gleiten, als befände ich mich immer noch im Dämmerzustand, dabei war ich hellwach. Barfuß und im Pyjama ging ich zum Fenster und öffnete es sperrangelweit. Es schneite nicht mehr, aber die Kälte drang geradezu fröhlich ins Zimmer.

So weit ich konnte, lehnte ich mich in den Hof hinaus, und dort sah ich sie, nicht länger als Schatten, sondern in den bunten Farben des Lebens: Zar, Paco und Gavrila. Es war wie die Wiederholung früherer Szenen, nur dass ich mich jetzt nicht hinter den Gardinen versteckte.

Gavrila blieb unter meinem Fenster stehen, die Hände in den Taschen seiner braunen Samthose, den Kopf zu mir emporgestreckt. So aus der Nähe hatte ich ihn noch nie gesehen, und mir fiel das intensive Blau seiner Augen auf. Ein paar Sekunden stand er einfach nur da und sah mich an (in der Erinnerung kommt es mir wie Stunden vor). Auf einmal hob er die Hand und grüßte.

Ich war irritiert, denn im Wirrwarr meiner Gefühle kam mir ein Satz wieder in den Sinn, den ich oft gehört hatte: »Jungen spielen mit Jungen und Mädchen mit Mädchen.« Wie in einem Reflex hob auch ich die Hand und winkte, so wie er es getan hatte.

Da sagte Gavrila, der das R auf sehr eigentümliche Art rollte: »Möchtest du mit mir spielen … und mit Zar?«

»Ja«, sagte ich so leise, dass ich es noch einmal wiederholen musste. »Ja!«

»Wie heißt du?«

Wie im Traum erwiderte ich, ich hieße Adri. Und rasch fügte ich hinzu: »Ja, ich will mit dir spielen. Wenn ich kein Fieber mehr habe, komme ich herunter und spiele mit dir.«

Gavrila nickte, und seine blonden Locken wippten.

Ich war verliebt.

Als Tata María herbeieilte, um das Fenster zu schließen, mich leichtsinnig schimpfte und mir die dumme Frage stellte, ob ich mir den Tod holen wolle, spürte ich plötzlich die Schmerzen in den Knochen und im Kopf, die Schwere auf den Lidern. Sie schloss das Fenster und steckte mich wieder ins Bett.

Zu meinem Leidwesen konnte ich nicht hinunter in den Hof und mit Gavrila und Zar spielen. Ich war zu schwach. Doktor Zarangüeta war ein dicker Mann mit Backenbart, der einen Umhang trug. Tata María sagte, er sei sehr gut, denn er halte kostenlose Sprechstunden in der Corredera Baja ab. Ich behielt die Worte, ohne zu wissen, was sie bedeuteten, außer, dass er gut war. Als er mich abhorchte, zog ich an seinem Ärmel und sagte: »Hören Sie …«

Ich wollte ihn anbetteln, dass ich mich anziehen und im Hof spielen durfte.

Aber er nahm meine Worte gar nicht wahr, er hatte nur ein Ohr für meine Lungen. Dann stellte er ein Rezept aus, bat um seinen Umhang und verschwand. Ich fühlte mich hilflos und verloren, doch wenig später hörte ich Gavrilas Stimme durch das geschlossene Fenster. Es war eine Kinderstimme, doch so kräftig, dass sie Scheiben, Vorhänge und, ich möchte fast sagen, Wände mühelos durchdrang. Seine besondere Art, das R zu rollen, ließ sie noch voller klingen. »Adrri! Adrri!«, hörte ich ihn rufen.

Es brach mir das Herz, und als Tata María irgendwann nicht aufpasste, riss ich das Fenster auf und rief zitternd vor Kälte oder was auch immer: »Warte auf mich, Gavrila, warte auf mich!«

Und er wartete so lange, dass er immer noch mit zum Gruß erhobener Hand vor mir steht. Zu dieser Zeit, an diesem undefinierbaren Ort, wo die Erinnerung am tiefsten, am unergründlichsten ist.

Seit mein Vater am Weihnachtstag mit mir den Ausflug gemacht hatte, war die Routine meiner Tage durchbrochen. Meine Mutter kam jeden Tag und strich mir über die Stirn, und wenn der Arzt nach mir sah, unterhielten sie sich im Flüsterton. Doch mein Vater, nach dem ich mich so sehnte, tauchte nicht wieder auf. Seit diesem Weihnachtstag, an dem ich mich ihm so verbunden gefühlt hatte, verschwand er aus meinem Leben, zumindest physisch. Meine Eltern hatten ihre Feigheit überwunden, wie Eduarda es ausdrückte, und mein Vater war ausgezogen. Ich glaubte nicht daran, bis ich viel später die Bibliothek aufsuchte und nicht ein einziges Buch im Regal vorfand; doch ich nahm den unsichtbaren Staub wahr, der die Zimmer von Menschen überzieht, die gestorben oder verschwunden oder einfach fortgegangen sind.

Eine andere Neuerung, vielleicht die bedeutendste, wegen der Konsequenzen, die sie mit sich brachte, waren die täglichen Besuche von Isabel.

Sie streckte den Kopf mit dem krausen Haar, der Stupsnase und den schwarzen Augen, die wie Pfefferkörner aussahen, zur Tür herein und fragte mit ihrem herzerfrischenden schallenden Lachen: »Darf ich eintreten, Fräulein Adri?«

Sie hatte mich noch nie Fräulein genannt, und an dem stichelnden Ton merkte ich gleich, dass es ein Spiel war. Eine zarte Freude stieg in mir auf, und obwohl es mir noch schwerfiel, mich im Bett aufzusetzen, rief ich: »Tritt ein, Isabel, tritt ein!«

Isabel trug keine Schürze, sie war gut angezogen und duftete nach Eau de Cologne, denn es war Donnerstag, und da hatte sie immer Ausgang.

»Isabel, komm her, ich muss dir was erzählen!«

Isabel beugte sich über mich und drückte mir zwei dicke Küsse auf die Wangen. Lachend setzte sie sich aufs Bett, und zum ersten Mal in meinem kurzen Leben hatte ich das Gefühl, eine Freundin zu haben: zuverlässig, treu, fröhlich. So wie ich mir eine Freundschaft immer vorgestellt hatte, anders als das, was ich von den Mädchen am Saint Maur kannte. Und so wurde eine Frau von über dreißig, die nicht lesen und schreiben konnte, meine Freundin.

»Paco hat mir erzählt, du liebst ihn nicht mehr, du hättest jetzt einen anderen Verehrer.«

Sofort saß ich senkrecht im Bett.

»Nein, nein! Sag Paco, er ist und bleibt mein Verehrer … außerdem ist Gavrila gar nicht mein Verehrer.«

Isabel lachte und umarmte mich und flüsterte mir ins Ohr: »Aber man kann doch mehrere Verehrer gleichzeitig haben. Wenn sie solche Schufte sind, warum sollen wir da zurückstehen?«

Sie verstrickte sich in eine Rede, die ich nicht verstand, und ich sagte: »Isabel, ich bin verliebt in Gavrila.«

Schweigend sah sie mich an, blickte mir direkt in die Augen, wie es bis dahin kaum jemand getan hatte. Und mir war, als blitzte in der Mitte ihrer Augen eine winzige rote Flamme auf.

»Na ja, du bist schon eine kleine Frau. Und mit der Liebe kenne ich mich aus.«

Ich musste an die Likörchen in der Speisekammer denken und sagte: »Da wird einem warm ums Herz …«

Sie lachte auf.

»Warm? Da tobt ein Vulkan!«

Und von dem Tag an setzte sie sich jeden Tag, wenn Tata María bügelte, an mein Bett und erzählte mir ganz viel über Gavrila. Denn sie war bestens informiert.

Ich verstand nur die Hälfte von dem, was sie erzählte, doch den Rest malte ich mir aus. Manchmal rief Gavrila mit seiner gewaltigen Stimme auf dem Hof nach mir. Dann stellte ich mich ans Fenster, und wir winkten uns zu. Gavrila wurde zu einem mythischen Wesen und war alsbald Teil der Geschichten um die Wikinger, Beau Geste und Richard Löwenherz, alles bunt durcheinander. Doch vor allen anderen war es Gavrila, allein Gavrila, der am Ende der Geschichten, einer geheimnisvollen Katastrophe entronnen, lächelnd winkte.

Von Isabel erfuhr ich, dass Gavrila Russe und seine Mutter Ballerina war. Isabel sagte mit ihrer zärtlichen Stimme, die so viele Schätze barg.

»… also Gavrila und seine Mutter, na ja, nicht sie selbst, ihre Eltern oder Großeltern oder was weiß ich, sind vor der Revolution in ihrem Land geflohen, aus Russland. Und sie, also ich meine Gavrilas Mutter, ist Ballerina, denn Russland hat gute Balletttänzer und die verdienen gutes Geld. Kurzum, Adri, sie leben jetzt in einer der Dachwohnungen. Aber du hast ja keine Ahnung, in welchem Luxus die schwelgen, auch wenn die Wohnung billig ist. Was die Frau sich an Pelzen und Schmuck und was weiß ich alles leistet. Also, wie gesagt, sie leben unter dem Dach, und sie haben einen Diener, der alles macht. Er stickt sogar! Jetzt gerade für mich.« Isabel machte eine kleine Pause und begutachtete ihre Nägel. »Er bestickt ein Nachthemd für mich. Er stickt phantastisch, so was findet man hier gar nicht mehr. Zurück zu unserem Thema: Gavrila nimmt immer die Dienstbotentreppe, wenn er in den Hof geht. Aber die Frau Mama, für die ist das Beste gerade gut genug … Für sie, versteht sich, denn was den Jungen angeht … Zum Glück hat er Teo! Ich meine den Diener, er ist ein Segen. Stell dir vor, die ganze Hausarbeit lastet auf ihm. Er kocht, näht, putzt, bügelt … und er opfert sich auf für den armen Gavrila. Ein gutmütiger Kerl! Und sie hat nur Augen für den Grafen.«

»Und wer ist der Graf?«

»Ach, Kind, der, der sie beschützt … der das alles bezahlt.«

»Warum? Was bezahlt er?«

»Alles, Adri, alles. Er ist ihr Beschützer.«

»Wovor beschützt er sie?«

Isabel schwieg nachdenklich. Etwas huschte über ihr Gesicht, wie der Schatten eines fliegenden Vogels. Und dann sagte sie hastig: »Vor der Armut, Adri, vor der Armut. Man muss wissen, was Armut ist, um es zu verstehen.«

Und fast schon ängstlich fügte sie hinzu: »Adri, Liebes … erzähl ja nichts weiter von dem, was ich dir gesagt habe, weder deiner Mutter oder sonst jemandem … Weißt du, die Damen hier im Haus, auch deine Mutter, mögen Gavrilas Mutter nicht.«

Einem Impuls folgend, zog ich mir das Laken über das Gesicht. Als wollte ich weder an diesem noch an irgendeinem anderen bekannten Ort sein, außer vielleicht unter dem Bügeltisch. Vor meinen geschlossenen Lidern hob sich langsam ein schwerer Vorhang.

Isabel erschrak, riss mir das Laken vom Kopf und umarmte mich. Sie wiegte mich sanft in ihren Armen und sagte: »Aber Gavrila hat damit nichts zu tun. Gavrila ist wie du, du hast auch nichts mit dem zu tun, was in diesem Hause vor sich geht … Also, ja und nein …«

Wir blieben ein Weilchen so sitzen, ich drückte die ganze Zeit die Nase gegen das Medaillon in ihrem weichen Ausschnitt. Als ich mich löste, sagte sie: »Weißt du, was mir manchmal in den Sinn kommt, wenn ich dich oder ein anderes Kind sehe? In meinem Dorf, da wachsen im Frühling kleine Pflanzen. Man nennt sie Pusteblumen, und sie sind so vollkommen, so rund, so schön … und auf einmal kommt ein Windstoß oder eine kleine Brise und hopp! sind sie dahin, ein einziger Windhauch, und Feder für Feder fliegen sie davon, und niemand sieht sie je wieder.«

Ich hatte das Gefühl, dass sie gleich zu weinen anfangen würde, denn sie biss sich auf die Lippen. Und um die Tränen zu verscheuchen, sagte ich: »Isabel, wer ist der Graf?«

»Ein dicker Fisch«, erwiderte sie schnell. »Ein richtig dicker Fisch.«

Ich stellte mir einen fetten Mann vor.

Isabel stand auf, strich das Stück Decke glatt, auf dem sie gesessen hatte, und sagte: »Auf Wiedersehen, Adri. Sei unbesorgt, bald geht es dir wieder gut, es war nur eine starke Erkältung. Bald kannst du wieder aufstehen.«

»Isabel, komm wieder …«

»Natürlich, Adri, jeden Tag, wenn Tata María bügelt, werde ich dir Gesellschaft leisten.«

Sie warf einen kurzen Blick in den Spiegel, zog den Rock glatt, und dann machte sie dasselbe mit ihrem Gesicht, als wollte sie Falten glätten. Dabei hatte sie gar nicht solche Falten im Gesicht wie Tata María.

Und dann ging sie fort. Bestimmt wurde sie von einem Verehrer erwartet. Doch sie kam jeden Nachmittag zur Bügelzeit wieder. Tata María, die sich auch um mich kümmerte, aber mehr um meine Pflege – sie wusch mich, verabreichte mir die Medizin und das Essen –, schienen die Besuche sehr zu amüsieren. Während sie mir ein frisches Nachthemd anzog, sagte sie kichernd: »Sieh einer an, was so eine Erkältung doch für Freundschaften stiften kann …«

Ich lachte mit, aber ich wusste nicht, was sie daran so lustig fand.

Manchmal hörte ich am Nachmittag die Stimme von Gavrila, der mit Zar spielte. Und immer mal wieder drang mein Name durch die Fenster, die Gardinen und alles, was zwischen uns stand.

»Adrriiii!«

Er rief nur meinen Namen, aber ich wusste, dass in diesem Wort viel mehr steckte. Endlich gefiel mir mein Name, vor allem die Verkleinerungsform. Und ich stellte mir vor, dass mich künftig alle so rufen würden, mit dem seltsam gerollten R.

Doch das tat niemand. Nur er.

Ich habe nie erfahren, was genau das damals für eine Krankheit war, es handelte sich wohl um keine gewöhnliche Erkältung, wie Isabel gesagt hatte. Die Bemerkungen, die später darüber fielen, waren widersprüchlich. Doch erinnere ich mich noch daran, wie meine Mutter und der Arzt an meinem Bett flüsterten und dass ich an einem Tag, an dem das Fieber besonders hoch war, laut vor mich hin gefaselt, fast schon geschrien habe. Vor allem aber erinnere ich mich an den überraschenden Besuch von Cristina. Sie setzte sich zu mir und nahm meine Hand. Ich schlug die Augen auf, und wir sahen uns an. Uns fiel beiden nichts ein, worüber wir hätten reden können. Sie lächelte nur, und als sie ging, drehte sie sich noch einmal um und sagte: »Adri, wenn du groß bist, werden wir gute Freundinnen sein. Du wirst sehen.«

Auch die Zwillinge kamen. An dem Tag war ich wacher, ich setzte mich sogar im Bett auf. Schweigend sahen sie mich an. Jerónimo strich mir über den Pony, das kannte ich ja, und Fabián lächelte. Wir schwiegen eine Weile, und dann sagte ich: »Ich hab die Verfilmung von einem eurer Dickens-Romane gesehen, *Eine Geschichte aus zwei Städten* …«

Sie waren überrascht.

»Und, hat dir der Film gefallen?«, fragten sie wie aus einem Mund.

»Ja, sehr. Wenn ich wieder lesen darf, müsst ihr mir das Buch leihen.«

»Das verstehst du noch nicht. Vielleicht im nächsten Jahr oder im übernächsten.«

»Filme sind leichter zu verstehen als Bücher.«

Weil mir die Kraft fehlte zu widersprechen oder überhaupt zu sprechen, schwieg ich und schloss die Augen.

Als ich sie wieder aufschlug, sagte Jerónimo: »Wenn du wieder aufstehen kannst, wirst du deinen Augen nicht trauen. Du bist bestimmt gewachsen!«

Sie gaben mir jeder einen Kuss auf die Stirn und verschwanden. Ich dachte über Jerónimos Worte nach. Komisch, alle nahmen sie die Größe so wichtig. »Wenn du groß bist«, »Du bist bestimmt gewachsen«. Und mir kam wieder in den Sinn, was Isabel über die Kinder und die Pusteblumen gesagt hatte.

8

Endlich kam der Tag, an dem der Arzt sagte, ich dürfte morgens ein wenig aufstehen.

Als Erstes dachte ich darüber nach, wie ich wohl in den Hof hinuntergelangen könne. Wahrscheinlich würde man mich nicht so ohne weiteres nach draußen lassen. Das war mir in all den Tagen im Bett klargeworden. Der Satz, der mir noch in den Ohren hallte, »Mädchen spielen mit Mädchen und Jungen mit Jungen«, den ich nie auf mich bezogen hatte, bekam auf einmal eine unheilverkündende Bedeutung.

Mit meiner Kleidung über dem Arm kam Tata María ins Zimmer, ihre Miene war fast so feierlich wie am Tag meiner Ersten Kommunion.

»Da wollen wir doch mal sehen, wie hübsch und gesund unser Fräulein ist …«

Sie sagte das mit einer Fröhlichkeit, die einen vergessen ließ, dass sie gar nicht lächelte. Sie kleidete mich an, und mir fiel auf, dass die Kleider nagelneu waren.

»Muss ich denn nicht zurück in die Schule?«

Ich sah einen Funken Hoffnung am Horizont. Als ich aufstand, verspürte ich einen leichten Schwindel, wie immer, wenn ich mich im Bett aufsetzte, um etwas zu essen, oder wenn man mich ins Bad brachte.

»Natürlich gehst du wieder zur Schule, aber erst im Oktober. Du musst erst mal völlig gesund werden. Das Schuljahr hast du ohnehin versäumt.«

War so viel Zeit vergangen? Es war mir gar nicht so vorgekommen.

»Tata, mir wird schwindelig …«

Ich schlang die Arme um ihren Hals, und wieder nahm ich an ihr den Geruch nach getoastetem Brot wahr, als sie mich streichelte.

In dem Moment betrat meine Mutter den Raum. Ich fand sie wunderschön. Sie hatte sich das Haar blond gefärbt. Das wunderte mich, denn sie lästerte immer über eine ihrer Freundinnen, die das machte.

»Da ist ja unsere kleine Kranke … der es schon wieder viel besser geht. Komm und umarme mich!«

Ich löste die Arme von Tata Marías Hals und streckte sie aus. Es gelang mir kaum, einen Fuß nach vorn zu setzen, so schwach fühlte ich mich, aber sie fing mich auf, bevor ich hinfallen konnte. Sie brachten mich wieder ins Bett und tuschelten leise. Den Geruch ihres Parfüms werde ich nie vergessen. Allein das Wort »Mama« bringt ihn zurück, auch lange nach ihrem Tod. Er währt länger als ihr Leben.

Sie blieb so lange bei mir, bis ich mich wieder aufrichten konnte. Langsam kehrte die Kraft zurück, ich glaube, allein aus dem Wunsch, endlich aufstehen und mit Gavrila im Hof spielen zu können.

Aber meine Mutter hatte keine Ahnung davon und sprach von anderen Dingen, die mich weit weniger interessierten.

»Adri, Weihnachten ist lange vorbei, aber keine Sorge, du hast ja noch all die Geschenke vom Dreikönigstag. Und als die Mädchen aus deiner Klasse gehört haben, dass du erst im Oktober wiederkommst, haben sie dir etwas Wunderbares geschickt, es ist bezaubernd, du wirst sehen, eine große Karte aus Pappe mit Genesungswünschen, und alle haben unterschrieben! Margot als Erste! Von ihr stammt die Idee! Siehst du, Adri, alle haben sie dich gern!«

Mir fielen Margots Ellenbogenrempler auf dem Weg zur Kapelle ein, mit denen sie mich zu Fall bringen wollte, das Gekicher hinter mir, wenn ich stotterte – was mir damals häufig passierte –, und all die vielen Male, da sie mir nicht nur den Nachtisch wegnahm, sondern auch die Vesper – die erbärmliche Vesper, bestehend aus einem Brot mit getrockneten Feigen, die dann zum Preis von Kaviar in Rechnung gestellt wurde – und sie vor meinen Augen in den Gartenteich warf, weil sie glaubte, sie könnte mir damit wehtun, dabei wunderte ich mich nur. In dem Moment hatte ich den schmeichlerischen Chor der guten Mädchen wieder im Ohr, die sich über mich lustig machten. Sie hatten mir den Spitznamen »Zwergin« gegeben, weil ich viel kleiner als sie und zudem die Jüngste in der Klasse war. Sie konnten es offensichtlich nicht ertragen, jemanden in ihrer Klasse zu haben, der ein oder zwei Jahre jünger war. Dass jemand Jüngeres Anspruch darauf hatte, mit ihnen die Schulbank zu drücken. Ich glaubte nicht, dass ich irgendein Verdienst hatte, zumindest nicht in ihren Augen, und ich legte auch keinen Wert darauf. Wenn ich ein Verdienst hatte, dann dass ich die Tränen unterdrücken konnte. Wie der standhafte Zinnsoldat oder die anderen, von den Zwillingen bewunderten Soldaten.

Mist, dachte ich, auch wenn es mir nie in den Sinn gekommen wäre, das Wort auszusprechen. Doch ich stellte fest, dass man damit Aufgestautes zum Platzen bringen konnte. Die Karte, die meine Mutter mir wie eine Trophäe präsentierte, war mir völlig egal und auch die Unterschriften. Sie war bunt und zeigte das Bild eines Engels, unter dem stand: »Der Schutzengel wird dich auf einen guten Weg führen.« Ich wusste, dass ich einen Schutzengel hatte, denn das hatte mir Tata María schon lange vor den Schwestern am Saint Maur gesagt. Doch mein Engel hatte nichts mit dem auf der Karte gemein. Man sah, dass sie ihn von irgendeiner Illustration abkopiert hatten, noch dazu miserabel. Außerdem hatten sie ihn gelb, rot und blau ausgemalt, und mein Engel war weiß wie das Einhorn. Als ich Margots Unterschrift sah, empfand ich zum ersten Mal in meinem Leben Hass. Und dass sie in mir dieses bis dahin unbekannte Gefühl geweckt hatte, werde ich ihr nie verzeihen. Die anderen Unterschriften ließen mich kalt. Mist, dachte ich nochmals bei mir. Doch beim zweiten Mal empfand ich fast schon Ekel, denn mir war schwindelig, und dazu all die Bilder und Eindrücke in meinem Kopf.

Aber meine Mutter war völlig aus dem Häuschen und redete lauter Unsinn. Dank Gott, dessen Wege unergründlich seien, würde man mich nun endlich am Saint Maur wertschätzen. Ich stellte mir vor, wie ich in der einen und das Schulgebäude in der anderen Waagschale lagen. Mit allen Nonnen und Mädchen darin, Margot als Anführerin, als Schutzengel verkleidet und das Schwert schwenkend, das der Engel trug, der Adam und Eva aus dem Paradies vertrieb.

Ich saß auf Mutters Schoß und ließ mich flüchtig küssen und herzen. Dann erhob sie sich und sagte: »Jetzt bleibst du ein Weilchen auf, isst deine Schonkost, und dann gehst du wieder ins Bett … Du wirst sehen, bald fühlst du dich so gut wie nie.«

Wie nie?, dachte ich. Und mechanisch wiederholte ich, ohne zu wissen, warum: »Wie nie, wie nie …«

Fast schon in der Tür, drehte sie sich noch einmal um und sagte: »Ach, ja! Papa hat dir einen Brief geschrieben. Tata María wird ihn dir geben.«

Dann hatte sie es auf einmal sehr eilig.

Die Nachricht wühlte mich auf. Ich sah Tata María an, und ihr Mund war zusammengepresst, wie immer, wenn sie zweifelte oder Angst hatte.

»Ja«, sagte sie sanft. Sie zog einen Umschlag aus der Schürze und reichte ihn mir.

Meine Hände zitterten, ich konnte ihn fast nicht aufmachen. Es war der erste Brief meines Lebens. Ich hatte ein wenig Angst davor, ihn zu lesen, und fragte Tata María: »Warum schreibt er mir einen Brief? Er könnte mich doch besuchen, wie all die anderen?«

Tata María setzte sich an mein Bett zog mich an sich und sagte leise: »Adri, dein Vater wohnt nicht mehr bei uns, aber er hat dich sehr lieb.«

Sogleich fiel mir Eduardas Satz ein: »Weil sie feige sind ...« Und anders als Tata María es bestimmt erwartete, überkam mich eine Art freudiger Erleichterung, gefolgt von der Frage: Warum? Alles war ein einziges Warum?, damals wie heute.

»Lies ihn in aller Ruhe, Adri. Setz dich aufs Bett und lies. Ich komme wieder, wenn du fertig bist.«

Sie verließ das Zimmer, und ich setzte mich, wie befohlen, aufs Bett, in dem sich noch die Wärme der Umarmung und das Parfüm meiner Mutter hielt.

Es war ein sehr kurzer Brief. Ich glaube, ich kann ihn noch immer fast auswendig. Während ich las, kehrten die Vögel aus dem Park zurück, die sich im Kreis gejagt hatten, worauf er sagte, sie wollten sich wärmen, und ich, sie hätten Angst.

Liebe Adri, Papa ist nicht mehr zu Hause, aber das heißt nicht, dass du nicht bei mir bist, das wirst du immer sein. Der Tag, den wir gemeinsam verbracht haben, war einer der schönsten meines Lebens. Ich habe dich sehr, sehr lieb, vergiss das nie. Und eines Tages werde ich dir ein echtes Pferd kaufen. Das verspreche ich dir, und wenn dein Vater dir ein Versprechen gibt, dann hält er es. Ich schicke dir tausend kleine Händedrücker und warte auf deine. Papa.

Ich legte den Brief auf meine Knie, und ich glaube, ich begriff zum ersten Mal, was ein einfaches Nicht-mehr bedeutet. Ich war wie gelähmt angesichts dieses Nicht-mehr. Ich wiederholte es im Geiste immer wieder. »Er ist *nicht mehr* da« war nicht dasselbe wie »er ist *nicht* da«. Denn *nicht mehr* bedeutete, dass mein Vater eben *nicht mehr* nach Hause kommen würde, während bei der anderen Variante die Möglichkeit bestand, dass seine Abwesenheit nur vorübergehend war und dass ich ihn irgendwann wieder durch das Laub des geschliffenen Glases lesen sehen würde.

Ich wollte weinen, nur noch weinen. Ich ballte die Fäuste, biss die Zähne zusammen, presste die Augen zu. Langsam nahm ich auch den Rest des Briefes wahr, die Wärme, die er ausströmte wie einen Duft, und die Hoffnung, dass er all seine Versprechen hielt. »Eines Tages …« Irgendwann, das waren die Zauberworte, die in meinem Herzen ein zartes Flämmchen entzündeten.

Am Ende habe ich nicht geweint. Ich faltete den Brief mehrmals und verstaute ihn sorgfältig in meinem Geheimversteck. Ich kam mir vor wie ein Pirat, der die Karte, wo der Schatz zu finden ist, verschwinden lässt. Ich stand immer noch im Bann der Bücher meiner Brüder, die voll von solchen Geschichten waren.

Und mit eben dieser unbändigen Phantasie erwartete ich gespannt die berühmte »Schonkost«. Doch bald stellte ich fest, dass es sich wieder um eines der vielen Täuschungsmanöver der Riesen handelte. Die »Schonkost« bestand aus gekochtem Hähnchen mit fadem Gemüse. Viel mehr gab's nicht. Trotzdem aß ich alles auf.

In den ersten Tagen meiner Genesung änderte sich mein kleines Leben. Es begann eine Etappe der großen Entdeckungen in meiner Umgebung und in mir selbst. Angestoßen, gefördert und begleitet wurden sie von Isabel.

Auch heute noch, nachdem sie diese Welt schon lange verlassen hat, wird mir »warm ums Herz«, wenn ich an sie denke, so warm, wie sie es nach meinem ersten »Likörchen« angekündigt hatte, womit ich damals aber nichts anfangen konnte. Wenn ich heute in angenehmer Gesellschaft ein Gläschen trinke, stoße ich insgeheim auf sie an, wo immer sie auch sein mag, und auf all das Gute, mit dem sie meine einsame Kindheit bereichert hat.

Ich spitzte die Ohren in der hoffnungsvollen Erwartung, eine Botschaft möge durch das Fenster zu mir hereindringen. Es war strengstens verboten, es zu öffnen, außer wenn mein Zimmer geputzt wurde und ich warm einpackt in einem anderen Raum saß. Ich wartete auf die kräftige, so gar nicht kindliche Stimme. Entweder war er fort – wie Papa – oder er hatte die Stimme verloren. Meine Angst wurde immer größer, und manchmal, wenn ich im Bett lag, bat ich Tata María, die Lampe auf dem Nachttisch brennen zu lassen. Wenn sie gegangen war, starrte ich an die Decke in der Nähe vom Fenster und wartete auf ihre Schatten. Weil sie nicht auftauchten, kam ich auf die Idee, Tata María darum zu bitten, mir anstelle der Lampe eine Kerze hinzustellen. Sie wunderte sich ein wenig, doch dann begann sie zu erzählen, und es war, als ob sie alles wieder genau vor sich sah, obwohl es Jahrzehnte zurücklag.

»Weißt du, als ich ein junges Mädchen war, fast noch ein Kind, da haben die Frauen der Fischer in meiner Heimat nachts Kerzen angezündet. Sie ließen sie brennen, bis sie im Morgengrauen an den Strand gingen, um auf die Boote zu warten, und wenn sie die Boote kommen sahen, haben alle im Chor gesungen. Und sobald wir sie hörten, wussten wir, der Morgen war angebrochen, und alle freuten sich, weil die Fischer lebend zurückgekehrt waren. In meiner Heimat singen die Leute im Chor, weißt du, Adri, sie haben die besten Chöre der Welt! Und wenn die Frauen wissen, dass die Männer, die Söhne heimkehren …«

An dieser Stelle brach sie ab und holte einen Kerzenleuchter mit Glas für mich. Als sie den Leuchter auf den Nachttisch stellte, blickte ich zur Decke und sah, dass das Flackern der Flamme sich dort oben fortsetzte. Und nachdem Tata María das Zimmer verlassen hatte, konnte ich mühelos Schatten ausmachen, die für mich alles andere als Schatten waren, für mich waren sie im Dunkeln tanzende Lichtgestalten. Da sah ich das Einhorn wieder.

Am nächsten Tag kam Isabel. Ich sprang aus dem Bett und fiel ihr um den Hals. Ein unermessliches Strahlen ging von ihr aus. Sie erinnerte mich an die Bilder der heiligen Isabel von Ungarn mit der Schürze voller Blumen, die ich im Saint Maur gesehen hatte. Sie setzte sich aufs Bett, legte einen Finger an die Lippen und lächelte schelmisch, verschwörerisch.

Sie sah sich um, als wollte sie sich vergewissern, dass niemand mithörte. Mein Herz pochte in freudiger Erwartung; gleich würde sie mir etwas erzählen, das mit der Stimme zu tun hatte, die mühelos die Scheiben durchdrang.

Sie nahm meine Hände und flüsterte leise: »Ich muss dir etwas sagen, es ist ein Geheimnis, du musst schwören, dass du es niemandem weitererzählst.«

»Ja.«

»Schwöre es.«

»Wie macht man das?«

Sie legte die gekreuzten Finger über die Lippen und sagte: »Ich schwöre.«

Ich tat es ihr gleich.

»Na, dann pass mal gut auf.«

Wie immer, wenn sie sagte, ich solle gut aufpassen, ging es um etwas Wichtiges, das ich schweigend anhören sollte.

Wind war aufgekommen. Ich hörte es durch die unsichtbaren Ritzen an den Fenstern. Er heulte wie ein Kind, das sich im Wald verlaufen hat. In entscheidenden Momenten meines Lebens ist häufig der Wind aufgetaucht.

»Isabel, ich habe Angst.«

»Wovor hast du Angst, Lämmchen?«

Sie nannte mich immer Lämmchen, wenn sie besonders liebevoll sein wollte.

»Vor dem Wind.«

»Was für ein Wind?«

»Hörst du ihn nicht? Er heult da draußen und kommt durch die Ritzen!«

»Welche Ritzen?«

»Dort, am Fenster.«

»Da ist kein Wind, Kleines, ich höre nichts.«

Trotzdem ging sie zum Fenster, schob das Haar hinters Ohr und lauschte.

»Da ist kein Wind. Mach dir keine Gedanken. Das liegt bestimmt am Fieber.«

»Aber ich hab doch gar kein Fieber mehr.«

»Das ist egal. Pass auf.«

Das tat ich, und auf wundersame Weise legte sich der Wind. Jedenfalls hörte ich ihn nicht mehr.

»Wetten, dass du nicht errätst, wer nach dir gefragt hat?«

Ich tippte auf Paco oder den Fischhändler, nur einen Namen behielt ich unter der Zunge wie ein Bonbon, von dem man noch lange zehren will. Ohne Hoffnung, dass er es sein würde. Doch ich irrte mich.

»Der Junge der Ballerina. Er kam zwei oder drei Mal die Treppe hochgerannt … Ein hübscher Bursche, ein Jammer, dass er diese Locken hat. Er hat gefragt, wie es dir geht. Er spricht komisch und ist schwer zu verstehen. Aber er sieht gut aus, das muss man sagen. Allerdings sollte er sich die Haare schneiden lassen!«

Mir stockte der Atem.

»Ist er wirklich gekommen, Isabel? Ist das wahr? Was hat er gesagt?«

»Wie ich schon erzählt habe: ›Wie geht es Adri? Wann kommt sie zum Spielen hinunter?‹ Und ich hab ihm gesagt: ›Ich weiß es nicht, Junge, aber es wird bestimmt nicht mehr lange dauern‹, und er: ›Sie soll bald kommen‹, und dann ist er die Treppe hinuntergerannt. Paco meinte: ›Der Junge ist einsam, er hat keine Freunde, er kennt nur Adri‹, und ich dachte bei mir, meine Adri hat auch keine Freunde, die haben sich gesucht und gefunden. Ja, so war's. Als er das letzte Mal da war, hat Tata María ihn gehört und mich gescholten: ›Die gnädige Frau will nicht, dass sie mit dem Jungen Umgang hat, nicht wegen dem Jungen natürlich, der Arme, sondern wegen der Mutter.‹ Und ich hab gesagt: ›Ach, was willst du, die beiden sind so allein, ohne Freunde, lass sie doch ein wenig zusammen sein und spielen … sollen wir ihnen die Freude nehmen, wo sie doch so wenig im Leben haben?‹ Und sie meinte: ›Na gut, du immer mit deinem Leichtsinn, ich werde beide Augen zudrücken, aber wenn die gnädige Frau davon Wind bekommt, weiß ich von nichts.‹ Sobald du wieder wohlauf bist, weißt du Bescheid: Wenn uns keiner sieht, mache ich dir *unsere* Tür auf, und dann gehst du hinunter. Aber außer dir und mir darf niemand etwas davon wissen … außer Paco!«

Ich ließ mich rücklings auf das Bett fallen und atmete tief ein.

In jener Nacht wartete ich sehnsüchtig darauf, dass in den Bereich der Wohnung, in dem sich mein Leben abspielte, Stille einkehrte. Ich blickte suchend zur Decke, und mit der Stille kehrten die Lichtgestalten zurück. Zum ersten Mal blieb das Einhorn stehen und drehte mir den Kopf zu, und mir war, als könnte ich das auf mich gerichtete lange, goldene Horn förmlich spüren. Dann verschmolz das Einhorn langsam mit der Dunkelheit. Und wie beim ersten Mal im Salon, unter dem Sofa, hörte ich Blätter unter seinen Hufen rascheln, und es roch nach Farn und Gräsern.

Als der Wind zurückkehrte – auch wenn nur ich allein ihn hören konnte –, schlief ich ein.

Und wenn Gavrila nicht mit mir spielen wollte, weil ich ein Mädchen war? Adri konnte ebenso ein Jungen- wie ein Mädchenname sein: Adriana oder Adrián. Außerdem trug ich das Haar kurz, mit Pony, wie viele Jungen damals, und man hätte mich durchaus für einen Knaben halten können. Ich wollte seine Freundschaft um jeden Preis, und die von Zar – ich hatte mir immer einen Hund gewünscht, ein Wunsch, der mir, ebenso wie das echte Pferd, versagt geblieben war. Wenn ich sah, wie Zar in die Luft sprang und dem roten Ball nachrannte und ihn in der Schnauze zu Gavrila zurückbrachte, befiel mich eine Art süßer Neid.

Ich durfte jetzt aufstehen, der Schwindel hatte nachgelassen, und ich vertrieb mir die Zeit bis zur »Schonkost«, die ich in der Küche in Gesellschaft von Tata María und meiner heiß geliebten Isabel einnahm. Unsere komplizenhaft-freundschaftlichen Bande wurden immer enger. Ein Blick genügte, und schon wussten wir, was die andere meinte. Wenn wir uns unausgesprochen auf etwas bezogen, das mit dem Hof zu tun hatte, zwinkerten wir uns zu, das hatte Isabel mir beigebracht.

Der Zweifel, ob Gavrila mich als Freund akzeptieren würde, quälte mich.

Irgendwann nach der »Schonkost«, als Tata María nicht im Raum war, hielt ich es nicht mehr aus. »Isabel, weiß Gavrila, dass ich ein Mädchen bin?«

Die Gabel schwebte einen Moment in der Luft, bevor sie das nächste Stück Kartoffelomelett aufspießte.

»Kind, jetzt, wo du es sagst, na ja, ich denke, das wird er schon wissen, obwohl, in deinem Alter.«

»Du weißt es nicht, Isabel. Ich habe Angst, dass er mich für einen Jungen hält und nicht mit mir spielen will, wenn er erfährt, dass ich ein Mädchen bin.«

»Was redest du denn da für einen Unsinn?«, schimpfte sie. »Was hat denn das damit zu tun? Menschen mögen sich oder sie mögen sich nicht, ganz gleich ob Mädchen oder Junge, Frau oder Mann. Man mag sich oder man mag sich nicht, Lämmchen. Gavrila liebt ja auch seinen Hund, er ist sein Freund, und es ist ihm schnuppe, dass es ein Tier ist.«

Sie dachte kurz nach und dann sagte sie: »Gavrila mag dich!«

Ja, ja, dachte ich; aber ich kannte die Riesen und wusste, dass es praktisch zwecklos war, sich ihnen zu widersetzen. Vor allem, wenn sie sich hinter althergebrachten Sprüchen verschanzten: »Mädchen mit Mädchen und Jungen mit Jungen.«

Da kam mir eine gute Idee, dachte ich zumindest. Ich

borgte mir Jerónimos Taschenlampe und schlich mich ins Dunkelzimmer. Ich öffnete den Schrank mit der ausgemusterten Kleidung meiner Brüder. Mäntel, aber auch Hosen und ein paar Pullover. Obwohl sie Zwillinge waren, sahen meine Brüder sich überhaupt nicht ähnlich. Fabián war groß und blond wie Cristina, und Jerónimo war klein und hatte rotbraunes Haar wie ich.

Auf Zehenspitzen stehend, bekam ich mit dem langen Stab, wie man sie damals verwendete, um Kleider in sehr hohen Schränken auf- und abzuhängen, einen der Holzbügel zu fassen. Weil ich das Gewicht nicht halten konnte, fiel mir der Mantel samt Bügel auf den Kopf. Blind tastend befreite ich mich von dem Bügel und nahm den Mantel. Die Mottenkugeln aus den Taschen kullerten allesamt zu Boden. Ich drückte den Mantel fest an mich, und als wollte ich einen Schatz rauben, verließ ich den Raum so klammheimlich, wie ich ihn betreten hatte, wobei ich den Mottenkugeln auswich. Darin war ich eine wahre Expertin. Auch an die Taschenlampe hatte ich gedacht – es wäre unverzeihlich gewesen, wenn ich sie vergessen hätte, denn ihr Besitzer würde Zeter und Mordio schreien. Als ich schließlich keuchend mein Zimmer erreichte, versteckte ich den Mantel unter dem Bett.

Ich hatte die Mittagszeit gewählt, weil die Wohnung zur Siesta in denselben Dämmerzustand zu fallen schien wie die Riesen.

Ich schaute gern in den runden, silbrig schimmernden Spiegel am Schrank, den Tata María »Mond« nannte, und mich amüsierte die Vorstellung, dass ich mich im Mond betrachtete. Es lag ein großes Geheimnis darin, mein Spiegelbild zu sehen. Es weckte in mir eine unerklärliche Neugier, die sich zwischen Erstaunen und Furcht bewegte; wie die Vorahnung einer unabwendbaren Katastrophe. Vor allem, seit

Isabel mir von den Pusteblumen und den sich in alle Winde zerstreuenden Federchen erzählt hatte. Ein leichtes Schaudern erfasste mich, wenn ich daran dachte, und immer wenn ich mich im Spiegel anschaute, fürchtete ich, dass ich mich in weiße, zerbrechliche Federn auflöste, die davonflogen.

Doch an dem Nachmittag gab es einen guten Grund, warum ich mich im Spiegel sehen wollte.

Ich holte Jerónimos Mantel unter dem Bett hervor. Ich musste ihn erst mal ausschütteln, denn er hatte bei dem ganzen Hin und Her in der Kammer ordentlich Staub abbekommen. Ich schüttelte ihn, wie Tata María und Isabel es draußen mit den Bettvorlegern machten. Der Mantel reichte mir fast bis an die Knöchel, aber er verlieh mir etwas Jungenhaftes. Ich zog ihn wieder aus und schob ihn unter das Bett. Und dann hieß es warten.

Noch nie war mir die Zeit so lang geworden. Ich hatte das Gefühl, ich befände mich auf einem langen Marsch durch die Wüste, wie ich es in dem Buch über Beau Geste gelesen hatte, oder beim Auszug aus Ägypten, von dem ich in der Bibelkunde gehört hatte.

»Isabel, wenn Gavrila mich ruft, hilfst du mir dann, unbemerkt in den Hof zu kommen?«

»Aber ja, Kleines, ja. Wenn es geht.«

Und es ging. Es war Freitagnachmittag gegen vier, Siesta-Zeit, und die Riesen schliefen; die Zeichen standen also günstig.

Ich stand am Fenster und wartete, mal schlug mein Herz schneller, mal langsamer. Und als ich schon nicht mehr damit gerechnet hatte, kamen Gavrila und Zar in den Hof.

Gavrila hatte die Mütze tief ins Gesicht gezogen und war dick eingemummelt in seinen Mantel. Es war Februar und eiskalt. Zar sprang freudig umher, er wusste, jetzt war Spielstunde. Eine leise Melancholie überkam mich. Würde ich auch einmal etwas Ähnliches empfinden?

Paco räkelte sich. Er wird mich nicht verraten, dachte ich. Aber ich konnte nicht mit ihm sprechen, ohne dass Gavrila mitgehört hätte. Sie unterhielten sich. Auf einmal riss Paco ihm die Mütze vom Kopf, warf sie durch die Luft, und Zar holte sie. Sie waren so fröhlich. Gavrilas Mähne war ein glänzender Wirbelsturm. Alles an ihm war fremd und unbekannt. Wieder musste ich an den Magneten denken, der die zerstreuten Meccano-Teile anzog.

Gavrila stellte sich unter mein Fenster und legte die Hände wie einen Schalltrichter vor den Mund.

»Adrrriiii!«

Diese Stimme, die ich nie vergessen werde, wie den Wind, den ich durch nicht vorhandene Ritzen wehen hörte, schien von weither zu kommen und war doch so nah, dass sie alles um sich herum einnahm, nicht nur mich. Das erstaunt mich auch jetzt noch, nach all diesen Jahren.

Ich öffnete das Fenster, die Kälte machte sich sofort im Zimmer breit, aber ich war gegen sie gefeit.

Ich winkte und rief: »Ich komme runter!«

Kaum hatte ich es ausgesprochen, wurde mir mulmig. Alle schliefen oder ruhten, auch die einzigen beiden Frauen, die mir in dem Moment hätten helfen können. Aber ich war wild entschlossen. »Ich komme runter!« – Diese Worte waren wie ein Befehl, den ich mir selbst gegeben hatte, und niemand konnte mir widersprechen oder mich aufhalten. Ich erinnere mich noch an die ungeheure innere Kraft, die mich zur Herrin über mein Handeln machte.

Ich holte den Mantel von Jerónimo wieder unter dem Bett vor, von dem Jerónimo, der seine Kindheit längst hinter sich gelassen hatte; und als könnte ich diese Kindheit zurückholen, zog ich ihn an. Das Bild im Spiegel war nicht besonders ermutigend. Ich schüttelte die Mantelschöße aus, schob ein paar Haarsträhnen hinter die Ohren und wollte mich auf den Weg machen, durch *unsere* Tür.

Als ich die Hand schon an der Klinke hatte, kam Isabel barfuß im Nachthemd mit aufgelöstem Haar über den Flur. Auch ihr war die Siesta offensichtlich heilig.

»Aber wo gehst du denn hin, ohne mir ein Wort zu sagen, Lämmchen? Gütiger Himmel! Was hast du denn da an? Du siehst ja aus wie eine Vogelscheuche!«

All die Hoffnung, von der ich wie elektrisiert war, fiel in sich zusammen. Ich senkte den Kopf, hatte nicht einmal mehr den Mut, ihr in die Augen zu sehen. Isabel beugte sich zu mir und drückte mich fest an sich. Die Goldkette mit dem Kreuz an ihrem Hals bohrte sich in meine Wange.

»Ach, Kind, du musst mir doch Bescheid geben, bevor du raus gehst. Auch wenn ich im Bett liege. Sonst …«

Dieses »sonst« wurde nicht näher ausgeführt, aber ich wusste nur zu gut, was es bedeutete und dass ich das um jeden Preis vermeiden musste.

Sie nahm mich an der Hand und zog mich hinter sich her in das sogenannte »Mädchenzimmer«. Am Fenster, das auf denselben Patio hinausging wie die Küche, standen zwei Betten. In einem schlief Tata María. Es war ein ungewohnter Anblick, sie beide im Unterrock und nicht bei der Arbeit zu sehen. Als hätte ich sie mir nicht anders als in ihren Uniformen vorstellen können: Tata María in Schwarz und Isabel in Blau mit gestreifter Schürze. Doch auch sie trugen seidene Gewänder, die eine ein rosafarbenes, die andere ein weißes. Und als ich ihre nackten Arme sah, fühlte ich mich ihnen auf unerklärliche Weise noch näher, liebte sie gewissermaßen noch mehr. Sie hatten alles abgelegt, was sie mit den Riesen verband. Nur in der Nacht im Hotel mit Eduarda hatte ich eine ähnliche Erfahrung gemacht. Die beiden waren Teil der Welt der geheimen Freunde.

Doch die Erinnerung an all das ist verworren.

»Komm her, Lämmchen.«

Isabel brachte mich zu dem kleinen Waschbecken. In einer Ecke des Spiegels klebte eine Fotografie. Sie zog die Haarsträhnen wieder hinter meinen Ohren hervor, nahm einen Kamm und kämmte mich.

»Wer hat dir das eingeredet, Lämmchen. Willst du, dass Gavrila davonläuft, wenn er dich in dem Aufzug sieht? Wem willst du etwas vormachen?«

Ich weigerte mich, den Mantel abzulegen. Er war zu einer Art Schutzschild geworden, ohne ihn fühlte ich mich nackt. Ich versuchte, Isabel das klarzumachen.

»Nimm mir den Mantel nicht weg, Isabel, bitte nicht!«

»Aber warum denn?«

»Wenn ich ihn ausziehe, will Gavrila bestimmt nicht mit mir spielen.«

Obwohl wir leise sprachen, wachte Tata María auf. Halb aufgerichtet, die Augen noch nicht ganz geöffnet, murmelte sie mit träger Zunge: »Was ist denn los? Was ist das für ein Krach?«

Wir mussten ihr nichts erklären, Tata María schien alles zu wissen. In all der Zeit, die ich in ihrer Nähe verbrachte, beschlich mich manchmal der Verdacht, dass sie die Hüterin aller Geheimnisse bei uns zu Hause war. Sie wusste über jeden Bescheid, früher wie heute.

Sie seufzte, aber nicht, weil sie traurig, sondern weil sie müde war, als hätte sie das alles schon tausendfach erlebt und wüsste, wie es ausging.

»Vorsicht, du mit deinem Leichtsinn … Wenn die gnädi-

hoch – einer dieser Sprünge, die mich glauben gemacht hatten, er könne fliegen – und rief: »Adrrriii!«

Es hörte sich an wie ein Schlachtruf, doch es war ein Liebesruf, und er durchzuckte mich wie ein Blitz.

»Komm her!«, sagte er, vielleicht schrie er es auch, jedenfalls breitete er die Arme weit aus.

Er musste sich bücken, um mich umarmen zu können, und ich schloss die Augen. Als ich sie wieder aufschlug, drückte und zerrte er immer noch an mir herum. Es war mir unangenehm, und ich dachte, vielleicht hält er mich doch für einen Jungen.

Es war wie ein Traum oder eine vage Erinnerung, was mir durch den Kopf schoss: Wir waren uns schon einmal begegnet, oder vielleicht war die Zeit für eine Begegnung noch nicht gekommen. Doch nein, alles geschah in der lebendigen Gegenwart, so schonungslos wie das gleißende Licht am Mittag, das manchmal in den Augen schmerzt.

Zar stürzte wie ein Wirbelwind auf mich zu. Er wollte die Pfoten auf meine Schulter legen und mir das Gesicht abschlecken, als wären wir alte Freunde. Doch schon kullerte ich, eingewickelt in Jerónimos Kindermantel, zu Boden. Ich sehe noch lebhaft vor mir, welch jämmerlichen Anblick ich genau dem Menschen bot, den ich um jeden Preis beeindrucken wollte. Das war mir gelungen, wenngleich nicht in dem von mir gewünschten Sinn.

Erschrocken wich Gavrila einen Schritt zurück und rief: »Aus, Zar, aus!«

Die Mantelschöße machten die Sache nicht besser. Sobald ich dem Ball nachjagen, springen oder sonst eine Bewegung machen wollte, wickelten sie sich um meine Beine, und ich stolperte. An dem Tag erfuhr ich, was es heißt, sich lächerlich zu machen.

Doch ich fühlte mich nicht gedemütigt. Jedes Trudeln, jeder entgangene Ball löste unbändige Freude aus, glückseliges Lachen, wie ich es nur mit meinem Vater am Weihnachtstag erlebt hatte. Auf einmal war es wieder da, und es belebte mich wie später das Prickeln von Champagner.

Paco mischte sich ein. »Aber, Adri, warum trägst du denn diesen Mantel, in dem du dich gar nicht bewegen kannst? Zieh ihn aus!«

»Genau«, sagte Gavrila. »Zieh ihn aus, sieh her, so wie ich.«

Trotz der Kälte hatte Gavrila den für mich so wundersamen Pelzmantel in einer Ecke im Hof abgelegt, neben die Mütze, die Paco in die Luft geworfen hatte. Er trug einen Pullover, so bunt wie der von Bibi, dem Mädchen aus dem dänischen Märchen. Auf seiner Stirn glitzerten Schweißperlen. Ich fühlte mich wie eine schlechte Schauspielerin, die eine Rolle spielte, die nicht zu ihr passte. Ich war kein Junge.

Doch es war zu spät, wenn ich jetzt nachgab, würde die alberne Farce noch deutlicher zutage treten. Andererseits: Wen interessierte es, ob ich ein Junge oder ein Mädchen war?

Ich zögerte. Ich wollte nicht, dass mein Täuschungsversuch ans Licht kam, doch dann wurde ich von einer Welle erfasst, die mich dazu trieb, Jerónimos Kindermantel abzulegen und das tollpatschige, verwirrte kleine Mädchen im Röckchen ans Tageslicht zu lassen. Ich legte meinen Mantel zu dem von Gavrila und kehrte auf das Spielfeld zurück; erhobenen Hauptes, aber das Herz war mir in die Schuhe gesunken.

Mein Lebtag habe ich mit Ballspielen nichts anfangen können. Deshalb saß ich in der Pause am Saint Maur auch immer auf einer Bank im Garten und beobachtete die langen Prozessionen der Raupenfamilien unter den Maulbeerbäumen. Niemand wollte mich in seiner Mannschaft haben, und ich hatte erreicht, was mein sehnlichster Wunsch gewesen war: Sie ließen mich in Ruhe. Genau wie zu Hause. Doch in dem Moment bedauerte ich sehr, dass ich mich mit Bällen so ungeschickt anstellte, selbst mit einem so kleinen, wie Zar ihn in der Schnauze trug.

Nach einer Weile setzte ich mich traurig neben die Mäntel und hielt mir die Hände vors Gesicht.

Es dauerte nicht lange, da kam Zar und schleckte mich ab, und ich hörte Gavrilas Schritte. Unbarmherzig pochte das Herz in meiner Brust. Ich konnte Gavrila zwar nicht sehen, aber ich spürte seine Nähe.

»Ich kann nicht«, murmelte ich.

Und weil ich keine Antwort bekam, redete ich weiter.

»Ich kann nicht, Gavrila! Ich kann nicht spielen. Ich habe es noch nie gemacht, obwohl ich gern spielen würde, aber ich kann nicht spielen, denn die Spiele und ich, wir sind … wir sind …«

»… ihr seid euch nicht grün.«

Ich schüttelte den Kopf, das Gesicht weiter hartnäckig hinter den Händen verborgen.

»Aber ich …«, hob Gavrila nach einer Weile an, die mir unendlich lang vorkam. »Ich kenne noch andere Spiele, die dir vielleicht doch gefallen.«

Schnell ließ ich die Hände sinken und sah ihn begehrlich an (noch verhalten, als befürchtete ich, dass alles nur ein Traum bliebe) und sagte: »Ja.«

»Gib mir deine Hand.«

Als er sich zu mir herunterbeugte, fielen ihm zwei blonde Strähnen ins Gesicht, und ich sah seine gebräunte Haut, als wäre für ihn immer Sommer. Er hatte extrem lange blonde Wimpern. Ich war wie geblendet. Die Welt der Farben hatte mich schon immer fasziniert, und ich war betört von den goldenen Wimpern und den tiefblauen Augen. Mir fiel ein strahlender Sommertag wieder ein, er lag schon Jahre zurück, als Tata María die Tasche mit der Vesper und der Handarbeit nahm und kaum noch jemand im Park war. Winzige geflügelte Wesen schwebten über unsere Köpfe hinweg. Ich glaubte, sie wären aus Gold, und wollte eines fangen. Tata María sagte: »Lass sie fliegen! Was haben sie dir getan? Sie suchen nur Licht.« Wie so viele andere, sind mir auch diese Worte nicht mehr aus dem Kopf gegangen.

Die fast engelsgleiche Sanftmut von Gavrilas Gesicht und seiner ganzen Erscheinung stand im Gegensatz zu seinen brüsken Bewegungen und seiner Stimmgewalt, wie sie nicht einmal meine älteren Brüder hatten.

Mit einer raschen Kopfbewegung schüttelte er die Haarsträhnen derart wild nach hinten, dass ich einen Moment lang glaubte, er sei wütend oder begehrte gegen die ganze Welt auf. Er zog mich hoch. Dabei drückte er meine Hand so fest, dass es mir fast schon wehtat, und rief: »Komm, gehen wir zu mir nach Hause!«

Die Freude, mit der er das sagte, versetzte mir einen Stich. Ich spürte, dass dieses »Zuhause« sehr viel mehr ein Zuhause war als mein eigenes.

Ich zögerte nicht eine Sekunde, obwohl mich ein unangenehmes Kribbeln warnte, dass mein Umfeld einen solchen Ausflug nicht gutheißen und niemals tolerieren würde. Auch die Hausmädchen nicht.

Zum ersten Mal durchquerte ich den Hof (so wie ich es bei dem Einhorn gesehen hatte) bis zu einer der Dienstbotentreppen. Wir stiegen in einen Lastenaufzug (wie man auf einem Schild über der Tür lesen konnte), und Gavrila setzte ihn in Bewegung.

»Komm, komm, komm«, murmelte Gavrila unentwegt.

Aber er sagte es nicht zu mir, sondern zu sich selbst. Und der Singsang ging immer weiter, als hätte es keine Bedeutung, ob ich ihm zuhörte, als wäre er es gewohnt, einfach so vor sich hin zu reden, ohne sich darum zu scheren, zu wem er es sagte oder warum oder wo der Singsang hinführte.

Bei jedem »Komm« war die Stimmlage anders, und für mich hatte ein jedes eine andere Farbe. Es war wie das nächtliche Glitzern im Salon, als sich Buchstaben zu Worten fügten und Botschaften und Erinnerungen weitergaben – eine noch unentdeckte, vielleicht aber belebte Welt.

Als wir den obersten Stock erreichten, zog er mich hinter sich her zum Dienstboteneingang: Ich erkannte ihn sofort, denn er sah genauso aus wie der, den Isabel immer *unsere* Tür nannte. Er klingelte, lange, als wäre sein Finger auf dem Knopf eingeschlafen. Dann drehte er sich zu mir um und flüsterte mir zu, als verriete er ein Geheimnis: »Er ist schwerhörig.«

Wir hörten, wie mehrere Schlösser knarrend geöffnet wurden; es dauerte so lange, dass Gavrila sich zu einer Erklärung genötigt sah.

»Er hat Angst.«

Ich verstand nicht, wovor und warum dieses Gespenst Angst hatte, von dem Gavrila sprach. Die Tür ging auf, und im Spalt tauchte ein Stück Gesicht und ein schwarzes glänzendes Auge auf. Und dann stand auf einmal, fast schon feierlich, ein riesengroßer Mann mit leichenblassem Gesicht vor uns. Er trug eine schwarz-rot gestreifte Weste, die mich an die schwarz-grün gestreifte Schürze des Fischhändlers Mario erinnerte. Doch der Mann hatte einen langen Bart, pechschwarzes Haar und riesige, abstehende Ohren, die aussahen wie die Henkel eines Topfes oder die Flügel eines riesigen Schmetterlings. Weil er mit dem Rücken zum Fenster stand, hatte man den Eindruck, man könnte durch sie hindurchsehen.

Ehe ich mich's versah, hatte Gavrila einen Satz auf ihn zugemacht und küsste ihn auf die Wange. Es geschah blitzschnell, wie im Flug. Ein paar Tage später beobachtete ich das noch häufiger. Und so glaubte ich, Gavrila könnte tatsächlich fliegen, und insgeheim hegte ich die Hoffnung, er würde es mir beibringen. Doch jetzt sehe ich in der Erinnerung nur noch seine Füße vor mir, auf Zehenspitzen, und den Kuss, so flüchtig wie die, mit denen sich Tata María von mir verabschiedete, bevor sie mich am Tor des Saint Maur zurückließ.

Er drehte sich zu mir um und sagte: »Das ist Teo.«

Aus der Art, wie er es sagte, schloss ich, dass ich auf ihn zugehen sollte, und so stellte auch ich mich auf die Zehenspitzen und reckte mich so weit ich konnte, um wenigstens die Barthaare berühren zu können. Doch Teo beugte sich zu mir herab, und ich sah seine Augen aus der Nähe. Sie blitzten auf eine Weise, die mir bestens bekannt war: Es war wie das Zwinkern des Lichts, das ich manchmal wahrnahm, wenn ich lange in die Sterne schaute. Und ich erinnerte mich, dass ich dieses unauffällige Zwinkern auch schon in den Augen von Tata María wahrgenommen hatte. Doch in ihren Augen schienen die Sterne langsam zu erlöschen und in denen von Teo gerade erst anzugehen.

»Adri, Adri ...«, sagte Gavrila.

Es war derselbe Singsang wie im Aufzug. Es folgte ein Rundgang durch die Wohnung. Teo ging wie ein Herold voran durch die großen, verfallenen Räume. Alles war so anders als in unserer Wohnung – oder besser gesagt, als in der Wohnung der Riesen –, aber auf rätselhafte Weise wiedererkennbar. Wie die Landkarten voller Farben und Träume, die Kinder manchmal malen.

Alles war so ungewohnt, merkwürdig, aber freundlich. Es war eine Wohnung, in der alle Räume zum Spielen einluden, und Teo führte uns von einem zum anderen und gab zu jedem seine Erklärungen ab. (Damals kannte ich noch keine Reiseführer, aber später erinnerten sie mich immer an Teo.)

Die Räume waren groß, vielleicht größer als unsere. Zumindest als die, in denen ich mich aufhielt. Und sie hatten riesige Fenster, durch die viel Licht hereinfiel. Als hätte sich das Licht des Himmels, den ich sonst nur im Park oder in dem Badeort am Meer über mir gesehen hatte – und der jedes Mal verschwand, als versinke er in einer Grube, sobald wir zurück nach Hause kamen –, in diesen Ort verliebt. Es sprudelte förmlich hinein, als könnte es selbst durch die Wände dringen. Jede noch so kleine Ritze ließ den großartigen Himmel hinein, der mich in Papas Park und in dem anderen, in den ich mit Tata María ging, immer so fasziniert hatte.

Als wir den »Empfangsraum« erreichten, hatte ich das Gefühl, ihn wiederzuerkennen. Auch er war sehr groß. Er war kunterbunt möbliert, fast wie ein Salon, als Hommage an den »Haupteingang«. Teo deutete auf die Tür und sagte feierlich, als trüge er ein Gedicht vor: »Der Haupteingang. Den hättet ihr nehmen sollen, Gavi. Um den hohen Besuch gebührend zu empfangen.«

Es dauerte ein paar Sekunden, bis ich begriff, dass ich dieser hohe Besuch war. Doch Gavrila nahm den hochtrabenden Worten das Gewicht, indem er lachte, mich an der Hand fasste und losrannte. (Nach all den Jahren ist es mir immer noch nicht gelungen, in meiner Erinnerung die Aufteilung der Wohnung zu rekonstruieren.)

Diesmal blieb Teo zurück. Wir betraten ein Zimmer, das mit vielerlei Sachen vollgestopft war. Überall lagen sie verstreut, angefangen von den Tieren eines Holzzoos, bis hin zu einem halb aufgebauten Eiffelturm, der mich an das Meccano der Zwillinge erinnerte, das längst unbeachtet in einem

Schrank des Dunkelzimmers lag. Außerdem Züge, Flugzeuge, Gesellschaftsspiele und Schachbretter mit Figuren.

Aber mein Blick blieb an einem herrlichen Papptheater hängen, das auf einem Tisch stand. Es war wunderschön, mit einer aufwändigen Kulisse und Figuren. Schon oft hatte ich mir vor Weihnachten oder vor dem Dreikönigstag so eines gewünscht, wenn sie mit uns in das Madrid-Paris gingen, ein großes Geschäft (vielleicht das erste große Geschäft dieser Art, die man heute Kaufhäuser nennt). Es handelte sich um das »Kindertheater«, ich hatte darum gebettelt wie um das echte Pferd, aber bekommen habe ich es nie. Als ich es sah, hätte ich vor Freude beinahe einen Luftsprung gemacht.

Gavi fragte mich, ob ich mit dem Theater spielen wolle. Er musste etwas bemerkt oder geahnt haben, dass er ausgerechnet das ausgesucht hatte. Ich deutete mit dem Finger darauf und sagte: »Ja, ja.«

Weil er anders sprach, vor allem wenn er das R rollte, hatte ich Sorge gehabt, ich würde ihn vielleicht nicht verstehen. Doch ich habe nie jemanden so gut verstanden wie ihn.

»Na dann, wo möchtest du spielen, drinnen oder draußen?«

Ich begriff sofort, dass es darum ging, ob man hinter der Bühne oder auf der Zuschauerseite sein wollte.

»Drinnen«, sagte ich.

Er hatte nichts dagegen.

»Geh auf die andere Seite der Bühne und beweg die Figuren.«

Ich hatte keine Ahnung, wie das funktionierte, aber es reizte mich.

Er holte Pappfiguren aus einer Kiste. Sie wurden in Laschen aus Karton gesteckt, die einen Blechaufsatz mit Schlitz hatten. Sie ließen sich nicht leicht hin- und herschieben.

Wobei vor allem der Wolfskönig und der Schwarze Fürst ziemlich mitgenommen aussahen und in der Halterung wackelten.

»Das macht nichts«, entschuldigte Gavrila die Mängel. »Es sind ja keine Leute draußen, nur wir. Und Teo vielleicht.«

Ich begriff, dass Teo nicht »die Leute« war, und steckte, so gut ich konnte, eine Figur in die Lasche, eine seltsame Mischung aus Löwe und Jagdhund, doch mit Gamaschen und Federhut bekleidet und Gewehr über dem Rücken. Sie erinnerte mich entfernt an Eduarda.

»Jetzt schiebst du deine Figur von der einen Seite auf die Bühne, sie trifft meine … und dann erzählen sie sich was.«

»Was denn?«

»Das denken wir uns aus … oder so«, erklärte er, als hätte er meine Verwirrung bemerkt. »Ich hab das Buch mit dem Stück, aber es ist sterbenslangweilig, und ich verstehe es nicht. Besser, wir erfinden was, oder?«

Wie bei manchen Filmen, dachte ich, in Erinnerung an den Nachmittag, an dem ich *Kreuzritter Richard Löwenherz* und *Flucht aus Paris* gesehen hatte.

Ich weiß nicht, wie oder wann wir angefangen haben, uns Dinge zu erzählen, jeder auf seiner Seite der Bühne, die Papplaschen mit den wackligen Figuren hin- und herschiebend. Irgendwann gingen die Bekenntnisse von der einen zur anderen Seite der Bühnenbilder, die für die verschiedenen Aufzüge am Schnürboden hingen. Gavrila stellte eine brennende Lampe hinter die Bühne. Und das transparente Papier, das Himmel, Fenster und Flammen darstellen sollte, erstrahlte in Blau, Gelb und Rot. Wie bunte Bonbons.

Er fing an, über Dinge zu reden, die nichts mit der Kulisse zu tun hatten, und bewegte dazu seine Figur. Ich tat es ihm gleich: Wenn er aufhörte zu reden, war ich an der Reihe. Alles war neu für mich, aber da war keinerlei Befremden, keinerlei Spannung, als wäre es schon immer so gewesen, als hätten wir schon das ganze Leben miteinander gesprochen.

»Dein Gesicht war sehr blass am Fenster.«

»Es ging mir nicht gut, ich war sehr krank.«

»Bist du deshalb nicht zum Spielen gekommen?«

»Ja, aber ich habe dich an der Decke gesehen, durch die Schatten im Hof.«

»Ah, ja, ich weiß. Ich sehe auch Schatten aus dem Hof an der Decke, aber dich habe ich nie gesehen. Ich habe mir immer gewünscht, du würdest herunterkommen und mit mir und Zar spielen.«

»Ich habe mir auch gewünscht, mit dir und Zar zu spielen.«

»Gehst du in die Schule?«

»Ja. Und du?«

»Nein, noch nicht, aber bald, nach dem Sommer, wenn ich auf dem Lyzeum aufgenommen werde.«

Ich musste an meinen Vater denken, der mir einmal erzählt hatte, in seiner Stadt gebe es ein sehr großes Theater, das auf der ganzen Welt bekannt sei, und das hieß genauso, Lyzeum. Dort kämen die besten Sänger hin, und er würde mich einmal in eine Oper mitnehmen, *Boris Godunov*, denn die würde mir bestimmt gefallen. Aber ich konnte das nicht recht mit Gavrila zusammenbringen, also fragte ich: »Bist du Sänger?«

Ein unheilschwangeres Schweigen trat ein. Doch am Ende meinte er: »Ja.«

Die Frage schien erledigt zu sein, aber dann sagte er plötzlich: »Ich werde auf das französische Lyzeum gehen.«

Das kann wohl nicht dasselbe sein, dachte ich. Und dann

»Gavi, erinnerst du dich noch an den Tag, als du im Hof gespielt hast und alles von Schnee bedeckt war?«

»Schnee?«

»Ja, der Hof war von Schnee bedeckt, und du hast mit Zar gespielt.«

Gavi zögerte, aber Teo kam ihm zuvor. Sein gutes Ohr war gespitzt, und er hatte schützend wie einen Schirm die Hand darum gelegt. »Adri, in den Hof fällt kein Schnee, er ist von einem Glasdach bedeckt.«

Plötzlich geriet um mich etwas ins Wanken und drohte einzustürzen.

»Ich hab Gavi gesehen. Ich hab Gavi im Schnee gesehen … und Zar.«

»Nein, es kann kein Schnee in den Hof fallen. Lass es dabei bewenden! Gavi sieht auch manchmal Dinge, die wir anderen nicht sehen. Aber das hat keine Bedeutung.«

Und ob das eine Bedeutung hatte, für mich ganz bestimmt.

»Gavi, sag du's mir. Sag mir, dass der Boden voller Schnee und alles sehr still war.«

Gavi stand auf und kam von der anderen Seite der Bühne auf mich zu. »Ja, vielleicht war Schnee im Hof, womöglich ist er durch die kaputte Scheibe hereingefallen.«

»Aber ich habe den Schnee gesehen!«, sagte ich trotzig. Ich wollte schon so unvorsichtig sein und das Einhorn erwähnen, als Gavi mir ins Ohr flüsterte:

»Ja, ich weiß, aber es ist unser Geheimnis. Kein Wort zu ›den anderen‹.«

Mir war sofort klar, dass »die anderen« für ihn dasselbe war wie für mich die Riesen und »sie« für Isabel. Ich war erleichtert. Alles lief bestens.

Die Türklingel am Dienstboteneingang schrillte durch die

ganze Wohnung, angsterfüllt. Klingeln haben ihre eigene Stimme – damals hatten sie das auf jeden Fall –, und man konnte mehr oder weniger die Stimmung desjenigen ablesen, der auf den Knopf drückte. Ich wusste gleich, dass man nach mir suchte. Es hörte sich an wie ein Heulen.

Teo eilte zur Tür und stürmte in Begleitung einer puterroten, nach Worten ringenden Isabel ins Zimmer.

»Mein Gott, ich sehe mich schon auf der Straße landen! Und alles wegen dieser beiden Rotznasen!«

So hatte ich sie noch nie erlebt. Ihr Auftreten, ihre Stimme, die blank liegenden Nerven waren das genaue Gegenteil von der Ruhe und dem Wohlbefinden, die ich eben für mich entdeckt hatte.

Natürlich hieß es, sofort zurück zu den Riesen. Sie hielt meine Hand fest umklammert und zog mich hinter sich her.

»Mein Gott, was du da um ein Haar angerichtet hättest! Zum Glück sind wir gleich in unserer Wohnung!«

Nie waren mir die Worte »unsere Wohnung« so fremd. Wir fuhren mit dem Lastenaufzug hinunter, durchquerten den Hof und eilten die Treppe zu *unserer* Tür hinauf, alles wie im Flug. Und dort wartete, wie ein mit Schürze bekleideter Engel, Tata María auf uns.

»Beruhige dich! Es hat niemand etwas bemerkt!«

Drinnen entbrannte sogleich eine heiße Diskussion darüber, wer an der Unachtsamkeit schuld war. Jede gab der anderen die Schuld, bis sie sich am Ende beruhigten und sich weinend in die Arme fielen. Wieder einmal wunderte ich mich, warum die Riesen immer im unpassendsten Moment weinten, aber völlig ungerührt blieben, wenn meiner Meinung nach Tränen angebracht waren.

Nachdem Ruhe eingekehrt war und die beiden sich versöhnt hatten, gab man allein mir die Schuld. Später nicht mehr allein mir, sondern der Einsamkeit, dem Mangel an Freunden. »Sie braucht Freunde, wie alle Kinder auf der Welt«, sagte Isabel mit Nachdruck und trocknete die Tränen. Und Tata María nickte und blickte zur Decke, wie immer in solchen Situationen.

Isabel gab mir einen Kuss, und Tata María strich mir über den Kopf. Nachdem alles wieder im Lot war, zog ich mich in mein Zimmer zurück. Ich legte mich aufs Bett und betrachtete die Stelle, an der ich die Schatten von Gavi und Zar hatte herumtollen sehen.

Ich erinnerte mich daran, dass Zar die ganze Zeit über, während wir mit unserem Theaterspiel beschäftigt waren und auch später, als die aufgebrachte Isabel hereingestürzt kam, auf dem Boden gelegen hatte, die Schnauze auf den Vorderpfoten. Aus seinem Blick hatte Geduld und Langeweile gesprochen. Nicht uns gegenüber, sondern gegenüber den Menschen im Allgemeinen.

Zum Glück hatte außer Tata María und Isabel niemand Wind von diesem ersten Ausflug bekommen, von dieser ersten Flucht zu Orten und Wesen, die mir damals magisch erschienen, vielleicht heute noch.

Erleichtert und bestärkt, weil der Ausflug ohne böse Folgen geblieben war, erlaubten mir die beiden fortan nicht nur zu verschwinden, sie halfen mir sogar dabei.

Unvergessliche Ausflüge in die Wohnung unter dem Dach. Zu dem Ort, wo ich Teo, Zar und den Sohn der Ballerina traf.

10

Isabel konnte, wie sie gesagt hatte, in der Tat weder lesen noch schreiben. Wir waren enge Verbündete, wie unter Komplizen üblich. Denn bei aller Zuneigung waren wir auch Komplizinnen.

Alles hatte in der Speisekammer angefangen, an dem Tag, an dem sie mich das erste Likörchen hatte probieren lassen, bei dem einem, ihren Worten zufolge, warm ums Herz wurde. Später rief sie mich, wenn Tata María nicht in der Nähe war, mit einem leisen Pfeifen, das ich immer hörte.

Dann eilte ich in die Speisekammer zu dem Hocker, wo sie mich mit einem Augenzwinkern empfing, in der rechten Hand, wie eine Trophäe, die magische Flasche.

»Aber nur ein Schlückchen, mehr ist ungesund.«

Langsam ließ ich das Schlückchen durch meine Kehle rinnen. Es hatte nie die angekündigte Wirkung, aber es hatte den Vorteil, dass wir beide uns nur anzusehen brauchten, und schon prusteten wir los.

Irgendwann sagte sie nach Likörchen und Gelächter: »Lämmchen, würdest du einen Brief für mich schreiben? Du weißt, ich kann das nicht, aber manchmal muss ich etwas von mir hören lassen, bei meiner Familie oder … bei wem auch immer.«

Ich ahnte gleich, wer sich hinter dem »wem auch immer« verbarg. Ich fühlte mich gebraucht oder wichtig, was ja fast dasselbe ist.

»Aber natürlich!«

»Ich diktiere dir, und du schreibst es auf.«

»Ja.«

»Du hast eine so schöne Schrift!«

Am Saint Maur war man anderer Ansicht. Ich erinnre mich noch gut, welche Qual es war, diese spitze Handschrift zu erlernen, die, wie ich hörte, das Merkmal der »Mädchen von Saint Maur« war. Wie ein Markenzeichen oder »Stammbaum«. Cristina und meine Mutter hatten eine solche Schrift.

»Danke«, sagte ich, wie man es mir beigebracht hatte, ganz gleich, ob mir etwas behagte oder nicht.

Meine Mutter hatte mich angewiesen: »Wenn jemand etwas Unflätiges zu dir sagt oder dich beleidigt, gib ihm keine Antwort, begib dich nicht auf sein Niveau. Lächle, sag ›Danke‹, und der andere ist beschämt.«

Tage später war ich wieder einmal das Opfer von einer der verbalen Attacken Margots geworden. Wie so oft hatte ich mich geweigert, mich in die Reihen derer einzugliedern, die sich für das Ballspiel begeisterten, und dazu gehörte eigentlich die ganze Klasse, gespalten in zwei Mannschaften. Ich vermute, Margot war es völlig egal, für welche Mannschaft ich spielte – von ihrer war sie natürlich die Anführerin –, aber es störte sie, dass sie keine Macht auf mich ausüben konnte. Als ich mich weigerte mitzumachen, schrie sie mich an, ihr Gesicht direkt vor meinem: »Blöde Kuh! Blöde Kuh! Blöde Kuh!« (Sie spuckte es mir förmlich entgegen.)

Eingedenk der mütterlichen Ratschläge erhob ich mein Haupt so hoch ich konnte, sodass mir der Nacken schon wehtat, lachte laut auf und rief mit einem Schneid, von dem ich nicht wusste, ob er aus Mut oder Angst geboren war: »Danke, Margot, danke!« Dafür erntete ich zwei heftige Backpfeifen.

Doch zurück zu Isabel und unserem Bündnis. Ich erinnere mich, dass damals ein langer Briefwechsel begann – was man so Briefwechsel nennt, denn mehrheitlich blieb er einseitig. Selten (sehr selten) kam eine Antwort. Cristián, der Briefträger, der auch immer an *unsere* Tür kam, wedelte mit dem Brief in der Hand und zog ihn lachend weg, wenn sie danach greifen wollte, als wäre der Brief ein riesiger Schmetterling, der immer wieder davonfliegt. Isabel wurde wütend und lachte, während sie versuchte ihn einzufangen. Am Ende überreichte Cristián ihn ihr. Er war ein kleiner Mann mit grauer Uniform und Mütze, sehr blass. Aber auch er wollte Isabel heiraten. Damals glaubte ich, dass fast alle Männer Isabel heiraten wollten. Angefangen von Mario, über den Chauffeur Anastasio, bis hin zu Cristián, der ihr die Briefe von »wem auch immer« brachte. Ich wusste, um wen es sich handelte. Er hieß Frutuoso, und er war der Einzige, der ihr eigenhändig schrieb. Denn ich las ihr die Briefe vor. Von ihrer Familie bekam sie nur äußerst selten eine Antwort, denn Isabel hatte mir erklärt, so wie ich ihre Briefe schrieb, wurden die der Familie vom Priester geschrieben. Es waren merkwürdige Briefe, von Leuten, die gar nicht zu Isabels Familie zu gehören schienen. Oder zumindest hatten sie eine ganz andere Art zu sprechen oder zu diktieren. Wenn ihr Brief in etwa lautete: »Mein lieber Bruder Lope, ich hoffe, ihr erfreut euch beim Erhalt dieses Briefes bester Gesundheit. Ich weiß, was wegen der Wölfe mit der Kuh passiert ist, ich habe bitterlich geweint und hoffe, der anderen Kuh geht es gut, hoffentlich stirbt der, der behauptet, es sei die Schuld der Wölfe, und dabei wissen wir alle …«

Der Antwortbrief lautete ungefähr:

»Meine liebe Schwester Isabel, Du weißt, das Unglück hat uns heimgesucht, seit uns die Wölfe die Kuh getötet haben, aber wir fügen uns Gottes Wille, der unsere Geduld und unseren Glauben an seine Barmherzigkeit auf die Probe stellt …« Ich verstand kein Wort, aber ich wusste, da stimmte etwas nicht, die beiden Briefe passten nicht zueinander. Als würden sie von völlig unterschiedlichen Dingen reden.

Aber die an den sogenannten Frutuoso verstand ich sehr wohl. Manchmal begannen sie mit einem: »Lieber Frutuoso« und dann wieder nur mit »Frutuoso«. Anschließend folgte fast immer das Gleiche. Ich fing an, mich zu langweilen, und hin und wieder steuerte ich etwas zum Text bei. Wenn sie zum Beispiel zu ihm sagte (sie sagte es natürlich zu mir, und nie konnte ich den wütenden, leidenschaftlichen, verächtlichen Ton in ihren Worten zu Papier bringen, auch nicht die Art, wie sich die Farbe ihrer Stimme und sogar ihres Gesichts veränderte, es war eine ganze Palette an Farben): »Ich weiß Bescheid, Patricia hat es mir erzählt, man hat dich mit diesem Flittchen gesehen, beim Mittagessen und im Kino, in *Abenteuer im Gelben Meer*, in Crescencios Wirtshaus, und dann seid ihr gegangen, was weiß ich wohin, was rede ich, ich weiß genau, wohin, du Mistkerl, du elender Mistkerl, du hast mich die längste Zeit gesehen, denn von jetzt an kannst du hingehen, wo der Pfeffer wächst, der Pfeffer …« Ich war den Pfeffer leid und schrieb stattdessen »wo Äpfel und Tomaten wachsen«, das mochte ich damals am liebsten. Jetzt fällt mir ein, dass ich einmal schrieb: »Likörchen, Likörchen, Likörchen …«

Die Abstände zwischen seinen Antworten wurden immer länger. Der sogenannte Frutuoso schrieb: »Ich weiß nicht, wovon du redest, du bist nicht bei Trost …« Aber dann trafen sie sich, und alles schien wieder in bester Ordnung zu sein. »Adri, Lämmchen,verlieb dich nicht«, sagte Isabel zu mir.

»Ich bin schon verliebt.«

»Gut, dann weiter so. Aber nicht dass es dir so ergeht wie mir!«

Gavi tauchte immer häufiger im Hof auf. Er legte die Hände wie einen Schalltrichter um den Mund und rief nach mir.

»Sag ihm, er soll nicht so schreien«, warnte mich Tata María. »Wir wissen, wann er kommt. Aber er muss das nicht an die große Glocke hängen.«

Ich fand die Botschaft höchst merkwürdig, aber ich gab sie vom Fenster aus weiter. »Gavi ... du sollst es nicht an die große Glocke hängen.«

Er schüttelte den Kopf und sagte: »Kommst du?«

Keine Frage. Doch vorher musste ich meinen Beschützerinnen Bescheid geben, die immer ein wachsames Auge auf mich hatten.

»Gut, geh, aber Punkt acht bist du zurück und keine Minute später!«

Mal ließen sie mich ziehen, mal nicht. Aber mehrheitlich schon. Wenn man mir gesagt hätte, ich müsste auf diese kleinen Fluchten verzichten, ich glaube, ich wäre gestorben. Oder zumindest untergegangen. Aber das geschah nicht. Im Gegenteil, aus dem ein oder anderen Mal wurde jeden Tag.

Ich wusste, dass er immer schon unten stand, wenn ich zu Mittag gegessen hatte, die Hände in den Taschen der braunen Samthose, die es mir so angetan hatte. Mit übereinandergeschlagenen Beinen lehnte er an der Wand. Sein blondes Haar, das ihn wie eine Aureole umgab, verlieh ihm etwas von einem Engel oder von einem Heiligen. Dabei war Gavi alles andere als ein Heiliger.

Paco, mein Verehrer, sagte immer: »Da hast du dir aber ein schlaues Kerlchen ausgesucht. Ein richtiger Spitzbub!«

Für Paco teilte sich die Welt in Schlaue und Dumme auf. Er zog die Schlauen vor. Er mochte und bewunderte oder respektierte sie zumindest. Die Dummen verachtete er. Ich fand das ungerecht, denn er bezeichnete Mario als schlau und Albino als dumm, und ich sah das genau umgekehrt.

»Paco, bin ich dumm oder schlau?«

»Du bist meine Angebetete, Augenstern.« Und dann warf er mir einen Handkuss zu.

Diese Art von Antworten – genau wie manche von Tata María – beunruhigten mich, denn sie hatten nicht viel mit meiner Frage zu tun, und außerdem glaubte ich sie nicht. Es blieb immer ein Zweifel zurück, aber damals gab es für mich ohnehin nur Zweifel und Fragen. Sie war so geheimnisvoll, die Welt der Riesen, und ebenso geheimnisvoll war der kleine Fleck, genannt Herz, den man, Isabel zufolge, mit einem Likörchen wärmen konnte. Aber auch das stimmte nicht ganz, denn offenkundig verspürte nur sie diese Wärme. Ich nicht.

Andererseits hatten Gavi und Teo mein Wissen bereichert (gerade in den Monaten, in denen ich nicht in die Schule ging). Mit den beiden entdeckte ich jeden Tag, ich möchte fast sagen, jede Minute, neue Facetten des Lebens, die ich ohne die beiden nie kennengelernt hätte. Und das bei einem so kleinen, festgefahrenen, einsamen Leben wie dem meinen, das nicht dafür gemacht schien, neue Horizonte zu erkunden.

Wir spielten kaum noch im Hof, was den Protest von Paco zur Folge hatte, der gern beim Ballspiel zusah und die beiden anfeuerte. Doch wenn wir den Hof Richtung Lastenaufzug überquerten, sahen wir immer erst nach, ob er dort saß und seine Sportzeitungen las. Und wenn er da war, fielen wir ihm um den Hals und gaben ihm einen Kuss, bevor wir davoneilten. Ich lernte Sprünge zu vollführen, und auch wenn ich nicht so geschickt wie Gavi war, erfüllte es mich doch mit Euphorie. Es war eine prickelnde Euphorie, wie ich sie nie mehr empfunden habe. Wenn ich herumtollte, hatte ich das Gefühl, in mir erwachte wieder die Adri, die nachts zum Salon der funkelnden Lichter und zum Einhorn segelte. Außerdem war ich Gavi so näher, ich wurde ihm ähnlicher.

»Gavi, bringst du mir das Fliegen bei?«

»Ja.«

»Versprochen?«

»Im Frühling gehen wir hinaus auf das Dach, und dann bringe ich es dir bei. Aber du musst sehr mutig sein.«

»Ich bin sehr mutig«, log ich wider besseres Wissen.

Doch an seiner Seite waren Zeit und Raum magisch, dort wurde selbst das Undenkbare möglich. Wenn er gesagt hätte, wir könnten uns unsichtbar machen, wäre ich unsichtbar geworden, und so geschah es mehr als einmal. Allerdings war meine Unsichtbarkeit aufgehoben, sobald wir uns trennten. An seiner Seite – oder zwischen ihm und mir – geschahen Dinge, die mir nie mehr im Leben widerfahren sind. Einschließlich Fliegen.

In der großen Wohnung unter dem Dach gab es eine Terrasse. Es war noch kalt, und wir gingen nicht hinaus, doch Gavi schob die Gardinen an den Glastüren beiseite und sagte: »Im Frühling gehen wir hinaus, und dann zeige ich dir das Schloss.«

Er deutete auf eine Brüstung aus Stein, zu beiden Seiten sah man Bögen und Säulen, alles aus einem sandsteinartigen Material, das in der Nachmittagssonne blitzte und funkelte. Gavi sagte, dort könne man wunderbar spielen, weil das Spiel wahrhaftig würde.

Mit leiser Ungeduld sehnte ich den Frühling herbei. Frühling, das verband ich bis dahin nur mit dem Tag meiner Ersten Kommunion und vor allem mit Eduarda. Ich hatte sie nicht vergessen, und jetzt, da ich so viele Briefe schrieb, kam in mir der Wunsch auf, ihr von den Veränderungen in meinem Leben zu berichten. Ich würde ihr einen ellenlangen Brief schreiben und ihr darin alles erzählen. Aber ich würde ihn Teo geben, damit er ihn zum Briefkasten brachte. Ich traute Tata María nicht, nicht einmal Isabel. Eine innere Stimme sagte mir, dass sie gemeinsam den Brief lesen würden, bevor sie ihn einwürfen. Ich wollte nicht, dass jemand erführe, was ich Eduarda erzählen wollte. Dabei wusste ich noch gar nicht, wie ich ihr das alles erzählen sollte. Dieses »Ich hoffe, dass ihr euch bei Erhalt des Briefes bester Gesundheit erfreut« half mir nicht weiter. Geschweige denn das »ich weiß Bescheid, du Schuft, man hat dich gesehen …« oder Ähnliches, gerichtet an »wen auch immer«. Einen eigenen Brief zu schreiben weckte in mir Unmut, fast Angst, weil ich nicht auszudrücken vermochte, was ich sagen wollte. Dennoch nahm ich mir fest vor, Eduarda zu schreiben.

Wir spielten nicht nur mit dem Theater. Unter all den vielen beneidenswerten Dingen, die man in dem übervollen Spielzimmer finden konnte, fiel vor allem die beachtliche Menge an Märchenbüchern auf. Einige auf Französisch, doch die Mehrzahl auf Spanisch. Ich hatte viele Bücher zu Hause, aber ich hatte sie alle schon wer weiß wie oft gelesen. Seit mein Vater weg war, der immer die Wunschzettel für die Heiligen Drei Könige schrieb oder mir zu Weihnachten oder am Namenstag welche schenkte (manchmal sogar ohne besonderen Anlass), bekam ich nur selten welche. Lesen war eines der Dinge, die mich am meisten mit Gavrila verbanden.

Oft legten wir uns auf den Boden und teilten uns ein Buch

und ein Stück Teppich. In stillschweigender Übereinkunft wählten wir immer dasselbe Teppichstück aus, mit demselben Motiv, eine Mischung aus Rauten und Kreisen in Blau und Braun. Mit der Zeit wurde es zu einem eigenen Reich, zu einer Art Schutzhütte im Wald. Wir betraten sie und ließen uns in Räume versetzen, die nur die Worte des Buches sichtbar machten, und wenn wir sie verließen, kehrten wir in die Außenwelt zurück. Für mich war das Stück Teppich eine Tür mit Schloss und Schlüssel zu einem Land, das uns allein gehörte. Wir schlossen es auf, wenn wir hineingingen, und wieder ab, wenn wir es verließen. Es war ein so persönliches Geheimnis, dass es nicht einmal im Schweigen, vor dem aufgeschlagenen, geteilten Buch, ausgesprochen werden durfte. Wenn es sich um ein französisches Buch handelte und es Sätze enthielt, die ich noch nicht richtig verstand, übersetzte Gavrila sie für mich mit seiner eigenartigen Aussprache mit dem vollen R, das nicht dem sanften, gutturalen französischen R entsprach. Irgendwann fragte ich ihn: »Warum rollst du denn das R so komisch?«

»Weil ich Russe bin.«

Und während er das sagte, hob er, fast schon herausfordernd, den Kopf. Mir genügte das als Erklärung. Alles, was er sagte, klang für mich, selbst wenn ich in meiner gewohnten Umgebung noch keine ähnlichen Erfahrungen gemacht hatte, vernünftig und vor allem wahr. Viel wahrer als die vernichtenden »knallharten Wahrheiten«, mit denen man mich auf dem Saint Maur und zu Hause mundtot machte.

Die Bilder in Gavis Büchern waren außerordentlich phantasieanregend; wir sahen sie uns ganz genau an, jedes Detail, und wir entdeckten Dinge, die auf den ersten Blick unsichtbar oder scheinbar unbedeutend waren. Ich erinnere mich an ein Bild mit einem der Länge nach aufgeschnittenen Haus, bei dem nicht nur die Bewohner, Möbel und Gegenstände sichtbar wurden, sondern auch die anderen, die unsichtbaren Bewohner, die ich auf meinen nächtlichen Überfahrten in den Salon kennengelernt und von denen Sagrario einmal gesprochen hatte. Ich glaube, Gavi und ich haben uns tagelang in dem aufgeschnittenen Haus aufgehalten. Und als wir das Märchen fertiggelesen hatten, das die Inspirationsquelle dafür war, kehrten wir noch einmal zu dem Bild zurück. Bevor wir weiterblätterten, sahen wir uns an und lachten, wir wussten auch ohne Worte, was der andere dachte oder fühlte. Wir waren Komplizen bei einer geheimnisvollen Sache, von der nur wir beide wussten. Ähnlich wie das Bündnis zwischen Isabel und mir bei dem Likörchen in der Speisekammer. Obwohl das nicht vergleichbar war, denn das mit Isabel gehörte zur Welt der Riesen und das zwischen Gavi und mir nicht.

Gavi blätterte die Buchseiten äußerst sanft um, was im Kontrast zu seinen ungestümen Bewegungen stand. Seine Bücher waren in tadellosem Zustand, wie meine.

Das Kindertheater war nach wie vor unsere vertraulichste Art der Kommunikation. Und unverzichtbar. Hinter der Bühne tauschten wir Dinge aus, die wir uns niemals ins Gesicht gesagt hätten. Es erinnerte mich an den Beichtstuhl am Saint Maur, wo wir alle Vergehen und Sünden und alles, worüber man nur ungern sprach, durch ein Gitter beichteten, hinter dem man das ewig kauende Profil von Pater Torres erahnte. Doch dieser Beichtstuhl hier war anders, es war ein Ort, an dem man ohne Androhung von Hölle, Schuld und Sühne alles aussprechen konnte, was man sonst nicht über die Lippen brachte.

Und so sagte ich an einem Nachmittag zu ihm: »Manchmal hab ich meine Mutter gar nicht lieb.«

Prompt erwiderte er: »Ich auch nicht.«

Das war alles. Aber ich spürte – und er vielleicht auch –, dass abermals eine Wand zwischen uns gefallen war.

Tage später – diese Dinge geschahen immer, wenn das Theater zwischen uns stand, auch wenn wir längst nicht mehr die Puppen aus Pappe bewegen mussten, um uns zu unterhalten – sagte er: »Meine Mutter kann fliegen.«

Das wunderte mich nicht, denn ihr Sohn konnte es ja auch, ich hatte es mit eigenen Augen gesehen.

»Sie ist sehr schön«, fügte er hinzu.

Ich hatte keine Einwände. Ich hatte sie noch nie gesehen.

»Aber *er* ist viel gütiger als sie … und er liebt mich mehr als sie.«

Ich hatte schon viel über den Grafen gehört, sowohl im Bügelzimmer als auch in der Küche, sogar von Tomasa, der Wäscherin, die gar nicht mit im Haus lebte. Er gab viel Anlass zu Gerede und sogar zu kleinen Streitereien im Bereich des ungebohnerten Parketts. Die einen sagten Gutes über ihn, die anderen nicht.

Ich ahnte, dass Gavi mit *er* den Grafen gemeint hatte. Und so fragte ich, nur um zu fragen: »Der Graf?«

Es entstand ein langes Schweigen, was zwischen uns ungewöhnlich war. Plötzlich verließ Gavi das Theater und eilte zu den Büchern. Er wählte eines aus, schwenkte es wie eine Trophäe durch die Luft und sagte: »Magst du lesen? Das kennst du noch nicht.«

Auch ich verließ meinen Posten hinter den Kulissen und legte mich neben ihn in unser Reich aus farbigen Rauten und Kreisen. Das Buch hieß *Der Rabenkönig*.

Ich kannte es sehr wohl. Es handelte sich um ein Märchen, das mich anzog, aber zugleich so beunruhigte, dass ich es nie zu Ende gelesen hatte.

Schließlich meinte er zögerlich: »Einige nennen ihn so. Aber er heißt Mauricio.«

Er blätterte um, und wir lasen weiter. Wenn er umblätterte, waren wir, wie durch einen Zauber, immer beide gleichzeitig am Ende der Seite angekommen. Er irrte sich so gut wie nie.

An dem Nachmittag saß Teo auf einem Hocker bei uns und nähte. Er hatte immer einen sehr schönen Nähkasten bei sich, voller bunter Garne, Scheren, Nadeln, Bänder … Manchmal durfte ich ein wenig darin stöbern. Normalerweise setzte er sich seitlich hin, das gute Ohr uns zugewandt. Als er hörte, was Gavi gesagt hatte, legte er die Hand um das halbtaube Ohr.

»Hast du von deiner Mutter gesprochen?«

Gavi nickte und las weiter. Ich tat es ihm nach, aber gleichzeitig achtete ich aufmerksam darauf, was Teo machte oder sagte. Er war mein Lehrmeister, wie Isabel.

»Gavi, zeig Adri die Fotos von deiner Mutter, damit sie sieht, wie sie fliegt. Und zeig ihr auch das Kleid der Königin!«

Gavi tat, als ob er ihn nicht hörte, und las einfach weiter, aber ich konnte ihm jetzt nicht folgen. Ich hob den Kopf und sah, wie Teo uns anschaute, die Nadel, von der ein goldener Faden herabhing, in der Luft. Zum ersten Mal hatte jemand den Zauberbann gebrochen, der uns während der Lektüre verband. Ich sah Teos blasses Gesicht mit den Schmetterlingsflügelohren und den Augen eines Kindes, das sich im Wald verlaufen hat. Zwischen seinen Fingern glänzte der Faden.

Ich empfand auf einmal eine große Zuneigung für ihn. Und das tat weh, denn ich konnte nichts tun, um ihn zu trösten, noch nie hatte ich solch einen Blick gesehen wie den in diesen tiefschwarzen, von dichten Wimpern umrahmten

Augen, wo man einen kleinen Schimmer verborgener Tränen erahnen konnte.

»Teo, ich hab dich sehr lieb.«

Er stand auf und kam auf uns zu, den Rücken gebeugt.

»Wenn ihr nicht wärt … wenn ihr nicht wärt …«

Er drehte sich um, seine Schultern bebten, und ich dachte, er weint.

»Gavi, warum weint Teo so viel?«

Gavi antwortete nicht sofort. Er war immer noch in die Lektüre von *Der Rabenkönig* vertieft, obwohl er nicht weiterblätterte. Schließlich flüsterte er: »Weil er nicht geliebt wird …«

Das hörte ich jetzt zum zweiten Mal, und ich lief auf den großen Mann zu, der mit dem Rücken zu mir stand und den niemand liebte, obwohl ich nicht verstand, warum. Ich ging um ihn herum, weil ich ihm in die Augen sehen wollte, aber er hatte sein Gesicht mit den Händen bedeckt.

»Teo, ich hab dich lieb.«

Teo ließ die Hände sinken, und zu meiner Überraschung sah ich, dass er nicht weinte, auch wenn Tränen über seine Wangen kullerten. Er lachte. Lachend sah er fast gut aus (verglichen damit, wie hässlich er sonst war).

»Gavi soll dir die Fotos von der gnädigen Frau zeigen! Sie ist ein Engel, ein Engel. Mein Gott, wie schlecht ist doch die Welt!«

Ich erschrak. Die Welt der Riesen? Die von Gavis Mutter, die des Grafen? In welcher Welt lebten er, Gavi und ich, Isabel, Tata María und auch Paco und die ganze Karawane, die durch *unsere* Tür kam? Und die Zwillinge, die ich liebte und bewunderte? Und mein Vater und Eduarda?

»Warum, Teo, warum?«

Teo sah mich lächelnd an. »Ach, gib nichts auf meine

Worte. Das betrifft allein mich. Gibt nichts auf meine Worte, Adri. Du bist auch ein Engel.«

Gavi hatte mir zwar versprochen, im Frühling würde er mir das Fliegen beibringen, doch ich wusste, bei meiner Ungeschicklichkeit würden mir nur schwerlich Flügel wachsen. Außerdem war der Frühling für mich weit weg.

Teo blickte nachdenklich auf seine Näharbeit. Es war ein großes Stück Stoff, nicht die üblichen kleinen weißen Tücher, die er für die Mädchen aus dem dritten Stock umnähte oder bestickte.

Gavi und ich wollten uns das aus der Nähe anschauen, und er zeigte uns etwas Wundervolles: einen glänzenden Stoff, leicht wie ein Lufthauch – vielleicht Atlasseide, damals kannte ich mich damit nicht aus –, dunkelblau, mit großen Vögeln, aber keine gewöhnlichen Vögel, sondern prächtige gefiederte Tiere in allen möglichen Farben, aus denen besonders der Goldfaden herausstach, den ich in der Nadel in seiner Hand gesehen hatte. Er strich über den Stoff und sagte: »Schöner als der Regenbogen, viel schöner …«

Zweifellos war er das, und wir schwiegen vor Bewunderung.

»Erinnert ihr euch an *Tausendundeine Nacht*? So ist das hier auch. Der Kaiser von China kleidet sich für das Drachenfest an. Ich erinnere mich nicht mehr an den Namen des Drachen, aber das macht nichts.«

Wir erinnerten uns auch nicht.

»Das ist das Kostüm, das ich auf dem Karnevalsball tragen werde. Und ich werde den ersten Preis gewinnen.«

In der Tat, Karneval stand vor der Tür. Ich erinnerte mich, dass man mich einmal – ich war damals vielleicht drei oder vier – als Holländerin verkleidet zu einem Kindermaskenball bei einer Freundin meiner Mutter geschleppt hatte. Ich war todunglücklich und habe die ganze Zeit geweint, bis Tata María mich auf den Arm nahm und nach Hause brachte. Ich hatte zu viele Windbeutel mit Sahne gegessen, und auf dem Weg erbrach ich mich auf ihre Schulter.

»Solche Feste sind nichts für die Kleine … bei Cristina war das etwas anderes«, hatte Tata María gesagt.

Teo schien vor Freude überzuschäumen.

»Seide, Regenbogen, Gold!«, murmelte er und strich über den Stoff und die Stickereien.

Seine Stimme war weich wie Samt. Ich ging noch näher an die Stickerei heran, und für einen Augenblick erhoben sich die Vögel in die Lüfte, so wie ich andere Male das Einhorn hatte davonlaufen sehen.

»Darf ich mal anfassen?«

»Aber ja, du wirst sehen, es ist ein Traum.«

Ich berührte den Stoff, und es war in der Tat ein Traum. Ich schloss die Augen.

»Ich werde der Kaiser der Unmöglichen Träume sein«, sagte er, als läse er etwas laut vor. Ein Märchen oder ein Gedicht aus dem Buch *Gedichte für Kinder*, das bei Gavi im obersten Regal stand. Es war schwer heranzukommen, ich musste auf einen Stuhl steigen, aber ich holte es. Teo riss es mir fast schon brüsk aus der Hand, schlug es auf einer geheimen Seite auf, die nur ihm allein gehörte, und las langsam mit völlig veränderter Stimme.

Gavi und ich hörten ihm schweigend zu. Es war, als ob plötzlich ein unbekannter, geheimnisvoller und beunruhigender Wind durchs Zimmer fegte.

Doch Teo zerstörte den Zauber durch ein kreischendes Lachen. Es erinnerte mich an das Lachen eines kleinen Kindes, das ich einmal gehört hatte, als ich noch mit Tata María in den Park ging.

»Du willst dich verkleiden?«, fragte Gavi.

»Aber ja. Kinder, der Karneval ist mein Fest, das Fest, das ich am liebsten mag.«

»Gehst du zum Ball?«

»Aber ja.«

Teo seufzte tief, man konnte fast sehen, wie die Luft seiner Lungen durch die Nasenlöcher strömte.

»Ich gehe zum Ball, wie Aschenputtel. Koste es, was es wolle.«

Dann kam es zu dem, was alle als »Rückfall« bezeichneten.

Es geschah nach dem Tag, an dem wir trotz klirrender Kälte mit Zar in den Hof hinuntergegangen waren. Paco sagte, wir würden ihn nicht mehr lieben und dass ich nicht länger seine Angebetete sein wolle. Anastasio hinter ihm lachte, aber Paco machte ein zerknirschtes Gesicht. Es war nicht echt, denn ich kannte ihn gut und wusste, dass er insgeheim schmunzelte.

»Der arme Zar ist auch ganz traurig.«

Wir waren also in den Hof gegangen, obwohl Tata María ausdrücklich gesagt hatte: »SIE NICHT« (ich dürfe nicht in den Hof in diesem tückischen Februar, denn »ich könnte einen Rückfall erleiden«); ich war wieder mal ausgebüchst, hatte getobt und geschwitzt und gebibbert. Und ich erlitt einen Rückfall.

»Die gnädige Frau darf nichts davon erfahren, um Himmels willen, María, sie darf nichts erfahren …«

»Sei still … Ich weiß schon, was ich sage und was ich für mich behalte!«

Mir ist nicht bekannt, ob sie das Richtige sagte und den Rest für sich behielt, aber als ich beim Abendessen zusammenbrach und mein Gesicht im Spinat landete, trug sie mich sofort ins Bett. Ich erinnere mich noch vage, dass sie mich entkleidete und mir den Pyjama anzog und dass ich am ganzen Leib zitterte und mit den Zähnen klapperte. Außerdem verspürte ich zeitweilig einen unterträglichen Schmerz in den Lungen, als würde ich in einem gefährlichen Schaum ersticken. Ich keuchte und sagte immer wieder: »Zeig mir, wie man fliegt …«

Tata María hielt mir mit einer Hand den Mund zu und strich mir mit der anderen über den Kopf. Undeutlich sah ich Isabel in der Zimmertür stehen. Sie hatte einiges mit Teo gemein (das Flattern der Wimpern, wenn man Tränen zurückhält). Bevor ich die Augen schloss und die Welt der Riesen hinter mir ließ, hörte ich Tata María sagen: »Wein nicht, mach kein Geschrei. Ich kenne die Familie. Kein Aufhebens. Geh und ruf die gnädige Frau … Sofern sie zu Hause ist …«

Sie war nicht zu Hause.

»Gib mir das Telefonbuch. Bleib hier bei der Kleinen, ich rufe Doktor Zarangüeta.«

Vermutlich tat sie das, ich bekam von allem nichts mit. Nur, dass meine Mutter nicht da war. Und mein Vater auch nicht. Auch Cristina und die Zwillinge nicht. Ich drückte die Hand, die nach getoastetem Brot duftete. An mehr kann ich mich nicht erinnern.

11

Auch wenn ich die Lider nur halb geöffnet hatte, wusste ich, dass sie an meinem Bett saß. Sie hielt meine Hand und streichelte sie, langsam und sanft, wie ich es noch nie bei ihr erlebt hatte. Ihre Lippen bebten.

Ich schloss die Augen schnell wieder, denn ich fürchtete, wenn ich erwachte, würde dieses Gefühl von Sanftmut und Frieden verschwinden. Ich spürte, wie ihre Finger über meine Stirn strichen und den Pony beiseiteschoben.

Meine Mutter war bei mir, der feine, unverwechselbare Duft ihres Parfüms stieg mir in die Nase. Ein dezenter Duft, den ich nur wahrnahm, wenn sie sehr nah war, wenn sie sich über mich beugte oder mir einen ihrer seltenen Küsse gab.

Ich wollte etwas fragen, aber ich war zu durcheinander, und ich glaube, auch ein wenig bange. Bange, man würde mir Vorwürfe machen und es wäre vorbei mit dem Wohlbehagen. Damals lebte ich ständig in einer vagen Furcht, Schuld auf mich geladen zu haben. Ich konnte sie nicht benennen und mich auch nicht von ihr befreien. »Was habe ich getan, was wirft man mir vor, warum fühle ich mich schuldig, ohne zu wissen, was es ist?« Auch wenn ich selbst es nicht wusste, »sie« natürlich schon.

Der Rückfall schien alles zu verändern. Zum Guten und zum Schlechten. Das Gute war, dass die nicht greifbare Schuld verschwand oder vergessen wurde, und das Schlechte, dass ich meiner geliebten Wesen und Räume beraubt war.

Ich verbrachte noch eine ganze Weile in einer Art Dämmerzustand, doch dann fing ich wieder an, in dem Flecken an der Decke in der Nähe des Fensters begierig nach den Schatten von Gavrila und Zar zu suchen. Ich sah andere Schatten vorbeihuschen: von Paco und Anastasio, von Mario, dem Fischhändler, manchmal auch den von Albino, doch nie die Schatten, die ich sehen wollte. Eine große Traurigkeit breitete sich aus wie ein Tintenfleck auf dem Papier. Ich hatte keinen Appetit, wollte nicht sprechen. Es war, als ob mir etwas das Herz zusammendrückte, und die Abwesenheit von Teo, Gavrila und Zar ängstigte mich sehr, als fürchtete ich tief in meinem Innern, sie nie mehr wiederzusehen. Ich zog mir das Laken über den Kopf, niemand sollte mich sehen oder mich ansprechen. Nicht einmal Isabel, meine Komplizin.

Doktor Zarangüeta sagte: »Die Kleine ist traurig … etwas nagt an ihr. Wo ist denn die Mutter, mein Gott?«

Doch ich wusste, es hatte nichts damit zu tun, dass meine Mutter nicht da war – das kam oft vor –, Gavis Gesellschaft fehlte mir, unser Buchreich auf dem Teppich. Unsere vertraulichen Gespräche über das Kindertheater und Teos in buntem Garn gestickte Geschichte … und Zar, der, wenn er nicht dem Ball hinterhersprang, sich auf seinen Teil des Teppichs mit blauen und braunen Rauten und Kreisen legte, die Schnauze auf den Vorderpfoten, und uns aus den Augenwinkeln beobachtete. Das war mein Land, meine Stadt.

Zum ersten Mal erfuhr ich, was Sehnsucht heißt, denn in meiner Erinnerung sah ich immer wieder lebhaft die Nachmittage vor mir, wenn Teo zu nähen aufhörte und zum Samowar ging. Ich hatte so etwas noch nie gesehen.

Teo genoss diese Momente sehr, denn wir ließen alles stehen und liegen und folgten ihm zu dem glänzenden Metallgefäß – vielleicht war es aus Kupfer, ich weiß nicht mehr –, das einen kleinen Hahn hatte, aus dem kochendes Wasser floss. Damit bereitete er Tee für uns zu und servierte ihn in Gläsern mit silbernen Halterungen auf einem großen Tablett mit vielen bunten Blumen – handgemalt, wie er sagte. Dazu gab es Kekse und Marmelade.

»Ich bin zwar kein Russe«, sagte er, »aber ich kenne die Sitten durch die gnädige Frau. Sie liebt Tee.«

Und so trank ich zum ersten Mal Tee, ohne krank zu sein, und aß dazu Kekse mit Heidelbeermarmelade.

Bei uns zu Hause gab es am Nachmittag nur Brot und Schokolade oder eine Banane und ein Glas Milch. Der Tee hatte ein besonderes Aroma: Das Aroma der Märchen, die traurige und schöne Geschichte der wilden Schwäne, die Teo auf seine glänzende blaue Seide stickte. Nach dem Tee legten wir uns wieder auf den Teppich und setzten unsere Lektüre fort. Und erneut erhoben sich aus den Buchseiten Städte, Burgen, Wälder, Seen … Und das Meer. Das Meer, das ich noch nie gesehen hatte. Auch jetzt noch spüre ich auf meiner Zunge den Geschmack des Tees, wenn ich dieses Wort lese.

Manchmal streiften Gavis lange Locken meine Wange, so nah waren wir uns, so verbunden in einer Geschichte: nur er, die Geschichte und ich. Ich lasse den Geruch seiner Haut wieder aufleben, die goldenen Locken; sie hatten einen eigenen Geruch, den ich nur in Schulen wiedergefunden habe, bei den Kleinen: einen Geruch nach Kind, kein Erwachsener wird je so riechen. Wie an dem Nachmittag, als er stolperte, hinfiel und sich ein Knie aufschlug. Wir saßen auf dem Boden, zogen den bunten Strumpf herunter und betrachteten voller Neugier die kleine Schürfwunde, aus der langsam ein hellroter Blutstropfen quoll. Auch er roch nach Kind.

Im Bett liegend, den Blick wie gebannt auf die Ecke an der Decke gerichtet, wo ich mit täglich schwindender Hoffnung darauf wartete, die Umrisse von Gavi und Zar zu erblicken, ließ ich Momente unseres geheimen Lebens wiederauferstehen, so wie wenn ich vor meinem geistigen Auge die Filme *Flucht aus Paris* oder *Kreuzritter Richard Löwenherz* noch einmal ablaufen ließ. Und ich holte die Musik zurück. Die Musik, die auf geheimnisvolle Weise alles einhüllte, was wir sagten oder taten. Da ahnte ich, dass all unsere Bewegungen, sogar unsere Empfindungen, innerhalb einer Symphonie entstanden. Die Symphonie, die wir mit den Jahren stückweise wiedererkennen und die Sehnsucht und Erinnerung hervorbringt.

Und an mein einsames Krankenbett kehrte ein leiser Klang zurück, ein Glockenklingeln oder vielleicht auch Flügelschläge. Ich erinnerte die Worte, die tief in mir drinnen wie Töne klangen. Ich hörte jenes: »Komm, komm, komm«, das Gavi geflüstert hatte, als wir das erste Mal in dem einfachen Lastenaufzug zu ihm hinauffuhren.

Ich hörte seine Stimme »Komm, komm« singen, und dann, wie er überraschend mit seiner Männerstimme einen wilden, fast beängstigenden Schrei ausstieß: »Adrrriiii!« Gleich dem Heulen eines Wolfes.

Der Rückfall fesselte mich an die Töne, den Klang, den Singsang, den er mir manchmal, sehr leise, ins Ohr hauchte, und seine blonde Lockenpracht berührte mein Ohr, meine Wange: »Komm, komm, komm …«

Einmal, als Teo mit Zar Gassi gegangen war, hatte Gavi mich an der Hand gefasst und mich zu den hinteren Zimmern gezogen, die ich noch nicht kannte. Er blieb vor einer Tür stehen, legte einen Finger an die Lippen und sagte: »Das darfst du niemandem sagen.«

Ich legte die rechte Hand auf mein Herz – oder dorthin, wo ich es vermutete – und erwiderte: »Niemals.«

Es war ein Schwur, das wusste ich, auch wenn ich nicht ausdrücklich gesagt hatte »ich schwöre«. Das Schweigen oder, besser gesagt, die »zurückgehaltenen« Worte waren damals sehr wichtig.

Ich zog mir das Laken über den Kopf und erinnerte mich an diesen und andere Tage, an denen Gavi mich an der Hand nahm – er nahm mich immer an der Hand, wie es der Schutzengel tat oder Hänsel mit Gretel. Niemand hat das je wieder so gemacht. Es war, als ob er mich an einen Ort begleitete, zu dem ich selbst wollte. Auch wenn es mir nicht bewusst war.

Wir betraten zum ersten Mal das Zimmer der Ballerina. Es war klein, ähnlich wie das Gemach meiner Mutter, aber ganz anders, und ein riesiger Schrank nahm fast den gesamten Platz ein. Gavi öffnete die Schiebetüren, und vor meinen Augen tat sich ein wahres Fest an Kleidern auf, ein kleiner Karneval auf Bügeln, bei dem es glitzerte und funkelte. Heute weiß ich, dass es Pailletten waren, aber damals hielt ich sie für Sterne.

Ungeniert, als machte er das öfter, nahm Gavi ein weißes schillerndes Kleid vom Bügel, zog es aus dem Schrank und breitete es in all seiner Pracht am Boden aus.

»Das ist das Königingewand, wie Teo es nennt.«

Ich traute mich nicht, es anzufassen, vielleicht fürchtete ich, es würde in meinen Händen zerfallen, wie es, so hatte ich gelesen, mit Träumen geschieht.

Doch Gavi sagte: »Sie zieht es nicht mehr an, sie hat keine Verwendung mehr dafür. Aber sie gibt es nicht her, und sie vergisst es auch nicht, denn sie liebt es heiß und innig. Darin war sie Estrella!«

Ja, ich wusste, dass man ein Kleidungsstück lieben konnte, manchmal mehr als irgendeinen Riesen. Pantoffeln, einen einzelnen Strumpf, ein Haarband, das mir niemand mehr anlegte.

»Es ist wunderschön«, sagte ich.

Er hängte es wieder auf den Bügel, was nicht einfach war, aber ich traute mich nicht, ihm zu helfen. Ich spürte, es hätte ihm nicht gefallen.

Eines Nachmittags standen sie gemeinsam an meinem Bett, und ich hörte sie sagen: »Ich weiß, warum sie so freudlos ist, María, und du weißt es auch.«

Tata María nickte schweigend.

Ein oder zwei Tage später standen beide in der Tür und sagten wie aus einem Mund: »Du hast Besuch, Kleines …«

Sie traten ein wenig zur Seite, und zwischen ihnen tauchte Gavrila auf, der den Berg an Büchern kaum tragen konnte, den er mir mitgebracht hatte.

»Gavi«, sagte ich tonlos.

Es war, als ob das Zimmer, die beiden Frauen, mein Bett, die Welt, meine Welt, einen wunderbaren Purzelbaum geschlagen hätten.

Ich wäre in dem Moment am liebsten aus dem Bett gesprungen und hätte ihn umarmt, ihm die Bücher genommen und gesagt, wie überglücklich ich war. Aber eine große Schüchternheit lähmte mich ebenso wie ihn. Er stand reglos zwischen den beiden Frauen, den Arm voller Bücher, und sagte kein Wort. Mir fiel der Tag wieder ein, an dem wir im Kindertheater gespielt und er seine Puppe bewegt und gesagt hatte: »Willst du mir einen Kuss geben?«

»Ja, ich will dir viele, viele Küsse geben«, hatte ich erwidert.

Und als wir das Kindertheater verließen und uns auf unseren Teppichflecken mit den blauen Rauten legten, war es, als ob wir nie von Küssen gesprochen hätten. Denn es gab zwei Welten: unsere und die, vor der wir eine gewisse Scheu hatten und die uns manchmal sogar Angst machte.

Doch Isabel brach das Schweigen, sie riss die Schranke nieder, indem sie ihm einen kleinen Schubs gab und sagte: »Nun geh doch hinein, Junge, und gib ihr die Bücher, und ›alles andere‹.«

Hinter diesem »alles andere« verbarg sich das, was wir uns sagen wollten. Wie ein Wirbelsturm sauste Gavi herein, setzte sich auf mein Bett, verteilte alle Schätze, die er dabeihatte.

»Adri, ich hatte solche Lust, mit dir zu lesen.«

Ich setzte mich auf, streckte die Arme aus, und ehe ich mich's versah, lagen wir uns in den Armen und küssten uns (viele, viele Küsse). Am Ende löste ich mich aus der Umarmung – vielleicht war auch er es, ich erinnere mich nicht mehr. Keuchend sahen wir uns an und lachten.

»Auf, Junge! Setz dich da neben das Bett. Ihr habt nur eine halbe Stunde, bis die gnädige Frau zurückkommt.«

Isabels Stimme war wie eine Glocke. Ich erinnerte mich, dass sie mir einmal erzählt hatte, am Tag der Namenspatronin habe in ihrem Dorf die Glocke geläutet, und sie habe vor lauter Freude geweint. Einmal hatte sie sich sogar vor Freude in die Hose gemacht.

Kaum hatte Gavi sich an mein Bett gesetzt und ein Buch auf der Decke aufgeschlagen, da tauchte unerwartet die »gnädige Frau« im Türrahmen auf. An dem Tag hatte sie ihren morgendlichen Besuch nach vorn verlegt. Außer bei Widrigkeiten (wie Rückfällen oder Ähnlichem) bekam ich den ersten Besuch am Vormittag, den zweiten am Nachmittag und den letzten abends vor dem Einschlafen. Doch an dem Tag war sie früher dran. Wie eine Erscheinung stand sie in der

Tür: groß, blond, ein wenig zu stark geschminkt, mit ihren großen grünen Augen, aus denen es blitzte, vor allem, wenn sie wütend auf mich war.

Sie trat nicht ins Zimmer, schaute nur langsam zu Gavi, der die Ellbogen vor dem aufgeschlagenen Buch aufgestützt hatte, damit wir gemeinsam darin lesen konnten. Ich weiß nicht, wie lange sie Gavi anstarrte, vielleicht Sekunden, vielleicht eine Ewigkeit.

Auf einmal sagte sie zu Tata María: »Mein Gott! Wo kommt denn das Goldstück her?«

Das Goldstück erhob sich, klappte das Buch zu und ging gelassen auf meine Mutter zu. Mit einer kurzen energischen Bewegung senkte und hob Gavi den Kopf zu einem fast schon martialischen Gruß. Er nahm die Hand, die meine Mutter ihm hinstreckte, sagte leise: »Madame« und küsste sie.

Noch nie zuvor hatte ich bei meiner Mutter einen solchen Gesichtsausdruck gesehen, ich glaube, danach auch nicht. Ein paar Sekunden stand sie da wie gelähmt, völlig verwirrt. Dann fragte sie: »Wie heißt du?«

»Gavrila.« Es folgte ein langer komplizierter Nachname, den ich nicht einmal aussprechen, geschweige denn schreiben konnte.

Meine Mutter schien aus einer Art Zauberschlaf zu erwachen wie Dornröschen. Sie hob den Kopf, atmete tief ein.

»Ach, ja! Ich weiß, wer du bist. Deine Mutter ist … eine große Künstlerin.«

Sie drehte sich zu mir um.

»Wie ich sehe, hat er dir Bücher mitgebracht. Aber Tata, sag, erklär mir, warum …«

Obwohl wir nicht allein waren, nannte Tata María sie »Mädchen«.

»Mädchen, das ist ein Nachbarsjunge, der auch keine

Freunde hat. Und er hat gehört, dass Adri krank ist. Er ist ein feiner Kerl und hat ihr Märchenbücher gebracht.«

»Und woher weiß er …«

»Weil … weil … so was spricht sich rum, unter den Chauffeuren und den Kindermädchen … und allen anderen …«

»Ja, gut, aber … Mal sehen, was das für Bücher sind!«

Meine Mutter setzte die Brille auf und studierte die Titel. Kurz darauf lächelte sie, irgendwie fremd.

»Ach ja, jetzt erinnere ich mich. Tata, weißt du noch, als du Edu und mir vorgelesen hast?«

Tata María nickte, aber ihr Blick war abwesend, wie der von Teo, hinter dem sich ein feuchter Glanz verbarg.

Meine Mutter stapelte ein Buch auf das andere; das war offensichtlich ihre Art, ihre Zustimmung zu erteilen. Bis sie zum *Rabenkönig* kam. Ihre Miene verhärtete sich, sie warf das Buch beiseite und rief: »Das nicht!«

Tata María nickte, friedfertig wie immer. Meine Mutter kam zu mir, küsste erst mich, dann Gavrila und verschwand durch dieselbe Tür, durch die sie gekommen war.

Gavi und ich stürzten uns gemeinsam auf den *Rabenkönig*. Tata María sagte nichts. Entweder hatte sie es nicht gesehen oder sie tat zumindest so.

Danach veränderten sich die Sitten in der Familie nicht von Grund auf, aber doch ein wenig. Der Sohn der Ballerina wurde nicht länger abgelehnt. Aber deshalb war er noch lange nicht von allen gern gesehen.

»Aber er ist doch bloß ein Kind«, sagte meine Mutter, »ein bezauberndes Geschöpf, und unsere Adri ist so spät auf die Welt gekommen, dass weder die Geschwister noch die Freunde von früher als Spielkameraden in Frage kommen.«

Wenn sie vor Adelita und Felisita solche Dinge sagte

– ihre Busenfreundinnen »seit ewigen Zeiten«, die wir mit »Tante« ansprechen mussten –, saß Tata María in der Ecke und lächelte. Würde man die Facetten von Tata Marías Lachen und Schweigen entschlüsseln, käme man sicher zu einem überraschenden Ergebnis.

Während meiner Genesungszeit konnte Gavi mir also ungehindert Gesellschaft leisten und Märchen mit mir lesen. Selbstverständlich immer unter dem wachsamen Auge von Tata María.

Manchmal gesellte sich meine Mutter zu uns, mit einer ungewohnten Heiterkeit, die mir aufgesetzt vorkam. Außer wenn sie sich an Episoden aus ihrer Kindheit mit Tata María erinnerte, schien alles, was meine Mutter tat oder sagte, wie eine Komödie. So war meine Mutter nicht wirklich, dachte ich. Die Frau, die zwischen Büchern an meinem Bett saß, hatte nichts mit der Frau mit Perlenkette gemein, die, als sie noch mit meinem Vater zusammenlebte, mir über die Stirn strich und »Träum süß« sagte, wenn sie ins Theater gingen. Nach und nach trat ein Geschöpf zutage, das sich mit einem Wort umschreiben ließ, welches nur Tata María in den Mund nahm: »Mädchen«. Dieses Mädchen war ihr abhandengekommen, wie es mit allen Kindern geschieht, die nicht jung sterben.

Gavi kam immer so gegen drei. Jetzt war es nicht mehr länger das Teppichfleckchen aus Rauten und Kreisen, jetzt breitete er die aufgeschlagenen Bücher auf der Bettdecke aus. Wir rückten immer näher aneinander heran, sein Kindergeruch verband sich mit meinem Mädchenparfüm. In loser Umarmung auf dem umgeschlagenen Laken, in dem wie in einem Segel noch der Wind von *Gullivers Reisen*, Robinsons Einsamkeit oder die Unruhe des jungen Jim aus *Die Schatzinsel* gefangen war … Und vor allem war es eine Flucht, ohne

Grenzen und ohne Ziel, die uns zu Jims Insel oder nach Nimmerland trieb. Einmal fragte ich ihn:

»Warum liebe ich Mister Silver … wenn Mister Silver böse ist?«

Er dachte ein Weilchen nach und erwiderte: »Ich weiß auch nicht, warum ich Teo mehr liebe als meine Mutter.«

»Und was ist mit mir?«

Wieder dachte er nach, und am Ende sagte er: »Bei dir weiß ich auch nicht, warum, aber ich weiß, dass ich dich liebe. Macht dir das etwas aus?«

Tat es nicht. Thema beendet.

Allmählich erholte ich mich.

Doktor Zarangüeta sagte: »Dieser Junge ist eine wahre Panazee.«

Ich verstand nicht, was er meinte, nur dass er auf der Seite von Gavi, Isabel und Tata María stand. Und natürlich auf meiner.

»Der Karneval ist da!«, frohlockte Isabel.

Sie stand am Fuß meines Bettes, und alles an ihr schien zu strahlen: das frisch gewaschene, noch feuchte Haar, die blaugestreifte Schürze, sogar die Arme und selbst die Füße. Ich konnte sie von meinem Bett aus nicht sehen, aber ich stellte mir vor, dass sie die berühmten Glasschuhe trug. Denn offenbar war der Karneval ein riesengroßes Fest voller Menschen, die sich verkleideten, um sich in jemand anders zu verwandeln. Das hatte ich irgendwo aufgeschnappt, und der Sinn des Unterfangens hat sich mir bis heute nicht erschlossen.

»Isabel, darf ich aufstehen und mich verkleiden?«

In dem Moment kam Tata María ins Zimmer.

»Red keinen Unsinn, Kind. Du hast noch keine Erlaubnis aufzustehen. Und du setzt ihr wieder Flausen in den Kopf, Isabel!«

»Und wenn der Doktor sagt, dass ich doch aufstehen darf? Nur ein bisschen …«

»Das Wort des Doktors ist heilig.« Tata María bekreuzigte sich. Sie bekreuzigte sich oft, ob es angebracht war oder nicht. Aber es war beruhigend, ihr dabei zuzusehen, so als ob man sagte: »Es wird nichts Schlimmeres geschehen als sonst auch.«

Doch da mischte sich Isabel ein, stimmgewaltig, fröhlich, als wäre sie keine Frau, sondern ein einziges großes Lachen.

»Heilig, heilig … Mein Wort ist auch heilig! Glaubst du, es schadet der Kleinen, wenn sie ein wenig Spaß hat, mit den Kostümen und ›allem anderen‹.«

»Ich darf mich verkleiden?«

»Aber ja, mein Schatz! Du wirst dich verkleiden, denn von Verkleidungen versteht Isabel eine Menge.« Zu meinem Erstaunen fingen sie beide an zu lachen; sie waren wie zwei kleine Mädchen, alterslos, als existierte kein Kalender.

Ich hüstelte und fragte: »Und Gavi?«

»Klar, Gavi ist auch dabei, das wäre ja noch schöner!«

»Weiß er das auch?« Ich hatte Zweifel.

»Er wird es erfahren«, sagte Isabel entschieden. »Teo wird schon in den höchsten Tönen davon schwärmen. Habt ihr das Gewand der Kaiserin von China gesehen, an dem er das ganze Jahr gestickt hat?«

Mit ausgebreiteten Flügeln schwebten die Schwäne vor einer wolkenlosen Nacht auf mich zu.

»Des Kaisers von China«, murmelte ich, als spräche ich in einer zurückliegenden Zeit.

»Der Kaiserin!«, rief Isabel. Tata María legte die Hand auf

den Mund, aus Angst, dass ihr irgendetwas Unschickliches entschlüpfte.

Isabel setzte eine gewichtige Miene auf, als wollte sie uns gleich eine magische Geschichte erzählen.

»Deine Mutter geht mit Cristina zum Karnevalsball, der bei irgendwelchen befreundeten Herrschaften stattfindet, was weiß ich, alles sehr elegant ... Und während sie fort sind, feiern wir Karneval. Warum denn nicht, María? Jetzt mach nicht so ein Gesicht ... hier zu Hause, nur die Kinder und wir beide. Der Mistkerl zieht mit Patricia um die Häuser. Das hat man davon, wenn man seinen Freundinnen vertraut!«

An dieser Stelle brach ihr die Stimme. Tata María drückte Isabels Hand.

»Gehen sie wirklich weg?«, fragte ich. Ich erinnere mich noch, wie sehr ich mir wünschte, es wäre wahr.

Tata María erzählte mir, es sei Cristinas erster Kostümball.

»Jedes Jahr feiern die Freunde deiner Eltern diesen Ball, und diesmal wird auch Cristina dabei sein. Tja, so ist das: Deine Brüder wollen nicht mehr hin, und für Cristina ist es das erste Mal, und sie freut sich so sehr darauf ... Sie wird eure Mutter begleiten, als Dornröschen verkleidet.«

Ich stutzte. Ich wusste, wer Dornröschen war, aber als ich den Namen hörte, hatte ich eine Art Wiederbegegnung mit dem Einhorn und dem blonden jungen Mädchen, das es streichelte. Und, mein Gott, das Mädchen sah aus wie Cristina.

Ich erinnerte mich vage an den Ball, weil Tata María davon gesprochen hatte. Und plötzlich verspürte ich den dringenden Wunsch, zu Cristina ins Zimmer zu laufen und mit meiner Kinderstimme so laut ich konnte zu schreien: Nein, Nein, Nein ... Aber wem oder was galt dieses Nein? Ich wusste es nicht, und wen sollte ich von einem Nein überzeugen, das ich nicht zu erklären vermochte. Ich war noch ein Kind und hatte mir mein kleines Universum selbst ausgedacht.

»Schätzchen, wir werden dich als Hexe verkleiden, denn du bist eine kleine Hexe, wusstest du das?« Isabel lachte, und ihr Goldzahn blitzte.

Ich nickte mit dem Gefühl, eine Frage zu beantworten, die fern war, so fern, dass sie vor meiner Geburt ihren Anfang genommen und kein Ende hatte. Damals verbanden sich Vergangenheit und Zukunft mit beneidenswerter Leichtigkeit.

»Aber niemand wird davon erfahren! Denn wir werden unter uns sein; sobald deine Mutter und Cristina verschwunden sind … werden wir hier unseren Karneval feiern.«

»Aber Teo geht doch zu dem Ball«, murmelte ich. Tata Marías abgeklärter Blick beruhigte mich.

»Keine Angst, Adri. Es ist nur ein kleines Abendessen, Teo und Gavi kommen später herunter. Und jetzt auf Wiedersehen, bis morgen, so Gott will.«

»Und ob er will!«, rief Isabel. »Du wirst sehen, was Teo sich für ein Prachtgewand gestickt hat …«

»Und Gavi?«, fragte ich nochmals. Ich war froh, voller Erwartung, aber etwas bedrückte mich.

»Nein, er mag keine Kostüme. Wie die Zwillinge!«

Meine Mutter und Cristina kamen, um mir gute Nacht zu sagen. Ich hatte meine große Schwester schon ziemlich lange nicht mehr gesehen. Nie war sie mir so schön vorgekommen. Sie war mir gegenüber milder gestimmt und lächelte. Sie trug ein weißes Kleid mit funkelnden Pailletten und auf dem Kopf einen durchsichtigen Schleier und eine goldene Krone mit vielen glitzernden bunten Steinen. Sie strahlte, und an dem Abend war sie für mich Dornröschen.

Damals hatte sie, wie schon erwähnt, einen Garçon-Schnitt, und für das Kostüm hatte man ihr ein paar künstliche Locken ins Haar geflochten, die nicht zu ihrem natürlichen Blondton passten. Das verlieh ihr ein Zirkusflair, das mir sehr gefiel. (Bei einem der seltenen Zirkusbesuche hatte ich eine kleine Artistin mit aufgespanntem Schirm über das Seil schweben sehen. Und ihr Haar hatte auch diese beiden Blondtöne gehabt.) Cristina kicherte, als unsere Blicke sich trafen. Sie beugte sich zu mir, gab mir einen Kuss (den ersten, wenn ich mich recht entsinne) und flüsterte mir ins Ohr: »Morgen werde ich dir berichten …« Als wären wir Gleichaltrige oder Freundinnen. Vermutlich hat sie niemanden, dem sie davon erzählen kann, sagte ich mir, und das erstaunte mich. Mein Herz wurde von einer kleinen Flamme erfasst, wie früher, wenn die Zwillinge mir von Gulliver oder Beau Geste erzählt hatten; kaum hatten Cristinas Lippen mich berührt, wurde mir bewusst, wie lange die Zwillinge mich schon verlassen hatten. Sie waren mittlerweile sicher schon ganz zu Riesen herangewachsen und nicht erst halb, wie zu der Zeit, als wir das Studierzimmer teilten, das einst das Spielzimmer gewesen war.

»Benehmt euch. Macht ein kleines Abendessen, feiert ein wenig … Singt ein paar von den Liedern, von denen Isabel so viele kennt … Aber, denkt daran, das ist nicht Weihnachten, es ist kein christliches Fest. Nach dem Singen nimmst du deine Medizin und ab ins Bett. Morgen ist auch noch ein Tag.«

Nie war meine Mutter mir so töricht vorgekommen wie an jenem Abend.

Ich sah, dass sie wieder die Perlenkette trug, wie früher, wenn sie mit Papa ins Theater ging. Sie beugte sich zu mir hinab und küsste mich, und ich war umhüllt von dem dezenten Parfüm, dessen Duft sie mir zurückbringt, sie und die Stimme jener kurzen Tage, als ich im Bett lag und die Welt ein riesiges Märchen in einem ganzen Meer von Märchen war.

Endlich machten sie sich auf den Weg.

Sobald wir allein waren, breitete sich Stille im ganzen Zimmer aus. Erwartungsvolle Stille, das Kribbeln, wenn man spürt, dass gleich etwas Unerwartetes passiert.

Schweigend sahen wir uns an, und dann prusteten wir los.

Tata María sagte: »Der Junge wird mit uns zu Abend essen, denn Teo geht zum Karneval.«

»Dann kommt Teo gar nicht?«

»Er hat gesagt, er gibt den Jungen in unsere Obhut, bis er zurück ist, dann will er uns sein Kostüm vorführen.«

»Darf ich Teo sehen?«

»Ja, klar! Der Junge soll bleiben, bis er wiederkommt. Er hat gesagt, es wird nicht sehr spät, aber für alle Fälle haben wir Gavi ein Bett in unserem Zimmer hergerichtet.«

Auf einmal erfasste mich ein kalter Hauch. »Und Gavi? Was sagt Gavi? Wo ist seine Mutter?«

»Seine Mutter lebt seit einiger Zeit in Paris, mit dem Grafen … Keine Sorge, Lämmchen, Gavi ist bei Teo sehr gut aufgehoben. Und bei uns erst recht!«

Ein dunkler Flügelschlag hallte durch die Stille. Damals spürte ich solche Dinge wie eine Berührung auf der Haut.

»Und wo sind Jerónimo und Fabián?«

Die beiden tuschelten, bis Tata María schließlich sagte: »Jerónimo und Fabián sind jetzt bei deinem Vater in Paris. Zum Studium kommen sie wieder her.«

Ich setzte mich auf und sprang aus dem Bett. »Ich will mich nicht verkleiden, ich will nicht mehr im Bett bleiben!«

Bestimmt habe ich damit Verwirrung ausgelöst, doch nichts von dem, was ich sonst hätte sagen können, wäre in dem Moment von Bedeutung gewesen.

»Macht nichts, wenn du dich nicht verkleiden willst«, sagte Isabel, doch sie klang ein wenig enttäuscht. »Der Junge will sich ja auch nicht verkleiden.«

Auf einmal hatte ich das Gefühl, keine Freunde mehr zu haben, nur noch die Erinnerung an Gavi, der sich immer noch nicht zeigte und dessen Kommen für mich mehr als ungewiss war. Ich liebte Isabel und Tata María immer noch sehr, auch wenn ich mich nicht verkleiden wollte und keinerlei Freude im Herzen verspürte.

»Warum kommt Gavi nicht?«

»Er kommt ja später, mit Teo. Ihr müsst doch bewundern, wie schön er im Gewand der Kaiserin aussieht!«

Die laut schrillende Klingel *unserer* Tür beendete das Gespräch und auch die Stille. Isabel sprang auf.

»Da sind sie!«

Ich hatte das Gefühl, mein Herz hüpfte aus dem Pyjama oder dem Nachthemd (keine Ahnung, was ich an jenem Abend trug, es waren fast alles Erbstücke von Cristina).

Da waren sie!

Ich saß in eine Decke gehüllt neben dem Bett. Tata María hatte sanft meinen Pony gekämmt, wie sie es immer machte, wenn meine Mutter oder Doktor Zarangüeta kamen. Und sie hatte mich mit ein wenig Eau de Cologne eingesprüht.

Feierlich, wie es der Kaiserin von China gebührt, trat Teo mit Gavi an seiner Seite ins Zimmer. Ich war hin und weg.

Vorsichtig setzte Teo einen Fuß vor den anderen – die Sohlen seiner Schuhe waren so hoch, dass er riesig wirkte, er, der ohnehin schon so groß war. Er war kein Mensch mehr, er war ein wandelndes Monument; hoch oben gewahrte man ein weißes Gesicht, das mit den geschminkten mandelförmigen Augen, den fast schon diabolischen Augenbrauen, den grellroten Lippen, die ein künstliches Lächeln in sein Gesicht zauberten, und dem Schönheitsfleck aus Samt aus unserem Teo die Kaiserin von China machten. Man hatte Angst, Teo würde sich bei der kleinsten falschen Bewegung auflösen, so üppig und prächtig war das blaue Seidengewand. Schwäne mit wunderbar langen Hälsen erhoben sich in die Lüfte und stimmten ihren langen Abgesang an. Die Worte überschlugen sich in meiner Kinderkehle: Noch nie hatte ich etwas derart Schönes gesehen, es war unbeschreiblich.

»Er wird den ersten Preis gewinnen!«, rief Gavi aus.

Er ließ Teos Hand los, lief auf mich zu und rief immer wieder: »Er wird gewinnen, er wird gewinnen! Und mit dem Preisgeld werden wir drei verschwinden!«

»Wohin denn?«

»In eine Stadt namens Rostow.«

»Warum denn?« Es machte mir Angst, und zugleich fühlte ich mich von diesem Gedanken angezogen wie das kleine heruntergefallene Schräubchen vom Magneten.

»Ich werde es dir erklären, aber nicht jetzt. Schau dir die Kaiserin von China an!«

»Ist es nicht der Kaiser?«

»Nein, nein. Es ist die Kaiserin. Dafür ist der Karneval da, damit jeder das sein kann, was er sein möchte. Und Teo möchte die Kaiserin von China sein.«

Das war sonnenklar. Ich brachte der Kaiserin von China all die Bewunderung entgegen, derer ich mit meinen elf Jahren fähig war. Doch die Bewunderung, die Teo in Isabel und Tata María geweckt hatte, war unermesslich viel größer. Schweigend standen sie da und starrten ihn mit großen Augen an. Es hätte nur noch gefehlt, dass sie vor ihm niederknieten.

Teo schien nicht mehr Teo zu sein. Er bewegte sich mit einer wahrhaft kaiserlichen Pracht und Eleganz. Nur einmal verzog er die starre Miene, als er Gavi und mir mit dem linken Auge zuzwinkerte. Das lockte Isabel aus der Reserve.

»Teo, Teo … Was hast du nur für ein geschicktes Händchen! Du bist ein Genie!«

Teo lockerte die würdevolle Haltung und lächelte. »Was glaubt ihr denn, hm? Was glaubt ihr?«

»Du wirst jeden Preis gewinnen«, sagte Tata María. »Und ich werde mich sehr für dich freuen.«

»Ich weiß, ich weiß«, sagte Teo, wieder ganz die würdevolle Kaiserin. »Ich gehe jetzt, ich habe ein Taxi bestellt. Passt mir gut auf den Jungen auf. Ich kann noch nicht sagen, wann ich zurückkomme, je nachdem, wie es mir gefällt, aber passt mir gut auf den Jungen auf, denn ich komme wieder, ich komme wieder!«

»Na, das wäre ja auch noch schöner!«, sagte Isabel. »Geht, geht, Majestät, möge das Glück euch begleiten.«

Wir wollten ihn alle küssen, doch er verweigerte das, damit die Schminke nicht verlief. Damals war die Schminke noch nicht so widerstandsfähig wie heute.

Und wie die Kielspur eines Geisterschiffes hinterließ er den Duft eines schweren Parfüms nach gemahlenen Lilien und Veilchen mit einem Spritzer Zitrone.

12

Das kleine Abendessen, wie meine Mutter es nannte, bestand aus Sandwichs mit gekochtem Schinken und Kroketten.

Isabel wirkte einerseits aufgekratzt und andererseits unglücklich. Ich wusste, diese widersprüchliche Stimmungslage hatte viel mit dem sogenannten »Schuft« zu tun, der mit Patricia Karneval feiern war. Ich bemerkte es auch an der Art, wie Tata María mit ihr sprach, viel liebevoller als sonst. Die beiden Frauen waren sehr unterschiedlich, was Alter und Temperament anging, doch sie waren einander eng verbunden, ich würde es nicht Freundschaft nennen, es war etwas Tiefes, Unergründliches. So empfinden wohl Schiffbrüchige auf einer einsamen Insel oder die beiden letzten Soldaten im Schützengraben oder eben zwei einfache Frauen, denen das Leben nicht mehr viel Neues zu bieten hat.

Es war, als teilten sie denselben Schmerz oder als wären sie in der privilegierten Lage, etwas gemeinsam verachten oder vielleicht sogar hassen zu können. Dinge, die man als Kind unbewusst wahrnimmt.

Gavrila kam mir an dem Abend sehr ernst vor. Als fühlte er sich unter uns einsam.

Doch eingeschüchtert durch sein Schweigen oder seine Distanz, traute ich mich nicht zu fragen. Es war eine ungekannte Mischung aus Respekt und Furcht. Ich nahm einfach seine Hand und drückte sie, und er erwiderte meine Geste.

Aber das war nicht alles: Er sah mich an und lächelte. Er lächelte nur selten, und wenn er es tat, dann flammte eine Art Blitzstrahl auf und erleuchtete ihn von innen.

Zum ersten Mal saßen wir zwischen Tata María und Isabel am Küchentisch. Sie hatten ihn mit einer weißen, bis zum Boden reichenden Tischdecke, Kristallgläsern und dem guten Porzellanservice geschmückt.

»Dass bloß nichts kaputtgeht, und die gnädige Frau darf nichts davon erfahren!«, seufzte Tata María.

Wir aßen unsere Schinkensandwichs und die Kroketten. Später holte Isabel den Spritzkuchen aus der Speisekammer und die berühmte Flasche mit dem »Likörchen«.

»Was machst du denn da, du Unglückselige? Glaubst du vielleicht, die Kinder würden …?«

Isabel unterbrach sie lachend. Ihr Goldzahn blitzte mehr denn je.

»Aber natürlich! Und du auch, das wäre ja noch schöner! Oder hast du nicht mitbekommen, dass Karneval ist? Schau dir Teo an, der versteht was vom Leben. Kummer hin oder her, er hat sich in Schale geschmissen und ist bereit, die Welt zu erobern!«

Gavi hob den Kopf und sah sie an. Er sah sie nur an, sagte kein Wort, doch sein Blick hatte Isabel wohl beeindruckt, denn sie hörte sofort auf zu lachen. Hastig sagte sie: »Kinder, auf diesen Abend (nur auf diesen Abend) ein Likörchen … Tata María, du auch. Auf Teos Wohl und auf seinen ersten Preis!«

Tata María protestierte nicht. Als sie das Glas an die Lippen hob, glaubte ich in ihren Augen die Sorte von kristallisierten, wie vergessenen Tränen zu sehen, die manchmal auch in Teos Augen aufschienen.

Diesmal handelte es sich um ein anderes Likörchen. Es

kam nicht aus der Flasche in der Speisekammer, sondern aus einer Flasche mit einem goldenen Etikett voller Veilchen.

»Liebeslikör!«, frohlockte Isabel.

»Mein Gott, Veilchenlikör? Was für ein … « Tata María kam nicht dazu, den Satz zu Ende zu sprechen, denn Isabel redete schon weiter.

»Likör d'amour! So steht es hier, er kommt aus Frankreich, und von der Liebe verstehen die Franzosen eine Menge.«

Unser Glas in der Hand, blickten Gavi und ich sie sprachlos an. Als warteten wir darauf, dass von einem Moment auf den anderen etwas Außergewöhnliches geschah.

Eine lästige Fliege wurde von dem Aroma und der Süße des Tranks angelockt und drohte den Zauber zu zerstören. Isabel, die sich mit solchen Dingen auskannte, erlegte sie mit einem Schlag, während sie die vier Gläser eines nach dem anderen bedächtig füllte.

»Und jetzt alle: Es lebe der Karneval!«

»Es lebe der Karneval!«, riefen Gavi, Tata María und ich im Chor.

In dem Moment knallte Isabel das Glas so heftig auf den Tisch, auf dem noch das Geschirr und die Kristallgläser standen, dass sich der Liebeslikör über die weiße Decke ergoss. Sie fing an zu weinen.

Gavi und ich starrten sie an, wir verstanden nicht, was los war. Aber Tata María verstand es wohl, denn sie erhob sich, umarmte Isabel, und dann verließen beide Arm in Arm die Küche.

Gavi und ich sahen uns nur schweigend an. Doch in uns brodelten die Fragen.

Da fiel mir das Geheimnis ein, das ich, fast schon ohne Hoffnung, gehütet hatte, um es eines Tages mit jemandem teilen zu können. Jetzt wusste ich, dass dieser Jemand Gavi war.

»Komm«, sagte ich hastig. »Ich will dir etwas zeigen, aber bevor sie wieder da sind.«

Ich streckte die Hand aus, er nahm sie, und wir rannten los, ich vorneweg, leichtfüßig, als zöge ich ihn hinter mir her. Und er folgte mir willig.

Wir durchquerten die Wohnung, passierten die Schwingtür und betraten die stille, erhabene Welt der Riesen.

Dort war das Parkett gebohnert, und ein langer Teppich bedeckte den Flur, der zum Salon und den von Isabel und Tata María so verehrten Lüstern führte. Dort war ich mit meinem Papierschiff entlanggesegelt.

Die Tür zum Salon war geschlossen, und ich stellte mich auf die Zehenspitzen und drückte die Klinke herunter.

Ich drehte mich zu Gavi um, der so verzückt war, dass er mich wieder an den Erzengel erinnerte, und es kam mir fast so vor, als erstrahlte seine Silhouette – so wie es am Abend mit den Umrissen der Berge geschieht, die von einem Lichtband zusammengehalten werden, das nicht von Dauer ist.

»Komm, komm …«, murmelte ich.

Und auf unerklärliche Weise hatten die Worte denselben Glöckchenklang wie seine, wenn er mich rief. Ich eilte zu den Balkonen und zog nacheinander die Vorhänge auf. Durch die Gardinen drang das Licht herein, das mein Freund, der Laternenanzünder, jede Nacht geduldig anzündete, ohne auch nur eine einzige auszulassen.

Ich war zum ersten Tag meiner Träume zurückgekehrt, als ich der Sprache noch kaum mächtig war. Wie könnte ich das Gavi erklären?

Reglos stand er da und betrachtete das Bild mit dem Einhorn. Leise, als wollte ich keines der zarten Geschöpfe im Gras aufwecken, ging ich auf ihn zu. Gavrila starrte auf das

Bild und murmelte kaum hörbar (vielleicht dachte er es auch nur, und ich hörte einen Gedanken): »Es ist weg …«

Es war nicht da. Heute bin ich mir nicht mehr sicher, ich weiß nur, dass etwas aus dem Bild geflohen sein musste: Vielleicht war das Einhorn gerade davongehuscht. Ein Geruch von Gräsern und Blättern erfüllte den Salon. Gavrila drehte sich zu mir um, breitete die Arme aus, und ich suchte bei ihm Zuflucht. So standen wir da, Arm in Arm, und ich hörte seinen Herzschlag, als wäre es mein eigener.

Der Zauber wurde jäh durch den fröhlichen Lärm von Tata María und Isabel unterbrochen.

Etwas zersprang in tausend Stücke. Gavi und ich sahen zu dem Bild hinüber, und das Einhorn war wieder da, als hätte es den Rahmen nie verlassen.

»Aber, was macht ihr denn hier, Kinder? Los jetzt, wir wollen Isabel tanzen und singen sehen!«

Isabel war, wie angekündigt, als »Zigeunerin von Bonaventura« verkleidet. Bereitwillig folgten wir. Und als ich hörte, wie Tata María die Tür des Salons schloss, begriff ich, dass etwas hinter uns zurückblieb.

In der Küche wurde der Tisch in eine Ecke geschoben, um Platz zu schaffen – was bei all den vielen Dingen gar nicht so einfach war –, und Tata María, Gavi und ich nahmen Platz wie im Theater und warteten auf den Beginn der Vorstellung. Und dann ging es los.

Isabel kam singend aus ihrem Zimmer in die Küche, die Arme emporgestreckt. Sie hielt Kastagnetten in den Händen (denen sie aber, wir mir schien, keinen Klang zu entlocken vermochte) und begann zu schreien. Ihre Worte waren ein einziger langer Klagelaut, der am Ende eines jeden Satzes langsam erstarb – man hatte das Gefühl, sie stürbe selbst dabei. Manchmal war es auch eine Art Sprechgesang. In der

Schule hatte ich Margot und andere Gedichte rezitieren hören. Doch das war kein Vergleich zu dem, was Isabel darbot. Ich wusste nicht, ob Isabel gut oder schlecht sang, aber sie rührte uns zu Tränen.

Nach jedem Lied räusperte sie sich und fächelte sich mit ihrem Fächer Luft zu. Dann fuhr sie fort. »Das nächste ist von der Piquer. Ihr zu Ehren!«

Die Klage begann von Neuem, und wieder waren wir kurz davor, in Tränen auszubrechen.

Isabel griff immer wieder zu der Flasche mit dem Liebeslikör, und irgendwann stand Tata María auf, nahm ihr die Flasche ab und sagte: »Los, marsch ins Bett! Karneval ist vorbei, morgen ist auch noch ein Tag.«

»Nur noch eins, nur noch eins!«, erwiderte Isabel trotzig. »Die Kinder sollen doch ihren Spaß haben!«

»Sie sind müde, Isabel, und sie hatten genug Spaß.«

Kurz darauf lag ich im Bett, und das Licht war aus. Weil Teo noch nicht von seiner Karnevalsfeier zurückgekommen war – für uns war es spät, aber für ihn hatte der Abend gerade erst angefangen –, wurde Gavi kurzerhand im Mädchenzimmer einquartiert.

Ich weiß nicht, was die Zeiger der Uhr anzeigten, aber es herrschte ein ähnlich diffuses Licht wie bei Einbruch der Dunkelheit. Der Morgen nahte, und ein leicht rosafarbener Schimmer drang langsam durch die Gardinen herein.

Kaum war ich in die Welt zurückgekehrt (was mich normalerweise eine enorme Anstrengung kostete), vernahm ich auch schon gedämpft einen Aufruhr. Er konnte vom Hof kommen, aber genauso gut aus dem Haus oder sogar aus der Wohnung. Auf alle Fälle nur aus *unserem* Bereich, dem mit dem ungebohnerten Parkett.

Beflügelt durch das Erfolgserlebnis der vergangenen Nacht (als ich aufgestanden war, mich angezogen hatte und mühelos umhergelaufen war), schob ich vorsichtig die Beine unter der Decke hervor und tastete mit den Füßen nach den Pantoffeln. Damals stellte ich mir immer vor, die Füße wären zwei unabhängige Wesen, aber Geschwister, so wie Fabián und Jerónimo, und besäßen die Fähigkeit, die Pantoffeln selbst in tiefster Dunkelheit zu finden. Dann suchte ich meinen Morgenrock. Ein Erbstück von Cristina, die die Farbe Rosa so abgöttisch liebte, wie ich sie hasste. Nachdem ich warm eingepackt war, machte ich mich auf den Weg zu einem weiteren geheimen Ausflug auf leisen Sohlen. Ich robbte hinaus auf den Flur, auch wenn es jetzt anstrengender war als früher. Ich erinnerte mich an Peter Pan, als er noch in dem kleinen Haus unter dem Baum lebte und sich der Verlorenen Jungs annahm und zu Wendy sagte: »Meine alten Knochen knacken.« Ich verspürte einen kleinen spitzen Stich. Leise schlich ich weiter durch den Flur. Aus Erfahrung wusste ich, dass man sehr vorsichtig sein musste, wenn man herausfinden wollte, was die Riesen aufwühlt – und diese mühsam zurückgehaltene Wut in der Luft war so etwas.

Zischelndes Gemurmel kam von *unserer* Tür und schwoll zur Küche hin an. Das Gemurmel oder seine Ausläufer schwebten in dem ungebohnerten Flur: die Zeit, der Schimmer jener Morgenstunde, die ich nie vergessen werde.

Es herrschte eine große Unruhe, ein aufgeregtes, zielloses Hin und Her um das Herz der Wohnung: die Küche. Dort, wo Märchen erzählt, Familiengeschichten enthüllt und schlecht kaschierte Geheimnisse zugedeckt wurden – ein riesiges pochendes Herz, eine nie erlöschende Flamme aus der Zeit vor meiner Geburt. Echos eines Feuers, das immer noch in den Familienanekdoten knistert, das Tageblatt der häuslichen

Ereignisse, eingehüllt in den Dampf von Töpfen und Kasserollen und alle Arten von Mutmaßungen und Ressentiments und vielleicht hin und wieder auch einer Hoffnung oder einem Funken Liebe.

Doch das Gemurmel an dem Morgen hatte mit all dem nichts zu tun.

Überall Unruhe, Verwirrung.

Wann hatte ich *unsere* Tür schon einmal offen stehen sehen, als erwartete man einen Besuch, den man zugleich herbeisehnte und fürchtete?

Vor allem überraschte mich die Anwesenheit von Joaquín, dem Portier. Ohne seine grüne Jacke, die Paspeln und die Oberbefehlshabermütze – wie die Zwillinge sie nannten –, war er nur noch ein jähzorniger kleiner Mann mit herunterhängenden Hosenträgern. In dem kurzärmeligen Unterhemd sah man seine schwächliche Statur, die normalerweise von der Jacke verdeckt wurde. Nur der lange Schnurrbart umrahmte seine hochtönende Rede: Jedes Wort, das aus seinem Mund kam, war wie ein winziger, cholerischer Peitschenhieb.

»Wer kommt auch auf so eine Idee? Wer, außer einem Narren wie ihm, sich als Frau zu verkleiden, und dann …?«

Tata Marías Stimme und Isabels lautes Schluchzen erstickten seine Worte. Plötzlich fiel mir ein Name ein: Teo. Ja, es ging um Teo. Ich entnahm es Isabels heulender Klage, die immer wieder murmelte: »Diese Drecksäcke, diese Drecksäcke!«, während Tata María sich die Augen rieb, wie sie es machte, wenn sie sich die Tropfen gegen den grauen Star einträufelte. Sie murmelte: »Beruhige dich, Isabel, beruhige dich.« Ihre Lippen waren blutleer. Und Joaquíns Schnurrbart, der schlaff herabhing (er hatte ihm noch nicht mit der Zange den nötigen Schwung verliehen), betonten noch den traurigen, unheilvollen Tenor der Worte.

Regina, seine Frau, stand neben ihm, die Arme unter der Schürze vor der Brust verschränkt, wie ich sie immer gesehen und immer noch vor Augen habe. (Eine Zeitlang war ich versucht zu glauben, sie sei so auf die Welt gekommen.) Sie sagte nichts, nickte nur hin und wieder. Ich glaube, ich habe ihre Stimme nie gehört.

Trotz der Angst und der Neugier, die ich empfand, löschte ein Gedanke alles andere aus. »Gavi … wo ist Gavi?«

Ein unheilverkündender Wind kam auf. Ich sah in der Tür und in der Küche die Hausmädchen aus den anderen Wohnungen und Paco, den Chauffeur: Menschen, die noch nie zuvor in unserer Wohnung waren. Sie tuschelten, traurig oder empört, je nachdem.

Niemand bemerkte mich, und wieder einmal freute ich mich über mein Talent, unentdeckt zu bleiben, das Tata María und Isabel früher zur Weißglut gebracht hatte. Ich schlich mich an den Leuten und Möbeln vorbei, und schließlich fand ich ihn. Er war, wie ich, ein verborgener, ängstlicher Zeuge. Ich hob eine Ecke der weißen Tischdecke an und schlüpfte in das Versteck.

»Gavi«, flüsterte ich ihm ins Ohr. Wir hockten beide unter dem Tisch, der nach Isabels Gesangsdarbietung immer noch in der Ecke stand. Er drehte sich zu mir um, und ich blickte in seine vor Erstaunen aufgerissenen Augen.

»Was ist los, Gavi?«

Gavi gab mir keine Antwort, er sah mich nur an, und es lag so viel Schmerz in seinem Blick, dass er sich auf mich übertrug. Wir fassten unsere Hände und drückten sie. Die aufgebrachten, aber schon wieder ein wenig beschwichtigten Stimmen schwebten über unseren Köpfen, über dem Küchentisch, unserer Zuflucht. Doch Gavi war wie eingehüllt in sein Schweigen, das nur von seinem Atem unterbrochen wurde, das Schweigen des Kummers, der festsaß, der Tränen, die nicht fließen wollen. Ich kannte diesen trockenen Kummer und den Schmerz, den er verursacht. Eine Vorahnung stieg in mir auf. Ich schloss die Augen. »Ich will nichts fragen.«

Da entdeckte uns Tata María.

»Aber was macht ihr denn da, Kinder?« Wir sahen, dass sie weinte.

Ich hatte sie noch nie weinen sehen. Sie streckte die Hände aus, um uns unter dem Tisch vorzuholen. Doch etwas hielt uns unter dem Weiß der Decke zurück, die uns wie ein schützendes Zelt umgab. Gavi legte den Arm um mich und drückte meine Hand immer fester.

»Wir verschwinden, Adri, wir verschwinden, mit Teo … Ich will Teo sehen.«

»Junge …«, murmelte Tata María. Tränen kullerten über ihre Wangen, und sie erinnerten mich an den Regen, der über die Scheiben rinnt. »Du kannst Teo jetzt nicht sehen, er ist nicht hier.«

»Warum ist er nicht hier?«

Da mischte Paco sich ein. Groß, wie er war, musste er sich bücken, damit er unter den Tisch schauen konnte, unter dem wir hockten. Er hob die Tischdecke an, die noch an die gerade erst stattgefundene Karnevalsfeier erinnerte. In meinem Kopf ging alles durcheinander, und der Schmerz in meinem Herzen wuchs; da waren sie wieder, die Steine, die sich am Saint Maur über meinem Herzen aufgetürmt hatten und von denen ich geglaubt hatte, sie wären, seit ich Gavi kannte, verschwunden.

Paco sagte leicht keuchend wegen der gebückten Haltung: »Gavi, du bist doch ein richtiger Mann, und Männer halten alles aus!«

Ich stellte fest, dass meine Gefühle offenbar nicht zählten – diese Erfahrung sollte ich noch oft machen. Aus irgendeinem Grund erwartete niemand, dass ich eine »richtige Frau« war, und obwohl wir einander fest im Arm hielten, gehörte ich nicht zur Gruppe oder zum Stamm von Paco, Gavi und all den anderen.

Paco streckte Gavi die Hand hin, um ihn unter dem Tisch hervorzuziehen. Gavi senkte den Kopf mit einer Geste, die Trotz bedeuten konnte oder den Wunsch, nicht gesehen zu werden. Paco ließ nicht locker.

»Gavi, komm raus.«

Ich weiß nicht, wie er Gavi erklärte, dass ein paar üble Gesellen Teo furchtbar verprügelt und dass sie ihn gerade aus dem Krankenhaus abgeholt hatten.

»Aber er hat den ersten Preis gewonnen«, warf Anastasio schüchtern ein, dessen pausbäckiges, friedfertiges Gesicht hinter Pacos Schulter auftauchte. »Alles nur der verfluchte Neid! Weißt du, Junge, der verfluchte Neid!«

»Wenn ich rausbekomme, wer …«, platzte es aus Paco heraus.

Jetzt war er wieder der alte Paco, er sah mich an und strich mir über den Kopf.

»Wenn ich rausbekomme, wer diese verfluchten Mistkerle sind … die werden ihr blaues Wunder erleben, ihr blaues Wunder. Ich war früher Boxer.«

Dann beruhigte er sich.

»Kommt, Kinder. Paco wird nicht untätig herumsitzen.«

»Unserem Teo so etwas anzutun!«, rief Isabel. Ich konnte sie nicht sehen, weil wir immer noch unter dem Tisch hockten. Die Riesen mussten sich schon bücken, wenn sie mit uns sprechen wollten. Dafür waren es Riesen.

Paco machte etwas, das ich noch nie zuvor bei jemandem gesehen hatte: Er steckte den Daumen in den Mund, und biss auf den Nagel, als wollte er ihn abbeißen und in den Raum schleudern. Und er sagte, er schwöre es, und was er schwöre, würde er auch in die Tat umsetzen. Tata María unterbrach ihn, er solle vor unschuldigen Seelen nicht so sprechen. Damit waren Gavi und ich gemeint.

Damals verstand ich weder die Geste noch seine wirre Rede, aber es war das Versprechen einer Rache. Wie in der Bibel. Ich verspürte Erleichterung.

Gavi verharrte immer noch reglos, die Augen geschlossen. Nur die langen Wimpern zuckten leicht.

Ich fragte leise: »Warum haben sie Teo geschlagen?«

Schweigen. Schließlich sagte Anastasio: »Es gibt sehr schlechte Menschen, Kleines, die Welt ist voll von schlechten Menschen.«

Da hob Gavi den Kopf, und seine gewaltige Stimme, mit der er mich sonst rief und singend »komm, komm« lockte, würgte jeden weiteren Kommentar ab.

»Ich will, dass sie sterben.«

Die Kälte, mit der er das sagte, war erschreckend. Paco und Tata María und Isabel redeten hastig drauflos, was sie sagten, weiß ich nicht. Es waren Worte, hinter denen sich andere verbargen, die vielleicht durchschienen, aber nicht ausgesprochen wurden. Wie der Schatten der Angst.

Über das Gemurmel erhob sich unter großer Anstrengung die asthmatische Stimme von Joaquín, dem Portier. »Ich sag's ja … es wird viel Schindluder getrieben, viel Schindluder. Seit wir die Republik haben, was wird nur aus unserem Vaterland?«

Einen Moment lang schwiegen alle, und eine verhaltene Drohung oder Furcht lag in der Luft, wie wenn im Zirkus die Trapezkünstler das Netz entfernen lassen und das Publikum gespannt den Atem anhält.

»Aber was hat das damit zu tun? Republik hin oder her, was sie dem Teo angetan haben, ist eine Gemeinheit … eine erbärmliche Schandtat! Er ist so gutmütig, wohlerzogen und so liebevoll zu dem Jungen!«

Voller Liebe und Dankbarkeit erkannte ich die Stimme, die Joaquín geantwortet hatte: Es war Isabel. Und sie fügte hinzu:

»Weit mehr als die Person, die sich eigentlich um ihn kümmern sollte, und …«

Gavi riss sich von meiner Hand los und lief weg. Genau wie das Einhorn.

13

Als Tata María mich ins Bett brachte, war auch der letzte Rest der Nacht gewichen und die Zimmerdecke war in ein rötliches Licht getaucht. Ich zitterte unaufhörlich, aber so leicht, dass wohl nur ich es bemerkte. Eine neue Angst hatte mich befallen, die viel tiefer ging als jede Angst, die ich bis dahin kannte.

Während ich allein in meinem Bett lag und zusah, wie sich das Licht langsam golden färbte und im Zimmer ausbreitete, überkam mich ein Gefühl der Beklemmung und großer Trostlosigkeit. »Schlechte Menschen.« »Die Welt ist voll von schlechten Menschen.« Diese Sätze, fast schon Warnungen, nahmen Gestalt an in Form von Fragen – und zugleich Gewissheiten. Die Worte nahmen mir alles, was bis zu dem Moment unverrückbar, ja unantastbar war. Es handelte sich nicht mehr um das Misstrauen oder die Angst, die die Riesen weckten, es war eine rätselhafte, aber auf paradoxe Weise realere Bedrohung.

Man hatte Teo krankenhausreif geschlagen. Und vielleicht weinten er und Gavi gerade dort oben in ihrer Dachwohnung, die ich im Frühjahr endlich kennenlernen würde, voller Hass auf diese Männer. So wie ich. Doch ich weinte keine Tränen, nur die Steine lasteten schwerer und schwerer auf meinem Herzen, dass sie es fast begruben.

In den drei darauffolgenden Tagen bat ich nicht darum, sondern verlangte, dass ich mich anziehen und aufbleiben durfte. Während dieser drei Tage war der ungebohnerte Bereich der Wohnung Schauplatz von allem möglichen Getuschel und einem rätselhaften Kommen und Gehen. »Die gnädige Frau darf nichts davon erfahren«, »niemand darf etwas davon erfahren …«

Vielleicht übertrieben sie es mit der Vorsicht, angesichts des eindeutigen Desinteresses der Riesen gegenüber dem, was in unserer Welt geschah.

Am Tag nach Karneval kamen meine Mutter und Cristina gegen Mittag in mein Zimmer. Sie waren aufgekratzt und redselig, als gehörte ich zu ihrem »Clubchen«. So in Morgenrock und Pantoffeln kamen sie mir auf einmal vor wie zwei Mädchen – keine Strenge, keine Vorwürfe, einfach wie Freundinnen –, vor allem aber sahen sie mich als ebenbürtig an.

»Ach, Adri. Du kannst dir nicht vorstellen, was das für ein wundervoller Abend war«, hob Cristina an und setzte sich zu mir aufs Bett. Ein ungewohntes Bild. Das wirre Haar verlieh ihr etwas Lausbubenhaftes. Sie fasste meine Hände, schüttelte sie kurz und ließ sie auf die Bettdecke sinken.

In den letzten Stunden waren um mich herum unerwartete Dinge geschehen, mein bisheriges Leben wurde förmlich aus den Angeln gehoben.

»Ist jetzt alles vorbei? Alles, was bisher mein Leben ausgemacht hat? Das Schlechte, aber auch das Gute?« Der Gedanke war mir unerträglich, und ich zog mir die Decke über den Kopf.

Schweigen trat ein, gefolgt von unterdrücktem Gekicher.

»Aber Adri, du musst nicht neidisch sein! Du bist doch schon fast eine junge Dame, es dauert nicht mehr lange, dann begleitest du uns zum Karnevalsball bei den Benavides … Wie Cristina, auf den ersten Ball im langen Kleid …

Ich presste die Lider zusammen und hielt mir die Ohren zu; es kostete mich große Anstrengung nicht zu schreien. Da sagte Cristina den Satz, der wie der berühmte Tropfen das Fass zum Überlaufen brachte: »Weißt du was, Adri? Ich habe meinen Traumprinzen kennengelernt!«

Und so rasch, wie mir all die vielen Beinamen einfielen, die mir Isabel in ihren Briefen diktierte (»wen auch immer«, »Schuft«, »Mistkerl«), rief ich: »Der soll bleiben, wo der Pfeffer wächst!«

Nie werde ich den erstaunten Blick meiner Mutter vergessen.

Tata María mischte sich ein.

»Sie hat Fieber, sie weiß nicht, was sie redet, sie hatte Albträume«, sagte sie beschwichtigend.

Ich erinnere mich noch düster, wie sie meine Stirn küssten, bevor sie gingen und eine träge Parfümwolke zurückließen.

Sie waren nicht wütend, und sie würden auch nicht mehr wütend auf mich sein. Sie hatten mich, ohne dass ich wusste, warum, in ihren Stamm aufgenommen.

Die drei Tage kamen mir endlos lang vor. Gavi tauchte nicht auf, und ich traute mich nicht zu fragen, weder nach ihm noch nach Teo. Eine unbestimmte, nicht weichende Drohung schien über dem Hof und der Wohnung zu schweben. Die Hausmädchen huschten leise auf Zehenspitzen umher, und das Getuschel wollte kein Ende nehmen. Eine irrationale Angst färbte alles, was ich tat oder dachte. Ich sprach kaum und ließ mich wieder baden und anziehen, wie früher als kleines Kind, und man musste mir das Essen förmlich in den Mund schieben. Doch das Krankenlager hatte ich endgültig verlassen. Wenn Gavi zurückkehrte – und nichts wünschte ich mir mehr –, wäre ich wieder auf dem Posten wie der standhafte Zinnsoldat, sagte ich mir mit einem matten, unsichtbaren Lächeln. Drei Tage lang habe ich keine Fragen gestellt. Vielleicht wollte ich auch nichts wissen. Ich fühlte mich zurückversetzt in die Zeit, in der ich mich hinter dem Kasperletheater versteckte, das mir Eduarda zu meiner Ersten Kommunion geschenkt hatte, und mit ihm die Möglichkeit, hinter den Kulissen verborgen Dinge auszusprechen, die ich außerhalb des Theaters nie gesagt hätte. In die Zeit, als wir uns beim Spiel mit den Figuren des Kindertheaters Geheimnisse anvertrauten und als ich mich im Land der Spiele und Bücher bewegte, das die Wohnung der Ballerina für mich darstellte.

Wenn Gavi nicht zurückkehrte, würde ich ihn holen. Ich würde alle Barrieren unserer Gewohnheiten überwinden, durch *unsere* Tür und durch den Hof gehen, in den Lastenaufzug steigen und nach oben fahren, wo man über allem stand, und so lange klingeln, bis man mir die Tür öffnete. Denn Teo war auf einem Ohr taub, aber Gavrila hörte mit seinen hübschen, wohl platzierten Ohren sehr gut.

Diese Gedanken vertrieben die Angst. Ich zog mich allein an. Mir war ein wenig schwindelig, aber ich stützte mich an den Rückenlehnen der Stühle ab oder mal rechts, mal links an der Wand und marschierte über den kurzen ungebohnerten Flur bis zur Küche. In der Tür zu Isabels Reich muss ich wie eine Erscheinung gewirkt haben.

Die beiden saßen am Küchentisch und entfernten die Fäden von den grünen Bohnen. Sie drehten sich zu mir um, doch ich sah nur den Käfig der Grille mit dem welken Salatblatt im Fenster. Meine Knie gaben nach, und ich sackte zu

Boden. Aber ich verlor nicht das Bewusstsein. Ich war verwirrt und vor allem überrascht über mich selbst, über diesen Wunsch, den Willen, über alle Verbote, Gewohnheiten und Barrieren hinaus ich selbst zu sein. Wieder fiel mir der standhafte Zinnsoldat ein. Doch diesmal dachte ich an ihn wie an ein lädiertes Spielzeug aus frühen Kindertagen.

»Lasst mich, lasst mich«, sagte ich, als die beiden mir aufhelfen wollten.

Ich schaffte es nicht, allein aufzustehen, aber ich weigerte mich, auf mein Krankenlager zurückzukehren.

Sie riefen meine Mutter. Diesmal war sie zu Hause.

Meine Mutter schickte nach Doktor Zarangüeta, und ich wartete in dem Sessel in meinem Zimmer auf ihn, der so klein war wie ich. Man hatte ihn »passend für meine Größe« gekauft, als ich acht Jahre alt war.

Doktor Zarangüeta war auf meiner Seite (wie ich bereits vermutet hatte). Er sah mir direkt in die Augen, wie es damals eigentlich nur die Hausmädchen taten, fasste meine Hände und sagte: »Sie ist wohlauf, ein wenig schwach, aber gesund. Es fehlt ihr nur …«

Damals verordneten Ärzte wie Doktor Zarangüeta anstatt Vitamine und Pillen »ein paar ordentliche Scheiben Schinken« und ähnlich Deftiges. Ich aß Schinken, Rinderfilet und Spinat wie Popey, bis ich es leid war. Und jeden Morgen oder Abend bekam ich einen bis zum Rand gefüllten Esslöffel mit einem dunklen, süßen Sirup. Wenn Tata María ihn mir verabreichte, verzog Isabel das Gesicht.

»Gib dem Kind doch nicht dieses abscheuliche Zeug. Schinken, das ist es, was sie braucht.«

Für Isabel war Schinken das Allheilmittel.

Tata María goss sparsam Sirup auf einen Löffel, führte ihn

an meinen Mund und murmelte: »Zu etwas wird er schon nutze sein, zu etwas wird er schon nutze sein …«

Sie hatte blindes Vertrauen zu Doktor Zarangüeta. Auch ich mochte ihn, ohne zu wissen, warum. Er zwinkerte mir immer zu, als wären wir Komplizen bei einer Sache, von der niemand wusste. Oder nur er.

»Sie ist ein wenig anämisch. Sie muss viel essen. Aber vor allem braucht sie viel, viel Zuwendung.«

Als er das sagte, fasste er mit Daumen und Zeigefinger mein Kinn, und ich glaubte in dieser Geste und in seinem Blick eine große Traurigkeit zu erkennen.

Ich versuchte zu lächeln, aber es gelang mir nicht. Das Lachen fiel mir ebenso schwer wie das Weinen.

Als meine Mutter herbeigeeilt kam, sprach Doktor Zarangüeta mit ihr, und ich verstand kein Wort von dem langen Gespräch (vielleicht interessierte es mich auch einfach nicht). Nachdem er gegangen war, setzte sich meine Mutter zu mir ans Bett. »Bald wird es dir besser gehen. Aber du musst brav tun, was man …«

Bla, bla, bla, dachte ich und schaltete ab. Sie redete immer dasselbe. Mir wurde klar, dass sie das Rezept mit dem Schinken weit besser verstanden hatte als das mit der Zuwendung.

Ich traute mich nicht, nach den Bewohnern im obersten Stock zu fragen. Etwas lähmte meine Zunge, vielleicht die Angst. Denn die Angst hatte sich in mir niedergelassen, und es sollte lange dauern, bis sie verschwand. Angst, etwas zu hören, was ich nicht hören wollte. Ich steckte den Kopf in den Sand, wie es die Strauße machen, wenn sie spüren, dass Gefahr im Verzug ist.

Unerwartet trafen zwei Briefe für mich ein: einer von meinem Vater und kurz darauf einer von Eduarda.

Den von meinem Vater brachte mir meine Mutter. Als sie ihn mir überreichte, merkte ich an ihrem Gesichtsausdruck und ihrem Blick, dass etwas sie quälte und dass ihr die Worte fast im Hals stecken blieben. Sie hatte die Brille noch in der Hand.

»Adriana, dein Vater hat dir geschrieben. Ich lasse dir den Brief da, es ist deiner.« Das klang, als wollte sie auf einen unbekannten Affront hinweisen oder mir sogar die Schuld daran geben. »Lies ihn und bewahr ihn gut auf. Vielleicht ist es die letzte Nachricht von ihm.«

In dem Moment murmelte Tata María, die der Szene unvermeidlich beiwohnte: »Mädchen, Mädchen …«

Der zwischen Niederlage und Triumph schwebende Ton in der Stimme meiner Mutter verschwand.

»Werde ich Papa nicht wiedersehen?« Ich weinte nicht, aber meine Stimme klang feucht, wie nass von den Tränen, die in der letzten Zeit nicht mehr aus meinen Augen strömen wollten und stattdessen vielleicht nach innen fielen, auf die Steine, die mein Herz mit jedem Tag tiefer unter sich begruben.

Anstatt meine Frage zu beantworten, stand meine Mutter auf, machte auf dem Absatz kehrt, was eigentlich nicht ihre Art war, und rauschte aus dem Zimmer. Ich wusste nicht, ob sie wütend war, wie wenn sie Nachrichten aus Saint Maur über mein Betragen in der Schule erhielt, oder ob sie, wie ich, den Tränen nah war und nicht weinen konnte oder wollte.

Zwischen den Ruinen meiner Erinnerungen bewahre ich immer noch den Brief auf. Das einzig Wichtige für mich war (warum er von uns fortgegangen und in einer anderen Stadt ein neues Leben angefangen hatte, erklärte er nicht), dass er mir sagte, ich solle nicht denken, nur weil er weit weg sei, würde er mich nicht lieben; er würde immer, immer an den

Nachmittag in dem verschneiten Park und die Vögel denken, die uns so ähnlich waren. Und auch an die Filme, an Ronald Colman und Henry Wilcoxon und Loretta Young. Ich sehe noch deutlich die Schrift meines Vaters vor mir, blau und zart, in der er mir schrieb, dass wir gerade eine sehr schwere und entscheidende Zeit durchmachten, und auch wenn ich mir darunter nichts vorstellen konnte, zuckte ich zusammen. Die Angst wurde noch größer und schnürte mir die Kehle zu. »Ich bin weit fort«, schrieb mein Vater. Dieser Satz hat sich für immer in mein Gedächtnis gebrannt. Ich wusste ja – oder glaubte zumindest –, dass er in seiner Stadt war, der Stadt mit dem Lyzeum und dem Meer, doch als ich diese Worte las, stellte ich fest, dass es zwischen uns eine viel größere Distanz gab als die räumliche. Die Distanz, die ihn von meiner Mutter, unserer Wohnung und wer weiß wie vielen Dingen noch trennte, Dinge, die ich nur ahnte und die mich beunruhigten. »Ich bitte dich um eines: Was auch immer geschieht, denke nie, ich würde dich nicht lieben. Ich liebe dich, ich habe dich immer geliebt und werde dich immer lieben.«

Offensichtlich war er der Einzige, der Doktor Zarangüetas Rezept verstand. Doch unglücklicherweise weilte er nicht an meiner Seite. Ich faltete den Brief mehrmals, um ihn so klein wie möglich zu machen, und versteckte ihn zwischen meinen Schätzen.

Zwei Tage später kam unverhofft Post von Eduarda. Ich hatte lange daran gedacht, ihr zu schreiben, es aber nie getan. Mich beschlich ein leises Schuldgefühl, ihr nicht zuvorgekommen zu sein. Doch ihr Brief erfüllte mich mit tiefer Freude, ich möchte fast sagen, Euphorie. Durch ihn wurde die Traurigkeit nicht völlig vertrieben, die mich beim Lesen von Papas Brief befallen hatte, aber vielleicht doch ein wenig in den Hintergrund gedrängt.

»Adri, meine Liebe«, schrieb sie, »ich habe gehört, du warst eine Weile flügellahm.« Als ich dieses Wort las, musste ich zum ersten Mal seit langem wieder schmunzeln. »Aber mach dir keine Sorgen, das geht vorbei, und halte dich bereit, denn sobald ich es einrichten kann, und du auch, komme ich und hole dich in meine Burgruine, damit du mal siehst, wie wohl man sich fern von der Stadt und ihren Bewohnern fühlen kann. Ich komme dich holen, und du wirst stark wie eine Eiche, dann kann dich so schnell nichts mehr umhauen.« So lautete ihre knappe und eigenwillige, aber eindeutige Nachricht.

Ich legte den Brief zu dem von meinem Vater in eine Metalldose, auf der Blumen und eine Burg abgebildet waren, die mir Isabel geschenkt hatte (früher waren mal Milchkaffeebonbons aus Logroño darin gewesen, ein Geschenk von Frutuoso, aber inzwischen wollte sie sie nur noch aus den Augen haben, aus den Augen). Doch die Dose war sehr hübsch und eignete sich hervorragend für die Aufbewahrung von Schätzen: die kleinen halb goldenen und halb silbernen Scheren, die man zu den Rifacles-Keksen geschenkt bekam, und ein paar sehr schöne Steinchen, die ich während der nachmittäglichen Pausen zwischen den Büschen des Gartens von Saint Maur gefunden hatte.

Von Teo und Gavi hatte ich immer noch nichts gehört. Die Angst wurde von Tag zu Tag größer, am Ende wusste ich nicht mehr, wovor oder warum ich Angst hatte. Endlose Stunden lag ich nachts im Dunkeln zitternd in meinem Bett. Dazu trug auch all das bei, was ich in der Küche hörte, wenn Tomasa mit Tata María und Isabel zu Mittag aß und ich in der Speisekammer lauschte. Die Wäscherin erzählte, es würden Klöster angezündet, in Cuatro Caminos seien Nonnen verprügelt worden und woanders Mönche. Sie sprach dann sehr laut, und ihre Stimme bebte, aber nicht aus Angst. Es war ein uraltes Beben, das aus einer zähen, langen, schmerzlichen Stille erwacht war. Manchmal kam ein kleines, raues Lachen aus ihrem Mund. Es war ein dunkles Lachen, das nicht von Freude kündete, aber auch nicht aufgesetzt war. Diese Dinge nahm ich damals sehr viel deutlicher wahr als heute.

Als sie eines Mittags wieder von dem angezündeten Kloster sprachen, kam mir ein böser, schadenfroher Gedanke: Hoffentlich ist es Saint Maur … Und ich stellte mir vor, wie Madame Saint Genis und Madame Saint Sulpice entsetzt vor den Flammen flohen; ich lachte mir ins Fäustchen, in dem Wissen, dass ich böse war.

»Tata, werden sie das Saint Maur anzünden?«

»Aber, Kind, was redest du denn da für Sachen! Nein, sie werden Saint Maur nicht anzünden. Saint Maur ist eine französische Mädchenschule und kein Kloster.«

Ich war völlig verwirrt. Was hatte das denn damit zu tun, ob es ein Kloster oder in französischer Hand war, wenn es darum ging, es anzuzünden? Alles war so geheimnisvoll wie die Worte im Brief meines Vaters oder die von Teo oder Anastasio: »Es gibt sehr schlechte Menschen …« Die Welt war also ein großer, furchtbarer Raum voller Bedrohungen. Wenn ich in meinem Bett die Augen schloss, fing ich krampfartig an zu zittern, und all die Worte, die ich gehört oder gelesen hatte oder lediglich ahnte, sorgten dafür, dass ich im Nu schweißgebadet war. Mir fielen Szenen aus *Flucht aus Paris* wieder ein, und ich verspürte das Bedürfnis, zu weinen – ohne dass ich den Grund hätte benennen können, und ich konnte ja auch gar nicht weinen –, bis ich am Ende einschlief. Doch in der folgenden Nacht begann dasselbe Spiel von Neuem. Ich fing an, die Nacht zu fürchten, so wie ich sie früher bei meinen nächtlichen Ausflügen in den Salon geliebt hatte.

Ich hatte keine Freunde. Gavi war nicht da. Ich erfuhr nicht, was mit Teo war. Niemand hatte mich lieb, und ich wusste nicht, wo ich mit der großen Liebe hin sollte, die ich in mir trug. Nicht einmal weinen konnte ich.

Der Hinweis kam von Tata María, wem sonst. Sie rief meine Mutter und sagte: »Jetzt hat sie aber wirklich einen Schuss gemacht …«

Meine Mutter riss die Augen auf, offensichtlich verwundert über so etwas Natürliches wie die Tatsache, dass ein kleines Mädchen wächst.

»Mein Gott, in der Tat. Sie hat ja gar nichts mehr anzuziehen!«

Bis dahin wurde ich im Haus des Kindes oder mit den »noch fast neuen« Sachen eingekleidet, die Cristina zu klein waren. Doch aus dem Alter war ich jetzt rausgewachsen.

»Wer hätte gedacht, dass aus dem Knirps mal so eine Bohnenstange wird?«

Das schien niemanden zu freuen.

»Aber, aber, die Kleine ist doch hübsch anzuschauen …«, murmelte Tata María.

»Wer bestreitet denn das?«, sagte meine Mutter schnell und gab mir einen Kuss auf die Nase.

»Die Zeit vergeht so rasend schnell, und wir haben immer so viel im Kopf. Und plötzlich ist Adri kein Zwerg mehr, wie schön!«

Es war mein erster Ausgang. Mit Kleidern, die mir zu kurz waren. Meine Mutter nahm mich mit in ein anderes Geschäft, wie es hieß, weiß ich nicht, nur, dass sie dort »neue Kleidung« auswählte und bestellte, und dass man bei mir Maß nahm. Aber keiner fragte mich etwas, keiner interessierte sich dafür, was mir gefiel. Aber mir gefiel ohnehin nichts von dem, was ich dort sah. Eine braune Samthose, das wäre es gewesen.

Wir fuhren wieder nach Hause, die Stimmung war ernst. Anscheinend war meine Mutter wegen irgendetwas sehr besorgt. Im Taxi sagte sie, fast schon vor der Haustür: »Ich weiß nicht, wie es mit uns weitergeht, Adri … Ich weiß nicht, wie es weitergeht …«

Die große Angst war wieder da.

Als wir die Wohnung betreten hatten – nicht durch *unsere* Tür, sondern durch die der Riesen –, bemerkte ich in den Augen von Tata María verhaltene Freude.

»Komm, Kleines«, murmelte sie, während sie mir den Mantel auszog und den schrecklichen Hut abnahm. Kaum waren wir allein, nahm sie meine Hand und zog mich in das ungebohnerte Gebiet. Dort stand Gavi. Er lehnte an der Tür und streckte die Arme aus. Ich eilte zu ihm. Lange hielten wir uns fest im Arm. Als wir uns voneinander lösten, bemerkte ich, dass etwas anders war. Nicht nur, dass ich ihm jetzt fast bis zum Kinn reichte – vorher vielleicht bis zur Brust –, nein, die langen Locken waren verschwunden.

»Was hast du mit deinen Haaren gemacht?«

»Ich habe sie in der Karnevalsnacht abgeschnitten.«

»Du selbst?«

»Ja, ich … mit der Küchenschere.«

Da fand ich endlich den Mut, die Frage zu stellen, die mir auf der Zunge brannte. »Und Teo?«

»Teo geht es gut«, sagte er. Aber das kam sehr schnell, viel zu schnell.

»Kann ich ihn sehen?«

Schweigend sah er mich an. Da war ein Zittern in seinen Augen, seine Wimpern flatterten. Dann lächelte er – nie habe ich ein so aufgesetzt fröhliches Lachen gesehen.

»Aber natürlich kannst du das. Wenn sie dich lassen.«

»Es ist mir egal, ob sie mich lassen oder nicht. Ich will ihn sehen!«

Gavi schwieg, mit gesenktem Kopf, als würde er an etwas denken oder sich an etwas erinnern, oder als wollte er nicht an diesem Ort sein.

Isabel, die alles mit angehört hatte, mischte sich ein.

»Sobald wir ein wenig Zeit haben, kommen Adri und ich nach oben und besuchen Teo. Einverstanden?«

»Ja«, sagte Gavi. »Einverstanden.«

Er drehte sich auf dem Absatz um, machte die Tür auf und rannte die Treppe hinunter.

Isabel drückte mich gegen ihre gestreifte Schürze. Jetzt reichte ich über den Brustlatz mit den Trägern.

Zwei Tage später rief Isabel mich am Nachmittag gegen vier mit verschwörerischer Miene. Die ganze Wohnung schlief. Man hörte nur von irgendwoher das Ticken einer Uhr.

»Komm, Kleines, wir gehen nach oben!«

Ich war sofort bereit. Sie fasste meine Hand. Man nahm mich nach wie vor an der Hand, hatte mich noch nicht ganz dem Reich der Riesen überantwortet, es gab noch einen Rest lodernder Asche von dem Feuer, das uns in der Küche und im Bügelzimmer wärmte. Noch war nicht alles zu Ende oder gar verloren.

Klammheimlich verließen wir die Wohnung, so wie ich früher auf meinen nächtlichen Ausflügen.

Als hätte er auf uns gewartet – vielleicht hatte er das tatsächlich –, öffnete Gavi uns die Tür, bevor wir geklingelt hatten. Wie groß er mir in dem Moment vorkam. Das kurze Haar kringelte sich in seiner Stirn und über den Ohren, goldblond, weich, glänzend. Zu gern hätte ich es berührt, aber ich traute mich nicht. Mein Gott, wie ich aussehe, dachte ich, er findet mich bestimmt hässlich. Doch zu meiner Überraschung sagte er: »Adri, wie hübsch du bist … und wie groß. Du wirst mit jedem Tag größer und schöner.«

Teo saß in der Küche und kochte schon wieder. Ich lief zu ihm, umarmte ihn und küsste ihn ein paar Mal auf beide Wangen. Er roch nach Jod und hatte immer noch Pflaster und Mull auf der Stirn und am Hals. Ich erstickte fast an meinen Tränen, aber ich konnte einfach nicht weinen. Nur ein kaum hörbarer, versteckter Seufzer drang aus meiner Kehle. Teo umarmte mich und lachte.

Wenn ich jetzt so zurückdenke, kann ich es nicht fassen. Teo lachte.

»Aber, aber, Kleine … Jetzt sind wir doch wieder zusammen, nicht wahr?«

Es stimmte, aber es kam mir vor wie ein Traum.

Isabels Stimme übertönte jedes andere Geräusch.

»Aber Teo! Was sehen meine Augen denn da? Du kochst, um diese Zeit? So früh? Und mit diesem erbärmlich zugerichteten Gesicht, gütiger Gott! Und dein angewinkelter Arm, das sieht aus, als hätte man dir einen Flügel gekappt! Wie bringst du es da noch fertig, zu kochen?«

Teo antwortete mit demselben Feuereifer, nur nicht so laut.

»Isabelita, meine Liebe, was hat denn das eine mit dem anderen zu tun? Und wenn ich jetzt nicht anfange, das Abendessen vorzubereiten, so lahm, wie ich geworden bin, und so schwer, wie mir alles fällt … Weißt du, was man mit denen macht, die nicht mehr nützlich sind? Man setzt sie auf die Straße, Isabelita, auf die Straße! Dort würde ich landen.«

Er lachte, als er das sagte, aber Isabel schüttelte den Kopf und murmelte: »Na, wem sagst du das …«

Doch dann wurde ihr Ton gleich wieder fröhlich. »Komm, wir kochen alle gemeinsam! Lass dir helfen. Auch die Kinder. Sag schon ja, sag schon ja, du musst dich noch schonen.«

»Ach, was soll's, bei dem wenigen, was der Engel und ich essen, … wie die Spatzen.«

Gavi widersprach: »Ich bin weder ein Spatz noch ein Engel. Ich bin ein Rabe … und ich esse viel.«

Der Schatten des Rabenkönigs schien über den Kacheln seine Schwingen auszubreiten. Das machte mir Angst und gab mir zugleich Auftrieb.

»Wir sind keine kleinen Kinder!«, rief ich aus.

»Und auch keine Engel oder Spatzen«, wiederholte Gavi mit Nachdruck.

Wir sahen uns an und brachen in schallendes Gelächter aus. Dann streckten wir die Arme mit zu Klauen geformten Händen aus und krächzten, gleichzeitig und ohne dass wir uns vorher abgesprochen hätten. Wie beim Umblättern der Seiten, wenn wir gemeinsam lasen.

An der Art, wie uns die beiden Erwachsenen ansahen, erkannte ich, dass sie überrascht waren.

»Gut, Kinder, beruhigt euch. Los, jetzt bereiten wir das Essen vor!«, sagte Isabel.

Und damit begann das lustigste Fest, das ich bislang erlebt hatte. Viele Feste waren es nicht gewesen: Kindergeburtstage, der Kostümball, bei dem ich mich, als Holländerin verkleidet, übergeben hatte. Und natürlich die Feste am Saint Maur, vor allem das leidige Fest am Dreikönigstag (sie nannten es »Le roi de la fève«), und wer die unheilvolle Hülsenfrucht erwischte, bekam eine goldene Pappkrone aufgesetzt und wurde auf einem Thron in einer beschämenden Zeremonie über den Hof und die Flure des unteren Stockwerks getragen – zur Freude und als Zielscheibe der Sticheleien aller Margots dieser Welt (und von denen gab es viele). Doch dies hier war ein richtiges Fest, an dem wir aktiv teilnahmen. »Schneide das, mahle jenes, rühr das mit dem Holzlöffel um …« Wir bekamen eine Schürze umgebunden, und obwohl ich gewachsen war, musste man meine noch dreimal in der Taille einschlagen, bevor man sie am Rücken zuband, sonst wäre ich daraufgetreten. Feierlich verquirlte ich ein Ei, ohne zu wissen, was wir am Ende hervorzaubern würden – ich glaube, das ging allen so. Teo beauftragte Gavi, einen Berg Möhren zu schneiden. Gavi nahm ein großes Messer – mir kam es riesig vor, und es lief mir eiskalt den Rücken herunter – und fing an, sie in feine Scheiben zu schneiden.

Isabel sagte: »Nicht dieses Messer, Gavi! Es viel zu groß zum …«

Sie brachte den Satz nicht zu Ende, denn Gavi warf ihr einen Blick zu, der die gesamte Küche zum Schweigen brachte, und erwiderte ruppig: »Das ist genau das Messer, das ich brauche.«

Mit einer energischen Kopfbewegung warf er die Haarsträhne nach hinten, die ihm immer in die Stirn fiel. Es war eine ungeduldige, rebellische Geste, die ich vergeblich nachzuahmen versuchte.

Alle mühten sich redlich ab, und ich war mehr darauf konzentriert, sie zu beobachten, als auf meine eigentliche Aufgabe, nämlich die Möhren zu schaben, die Gavi schneiden sollte.

Die essen aber viel Möhren, dachte ich. Das war mir schon bei den wenigen Malen aufgefallen, wenn Teo uns Zutritt zur Küche gewährt hatte, während er kochte. Und als ich ihn fragte, warum sie so viele Möhren äßen, antwortete er leise: »Weil sie Russen sind.« Es war derselbe Tonfall, geheimnisvoll und ehrerbietig, den er auch hatte, wenn er vom Samowar sprach oder Tee damit zubereitete.

In dem Moment sah Teo Isabel an, als wäre sie die Patin von Aschenputtel. Er war ja schließlich auch auf einen Ball gegangen, dachte ich. Und auch er hatte etwas verloren, allerdings ging es nicht um einen kleinen Glasschuh. Teo hatte nichts Geringeres verloren als das Kaiserreich von China, auch wenn er den ersten Preis beim Kostümwettbewerb gewonnen hatte. »Neid ist schlimm«, hatte Anastasio gesagt, und ich musste an die Stiefschwestern von Aschenputtel denken, die ich zu den »schlechten Menschen« auf der Welt zählte. Nur dass in dem Fall die Stiefschwestern oder »schlechten Menschen« sich nicht damit begnügt hatten, Teo zu demütigen. Sie hatten ihn auch noch grün und blau geschlagen. Und als ich den lächelnden Teo ansah, mit dem blauen geschwollenen Auge, befiel mich eine große Beklemmung, die mir derart den Hals zuschnürte, dass ich einen Moment lang glaubte, ich bekäme keine Luft mehr.

An einer Wand in der Küche hing eine große Uhr. Gavi saß direkt darunter, und ich erschrak. Wenn sie herunterfällt, erschlägt sie ihn, dachte ich in einem Anfall von Panik. Und weil mir klar war, dass es albern war, mich wegen etwas so Unwahrscheinlichem zu ängstigen (obwohl die Uhr in der Tat beunruhigend war), wandte ich den Blick ab und konzentrierte mich auf Gavis Hände. Sorgfältig schnitt er mit dem großen Messer hauchdünne Scheiben ab. Von den schnellen, präzisen Bewegungen ging eine kaum spürbare Grausamkeit aus, ähnlich wie von der scharfen Klinge des Messers. Wenn er nicht mit mir oder Isabel oder Teo sprach, schaute er nach unten, sodass man seinen Blick nicht sehen konnte. Seine Wimpern wirkten so noch länger, und sie bebten wie der sanfte Flügelschlag goldener Schmetterlinge im Regen. Mir fiel auf, dass seine Hände gewachsen waren. Sie waren größer, und die Knöchel traten deutlicher hervor.

Auf einmal hob er den Kopf. Er sah mich mit einem triumphalen Glanz in den Augen an und sagte unerwartet fröhlich: »Adri, ich habe mein Haar abgeschnitten, aber deines hat schon lange keine Schere mehr gesehen. Das freut mich, denn es gefällt mir, vor allem, wenn es ungekämmt ist, wie jetzt, dann sieht man, wer du wirklich bist, und du und ich wissen ... Die aus dem Wald, die sich hinter einem Blatt verstecken können. Und wild, wild! Wie ich! ... Und ich liebe dich!«

Die letzten Worte hatte er nach einer kurzen Pause gesagt, mit rauer Stimme und leiser. Mit einer Zartheit, wie ich sie noch nie vernommen hatte.

Es war meine erste Liebeserklärung. Und ich glaube, die ehrlichste. Auch wenn sie zwischen prosaischen Möhren ausgesprochen wurde, stellte ich fest, dass das Herz stehen bleiben kann, ohne dass man dieses Leben verlässt, im Gegenteil, man wird förmlich von Leben überschwemmt. Innerhalb von Sekunden öffnete das Leben all seine Fenster, ich sprang über die Terrassen und Dächer – ich flog. Ich schwebte durch die Lüfte wie die Ballerina und ihr Sohn, der mir das Fliegen beibringen würde, sobald das Frühjahr kam.

Ich war mir so sicher, dass ich es schaffen würde, dass es entschieden zu meiner »Genesung« und meinem Wunsch beitrug, die geheimnisvolle, finstere Mauer zu überspringen, die mich noch von der Welt der Erwachsenen trennte. In dem Moment war ich gerade dabei, im Mörser zwei Knoblauchzehen und ein Pfefferkorn zu zerstoßen, und wann immer ich an diese umwerfende Erklärung, diese erhellende Entdeckung denke, ist sie eingehüllt in den Duft von zerstoßenem Knoblauch mit einem Hauch Pfeffer.

Nachdem wir unsere Arbeit beendet hatten, zogen wir uns zurück; Schulter an Schulter, Hand in Hand lehnten wir an der Wand, auf »Horchposten«. Das machten wir immer, wenn wir unter Erwachsenen waren, und wenn ich an damals denke, habe ich immer wieder ein Bild vor Augen: wir beide, eng beieinander, mit verschlungenen Händen; und seine Hand wurde von Tag zu Tag, ich möchte fast sagen von Minute zu Minute, härter und kraftvoller und drückte immer heftiger meine, die noch nicht ganz ausgewachsen und fest war.

Ich erinnere mich, dass wir schweigend zusahen, wie Isabel um Teo herumwirbelte. Sie gaben sich gegenseitig Ratschläge und Anweisungen in dieser geheimnisvollen lodernden Welt der Küche, in der noch das Ritual des Reisigs, der Kohle und der Eisengitter praktiziert wurde, die mit einem Haken über die Flammen geschoben und weggezogen wurden. Sie waren die Hexenmeister und wir die neuen Lehrlinge bei einer uralten Verrichtung. Gleich geheimen Zauberformeln flüsterten sie sich magische Namen zu wie: »Karotte«, »Aubergine«, »Petersilie«, »geröstetes Brot« … Sie bildeten eine verschworene Gemeinschaft bei einem Vorgang, der so bedeutend wie undurchschaubar war. Das Ergebnis war immer ein Rätsel. Teo saß auf seinem Hocker, und Isabel lauschte den Geheimnissen des großen Oberzauberers. Sie eilte von hier nach da, überraschend unterwürfig und aufmerksam, fast schon devot, und hörte sich an, welch Wunder die wohl dosiert eingesetzte Kraft eines Bundes Rettich vollbringen kann. Es sind eben Russen, hat sie wohl gedacht.

Die Uhr über ihren Köpfen, kreisrund, ohne Anfang und ohne Ende, machte mir erneut Angst. Doch sie redeten und redeten über Dinge, die wir nicht verstanden oder die uns nicht interessierten, denn ich kann mich an nichts davon erinnern.

An den Rücken von Teo, der leicht nach vorn gebeugt auf dem Hocker saß, erinnere ich mich hingegen sehr wohl. Er weckte in mir ein Gefühl von Zärtlichkeit, aber auch Aufruhr: Zärtlichkeit für Teo und Hass sowie Wut auf die »schlechten Menschen«, die ihm so wehgetan hatten, die es geschafft hatten, dass die Schwäne seines kaiserlichen Gewandes fliehen mussten und vielleicht niemals wiederkehrten. Ich stellte fest, dass seine Füße nackt waren. Das war ungewöhnlich für ihn, der immer zu uns sagte: »Kinder, man muss immer gut angezogen sein. Die Umgangsformen! Die dürft ihr nie vergessen.« Und obwohl ich damals noch keine rechte Vorstellung von diesen »Umgangsformen« hatte, war klar, dass die nackten Füße, im Gegensatz zu der tadellosen gestreiften Weste und dem schneeweißen Hemd, diesen nicht entsprachen. Sie offenbarten mir einen verlassenen, wehrlosen Menschen, den ich mehr liebte denn je.

Der überfallartige Besuch von Isabel und mir in der Dachwohnung, für den wir niemanden um Erlaubnis gebeten hatten, dieser Entschluss von Isabel (es war auch meiner, denn es kam mir so vor, als spräche sie nur laut aus, was ich dachte) war Ausdruck des heftigen wie freudigen Wunsches, alle Barrieren zu überwinden, die uns daran hinderten, zu dem zu gelangen, was wir begehrten. Obwohl dieses Begehren nicht einmal einen Namen hatte, noch nicht. Aber eines war mir völlig klar: Ich war nicht mehr krank, ich war keine Kranke, und ich würde nicht länger darum bitten, das Bett verlassen zu dürfen, um dorthin zu gehen, wo sich das Einzige befand, das mein Herz mit Leben erfüllte. Keine Schinkenscheiben, kein Sirup. Mir fielen Eduarda und Michel Mon Amour wieder ein: der Tag, an dem sie sich umarmt hatten und alle Kerzen im Michael Strogoff auf einmal brannten.

Ich wusste nicht, ob Tata María und Isabel, wie mir einmal durch den Kopf gegangen war, mit Hilfe von Brieftauben, Mücken oder einfach nur mittels Küchen- und Bügeldämpfen kommunizierten, die im Hof aufstiegen (nicht im Haupthof, in dem ich Schnee und die Hufe des Einhorns zu sehen geglaubt hatte, sondern in dem der Hausangestellten, wo neben dem Wasserglas mit der Petersilie der Käfig mit der Grille und ihrem Salatblatt stand). Im Hof der Küche, auf den das Fenster von Isabels Reich hinausging. Als hätte irgendein geheimnisvoller Bote ihr eine Losung zugeflüstert, ließ Isabel häufig alles stehen und liegen und zog mich hinter sich her, treppauf, treppab, durch den Flur oder in den Lastenaufzug.

An jenem Tag, Teo und sie waren gerade mit Kochen fertig, stand sie auch plötzlich auf, nahm die Schürze ab, fasste meine Hand und riss mich aus der süßen Wärme. Sie verteilte Abschiedsworte und Ratschläge in der Luft (die wohl für Teo und Gavi gedacht waren), und schon eilten wir von dannen. Genau in dem Moment, in dem meine Mutter sich auf den Weg in mein Zimmer begeben hatte. Reine Magie.

Doch bevor die Tür zur Wohnung der Ballerina aufging und sich hinter uns schloss, hatte Gavi die Zeit gefunden, mich kurz zurückzuhalten; er hatte mich an die Wand gedrückt und mir zugeflüstert: »Adri, ich muss dir ein Geheimnis verraten … nachts haue ich immer ab. Niemand weiß davon, nicht einmal Teo. Kommst du mit?«

Isabel zog mich fort, und ich konnte nichts erwidern. Aber er kannte meine Antwort längst, und vielleicht wusste er auch, dass mein Herz wild und freudig pochte. Es pochte gegen die Last der Steine an, und vielleicht würde es dabei zerreißen.

»María«, sagte Isabel keuchend, die ich fast nicht wiedererkannte, »es stimmt, was man sagt, von wegen ›man lernt nie aus‹. Ich habe heute gelernt, wie man Meerrettichsauce zubereitet!«

»Umso besser für dich«, erwiderte María, als würde ihr ein Stein vom Herzen fallen. »Um ein Haar hättest du alles …«

María benutzte nie hässliche Worte. Und auch diesmal hielt sie ihre Zunge im Zaum.

»Die gnädige Frau will Adri sehen. Hört ihr nicht die Absätze auf dem Flur?«

»Meerrettichsauce.« Isabels Stimme schien auf einmal wieder an Kraft gewonnen zu haben. »Das ist vielleicht was Leckeres!«

»Ach was, du Abenteurerin«, murmelte Tata María, während sie mich ein wenig herrichtete, damit ich ihrer Meinung nach so aussah, als hätte ich nur mal kurz mein Zimmer verlassen. »Ein deftiger Erbseneintopf mit Fleischeinlage, das ist lecker.«

14

Vier Nächte habe ich kaum geschlafen, genau die, in denen wir uns nicht sehen konnten.

Isabel sagte gerührt: »Jetzt kümmert er sich um den Menschen, der sich sonst immer um ihn kümmert. Der Junge ist ein Engel.«

»Er ist kein Engel«, sagte ich, weil ich wusste, wie sehr ihn das störte, wenn man ihn so nannte. Obwohl ich insgeheim dasselbe dachte, nur sah ich in ihm einen anderen Engel, als Isabel, María und selbst Teo sich ihn vorstellten. Es war ein drohender Engel mit erhobenem Schwert, und er flog wie die Adler und die Kondore, die ich von den Bildern des Nestlé-Albums kannte. Außerdem war er der Rabenkönig.

Ich erinnerte mich an ein Mädchen am Saint Maur, die anders als Margot war und genau wie ich unter ihr litt, aber im Gegensatz zu mir konnte sie hervorragend den großen Ball in der Luft fangen. Irgendwann erzählte sie mir, sie läse für ihr Leben gern Märchen, aber ihre Mutter ließe sie nicht, denn das sei angeblich Zeitverschwendung. Wir unterhielten uns eine Weile, und sie sagte, ihr gefielen die Märchen mit Kobolden, Gnomen und Feen. Doch ich merkte gleich, dass sie nichts über diese Wesen wusste und dass wir nichts gemein hatten. Sie kehrte zu Ball, Rennerei und Schweiß zurück, und ich versteckte mich wieder zwischen den Wesen im Grünen, zwischen den Feenreigen, die das Gras zerfurchten und nichts mit denen des Mädchens zu tun hatten: Ihre waren alle wie die Patin von Aschenputtel mit ihrem Zauberstab. Meine nicht. Ich setzte mich wieder auf die Bank unter den Maulbeerbäumen und betrachtete die Raupen auf ihrem unbekannten Weg.

Wer behauptete, Gavi sei ihr Engel, irrte sich genauso wie dieses Mädchen, wenn es von Feen und Gnomen sprach. Außer mir wusste niemand, Gavi ausgenommen, dass das Einhorn aus dem Rahmen fliehen konnte.

Ich konnte in den Nächten nicht ruhig schlafen, weil mir immer wieder seine letzten Worte durch den Kopf gingen, die er gesagt hatte, als sein Arm mich an die Wand drückte: dass er nachts abhauen würde. Wie das Einhorn.

Wie kann er nachts abhauen?, fragte ich mich.

Wo ging er hin? Was machte er?

Als Isabel am vierten Tag mit vollem Korb vom Marktplatz kam, rief sie mich: »Ich war kurz bei Teo. Und der Junge hat gefragt, ob du nicht heute Nachmittag zu ihm kommen kannst, er vermisst dich.« Sie lächelte verschmitzt.

»Darf ich?«

Ich war meist noch nicht fähig, etwas zu tun oder eine Entscheidung zu fällen, ohne um Erlaubnis zu bitten, auch wenn mir nicht recht klar war, wer diese Erlaubnis zu erteilen hatte.

»Aber natürlich. Ich bringe dich hin und hole dich wieder ab. Der Junge versorgt Teos Wunden, wechselt die Verbände, na ja, all diese Dinge eben. Deshalb kommt er nicht herunter. Der arme Teo, es geht ihm schon besser, aber trotzdem …«

Als ich mit Isabel hinaufging, dachte ich, dass auch Teo und sie Brieftauben oder Ähnliches haben mussten. Denn wir hatten noch nicht ganz auf den Klingelknopf gedrückt, da ging schon die Tür auf, und vor uns stand Teo und bot einen wirklich erbärmlichen Anblick. Seine Blutergüsse hatten sich gelbgrün verfärbt, aber immerhin war er die Armbinde los und konnte den Arm wieder bewegen.

»Ihr Lieben, ihr Lieben …«

Er umarmte Isabel, und zum ersten Mal sah (und vor allem hörte ich) ihn weinen.

Hinter ihnen näherten sich rasch Schritte. Es ist unglaublich, wie man einen Menschen am Gang erkennt, selbst unter den Schritten abertausender Fremder. Gavis kraftvolle, hallende Schritte und vor allem ihr Rhythmus waren unverwechselbar. Sie erinnerten in gewisser Weise an den Singsang des »Komm, komm …«. Doch sie waren gebieterischer, rauer. Selbst heute, im Rückblick, kann ich mir diese Mischung aus sanfter Schönheit und unvermittelter Aggressivität dieses Jungen nicht erklären. Eine Aggressivität, die sozusagen eine Gefangene der Umgangsformen war.

»Komm«, sagte er, fasste mich an der Hand und zog mich fort. Diesmal im wörtlichen Sinne, denn ich konnte ihm kaum folgen und schlitterte hinter ihm her durch den Flur. Bis wir am Ende in dem Zimmer waren, von dem ich nicht weiß, ob ich es Spiel-, Lese- oder Beichtzimmer nennen soll. Jedenfalls ein Ort, den ich nie aus meiner Erinnerung werde auslöschen können.

Dort befand sich, in der Nähe des Fensters, unser Reich: das Stück Teppich mit den blauen und braunen Rauten. Auf dem Tisch das Kindertheater. Plötzlich offenbarte mir das Papptheater all seine Blessuren, sogar ein kleines Loch in der Kulisse Nummer vier. Der Vorhang war zu. Eine Vorstellung, eine Szene war zu Ende. Oder eine ganze Geschichte.

Doch Gavi schenkte weder dem Theater noch dem Stück Teppich unserer gemeinsamen Leseabenteuer Beachtung.

Mitten im Zimmer stand auf dem Boden das ausladende Grammophon seiner Mutter.

»Wir hören Musik«, sagte er. »Hast du nicht gesagt, du magst Musik?«

»Ja, sehr, und ich mag auch Ballett, ich würde deine Mutter zu gern einmal tanzen sehen!«

Er betätigte die Kurbel, und schlug dann eine Art Sammelalbum mit festem Einband auf, in dem sich viele schwarze Schallplatten mit einem kreisrunden Logo in der Mitte befanden, auf dem ein Grammophon mit Trichter abgebildet war, wie meine Großmutter eines besessen hatte, und ein Hund, der der Stimme seines Herrn lauscht.

Als die ersten Takte ertönten, hob Gavi die Arme und bewegte sie, dem Takt, Tempo und angedeuteten Donnern folgend, durch die Luft.

Er ahmte nicht einfach nach, was bereits dirigiert war, er machte es sichtbar. Sein gesamter Körper gab die Klänge wieder, er selbst war die Partitur.

»Siehst du sie?«, fragte er, als hätte er eine große Entdeckung gemacht. »Ich zeichne Musik.«

Er beugte sich über das Grammophon, stoppte es, nahm die Platte vom Teller und klappte den Deckel zu, als würde er die Klänge begraben. »Sieh mal, sie läuft weiter!«, sagte er.

In der Tat, er bewegte weiter die Arme in der Luft, und die Musik wurde sichtbar, so deutlich und kraftvoll, als würde man sie hören, aber es war nicht mehr länger Tschaikowsky, es war *er*. Die Musik, das waren seine Arme, seine Hände, die Haarsträhne, die ihm in die Stirn fiel und die er zurückwarf, sobald eine Pause kam. Oder ein Seufzer.

Ich saß auf dem Boden und bestand nur noch aus Augen. Über die Augen drang die Musik, Gavis Musik, Gavi selbst in mich ein und bemächtigte sich meiner. Ich atmete sie ein, ich spürte sie in mir, wie sie noch unbekannte Wege erkundete. Ich zeichnete sie in mir nach.

Ich weiß nicht, wie lange wir uns damit die Zeit vertrieben. Nur dass seine Hände, als er die Arme sinken ließ, wie zwei tote Vögel aussahen. Er warf die rebellische blonde Strähne nach hinten, und seine Stirn war voller Schweißperlen.

»Hast du sie gesehen?«, murmelte er zaghaft.

Ich nickte nur, denn ich konnte kein Wort herausbringen.

»Wir gehen nach Rostow«, sagte er. »Dort gibt es Glocken, viele Glocken, ein ganzes Glockenkonzert. Kommst du mit?«

»Ja!«, sagte ich aus vollem Hals. »Ohne um Erlaubnis zu fragen. Ich werde nie mehr um Erlaubnis bitten.«

Er entgegnete, leise und nachdenklich: »Ich auch nicht. Ich habe noch nie jemanden um etwas gebeten. Ich wüsste auch nicht, wen …«

Ich verspürte einen vagen Schmerz. Gavi hatte niemanden, mit dem er über seine Wünsche und Erinnerungen reden konnte, außer Teo. Ich hatte Tata María und Isabel. Doch in unserem Umfeld klafften viele Lücken und unüberbrückbare Distanzen. Ich musste an das Dunkelzimmer meiner ersten Strafen zurückdenken, als ich auf eine Trittleiter steigen musste, um zu den Firsten der Schrankstadt zu gelangen. Oder an die kleine bläuliche Flamme eines in der Mitte geteilten Zuckerwürfels: das Licht der dunklen Einsamkeit.

Gavi wirkte sehr müde, er atmete schleppend, und die Schweißtropfen auf seiner Stirn glänzten wie manche Steine unter den letzten Sonnenstrahlen, die auf einmal von winzigen Sternchen übersät waren.

Er setzte sich auf den Boden, unser Reich, und sah mich

an. Ich begriff, dass er mir sagen wollte, ich solle mich zu ihm setzen, und ein kleines, aber intensives Glücksgefühl überkam mich, als ich feststellte, dass unser Reich nicht verschwunden, dass es immer noch da war und auf uns wartete, ob mit Büchern oder ohne. Ich setzte mich neben ihn, und er nahm meine Hand und drückte sie. Wir saßen einfach da, ohne ein Wort zu sagen, wir sahen uns nicht einmal an. Wir lauschten nur unserem Atem. Und dem zarten Pochen des Herzens, Handgelenk an Handgelenk.

»Ich wünschte, wir wären siamesische Zwillinge«, sagte er.

Aber als ich ihm überrascht den Kopf zuwandte, verharrte er im Profil, er schien gar nicht mit mir zu sprechen, wie wenn er »komm, komm, komm« sagte. Im Profil, mit halb geschlossenen Lidern, fielen seine Wimpern noch mehr auf. »Sie sind aus purem Gold«, dachte ich. Ich war wirklich verliebt. Ich habe nie wieder jemanden mit goldenen Wimpern getroffen. Und vielleicht hätte ich gelacht, wenn es dazu gekommen wäre. Doch damals fand ich es wunderschön und geheimnisvoll. Wie das so ist, wenn ein Mädchen sich verliebt.

»Ich weiß nicht«, stammelte ich, »siamesische Zwillinge … das ist bestimmt sehr unbequem.«

Sogleich bereute ich, dass ich das gesagt hatte, aber er schüttelte die Strähne aus der Stirn und lachte leise.

»Bei uns nicht«, sagte er. »Zwischen uns ist alles anders.«

Teo trat mit Tee auf einem Tablett ins Zimmer. Er lief nach wie vor ohne Schuhe herum, ein Knöchel war noch verbunden. Seine langen, weißen Füße sanken weich in den Teppich, und ich dachte: Zum Glück, jetzt weiß er wenigstens, dass der Teppich ihn liebt und einhüllt. Ich stand auf und half ihm, das Tablett auf dem Boden abzustellen. Gavi rührte sich nicht, er blieb auf dem Boden sitzen, die Hände um die angewinkelten Knie geschlungen. Er schaukelte ein wenig, so leicht, dass nur ich es bemerkte. Etwas beunruhigte ihn. Ich kannte ihn inzwischen so gut und er mich, dass nur wir beide unser Schweigen zu deuten verstanden.

»Tee, Heidelbeermarmelade, Kekse, Milchbrötchen«, zählte Teo auf. Seine Augen waren trocken, aber aus seiner Stimme waren die Tränen noch nicht verbannt. Gavi sprang auf, trat ein paar Mal in die Luft und stieß mit gezügelter Wut – sofern man von gezügelt sprechen kann – ein wahres Geheul aus. Ich hatte es noch nie gehört, aber so musste es klingen, wenn das Wolfsrudel des Rabenkönigs heulte. Mit zusammengepressten Zähnen, den Blick erfüllt von einem ungekannten Schmerz, sagte er langsam: »Ich werde sie töten. Ich werde sie alle töten, einen nach dem anderen, einen nach dem anderen, langsam …«

Er konnte nicht weitersprechen, weil ihm etwas derart den Hals zuschnürte, dass die Worte erstickten und er kaum Luft bekam. Ich glaube, in dem Moment sah ich zum ersten Mal in meinem Leben konkret den Hass vor mir: die Stimme, das Keuchen, den Blick des Hasses. Ich werde dieses Bild nie vergessen. Ich hatte Angst. Als hätte ein abscheuliches Wesen Gavi in ein Ungeheuer, einen Drachen oder einen Wolf verwandelt.

Teo ging zu ihm, legte die Hände auf seine Schultern und bewegte sie vor und zurück, halb als wollte er ihn wiegen und halb als wollte er ihn schütteln. Dann umarmten sie sich, und Gavis Schultern bebten. Doch nachdem sie sich voneinander gelöst hatten, setzte Gavi sich wieder in unser Reich, und da war keine Spur von Tränen. Er war schön und kalt wie eine Marmorstatue, die ich einmal bei einem Schulausflug ins Museum gesehen hatte.

»Es ist vorbei, es ist vorbei. Am besten, wir vergessen das Ganze, ich hab's schon vergessen«, sagte Teo.

Gavi war ruhig, ungerührt. Wie so oft.

Wir saßen auf dem Teppich mit den blauen und braunen Rauten und tranken unseren Tee.

Isabels Klingeln katapultierte mich wieder in das Zimmer in der unteren Etage mit dem Fenster zum Innenhof: dort, wo es in meiner Vorstellung Schnee gab, wo Paco die Sportzeitung las und Anastasio ins Unendliche starrte und sich hin und wieder am Hinterkopf kratzte.

Doch das Einhorn durchquerte den Hof nicht mehr.

Es lag etwas in der Luft, etwas Beunruhigendes war in dem leisen Wind verborgen, der durch den Spalt unter *unserer* Tür hereindrang (die andere, die Tür der Riesen, war besser geschützt). Ich wusste nicht, ob eine Bedrohung in ihm lag oder ob er eine fröhliche Überraschung ankündigte. Wie auch immer, ich fühlte mich unwohl. Tata María war die Erste, die es merkte.

»Das Mädchen ist sonderbar.«

»Das ist doch nichts Neues.«

»Nein, mehr als sonst. Ich glaube, das hat mit ›da oben‹ zu tun.«

Tata María bügelte gerade und hob das Bügeleisen an ihre Wange, um zu prüfen, ob es noch warm genug war. Das war eine typische Geste von ihr. Vor allem, wenn sie sich zu jemandem aus der Familie äußerte.

Ich befand mich zu dem Zeitpunkt in der Speisekammer auf dem Hocker und hatte die Hand nach der Flasche ausgestreckt.

»Jetzt sag nicht …! Es sind doch die einzigen Stunden, in denen sie glücklich wirkt!«

»Schon, aber ich weiß nicht, ich weiß nicht …«

»Also, wenn du es nicht weißt, dann hüte dich, der gnädigen Frau was davon zu sagen.«

»Red keinen Unsinn! Ich kenne diese Familie bestens und weiß, wann ich etwas sagen muss und wann nicht …«

Und dann folgte die übliche Litanei. Einen tiefen Einblick in meine Familie bekommen zu haben entsprach fast schon einer Art Lebenslauf.

Wenn sie schon nicht wussten, was los war, warum ich mich so komisch verhielt, wie sollte ich es dann wissen. Ich war unruhig, schreckhaft. Manchmal drehte ich mich ohne ersichtlichen Grund um, als fürchtete ich, jemand lauerte mir auf und fiele über mich her, wenn ich am wenigsten damit rechnete.

Fast jeden Tag ging ich in die Dachwohnung hinauf. Anscheinend wusste niemand bei uns etwas davon. Nur einmal sagte die Wäscherin Tomasa in ihrer gewohnt unverblümten Art: »Dieses Mädchen ist wie eine Maus, die zum Käse flitzt und wieder weg. Schwuppdiwupp ist sie mal hier, mal da!«

Sie tunkte ein Stück Brot in die Sauce auf ihrem Teller und meinte, bevor sie es in den Mund schob: »Ich weiß nicht, was ihr denkt, aber dieses ganze Hin und Her, so klammheimlich, als täten sie etwas Verbotenes, ich weiß nicht, mir gefällt das überhaupt nicht. So etwas endet immer schlecht, und am Ende zahlen wir dafür, obwohl wir am wenigsten Schuld daran tragen.«

»Halt den Mund!«, rief Tata María. »Was weißt denn du schon, du dumme Gans?«

Tomasa stieß ein kurzes, raues Lachen aus.

»Vielleicht … Vielleicht mehr als ihr beide zusammen.«

Isabel mischte sich ein. »Was soll das? Los, los, jetzt versöhnt euch wieder.«

Das taten sie. Sie sprachen es nicht aus und bekundeten das auch nicht durch Gesten, aber es war klar, dass die eine der anderen verziehen hatte. »Ende gut, alles gut«, wie Isabel sagte.

Seit zwei Tagen durfte ich das Haus wieder verlassen. Wie bei meinen ersten Spaziergängen ging Tata María mit mir in den Park.

An jenem Tag wurde ich förmlich überschwemmt von dem lauen Lüftchen, der scheuen Sonne und dem Geruch nach Erde und feuchten Blättern. Von den beiden Mandelbäumen, die den Eingang des Museums säumten, lösten sich ganze Wolken von weißen Blüten, die wie warme Schneeflocken durch die Luft schwebten. Unerwartet hatte sich ein Wind erhoben, und ein Blütenschwarm kam direkt auf uns zu. Es war wie eine Explosion, als drängte etwas aus den Steinen der Einfriedung des Naturwissenschaftlichen Museums.

»Jesses Maria und Josef!«, sagte Tata María. »Das ging jetzt aber schnell mit dem Frühling!«

Hätte man mein Herz durch die Brust sehen können, hätte man bemerkt, wie es hüpfte. Ich tastete nach Tata Marías Hand, die mich schon lange nicht mehr an der Hand nahm. Sie hatte auch nicht mehr die Tasche mit der Vesper und ihren Handarbeiten dabei und wartete auch nicht mehr darauf, dass ein Mädchen zu mir kam, das nicht Seilspringen und nicht Ball spielen wollte, sondern sich einfach mit mir an das eine Ende der Bank setzte, um die Raupen, die Schmetterlinge, die Eidechsen und die ein oder andere Schnecke mit ihrem Häuschen auf dem Rücken zu beobachten. All das war vorbei. Ich setzte mich auf die Steinbank und blätterte immer wieder die Seiten des verbotenen Buches durch, von dem wir das letzte Kapitel nie gelesen hatten: *Der Rabenkönig*. Aber ich las nicht; in mir und um mich herum existierte nur ein magisches Wort: »Frühling«.

Monatelang hatte ich auf den Frühling gewartet. Der Frühling war viel mehr als ein Wort oder eine Jahreszeit. Er war eine magische Verabredung, die wir stillschweigend für die ersehnten ersten Flugversuche getroffen hatten. »Wenn der Frühling kommt, gehen wir auf die Terrasse hinaus, aber noch nicht gleich auf das Dach …«

»Was ist denn auf dem Dach?«

Gavi hob die Augenbrauen, verzog die Mundwinkel zu einem angedeuteten Lächeln und murmelte: »Das wirst du schon sehen …«

Eines Tages sagte er: »Die schönste Freude ist die Vorfreude.«

Und er wiederholte das Versprechen: »Sobald der Frühling da ist, wirst du fliegen lernen.«

Und während ich meine Füße auf den Steinen betrachtete, spürte ich, dass unter dem Grün des Parks eine unsichtbare Kraft die Pflanzen nach oben an die Oberfläche zu schieben schien: Blumen, Gräser und winzige Bewohner, die man nur bis zum achten Lebensjahr sieht.

»Tata, haben wir schon Frühling?«

»Bald, aber du siehst, die Zeit ist schon vorausgeeilt …«

»Lass uns nach Hause gehen, schnell.«

Hastig nahm ich das Buch an mich, das ich auf die Bank gelegt hatte.

»Aber warum diese Eile? Die Spaziergänge an der frischen Luft tun dir sehr gut, du hast eine gesunde Gesichtsfarbe, du siehst ganz anders aus.«

»Ich will nicht anders aussehen!«, widersprach ich erschrocken.

Schließlich konnte ich sie dazu bewegen, dass wir über die

schmalen Wege zwischen den Blumenbeeten nach Hause gingen. Der Gärtner hatte den Wasserschlauch auf dem Boden zurückgelassen. Er sah aus wie eine riesige Schlange, und aus ihrem Mund schoss ein glänzender Strahl, der sich seinen Weg durch das Gras bahnte. Der Park hatte nichts mehr mit dem Park meiner ersten Lebensjahre zu tun. Ich trug ein Buch unter dem Arm. Es waren keine Kinder da, niemand sprang Seil oder brüllte im sanften Fluss des Morgens. Als hätte der Erdboden sie verschluckt oder als wären sie reglos auf gelblichen Karton gebannt, wie die Kinderfotos meiner Mutter.

Während ich Tata zur Eile drängte, beschwerte sie sich lachend: »Aber was ist denn mit dir los, Mädchen? Man könnte meinen, du hast den Leibhaftigen gesehen!«

Als wir den Hauseingang betraten, sah Joaquín zum Garten des Klosters La Milagrosa hinüber. Über den Mauern wiegten sich die Baumkronen, die Angst hatte sich wieder mit dem Wind verbündet.

Joaquín grüßte Tata María mit besorgter Miene und sagte leise: »Ach, María, es kommen schlechte Zeiten auf uns zu, schlechte Zeiten für anständige Menschen wie uns.«

Tata María seufzte leise, fast sanftmütig. Sie schaute gen Himmel und sagte: »Ich weiß, Joaquín, ich weiß. Schlecht für alle.«

»Schlechte Zeiten«, dachte ich verwirrt, aber auch neugierig. Schlecht für was? Während wir die Treppe zu unserer Wohnung ansteuerten, sagte ich mir, dass für mich jetzt die Zeit gekommen war, in der Gavi mir das Fliegen beibringen würde.

Doch noch bevor wir die erste Stufe genommen hatten, fügte Joaquín hinzu: »Wenn du aufs Dach gehst, siehst du es, du siehst den Rauch der Flammen. Sie zünden die Klöster und die Kirchen an! Was soll nur aus uns werden?«

María stieß mich sanft die Treppe hinauf. Es war nicht die Treppe, die zu *unserer* Tür führte, sondern die zur Tür der Riesen.

Meine Mutter erwartete uns schon. Das tat sie gewöhnlich nicht, und vor allem nicht so aufgelöst. Sie wirkte verweint und zog mich an sich, als wollte sie mich vor irgendetwas oder jemandem schützen.

»Was ist passiert, Tata? Warum seid ihr so schnell wieder da?«

Tata María zog mir langsam den Mantel aus und riss mir förmlich den schrecklichen Hut vom Kopf, den ich so hasste.

»Nichts. Das Kind ist nur inzwischen größer und hat sich gelangweilt.«

Da geschah etwas, womit ich nicht im Entferntesten gerechnet hatte. Ohne Vorankündigung – wie bei den Riesen üblich – schloss meine Mutter mich in ihre Arme; es sollte wohl so etwas wie eine liebevolle Umarmung sein, doch mir kam es vor wie »von jetzt an gehörst du mir, und ich werde dich mit niemandem teilen«.

»Na gut, Tata. Ich glaube, die Kleine macht sich langsam mit dem vertraut, was einmal ihre Zukunft sein wird. Ich will damit sagen …«

Immer schob sie ein »Ich will damit sagen« ein, und mehr als einmal hätte ich sie am liebsten angeschrien: »Wenn du es sagen willst, dann sag's doch endlich!«

Sie betrachtete kurz ihre Nägel, und dann hatte sie die richtigen Worte gefunden.

»Tata, weißt du noch, als Mama das gemacht hat, was ich jetzt sage …«

Sie wollte sagen *mache* und nicht *sage*, das war mir sofort klar.

»Für Adri …«

Tata María blieb ruhig, ihr Rücken lehnte am Stuhl oder vielleicht auch einfach an der Wand. Aber man sah ihr an, dass sie müde war, sie war es müde, immer wieder dieselben Worte zu hören. Die Müdigkeit zeigte sich auch an ihren Schultern. Die Schultern von Tata María waren das Abbild der Last, die sie ein Leben lang zu tragen hatte, ob es ihr gefiel oder nicht.

»Ich will damit sagen«, hob meine Mutter wieder an und zeigte damit ihre Unsicherheit. »Ich will damit sagen, für Adri ist Schluss mit dieser Kumpanei in der Küche, im Hof und mit … einem Jungen, von dem wir nichts wissen. Von jetzt an wird Adri den Tag nicht mehr in der Küche oder im Hof verbringen und mit den Chauffeuren und all diesen Leuten reden. Sie wird sich bei uns aufhalten, bei Cristina und mir. Und bald, sehr bald, wenn das neue Schuljahr beginnt …«

An dieser Stelle schaltete ich ab. Sie sprach von einem Schuljahr, das für mich noch in weiter Ferne lag. Doch ein Windstoß hatte von jetzt auf gleich meine Welt weggefegt.

Ich konnte nicht einmal protestieren, aber ich wollte diesen neuen Befehlen nicht gehorchen, die zudem in dem barschen Ton ausgesprochen wurden, in dem man Strafen ankündigt. Innerlich rebellierte ich dagegen, dass man sich anmaßte, über mein Leben zu bestimmen. Und das löste fast schon einen physischen Schmerz in mir aus. Mir fiel nichts Besseres ein, als einen ungezogenen, aber eindeutigen Satz zu sagen. Nicht mit erhobener Stimme, ich presste ihn zwischen den Zähnen durch (wie ich es schon öfter bei Gavrila gesehen und gehört hatte).

In einem rauen, angriffslustigen Ton, als hätte sich Gavis Stimme mit meiner vermischt, sagte ich: »Das will ich nicht.«

Cristina, die auch dabei war und die ganze Zeit geschwiegen hatte, mischte sich unerwartet ein.

»Mama, sei nicht wütend auf Adri! Adri weiß es doch nicht anders, sie weiß es doch nicht anders …«

»Ich versichere dir, das wird sich von nun an ändern. Hast du verstanden, Tata? Hast du gehört? Ich weiß, dass ich verantwortlich bin, weil ich mich nicht so um Adris Erziehung gekümmert habe wie bei Cristina …, aber du weißt, was in den letzten Jahren hier los war, wie mein Leben aussah … die Trennung, Probleme. Das ist nun Gott sei Dank vorbei. Und wenn nötig, wird sie auf das Internat des Saint Maur gehen. Und es ist natürlich Schluss mit Beziehungen zu Leuten, die …«

Ich weiß nicht, wen sie damit meinte, denn ich schaltete die Ohren wieder auf Durchzug. In dem Moment geschah etwas, das ich mir nicht im Traum hätte vorstellen können: Cristina stand auf, kam auf mich zu und umarmte mich. Dabei hob sie mich fast in die Luft und sagte, den Mund an mein Ohr gedrückt: »Hör nicht auf sie, Adri, ich werde dich verteidigen.«

Aber warum und wovor musste sie mich verteidigen? Warum war alles so brutal, verletzend und entmutigend? Ich hatte nichts Böses getan – das wusste ich jetzt, anders als in meinen ersten Lebensjahren, als ich wirklich glaubte, ich sei böse. Wenn es eine Strafe gab – und für mich war es die schlimmste Strafe, wenn man mich von der Küche, dem Bügelzimmer, dem Hof mit den Chauffeuren, von Isabel fernhielt, und vor allem von Teo und Gavi –, war ich nicht bereit, mich zu fügen. Ich war nicht krank, ich war gewachsen, groß war ich immer noch nicht, aber immerhin, ich war gewachsen. Und vor allem könnte mich nichts und niemand von Gavi und seinen Worten trennen: »Ich wünschte, wir wären siamesische Zwillinge«.

Da griff Tata María ein. Sie trennte Cristina und mich und sagte an meine Mutter gewandt: »Mädchen, Mädchen.«

Sie strahlte dabei eine so ungeheure Autorität aus, dass meine Mutter sich sofort beruhigte. Tata María nahm mich an der Hand, und wir gingen wieder einmal durch die Schwingtür, durch die man vom vornehmen Teil in den nicht vornehmen gelangte, wo es (wenn auch nicht mehr lange) noch die Likörchen, das Zischen des Bügeleisens, das Geflüster von Ohr zu Ohr und vor allem die Hoffnung und die Freude gab, dass ich jeden Tag, oder zumindest jeden zweiten, die Dachwohnung besuchen konnte. Den Ort, an dem der Frühling schon vor der Zeit Einzug gehalten hatte.

Aber es war nicht so einfach. Als Erstes wurden meine Sachen aus meinem kleinen Zimmer in das von Cristina gebracht; sie selbst hatte mich vor Jahren vertrieben, und jetzt wollte sie mich an ihrer Seite haben. Das komfortable, geräumige, fast schon luxuriöse und langweilige Zimmer von Cristina. Mit Fenstern, die nicht auf einen Innenhof hinausgingen, in den es auf unerklärliche Weise schneite und über den das Einhorn floh. Und es gab auch kein Wesen mit blonden Locken, das eine Mischung aus kämpfendem Engel und Flash Gordon war. Nein, Cristinas Zimmer, das ich fortan mit ihr teilen musste, war das Zimmer eines jungen Mädchens, das mir in manchen Momenten wie ein scheues Reh vorkam. Sie hatte unsere Mutter selbst darum gebeten.

»Sie ist doch meine einzige Schwester, inzwischen ist sie größer, inzwischen versteht sie mich.«

Ich war nicht sicher, ob ich sie so ganz verstand, aber ich merkte, dass Cristina sehr einsam war. Sonderbar, dachte ich. Wie sonderbar war die Zeit, wie unerklärlich, was ins Land gehende Monate, Jahre mit sich brachten. Ich war nicht mehr länger ein unerträglicher »Zwerg«, sondern ein Wesen, das Cristinas Wertschätzung und sogar ihrer zweifelhaften Komplizenschaft würdig war.

Und so wurde ich – glücklicherweise samt meinen Büchern – in das Reich meiner älteren Schwester verfrachtet. Ich glaubte vor Kummer sterben zu müssen.

Ich teilte nicht direkt das Zimmer mit ihr, sondern bezog einen angrenzenden Raum – bis dahin das sogenannte Ankleidezimmer –, in dem nur ein großer Schrank stand. Die Zimmer waren nicht durch eine Tür, sondern lediglich durch einen Türbogen getrennt. Ich glaube, Cristina besaß nie so viele Kleider, dass sie das Zimmer und den Schrank hätte nutzen können.

»Cristina, ich will hier nicht sein, ich will zurück in mein Zimmer.«

»Ja, ich weiß, Liebes.« Es war das erste Mal, das sie mich so ansprach. »Du wirst sehen, mit der Zeit gewöhnst du dich daran.«

»Ich will zu meinem siamesischen Zwilling«, sagte ich. Ich glaubte im ersten Moment, wenn ich im vornehmen Teil den richtigen Namen sagte, sei das etwas Verbotenes. »Ich will jeden Tag zu ihm.«

Cristina sah mich verständnislos an.

»Dein siamesischer Zwilling?«

»Ja, Gavrila.«

Ich sprach den Namen genüsslich aus, als würde ich mir ein Bonbon auf der Zunge zergehen lassen. Ich sagte den vollständigen Namen, weil ich dachte, so würde Cristina erkennen, welche Bedeutung Gavrila für mich hatte.

Cristina dachte nach. Während sie eines meiner Kleider auf den Bügel hängte, sagte sie kaum hörbar: »Ich weiß, ich weiß …«

Ich hatte das Gefühl, sie würde jeden Moment in Tränen ausbrechen oder niesen, vielleicht wollte sie auch noch etwas sagen, traute sich aber nicht. Und zum ersten Mal spürte ich, dass wir, selbst wenn wir nicht dieselben Eltern hätten, trotzdem Geschwister wären. So wie es mir vor langer Zeit mit den Zwillingen ergangen war, die auf unerklärliche Weise verschwunden waren. Verschwunden wie mein Vater, wie der Nachmittag mit *Flucht aus Paris* und *Kreuzritter Richard Löwenherz* und den Vögeln, die sich im Schnee verfolgten. Und ich sagte mir, was die anderen als ins Land gehende Jahre, als Zeit bezeichneten und das ich nicht zu benennen vermochte, war ein alles verschlingender Drache, ein Wolf, eine Hyäne – die Bilder aus dem Nestlé-Album waren wieder da. Und mir machte die Welt Angst, die mich draußen mit aufgerissenem Maul erwartete, die grausame Welt, von der ich immer wieder hörte, sie sei voll von schlechten Menschen, die Häuser anzünden, schlechten Menschen, die so sanfte und liebenswerte Geschöpfe wie Teo verprügelten: Die Welt, in der an Schulen Mädchen wie Margot regierten, Anführerinnen von Ballspielen und verletzenden Hänseleien. Und vor allem die Welt, die verbot, dass Gavi und ich uns in der Wohnung unter dem Dach treffen durften. (Kay und Gerda im Garten auf dem Dach, wohin seid ihr geflohen?) Die bedrohliche, verschlingende, unbekannte Welt. Ihr war es gleich, ob der Frühling vor der Zeit gekommen war.

15

Bald stellte ich fest, dass die Folgen des Umzugs nicht so dramatisch waren, wie es auf den ersten Blick ausgesehen hatte. Meine größte Befürchtung – ich könnte meinen siamesischen Zwilling nicht mehr treffen – hatte sich zwar nicht gelegt, sich aber deutlich abgeschwächt. Cristina, die ohnehin kein großes Hindernis dargestellt hätte, war die meiste Zeit nicht in ihrem Zimmer, häufig hatte sie das Haus sogar ganz verlassen, mal mit meiner Mutter, mal ohne. Und so bekam sie, wie man so sagt, von meinen Ausflügen nichts mit.

Nachts war das anders. Gavrilas Worte »Ich haue nachts ab, kommst du mit?« gingen mir nicht mehr aus dem Kopf. Das wäre früher schon schwierig gewesen, aber jetzt war es unmöglich. Doch zu meiner Erleichterung hatte er nie wieder davon gesprochen.

Ich konnte nicht mehr so oft in die Dachwohnung flüchten, ob mit Isabels Hilfe oder ohne, und vor allem musste ich stets auf der Hut sein.

Bis zu meiner ersten Flucht – inzwischen konnte man es so nennen – verging einige Zeit. An einem Samstag am frühen Abend war es so weit.

In unserer Wohnung war es totenstill, über den Balkon drang noch das letzte warme, friedliche Sonnenlicht herein. Darin schwebte das Summen oder die Farbe der Bienen. Etwas Goldenes, Vertrautes und ein Hauch von Gift. Man hörte das Ticken der Uhr auf Cristinas Nachttisch, das die Stille noch größer werden ließ. Tata María schlief in ihrem Zimmer. Doch Isabel nicht, sie klopfte an meine Tür.

Ich eilte zur Tür, öffnete sie, und vor mir stand die Königin aller Küchen. Ich warf mich ihr an den Hals, ich erdrückte sie fast, aber sie lachte, und ihr Goldzahn blitzte wie ein Edelstein.

»Der Junge ist da, er wart…«

Sie hatte den Satz noch nicht zu Ende gesprochen, da lagen der Junge und ich uns schon in den Armen. Zum ersten Mal hatte mich jemand nicht nur gern, sondern er liebte mich, mit allem, was dieses ungewisse, bebende Wort bedeutete. Ich spürte es, als er mich ein wenig zurückschob und sich zu mir herabbeugte, bis unsere Gesichter einander so nah waren, dass es mir vorkam, als würde sein Blick mit meinem verschmelzen, als wäre das Blau seiner Augen auf mich übergeschwappt. Ich spürte, wie eine Hand langsam und sanft über meine Stirn, die Wangen und die Lider fuhr. Niemand hatte mich je gestreichelt. Ich kannte nur hingehauchte Küsse und Hände, die mir den Pony aus dem Gesicht strichen.

Er bändigte die rebellischen Strähnen meiner Mähne und sagte: »Adri, ich hab schon geglaubt, wir würden uns nie, nie mehr …«

Er hielt inne, und ich dachte, entweder er verspürt das Bedürfnis zu weinen oder jemanden zu töten, »einen nach dem anderen und ganz langsam«. Dann nahm er meine Hand und zog mich im Sauseschritt mit sich fort. Ruck, zuck öffneten wir die Glasschiebetüren der Terrasse, die den ganzen Winter über geschlossen gewesen waren; er hatte mir versprochen, sie wie eine Schatulle voller Überraschungen zu öffnen, sobald das »schöne Wetter« kam. Und das »schöne Wetter« war gekommen.

Zar war mit einem Satz als Erster draußen. Nervös rannte er von einer Seite zur anderen und schnüffelte die Ecken ab. Auf dem Boden lagen noch ein paar trockene Blätter, die der Wind aus den Blumenkübeln gefegt hatte, in denen noch nichts blühte; und die sanfte Brise wehte sie immer wieder hoch, zur großen Freude von Zar, der ihnen hinterhersprang. Auf einmal wirkte alles strahlend und neu wie nach einem Regenschauer.

Es war eine ziemlich große Terrasse, mit einer Brüstung aus Sandstein. Die Wand zur Nachbarterrasse schien ein Abbild der Kulisse des Kindertheaters zu sein. Sie wirkte ebenso zerbrechlich, unwirklich und zugleich echt. Am unteren Ende der Brüstung zur Straße, die tief unten im Dunkeln lag, gewahrte ich eine Löwenbüste mit erhobener Pranke und einer Funken sprühenden Mähne. Die winzigen Sternchen, von denen sie übersät war, erinnerten mich an die, die ich an einem Abend im Park gesehen hatte. Kaum merklich hörte man das Knistern kleiner Lichtexplosionen, die ihre Farbe, ihren Schimmer veränderten, je weiter die Sonne in den dunklen Schacht der Straße sank, wo andere Lichter angingen.

Gavi hatte gerade gesagt: »Das ist das Schloss, von dem ich dir erzählt habe, erinnerst du dich? Das Stück Schloss, das sie vergessen haben.«

Meinte er vielleicht *sie*, die Wesen, von denen Sagrario der aufmerksam lauschenden Isabel erzählt hatte?

In der Wand der falschen Kulisse aus Sandstein befand sich ein großes gotisches Fenster. Ein Trugbild von einem Fenster, das nur den Himmel und Leere enthielt. Doch es war nicht einfach der Himmel und schon gar keine Leere. Das merkte ich, als Gavi den Arm mit der ausgestreckten Hand hob – sie sah aus wie eine dunkle Blume im Abendlicht – und wiederholte: »Das Schloss, hörst du? Das Schloss der Nacht und der heimlichen Fluchten. Du weißt schon …«

Dort unten, in der Stadt, waren die Lichter angegangen, Lichter über Lichter, und fast alle gleichzeitig, als folgten sie einer Losung. Aber sie hatten nichts mit den geheimnisvollen winzigen Sternchen auf dem Stein zu tun, der die Kulisse des Kindertheaters nachbildete. Als Gavi hinaufkletterte und an meiner Hand zog, bekam ich einen Vorgeschmack, was es heißt, zu fliegen. Und dann glaubte ich, das Rascheln des transparenten roten, gelben und blauen Papiers in den Fenstern des Theaters zu hören. Die Farben eines immer vollen, nie geteilten Mondes, der über dem Schiff des Reumütigen Piraten schwebte, oder den traurigen Worte von Graukäppchen (ehemals Rotkäppchen und jetzt die Großmutter von Blaukäppchen). Blitzartig tauchten all diese Dinge in meiner Erinnerung auf und noch vieles mehr, während Gavi mich unbarmherzig zu dem geheimnisvollen Fenster hinaufzog, in dem das Unermessliche eingeschlossen war: Es war mehr, sehr viel mehr als der Himmel, der das Fenster umgab und der sich über unseren Köpfen ausdehnte. Das Fenster hatte unseren eigenen Himmel eingefangen, der grenzenlos war, und in ihm kehrten wir zum Reich eines Teppichs mit blauen und braunen Rauten zurück, auf dem wir die Stimme der Geschichten und Träume vernahmen, die unsere frühe Kindheit bevölkert hatten.

Dort oben löschte die Nacht sanft das Glitzern auf dem Stein aus, und dort unten, unter der Löwenpranke, entzündete die Stadt ihr Licht, die mir Angst machte. Dort oben, in Gavis Arm, glaubte ich bedrohliche Stimmen zu hören, die von schlechten Menschen sprachen, von einer Welt, die sich jenseits dessen auftat, was ich bislang kannte, und ich spürte den Schwindel meiner Unwissenheit; mir wurde klar, was alles jenseits der Wohnung mit ihren vornehmen und nicht vornehmen Bereichen existierte und was ich nicht wissen durfte. Die Welt und das Leben waren bestimmt weit vielschichtiger und unbegreiflicher als die abscheulichen Nachrichten über angezündete Klöster, über schlechte Menschen, die die Kaiserin von China verprügelten, über Mädchen mit dicken Beinen, die Vesperbrote raubten und Bälle warfen, und sogar als die über Verehrerschufte. Ich nahm Gavis zum Himmelsfenster emporgestreckten Arm nur wie ein kurzes Aufscheinen wahr. Wie eine Blendung, auf die ein Gefühl beschwingten Wohlbefindens folgte. Ich legte den Kopf auf Gavis Arm.

»Das Schloss der siamesischen Zwillinge.«

»Ja, das Stück Schloss, das sie schließlich zurückgelassen haben.«

Als ich ihn hörte und seine Hand vor dem Hintergrund der Wolken am rosafarbenen Abendhimmel sah, der sich entzündete und später langsam verblasste, bis er in Dunkelheit versank, lief mir ein Schauer über den Rücken. Ich weiß nicht, ob aus Furcht oder Wonne. Wenn, dann war es eine wohlige Furcht.

Und schließlich sah ich so deutlich wie jetzt in meiner Erinnerung die Silhouette des Einhorns vor der Leere, die das Fenster einrahmte.

»Das ist sein Schlupfloch, über das es nach draußen gelangt«, sagte Gavi. Und seine Augen glänzten derart, dass man seinem Blick nicht widerstehen konnte. »Und auf diesem Weg kehrt es auch wieder nach Hause zurück.«

»Wo geht es hin? Und warum kommt es zurück?«

Ich bin nicht mehr sicher, ob ich das wirklich gesagt habe, denn die gegenseitige Durchdringung mit meinem siamesischen Zwilling war so groß, dass er und ich immer schon längst wussten, was die Stimme noch nicht ausgesprochen hatte.

»Es möchte ins Paradies eintreten.«

»Und warum tut es das nicht?«

Er zitierte aus dem Gedächtnis etwas, das wir in *Der Rabenkönig* gelesen hatten: »Denn es ist leer, niemand hat es je zuvor betreten, und niemand wird es danach betreten.«

Mich befiel eine sanfte Traurigkeit, vielleicht das, was man Melancholie nennt.

»Das tut mir leid … und macht mir Angst.«

Ich erinnere mich nicht mehr, wie es dazu kam, aber auf einmal saßen wir beide auf etwas, das, hätte es sich um ein gewöhnliches Fenster gehandelt, die Fensterbank gewesen wäre. Eng beieinander, über der Leere, in dem erlöschenden Himmel, den die Nacht noch nicht erreicht hatte, aber die Dunkelheit – das bekannte Licht der Dunkelheit aus der fernen Schrankkammer. Nach und nach tauchten in weiter Ferne Sterne auf, das Zwinkern eines rätselhaften Lichtes, das so anziehend war wie ein Magnet. Wenn ich mich daran erinnere, kann ich immer noch nicht fassen, wie wir dorthin gekommen und warum wir nicht heruntergefallen sind. Es gibt den Schutzengel.

Vorsichtig streichelte er mir über den Kopf. Als fürchtete er, er könne mir wehtun. Seine Stimme erinnerte mich an den Moment, als er sagte, wir würden nach Rostow gehen und Glocken hören, »Glockenkonzerte«. Und in der Luft, durch dieses grenzenlose Fenster, das ins Firmament führte, glaubte ich fernes Geläut zu hören. Es war dieselbe Kadenz, derselbe Rhythmus, wie wenn er sang: »Komm, komm, komm.« Sofort war der Schwindel wieder da. Doch ich werde diese Sekunde nie vergessen.

Wir saßen da und flüsterten uns wortlos unsere Geheimnisse zu. Von unten drang der Lärm der Straße zu uns herauf. In der Ferne wurden die Lichter allmählich immer dichter. Die Stadt erwachte für die Nacht.

»Wo gehst du hin, wenn du verschwindest?«

»Ich komme ja gleich wieder zurück«, sagte er. Ich fragte nicht weiter nach, denn ich glaubte zu verstehen, dass seine heimlichen Fluchten so waren wie die des Einhorns.

»Leute«, sagte er schließlich. »Ich will nicht bei ihnen leben und auch nicht sein wie sie.«

Mir schauderte.

Er zog mich an sich und sagte: »Ich werde gehen, aber ich komme wieder, um dich zu holen.«

»Geh nicht!« Die Angst schnürte mir die Kehle zu.

»Doch, ich werde gehen, so wie auch du gehen wirst, denn alle Kinder gehen irgendwann. Aber ich komme wieder. Ich schwöre es dir, ich komme dich holen. Und du wirst mich erkennen.«

Es hörte sich an wie ein Traum, wie die Worte eines Schlafwandlers. Doch für mich waren sie so vernichtend, so grausam, dass ich schrie: »Geh nicht, ich will nicht, dass du gehst!«

»Wir alle werden erwachsen«, sagte er ruhig. Er sprach nicht wie ein Kind und auch nicht wie ein Riese. Er redete, als spräche die Zeit aus seinem Mund. Und ich erinnerte mich an den Tag, an dem Isabel vom Verschwinden der Kinder erzählt und es mit Pusteblumen verglichen hatte.

»Wir werden erwachsen, wir gehen und kehren nie mehr zurück. Ich weiß nur, dass ich deinetwegen zurückkommen werde, denn du und ich, wir sind anders.«

Das klang wie ein Abschnitt aus *Der Rabenkönig*: Wir hatten ihn noch nicht zu Ende gelesen – wir haben das letzte Kapitel immer ausgespart –, und doch wussten wir, worum es ging, ohne dass es uns jemand erklärt hatte. Und wieder kehrten Isabels Worte und die Pusteblumen zurück, und der Wind, der die Federn fortblies.

Ich wollte gerade etwas sagen, als plötzlich ein großes Quadrat aus gelbem Licht auf den Terrassenboden fiel. Die Wände wurden hell, und sogar die Mähne des Löwen über dem Abgrund schien in Aufruhr zu geraten.

»Was macht ihr denn da oben? Wollt ihr euch umbringen?«

Isabels entsetzte Stimme holte uns zurück zur unangenehmen Seite heimlicher Ausflüge.

»Kommt sofort da runter! Seid ihr wahnsinnig? Allein beim Hinsehen schaudert mich!«

Gavi nahm mich in den Arm – er war immer noch viel größer und stärker als ich –, wir sprangen und kamen wie durch ein Wunder heil am Boden an.

»Los, nach unten, aber schnell! Sie sind gleich da!«

Sie brauchte nicht mehr zu sagen. Ich hatte einen Schuh verloren, sie hob ihn auf, und im Laufschritt – ich glaube, meine halbe Kindheit war ich im Laufschritt unterwegs – ging es zum Lastenaufzug.

Meine Mutter kam, dann Cristina, und danach … das Übliche.

Mein Bett war jetzt größer, meine Nachttischlampe auch, sie hatte einen Schirm aus buntem Glas, und man hatte mir auch einen Wecker hingestellt. Das Letzte, was ich vor dem Einschlafen sah, waren die blassgrünen phosphoreszierenden Zahlen. »Das neueste Modell«, wie Cristina sagte, bevor sie das Licht löschte.

Ich schloss die Augen und flüchtete wie Gavrila, wie das Einhorn, zum Himmelsfenster.

Am nächsten Tag erwachte ich mit dem Gefühl, etwas vergessen zu haben, aber ich wusste weder was noch wo.

Tata María half mir nicht mehr bei der Morgentoilette. Offensichtlich war ich schon Teil, wenn auch ein winziger, der Welt der Riesen. Dafür kam meine Mutter, setzte sich an mein Bett und sah mich an. Und da fiel mir wieder auf, dass sie mich eigentlich so gut wie nie richtig ansah.

»Du bist schon fast eine kleine Frau, Adri«, sagte sie, »auch wenn dir dazu noch etwas Wesentliches fehlt, das sich bald in dir vollziehen wird.«

Bestimmt meinte sie die Monatsblutung. Aber damals hatte ich keine Ahnung von diesen Dingen, und der geheimnisvolle, verschwörerische Nimbus, der sie umgab, beunruhigte mich.

»Von jetzt an wirst du …«

Ich wusste nicht, was dieses »wirst du« mit sich brachte. Es verwirrte mich, und zugleich befiel mich eine grenzenlose Müdigkeit: die Müdigkeit, mir Dinge anhören zu müssen, die ich nicht verstand.

»Und dieser Junge … dieser Junge! Ich habe nichts gegen ihn, er ist bezaubernd, aber seine Herkunft kann er nicht verleugnen. Bis jetzt wart ihr noch Kinder, aber von nun an …«

Und nach diesen Worten verstand ich einzig und allein, dass ich vielleicht nie mehr, nie mehr zum Himmelsfenster hinaufklettern würde.

Und ich hasste sie.

Es folgten wahllose Ausflüge. Man nahm mich mit zum Einkaufen, was mich ungeheuer langweilte, in Teesalons – Cafés gab es damals noch nicht –, und wenn noch Zeit blieb, ins Kino. Cristina begleitete uns immer seltener. Sie bekam viele Telefonanrufe, und sie hatte angefangen, sich die Lippen zu schminken. Sie war sehr schön.

»Cristina, du siehst aus wie eine Prinzessin«, sagte ich irgendwann zu ihr.

Sie lachte, während sie sich vor dem Spiegel zurechtmachte.

»Es gibt keine Prinzessinnen mehr, Adri. Aber hoffentlich kann ich mit Ihm mithalten. Und ob mit Ihm oder ohne Ihn, bin ich gern schön. Findest du mich schön, Adri?«

»Ja, du bist wunderschön.« Und ich dachte bei mir: aber ein wenig sonderbar.

»Und du, in zwei oder drei Jahren … Du wirst sehen! Man wird dich nicht wiedererkennen. Du bist sehr hübsch, weißt du? Ich werde dafür sorgen, dass Mama dir nicht länger diese albernen Kindersachen aus La Casa del Niño anzieht.«

»Ich werde schon lange nicht mehr dort eingekleidet.«

»Das ist egal, der andere Laden ist genauso altmodisch. Zum Glück sind wir jetzt zusammen, und ich kann dich verteidigen.«

Wieder diese Worte *dich verteidigen*, selbst bei solchen Lappalien. War alles um mich herum so schlecht, dass man sogar zu Hause, wo meine Mutter das Sagen hatte, mich verteidigen musste? Eine weiche, geradezu ohnmächtige Traurigkeit überkam mich: nicht zu wissen, warum Cristina bereit war, mich zu verteidigen, und wovor.

Als wir das erste Mal wieder zu dritt zusammensaßen – Cristina, meine Mutter und ich –, fand sie den Mut zu sagen: »Ich will nicht« – sie sagte es energisch, fast schon hart –, »ich will nicht, dass Adri all das durchmachen muss, was ich durchmachen musste …«

Meine Mutter sprang auf, ihr Gesicht war feuerrot, ihre

Augen sprühten Funken, und sie konnte vor Zorn kaum sprechen.

»Was sagst du da, du undankbares Geschöpf? Was redest du? Wem wirfst du hier was vor?«

Ich schaltete die Ohren auf Durchzug, aber ich beobachtete sie weiter, denn sie hatten sich in einen Streit unter Riesen verstrickt, wie ich ihn von meinem Horchposten hinter dem Sessel kannte, oder wo auch immer ich mich versteckt hatte. Ich wusste, es ging nicht um mich, sondern um Cristina und um Mama, und vielleicht noch um Papa. Der Schatten meines Vaters huschte blitzschnell durch das Zimmer. Doch völlig anders als der des Einhorns.

Und ich dachte: Sie haben keinen siamesischen Zwilling. Ich schloss die Augen, bis das Stimmgewirr nachließ.

Meine Mutter drückte mich an sich. Ihre Augen und ihre Wangen waren feucht von Tränen, und sie vermischten sich mit dem Rouge. Ich hasste sie nicht mehr, ich empfand eine vage Traurigkeit, die ich nicht einordnen konnte, ich wusste nicht, ob sie mir galt oder ihr oder all dem, was ich hörte oder nicht hörte, aber ahnte.

Zum Glück kehrte vor Ende des Tages die Erinnerung an den Löwen mit der friedlich erhobenen Pranke und an das große Fenster zurück, durch das Gavi und ich ohne Verbote und ohne Drohungen kommen und gehen, Dinge tun und wieder rückgängig machen konnten.

Kurz darauf lagen sich meine Mutter und Cristina weinend in den Armen. Aber sie weinten nicht aus Kummer: Ihr Weinen erinnerte an die bittersüßen Tränen, die Tata María und ich am Ende der Shirley-Temple-Filme vergossen.

Unwillkürlich musste ich an ein geflügeltes Wort denken, das ich in der Küche, im Bügelzimmer, im Hof der Chauffeure gehört hatte: »Viel Lärm um nichts«. So ganz hatte ich es noch nicht verstanden, aber ich fand es passend, ich empfand sogar eine gewisse Befriedigung.

Die Tage und Wochen vergingen, in denen ich zwangsläufig Teil der Gruppe mit ihren sinnlosen Ausflügen war. Es kam der Tag, an dem meine Mutter eigens für mich ein Fest organisierte.

»Es ist dein Geburtstag.«

Von den Menschen, die ich liebte, die das Salz meines Lebens waren, getrennt zu sein, ihre schreckliche Abwesenheit wurde unerträglich.

»Warum mein Geburtstag, warum?«

Die Warums nahmen kein Ende, Antworten gab es keine. Ich erinnere mich, dass ich auf meinem Bett saß, das Gesicht in den Händen vergraben, und zu weinen versuchte. Ich wollte keine Geburtstagsparty, ich wollte meinen siamesischen Zwilling, Teo, Isabel, Tata María. Punkt.

Bis zu dem Tag hatte mein Geburtstag in einer Torte mit ein paar Kerzen und einem mehr oder weniger geliebten Geschenk bestanden. Später kamen noch Glückwünsche von Tata María, Isabel und Paco, dem Chauffeur, hinzu. Sie alle schenkten mir etwas: Schokoladenfiguren, Zinntöpfe für den Puppenherd, eine Tüte Bonbons und vor allem das, was ich am liebsten hatte: dass wir in der Küche beieinandersaßen. Einmal – es war schon lange her – hatte Paco mich auf den Arm genommen und gesagt: »Hoch lebe meine Angebetete, die heute schon acht Jahre alt wird.« Und wir waren alle sehr vergnügt gewesen.

Jetzt wusste ich, was Sehnsucht und Entbehrung heißt. Ich nahm mich anders wahr, ich erinnerte mich an das hässliche Entlein, und ich wusste, wie es sich gefühlt hatte. Ich weinte nicht, denn ich hatte mir geschworen, nie vor den Riesen zu weinen. Nicht einmal vor mir selbst.

Mama sagte, zu dem Fest kämen die Kinder von Felisita, Carolinas Nichten und Neffen … Und auf einmal erwachte in mir der Löwe von der Terrasse mit der bis dahin friedlich erhobenen Pranke. Der Löwe über dem Straßenabgrund.

Ich schrie: »Gavrila und Teo, und Tata María und Isabel werden dabei sein. Sonst will ich weder ein Geburtstags- noch Sonstwasfest.«

Es traf sie nicht unvorbereitet. Offensichtlich hatten sie es geahnt. Ich sah Cristina lachen, wie hinter einem Vorhang, der durchsichtiger war als der des Kindertheaters.

»Na schön«, sagte meine Mutter, »Gavrila kann kommen. Aber ich wage zu bezweifeln, dass Teo, Tata María und Isabel zu einem Kinderfest kommen wollen.«

Das war ein Schlag ins Kontor.

Doch Tata María flüsterte mir ins Ohr: »Wir werden da sein, Kind, wir werden da sein. Wir werden mit dir und dem Jungen feiern, in der Küche, wenn alle anderen gegangen sind.«

Gesegnet seien sie in alle Ewigkeit. Amen.

Ich hatte Felisitas Kinder und Carolinas Nichten und Neffen schon getroffen. Es waren ernste und stille Kinder, wohlerzogen, und ich wusste so gut wie nichts über sie. Die Kommunikation gestaltete sich schwierig. Wir gingen auf unterschiedliche Schulen, auch wenn das für mich keine Rolle spielte, und wir hatten alle unterschiedliche Neigungen und Vorlieben. Doch wir gehörten zur selben Gruppe von Riesen, und das war das Einzige, das meine Mutter interessierte.

Wir saßen im Zimmer, warteten auf den kleinen Imbiss und unterhielten uns – sie redeten, ich hüllte mich in ein fast schon unhöfliches Schweigen –, als Gavi Einzug hielt. Er trug einen marineblauen Anzug mit silbernen Knöpfen. Auf seiner Stirn, über den Ohren und im Nacken kringelte sich das seidig glänzende Haar. Und seine großen blauen Augen, das Blau der gemeinsam gelesenen Geschichten, das es nur in der Tiefe des Meeres gibt, wo die Wracks untergegangener Schiffe ruhen, seine goldenen Wimpern und vor allem seine stattliche Gestalt sowie sein Auftreten stellte die anderen Kinder in den Schatten. Neben ihm wirkten sie plump. Und das waren sie keineswegs.

Ich war nie wieder so stolz wie in jenem Moment, einen siamesischen Zwilling wie Gavrila zu haben.

Sogleich entledigte er sich des Protokolls, so wie man sich eines Umhangs entledigt. Fortan war er die Ausgelassenheit in Person, überaus amüsant und allseits bewundert, vor allem Letzteres.

Zum ersten Mal war mein Geburtstag ein schönes, denkwürdiges Fest.

Bei der Verabschiedung wollten alle Kinder Gavrilas Telefonnummer haben. Damals hatten noch nicht viele Leute ein eigenes Telefon, zumindest verglichen mit heute. Und wir Kinder hatten meist keinen Zugang dazu. Außer wenn Tante Felisita oder die Großmutter anriefen, weil sie uns sagen hören wollten: »Wie geht es dir, mir geht es gut, ja, ich bin ein Stück gewachsen, danke für das Geschenk, es gefällt mir sehr« und so weiter und so fort. Doch an dem Tag schienen alle diesen schwarzen, an der Wand hängenden Apparat voller Zahlen mit dem ewigen Grinsen zu besitzen. Und ich vermutete, keines der Kinder – es waren mehr Mädchen als Jungen – wusste überhaupt, wie man eine Telefonnummer wählt, doch während sie versuchten, sich bei dem Anführer beliebt zu machen, bildeten sie sich ein, es zu können (und ein Telefon zu besitzen).

Zu meiner Überraschung sagte Gavi: »Ich hab kein Telefon.«

Das war gelogen.

Gavrilas Telefon war wie ein schlafendes Tier, das nur hin und wieder erwachte, wenn seine Mutter oder Mauricio anriefen. Mauricio öfter als seine Mutter. Und ich ahnte, er wollte nicht, dass irgendjemand anderes das Tier weckte. Nur Teo oder das Kolonialwarengeschäft, wo er seine tägliche Bestellung aufgab, nutzte es. Ich hatte nie angerufen, weil ich wusste, dass Gavi immer auf den Anruf seiner Mutter wartete.

Als ich an dem Abend ins Bett ging, setzte sich meine Mutter zu mir und sagte: »Schön, Adri, du hast alles bekommen, was du wolltest, dein Freund war da, ein sehr wohlerzogener Junge, ich habe nichts gegen ihn. Aber, du weißt, ihr seid keine kleinen Kinder mehr, ihr werdet langsam erwachsen … Wird es nicht Zeit, dass du dir eine Freundin zulegst wie Georgina, die Tochter von Felisita? Es ist besser, wenn Mädchen mit Mädchen Umgang haben und Jungen mit Jungen. Nicht dass ich etwas gegen diesen bezaubernden Gavrila hätte, aber er ist kein geeigneter Spielgefährte.«

Ich dachte an Georgina. Sie war größer als ich – auch was die Statur anbetraf –, und sie schien nicht mehr Sympathien für mich zu hegen als ich für sie. Sie wirkte keineswegs unsympathisch, war ein wenig pummelig, hatte lockiges Haar und kleine tiefschwarze Augen. Sie war friedlich und still, spielte sich nicht in den Vordergrund, und in Gavis Anwesenheit wirkte sie wie mundtot. Sie hatte nicht nach seiner Telefonnummer gefragt.

Ich konnte mich nicht mit ihr im Himmelsfenster über dem Löwen mit der erhobenen Pranke noch bei sonst irgendetwas vorstellen. Ich hatte nichts gegen sie, sie ödete mich nur an, und allein bei der Vorstellung, mit ihr befreundet sein zu müssen, überkam mich Langeweile. Zudem hatte sie mich gefragt, warum Gavrila einen Mädchennamen hatte. Doch meine Mutter erwartete eine Antwort.

»Nein«, sagte ich mit der letzten Kraft, die mir noch verblieben war.

»Was, nein?«, hakte sie nach.

»Nein, nur Gavrila ist mein Freund.«

Sie machte eine Handbewegung, als hätte sie resigniert oder als wäre sie müde.

»Gut, reden wir ein anderes Mal darüber, schlaf gut, meine Kleine.«

Kaum eine halbe Stunde später kam Cristina. Sie kam aus einer Kinovorstellung, die sie völlig durcheinandergebracht hatte. Sie war wie verzückt und wiederholte immer wieder den Namen Greta Garbo. Ich konnte sie gut verstehen, denn so war es mir mit *Flucht aus Paris* und *Kreuzritter Richard Löwenherz* ergangen.

Auch sie setzte sich an mein Bett, und plötzlich sagte sie: »Adri, ich möchte studieren.«

Ich wusste nicht genau, was das bedeutete, aber sehr wohl, dass sie der ständigen Belagerung durch unsere Mutter, Felisita und Carolina entfliehen und vielleicht, vielleicht unserem in der Ferne weilenden Vater näher kommen wollte.

»Dann studier doch.«

Plötzlich wurde aus der Beschützerin die Schutzbefohlene.

»Meinst du wirklich?«

»Aber ja doch. Oder willst du so werden wie Mama?«

»Nein!«

Ermutigt durch diesen vertraulichen, erstmals geschwisterlichen Ton, sagte ich: »Cristina, es wird ein kleines Fest für mich in der Küche geben. Du wirst doch nichts verraten?«

Cristina umarmte mich und flüsterte mir ins Ohr: »Möge

dein Traumprinz für immer so ein Traumprinz bleiben wie jetzt.«

Erst viele, viele Jahre später begriff ich, was sie mir sagen wollte. Ich wusste damals nichts von einem angeblichen Traumprinzen. Ich hatte nur Gavrila, der mein Leben erfüllte.

In jener Nacht hörte ich den ersten Gongschlag der riesigen Uhr, die mich einmal so beunruhigt hatte, als Gavrila direkt darunter gesessen hatte.

Als ich in die Küche kam, sah ich sofort, dass Tata María und Isabel mich schon erwarteten.

»Dem Jungen geht es schlecht. Er hat Fieber und Kopfschmerzen.«

Mir war, als gäben meine Beine nach.

»Was ist mit ihm? Ist er sehr krank?«

Tata María eilte auf mich zu und drückte mich gegen ihre plissierte Schürze, nach der ich mich so sehnte.

»Nein, nein. Er hat starke Kopfschmerzen, aber er sagt immerzu: ›Morgen werde ich ihr das Fliegen beibringen …‹«

Ich konnte nichts erwidern, denn ich dachte nicht mehr, ich fühlte nur noch. Schmerz, sehr viel Schmerz. Ich kehrte ins Bett zurück, und zum ersten Mal in meinem Leben wollte ich mit Cristina sprechen.

Doch sie war schon eingeschlafen.

16

Drei Tage später, ich fürchtete schon, wir würden uns nicht mehr wiedersehen – oder dass es fortan schwierig werden würde –, kam Tata María mit guten Nachrichten.

»Es geht ihm schon besser, die Kopfschmerzen haben nachgelassen, aber er sagt immer wieder, er wolle dir das Fliegen beibringen. Was ihr Kinder euch so alles ausdenkt! Was hab ich aus eurem Mund schon für törichtes Zeug gehört …«

Und ich wusste, sie meinte damit meine Mutter und Eduarda und all die anderen Kindergeister, die sie heimsuchten. Mir wurde ein wenig schwermütig ums Herz, zum einen wegen der guten Nachrichten, aber vor allem angesichts dessen, was sie gerade gesagt hatte. »Was hab ich aus eurem Mund nicht schon für törichtes Zeug gehört …« Ich dachte an all die Kinder, die nicht mehr da waren, als hätte ich sie gekannt.

Ich erinnerte mich an Gavrilas Worte: »Wir Kinder gehen alle.«

Nur noch ich war Tata María geblieben.

Da war ein Flügelschlagen in der Luft, eine leise Ankündigung, dass auch ich im Nu ein Federchen im Wind sein würde.

Sie kämmte mich, zog mir die Strümpfe hoch, musterte mich langsam von unten nach oben und sagte: »Wunderbar, schon eine richtige junge Dame.«

Diesmal wollte ich keinen Begleitschutz und durchquerte den Hof allein, der mir auf einmal kleiner vorkam. Weder Paco noch Anastasio waren zu sehen. Ich blickte zu dem Oberlicht empor, durch das kein Schnee fallen konnte, nur der, den allein Gavi und ich sahen. Und zum ersten Mal beschlich mich eine flüchtige, zarte Wehmut angesichts der Dinge, die noch nicht geschehen waren, aber eintreten würden. Es war keine Traurigkeit, nur das Abbild eines Windes, der die Federchen einer luftigen Blüte in alle Himmelsrichtungen verteilt. Mit dem vagen Gefühl, verfolgt zu werden, eilte ich zum Lastenaufzug. Ich fuhr hinauf, klingelte und betrat die Dachwohnung.

Teo küsste mich auf die Stirn und sagte: »Es geht ihm wieder gut, er ist wohlauf. Vielleicht hat er zu viel Kuchen gegessen, und dann hat er herumgetobt, war nassgeschwitzt, und dabei muss er sich wohl erkältet haben. Aber ich habe einen Riesenschreck bekommen, er ist sonst nie krank! Er wartet auf dich, er ist schon ganz ungeduldig ...«

Teo hatte ihn gezwungen, auf einem Stuhl sitzen zu bleiben, und obwohl es nicht mehr kalt war, lag eine Schottendecke über seinen Knien.

Als er mich sah, sprang er auf und warf die Decke wütend zur Seite (aber vielleicht geschah es auch aus demselben Überschwang heraus, den ich empfand). Ich weiß nicht, wie lange wir uns im Arm hielten, aber fast hätte ich gestöhnt. Seine Umarmung tat weh.

»Los, beeil dich! Wir haben nicht viel Zeit!«, sagte er hastig.

Ich sah ihn aufmerksam an. Sein Gesicht, das mir im ersten Moment so blass vorgekommen war, war jetzt wie entflammt. Und in seinen Augen lag ein besonderer Glanz. Sie glänzten immer, aber nie so wie in diesem Augenblick.

»Gleich kommen wir zu unserer ersten Lektion«, sagte er.

Er ging zu der Truhe, in der er sein altes Meccano-Spielzeug und die fast schon vergessenen Teile eines Konstruktionsspieles aufbewahrte, und holte ein Paar Rollschuhe heraus.

Damit hatte ich nicht gerechnet, und sogleich beschlich mich eine leise Furcht. Ich konnte nicht einmal Fahrrad fahren. Seit dem Tag, an dem ich einmal hingefallen war, hatte ich das Rad gemieden.

»Setz dich da drauf«, sagte er und deutete auf einen Hocker. Die Terrassentür stand offen, und ein tanzender, goldener Teppich schwebte über einem Teil der Bodenfliesen. Eine Brise hob ihn in die Lüfte und wehte ihn über die Brüstung. Ich verspürte eine Mischung aus Frieden und Aufregung, als würde mir alles zulächeln. Ich musste niesen.

»Das sind die Pollen«, sagte Teo. »Mich machen sie verrückt.«

Gavi kniete vor mir, zog mir die Rollschuhe an und sang das altbekannte »Komm, komm, komm ...«. Zar hob verschlafen den Kopf, sah uns an und döste weiter. Das musste das Gefühl sein, wie es am Ende vieler Märchen beschrieben wurde: »Und sie waren glücklich bis an ihr Lebensende.«

»Ich glaube, ich kann das nicht Gavi. Ich bin so ungeschickt. Ich werde auf die Nase fallen und mir den Hals brechen.«

Die Erinnerung an den Tag, an dem ich im Dunkelzimmer über die Schubladen auf die Schrankstadt klettern wollte, blitzte in mir auf. Wenn ich mir damals nicht den Hals gebrochen habe, dann jetzt vielleicht auch nicht, dachte ich. Doch mehr Selbstvertrauen gab mir die Tatsache, dass Gavi mit mir ein paar Vorübungen machte. Denn ich ahnte, dass es sich um den ersten Flugversuch handelte.

»Du wirst dir nicht den Hals brechen, denn ich werde dich führen«, sagte er, während er den Schnürsenkel des Rollschuhs um das letzte Häkchen schlang. »Mit diesen Rollschuhen bin ich früher gelaufen, bevor meine Füße so enorm gewachsen sind. Aber ich habe es Mauricio gesagt, und er hat Teo beauftragt, mir neue zu kaufen.«

Als ich aufstand, hatte ich das Gefühl, dass mir die Welt unter den Füßen wegrutschte, obwohl er mich festhielt. Aber ich machte meine ersten Gehversuche, und die Feuerprobe war bestanden. Wir drehten eine Runde nach der anderen auf der Terrasse, und er hielt mich in seinem Arm.

Zar bellte immer wieder. Er verstand nicht, was los war.

Auch heute noch kann ich kaum glauben, dass es mir tatsächlich gelungen ist, mit Anstand und Würde auf Rädern über den Boden zu gleiten.

»Kommt, kommt, schnell, seht mal, was Adri kann!«, hatte Gavi gerufen, und Teo und Isabel kamen herbeigeeilt. Ich wusste nicht, dass Isabel mir in die Dachwohnung gefolgt war, und in diesem Moment ging mir auf, dass sie und Teo sich angefreundet hatten. Teo rief sie wegen jeder Kleinigkeit an, ob es um die Küche ging oder die letzte Lieferung der unfreundlichen Filiale des Kolonialwarenladens Santa Engradia, oder um das Salz oder die Zwiebel, mit denen sie sich gegenseitig aushalfen (auch wenn sie dafür durch das ganze Haus eilen mussten). Viel, viel später habe ich dann erfahren, dass sie sich gegenseitig an ihren Schultern den Liebeskummer von der Seele weinten. Die Freundschaft währte Jahre, viel länger als ihre Beziehungen zu den Riesen im Haus des Einhorns und des Himmelsfensters.

»Seht euch Adri an! Adri lernt fliegen!«, rief Gavi. Und er platzte fast vor Freude und Stolz.

Er war der Künstler und ich sein Werk.

Am Ende der Lektion war ich außer Atem, schweißgebadet und überglücklich. Weit entfernt von Tata Marías Beschreibung: »Schon eine richtige junge Dame«.

»Und morgen wirst du sehen, wie es ist, zu fliegen, denn du lernst sehr schnell, und wir haben nicht viel Zeit.«

Mit diesen Worten verabschiedete er sich an jenem Tag, und ich war beunruhigt. Warum hatten wir nicht viel Zeit? Musste man dafür noch ein Kind sein? Waren wir vielleicht schon so nah dran, unsere Kindheit hinter uns zu lassen, dass wir uns beeilen mussten? Warum diese Eile? Mit diesen Fragen ging ich ins Bett.

Am nächsten Tag war es regelrecht sommerlich. Es war ein so strahlender Morgen, dass Tata María sagte: »Heute ist ein Tag des Herrn. Heute preist alles den Herrn.«

Ich frühstückte gerade und wusste, es waren nicht ihre Worte, sondern die von Pater Rincón, dessen Predigt sie jeden Samstagnachmittag in der Kirche der Redemptoristen hörte. Sie hatten ein besonders inniges Verhältnis zur Heiligen Jungfrau *Virgen de los Remedios*.

»Die *Virgen de los Remedios* hat den Jungen geheilt, Teo hat ihr Bild, und er hat es am Kopfende seines Bettes aufgehängt.«

Ich war erschrocken und wütend.

»Nein, Tata, er hatte eine Magenverstimmung. Teo selbst hat es mir gesagt.«

»Wenn Teo das sagt, wird es wohl so sein. Trotzdem hat die *Virgen de los Remedios* ihn geheilt.« Tata María räumte das Tablett mit den Brotkrumen, der Tasse und der Serviette mit den Milchkaffeeflecken ab. »Aber du musst noch viel beten, damit der Junge gesund bleibt, richtig gesund«, sagte sie.

Ein Stachel bohrte sich in mein Herz.

»Warum sagst du das, Tata?«

Aber sie verschwand wortlos mit dem Tablett. Sie hatte viele, viele Kinder kennengelernt. Und gesehen, wie sie verschwanden.

Es war ungefähr neun Uhr morgens, um die Zeit schliefen meine Mutter und Cristina noch. Aber ich hatte eine Verabredung, die ich auf keinen Fall verpassen durfte. Am Abend zuvor hatte ich Tata María in den Ohren gelegen: »Tata, vergiss es ja nicht, es ist sehr wichtig, weck mich, ich muss vor neun oben sein …«

»Gut, dass du gern aufstehst«, sagte sie mit einem verschwörerischen Lächeln. »Du wirst pünktlich dort sein, keine Angst, ich werde dafür sorgen.«

Ich war seit acht auf den Beinen, voller Ungeduld.

»Ist es schon neun, Tata?«

»Noch nicht ganz, aber bald.«

»Es regnet doch nicht, oder?«

»Ach, Mädchen, du siehst doch, dass es nicht regnet, schau doch aus dem Fenster!«

»Ja, aber vielleicht regnet es hier unten nicht und oben …«

»Red keinen Unsinn! Wenn es hier nicht regnet, dann oben auch nicht.«

Ich rannte zu *unserer* Tür, öffnete sie und stürmte über den einsamen Hof zu dem Lastenaufzug und fuhr hinauf. Gavis Tür stand offen, er wartete schon auf mich. »Komm, komm, komm«, glaubte ich zu hören, obwohl seine Lippen geschlossen waren. Fast schon mit Gewalt packte er meine Hand und zog mich zu einer kurzen Treppe, die ich noch nie betreten hatte, ich wusste nicht einmal von ihrer Existenz. Es war wie mit dem Dach, das nur ein belangloses Wort war, bis Gavi davon sprach. Tomasa wusch und hängte dort die Wäsche auf. Das war alles, was ich wusste.

Am Ende der Treppe befand sich eine Tür mit einem großen Schloss, und durch die Scheibe der Dachluke fiel, zäh und goldfarben wie Honig, das Morgenlicht herein. Ganz anders als bei dem Glasdach im Hof des Einhorns.

Gavi zog einen alten Schlüssel aus der Tasche. Auf einmal war es, als befänden wir uns in einem fernen Bild, in einer der Illustrationen der alten Märchenbücher von Mama und Eduarda, die, als sie klein waren, *Neige Blanche et Rose Rouge* im hocheleganten und leicht antiquierten Französisch des Saint Maur lasen.

Die Tür öffnete sich, und das Quietschen der Angeln zerstörte den nostalgischen Zauber. Das Knarren der Tür hatte mehr vom *Rabenkönig* als von *Schneeweißchen und Rosenrot* und ihrem geliebten Bär.

Gavi schob den Schlüssel zum Dach in seine Hosentasche.

»Komm rein«, sagte er leise.

Eigentlich gingen wir ja hinaus, und es war, als würden wir in grenzenloses, weißes Licht eintauchen. Überall flatterten klatschnasse, schneeweiß glitzernde Laken auf den Leinen und blähten sich zu weißen Wogen. Als hätte eine Geisterflotte von Segelschiffen das Dach eingenommen. Als würden wir das Gelesene noch mal erleben: *Die Schatzinsel*, *Robinson*, *Peter Pan* und Nimmerland. Man konnte das Meer förmlich riechen, und man hörte es rauschen. Wie wenn man sich eine Muschel ans Ohr hält. Denn die Luft schien aus einer fassbaren und zugleich durchsichtigen Materie zu bestehen; es roch nach Seife, nach Indigoblau, nach den geröteten und geschundenen Händen der Wäscherin. Auch das Licht hatte etwas Geschundenes und Schmerzliches, und ich musste an Robinson denken, wie er zwischen seinen Händen zwei Stöckchen reibt, um ihnen Feuer zu entlocken. Bestimmt rieb und rieb Tomasa wie eine Furie, um dieses blendende Weiß hervorzubringen.

Mir schwante, warum das Licht manchmal schmerzte, und ich spürte, dass wir beide uns in einem grenzenlosen Raum, ohne jede Einmischung von außen, bewegten, inmitten von Silhouetten und Konturen von Dächern, Schornsteinen, Bäumen. Ich schloss die Augen, alles war groß und schneeweiß, und über unseren Köpfen flatterten die Laken-Flügel-Segel.

Die Luft war erfüllt von dem Geruch nach Lagarto-Seife, Waschlauge und Indigoblau. Kein anderer Geruch bringt mir diesen unvergesslichen Spaziergang durch die Lüfte zurück; unvergesslich wie die gefürchtete Wäscherin Tomasa, die Königin des Daches mit ihrer kräftigen einmaligen Stimme. (Niederträchtige Gesellen haben sie kurz nach Kriegsende ermordet.)

An jenem Tag schaute sie grimmig mit feuerrotem Kopf aus dem Waschraum und schrie: »Pass bloß auf, Junge, ich kenne dich! Ich hab die Laken frisch aufgehängt, wenn du auch nur eins schmutzig machst, kannst du was erleben!«

Gavi lachte leise.

»Das ist Tomasa«, warnte ich ihn zögerlich.

Auf dem Dach gab es zu jeder Wohnung außer dem Waschraum noch eine Abstellkammer. Gavis war die größte, weil sie auch die größte Wohnung hatten.

Die Tür öffnete sich mit einem behäbigen Knarren, das sich wie das Gähnen eines großen Tieres ausnahm, und wir wurden von grünlichem Nebel eingehüllt. Der Frühling war verfrüht gekommen, doch aus dem Schlund der Abstellkammer entwich der Odem aufgeschichteter Jahre, alter Zeitungen und ungelesener Ausschnitte von Rezensionen. Seit Jahren aufbewahrt. Feucht.

Beim Betreten des Abstellraums beschlich einen das Gefühl, man befände sich in einem Labyrinth und man könnte sich auf den verschlungenen Pfaden zwischen all den Dingen für immer verlaufen und den Ausgang nicht mehr finden.

Gavi machte sofort die Taschenlampe an. Das Licht enthüllte Ecken und Flächen, in denen sich alles Mögliche stapelte. Große Einmachgläser, leere Karaffen neben Truhen und Koffern voller Etiketten, an denen man ablesen konnte, in welchen Hotels und welch fernen Ländern sie schon gewesen waren.

Voller Erstaunen und Bewunderung dachte ich, dass diese Koffer und Truhen die Erinnerung an unzählige *Schwanenseen* und *Dornröschen* bargen. Und ich sah eine Ballerina vor mir, von der ich nur ein Foto und ein auf dem Boden ausgebreitetes glitzerndes Gewand gesehen hatte.

»Setz dich, ich ziehe dir die Rollschuhe an«, sagte Gavi.

Ich setzte mich auf eine Truhe voller Etiketten. Jedes Etikett steht für eine Reise, dachte ich, und das führte mich zu dem Gedanken: Jedes Etikett ist eine Flucht, wie die der Vögel auf der Suche nach warmen Ländern. Wie in Andersens Märchen.

Gavi trug die Taschenlampe um den Hals. Sie leuchtete genau den Bereich aus, den er brauchte. Er kniete sich hin und holte funkelnagelneue Rollschuhe aus einer Tasche.

»Es ist genau deine Größe«, sagte er. »Teo hat Mauricio gefragt, und er hat sie uns geschenkt. Du wirst sie kennenlernen, wenn sie im Herbst zum Schulbeginn kommen. Sie sollen wissen, dass du meine Braut bist!«

Um ein Haar wäre ich von der Truhe gefallen. Meine Lippen bebten, mein Herz ebenso.

»Ich bin deine Braut?«

Er hob den Kopf und sah mich an. Erstaunen lag in seinem Blick.

»Aber ja. Du bist meine Braut, denn wir können uns nicht trennen. Wie siamesische Zwillinge, erinnerst du dich nicht mehr?«

Meine Kehle war wie zugeschnürt, ich konnte nicht sprechen. Doch ich nickte, und er akzeptierte das. Das Bild der Verehrerschufte aus dem Bügelzimmer hatte sich in Luft aufgelöst.

»Jetzt musst du dich nur noch führen lassen«, sagte er. »Vielleicht weißt du am Anfang nicht genau, was passiert, aber bald, bald wirst du mit mir abheben. Wir werden die Segel und die Möwen und die Wolken hinter uns lassen. Du wirst sehen! Hast du Vertrauen zu mir?«

Ich muss gestehen, einen Moment lang hatte ich Zweifel. Aber dann sah ich den glänzenden Blick, der wartete und wartete, und ich sagte: »Ja, aber nur zu dir.«

Er zog mir die Rollschuhe an und zurrte die Schnürsenkel fest. Durch einen Funken, der wie ein Lichttropfen auf die Schnürsenkel fiel, merkte ich, dass er weinte. Und ich dachte, vielleicht war ich die Einzige, die Vertrauen zu ihm hatte, und ich wollte ihm sagen, dass ich ihn sehr liebte, mehr als alles auf der Welt. Aber ich konnte die Worte nicht finden und hatte immer noch diesen Kloß im Hals.

Ich stand auf, er legte den Arm um meine Taille und flüsterte mir leise das altbekannte »Komm, komm, komm« zu und erklärte: »Immer wenn du diesen Singsang hörst, wirst du mit mir fliegen.«

Seit dem Abend, an dem wir auf das Himmelsfenster hinaufgestiegen waren, schien er von einer hauchfeinen Aureole umgeben zu sein, wie die Häupter der Engel und Erzengel.

Es war ein flüchtiger Eindruck, der im Verlauf vieler Jahre immer wieder auftauchte. Selbst noch, als ich schon glaubte, all diese Dinge vergessen zu haben.

Wir gingen auf das Dach hinaus und stürzten los mit Gebrüll, und in unserem rasend schnellen Lauf war es, als ob wir die Haut der Luft durchstießen. Immer wenn uns ein Laken im Weg war, stürmten wir darauf zu und spürten den feuchten Schlag im Gesicht, die Lichtexplosion. Arm in Arm rauschten wir zwischen Laken-Segeln-Gespenstern umher, wichen ihnen aus, kollidierten mit ihnen. Dann hörten wir, wie sie über uns zusammenschlugen wie riesige Flügel; wir waren fast so schnell wie der Wind, der unser Komplize geworden war, und ließen alles hinter uns, was sich dieser Flucht oder geheimnisvollen Wiederbegegnung in den Weg stellte oder uns auszubremsen versuchte. Vielleicht würde das Wie und Warum unseres Kennenlernens ans Licht kommen, während wir, verfolgt vom Kreischen und von den Beschimpfungen der Wäscherinnen, unter herabregnenden Seifenstückchen dahinsausten.

Wir stießen die Laken mit dem Kopf, den Schultern, dem ganzen Körper beiseite, die Klammern sprangen ab, und wir hörten das feuchte »Patsch-patsch!« und eine enorme gläserne Ohrfeige (von auf dem Boden zerborstenem Glas). »Komm, komm«, tönte ein geheimnisvolles Glöckchen über die Beschimpfungen und Schreie der Wäscherinnen und der auf uns niedergehenden Gegenstände hinweg.

Wir prallten gegen die Laken, wir glaubten, wir könnten durch sie hindurchschießen, und wurden von ihren Schlägen, die uns fast zu Boden drückten, und dem ohrenbetäubenden »Patsch-patsch!« durchgeschüttelt. Mit zerzaustem, nassem, nach Seife und Waschlauge riechendem Haar tauchten wir auf der anderen Seite der Wäsche auf, ohne an Geschwindigkeit zu verlieren, mit einem ausgebreiteten Laken, das über unseren Köpfen flatterte, inmitten eines Tumultes von zerberstenden Wäscheklammern und Schreien. Darunter die kraftvolle Stimme von Tomasa, die unter den Beschimpfungen immer wieder in schallendes Gelächter ausbrach. (Wenn ich jetzt daran zurückdenke, frage ich mich, wie sie es damals fertigbrachte, zu lachen, während sie völlig zu Recht böse auf uns war.)

Ich weiß nicht, wie viele Runden wir drehten, jede war wie ein Donnerschlag, ein Schrei, eine Beleidigung. Es war Runde für Runde eine Art Befreiung oder Ausdruck unbewusster Wut. Etwas brach sich Bahn, und wir erlebten es, auch wenn wir es noch nicht verstanden.

Nach und nach ließ das Gekeife von Tomasa und den anderen Wäscherinnen nach, bis es ganz aufhörte. Und diese Stille gebot uns Einhalt. Allmählich bremsten wir unseren rasenden Lauf.

Vor uns tauchten Teo und Isabel auf, ernst und kühl, wie wir sie noch nie erlebt hatten. Weit schlimmer als das Geschrei, die umherfliegenden Klammern oder die Beschimpfungen der Wäscherinnen, schlimmer als die Strafe, die uns bevorstand, wenn jemand etwas ausplauderte, war das Schweigen: das Schweigen auf den Lippen und in den Blicken von Teo und Isabel, unseren Verbündeten, und der Vorwurf, der durchschien, als wären sie aus Glas. Es war ein ungewohntes Schweigen, das sich unsichtbar und klebrig auf unsere Haut legte; kein Wort, ganz gleich wie brutal und laut, hätte sich des Daches und unserer Herzen auf solch erdrückende Weise bemächtigen können.

Dieses Schweigen enthüllte mir vieles von dem, was ich bislang erahnt, aber nicht verstanden hatte: Alles, was ich gehört hatte, das kaum merkliche Unbehagen, mit mir selbst nicht im Reinen zu sein. Zum ersten Mal wurde ich mir der Distanz bewusst, die uns von den Wäscherinnen trennte. Ich befand mich nicht auf der Seite, auf der ich gern gewesen wäre, und Tomasas rote, geschundene Hände bekamen eine unerwartete Bedeutung. Das alles schien so plötzlich und flüchtig auf wie ein Blitz. Doch es wurde nicht von der Nacht verschlungen, sondern es kehrt noch immer regelmäßig in meine Erinnerung zurück; auch die Unruhe, obwohl sie inzwischen so kraftlos ist wie ein von einer Nadel durchstochener Schmetterling, der auch dadurch, dass man ihn anpustet, nicht mehr lebendig wird.

Ich war körperlich noch nicht zu einer jungen Frau gereift, aber sie hatte sich schon gezeigt, wenn auch nur in einem Seitenblick, einer Stimme, die einer Brise gleich vorbeiweht, oder in der fast schon selbstmörderischen Kraft unserer Körper im Kampf gegen die Segel der imaginären weißen Flotte – das Ergebnis geröteter, fast schon wunder Hände. Und die Wäscherin Tomasa lachte noch.

»Wirst du Mama etwas sagen?«

Isabel schüttelte meine Jacke aus.

»Ich werde es niemandem sagen. Du wirst dich auch so in Grund und Boden schämen.«

Ich weiß nicht, ob ich mich tatsächlich schämte, aber in meinem Kopf hallten Sätze der Reue wider, die ich vielleicht in den *Christlichen Geschichten* der *Geistigen Übungen* des Saint Maur gelesen hatte oder vielleicht, auch wenn das paradox anmutet, auf den letzten Seiten des *Rabenkönigs*, die wir immer ausgespart haben.

Was mich am meisten an dieser Erinnerung beunruhigt, ist die Tatsache, dass ich weiß, dass Lachen mich vor einem schlechten Gewissen bewahrt hat, bis heute. Ich bin kein gutes Mädchen, sagte ich mir. Aber als mir das an dem Morgen so unerwartet bewusst wurde, wühlte mich das nicht auf. Es war sogar eher eine Beruhigung. Und nicht zum ersten Mal kam es zu einer Art Offenbarung. Ich war anders als die anderen Mädchen, als die anderen Kinder, aber ich war nicht sonderbar; ich verspürte eine gewisse Erleichterung, die nicht unbedingt befriedigend, aber sehr angenehm war. Ich war wie mein siamesischer Zwilling.

Das Ausziehen der Rollschuhe zog sich ewig hin, und wir sprachen kein Wort. Während Gavi bedachtsam Häkchen für Häkchen die Schnürsenkel löste, musste ich an eine Illustration von Aschenputtel denken, in der der Prinz Aschenputtel den verlorenen Glasschuh überstreift. Nur, dass es hier umgekehrt war, Gavi zog mir die Schuhe aus, und es handelte sich auch nicht um einen zerbrechlichen Glasschuh, sondern um ein solides Paar Rollschuhe aus Deutschland.

Auf dem Rückweg in unsere jeweiligen Wohnungen dauerte das Schweigen an. Kein Blick, kein Abschied; und als sich die Tür hinter Gavi und Teo schloss, war es, als ob etwas für immer zu Ende war, selbst in einem so kurzen Leben wie unserem. Doch nicht zwischen Gavi und mir. Vielleicht verband uns dieses nachdenkliche und furchtsame Schweigen sogar noch mehr. Welch Melancholie mich bei dem Gedanken befällt: Wenn es nicht so gewesen wäre, wenn ich ihn in dem Moment aus meiner Erinnerung verbannt hätte, wäre mein Leben anders verlaufen. Wahrscheinlich ähnlich katastrophal, aber ohne seine Beteiligung. Natürlich denke ich das jetzt, da alle diese Ereignisse nur mehr verblasste Bilder sind, fast nicht mehr erkennbar auf den Seiten, die mich einst so faszinierten.

Alles deutete darauf hin, dass es fortan mit unseren Treffen schwieriger würde – ich fürchtete, wir könnten nicht mehr auf die Hilfe von Isabel, Teo und Tata María zählen –, doch das genaue Gegenteil war der Fall. Ein Mysterium, wie so vieles in meinem Leben. Aber damals erschien mir das normal.

Denn auch meine Umgebung stand kopf, als würde alles in die umgekehrte Richtung fließen, wie bei einem riesigen Glas, gefüllt mit einem geheimnisvollen Zaubertrank.

Ich musste nicht lange warten. Noch in derselben Nacht flüchtete das Einhorn aus dem Bild und kehrte zurück. Aber nicht sofort, wie gewöhnlich, diesmal ließ es auf sich warten. Als es wieder Teil des Bildes wurde, stellte ich fest, dass all das direkt neben meinem Bett stattgefunden hatte, ohne Rücksicht auf Cristinas Anwesenheit, und nicht wie sonst im bläulichen Schein der Laterne, bei Nacht und den sich hin und her wiegenden Baumkronen über der Ziegelmauer des Klostergartens von La Milagrosa. Und wieder hörte ich das Rascheln der Blätter unter den Hufen, als lägen sie unter meinem Kopfkissen.

Meine Mutter und Cristina bekamen von all dem nichts mit. Die Loyalität von Tata María und Isabel war für mich keine Wohltat, sondern eher eine Wunde. Ich glaubte, sie nicht verdient zu haben, und hatte das Gefühl, in ihrer Schuld zu stehen. In ihrer Schuld oder in der Schuld einer ebenso vagen wie unverständlichen Sache. Auf einmal taten sich bei den alltäglichsten Dingen, die immer gleich abliefen, riesige Widersprüche auf, und die mir eigene Orientierungslosigkeit verwandelte mich in ein Blatt, das sich von einem geheimnisvollen Ast gelöst hatte und nun vom Wind herumgewirbelt wurde. Verloren in dem Grünen Labyrinth des Badeortes, an den wir manchmal in den Ferien für ein paar Tage mit meiner Mutter fuhren. Ein Grünes Labyrinth, in das ich mich nie hineingewagt hätte: Es war ein gut organisiertes, neckisches Verwirrspiel, eine irreführende Geometrie von hohen grünen Hecken, grünen Blättern und einem intensiven Geruch nach Grün ... Zwischen Wänden aus Laub folgte ein Trug dem nächsten, und es wurde einem vorgegaukelt, es gäbe einen Ausgang, eine Fluchtmöglichkeit, die völlig unmöglich erschien.

Das Grüne Labyrinth war eine große Attraktion für die Gäste des Badeortes.

17

Das Schlimmste war, Tomasa gegenübertreten zu müssen, denn sie blieb, wie üblich, zum Essen. Und die Küche war das Zentrum meiner Gefühle und Aktivitäten. An dem Tag ließ ich mich nicht blicken, ich versteckte mich in der Speisekammer, wie ich es als kleines Mädchen getan hatte.

»Die gehören mal ordentlich übers Knie gelegt«, hörte ich Tomasa mit vollem Mund sagen. »Sie haben keine Ahnung, die Grünschnäbel. Und wenn sie's begreifen, ist es vielleicht schon zu spät.« Sie machte ein Geräusch mit dem Mund, als krachte etwas zwischen ihren Zähnen. »Und dann werde ich nicht mehr lachen!«

Ihre Stimme klang finster, und was sie sagte, schien sie nicht zu amüsieren.

Ich streckte den Kopf ein wenig aus der Tür, um sie anzusehen. Zu meinem Erstaunen wirkte sie heiter, oder besser gesagt, in ihrem Innern sprudelte ein Lachen hoch wie Wein in einem Schlauch. Ich erinnerte mich an den Satz: »Es gibt viele Arten von Lachen, so viele wie es Arten von Tränen gibt«, das hatte ich irgendwo gelesen.

»Wir mussten die Laken wieder waschen, und das ist kein Pappenstiel«, sagte sie. »Wenn sie uns wenigstens den doppelten Lohn zahlen würden!«

»Mir wird schon was einfallen, ich werde der gnädigen Frau sagen, sie soll euch etwas mehr geben.« Tata Marías

Stimme klang so wenig überzeugt, dass es mir das Herz zusammenzog.

Ich hatte immer noch Tomasa im Blick, wenn auch nur mit einem Auge. Mit ihrem robusten Körper und ihrer Kraft untermalte sie alles, was sie sagte oder unausgesprochen ließ. Ich sah, wie sie das Messer in der rechten Hand hob.

»Aber es ist nicht Adris Schuld, die macht nur, was dieser Spitzbub ihr sagt. Dieser Spitzbub mit dem Engelsgesicht, der ist schuld. Ich weiß es von Paco, nachts, wenn Teo schläft, klaut er dem Armen die Schlüssel und verschwindet. Da seht ihr's, mit diesem Engelsgesicht – und hübsch ist er ja – hat er der Adri den Kopf verdreht …«

Meine Beine zitterten, und ich setzte mich auf den Boden.

Nachdem sie gegangen waren und Isabel wieder Herrin über die Küche war, schlich ich hinter ihrem Rücken aus meinem Versteck und schlang die Arme um ihre Taille. Sie stand über die Spüle gebeugt und wollte gerade den Kampf mit den Tellerstapeln, Töpfen und Pfannen aufnehmen. Sie erschrak und stieß einen Schrei aus.

»Was machst du denn hier? Mein Gott, hast du mich erschreckt!«

»Ich bereue es so, Isabel! Es tut mir so leid, was wir mit den Laken gemacht haben. Ich wollte nicht …«

Weiter kam ich nicht, denn Isabel trocknete ihre Hände an der Schürze ab, setzte sich auf einen Hocker und zog mich zu sich heran. Sie roch nach Seife, Knoblauch und Petersilie. Die Grille im Käfig fing an zu zirpen, und das war merkwürdig, denn das tat sie gewöhnlich nur nachts.

»Dann sagt ihr das! Du und der Junge, sagt ihr das, und die Sache ist erledigt.«

Mit dem Schürzenzipfel wischte sie mir eine ungebetene Träne ab, und ich zog mich in mein Zimmer zurück. Zum

Glück war Cristina nicht da. Ich wollte in dem Moment nur eines: allein sein.

Doch das währte nicht lange. Nicht einmal eine halbe Stunde später tauchte Tata María in der Tür auf. Für einen Moment verharrte sie dort reglos, schweigend, und ich betrachtete sie, als sähe ich sie zum ersten Mal. Sie war groß, schlank, hatte weißes Haar, und ihr Gesicht war von feinen Falten überzogen. Die Hände hatte sie über den Falten ihrer immergleichen Schürze aus schwarzem Atlas verschränkt. Ein Wesen ohne Alter. Sie muss schon sehr alt sein, dachte ich. Aber niemand hätte sagen können, wie alt; man konnte sich nicht einmal vorstellen, dass sie einmal ein Kind, ein junges Mädchen gewesen war. Es war das erste Mal, dass ich sie so sah, und das hat sich mir für immer eingeprägt.

»Adri, der Junge wartet auf dich.«

Als wäre nichts geschehen.

Gavi stand da, gegen *unsere* Tür gelehnt. Er kam mir viel größer vor als in meiner letzten Erinnerung. Denn meine Erinnerungen schienen, auch wenn die letzte Begegnung nicht lange her war, einer undefinierbaren Zeit anzugehören; immer gegenwärtig, immer vergangen. Das Gefühl hatte ich damals oft. Etwas veränderte sich in mir und in meiner Umgebung.

Tomasa hatte recht, Gavi war sehr hübsch. Aber es war nicht das, was mir »den Kopf verdreht hatte«, wie sie glaubte. Abgesehen davon hatte ich damals eine sehr eigene Vorstellung von Schönheit. Der schönste Mann, den ich mir damals vorstellen konnte, war der aus den Illustrationen des *Rabenkönigs*. Und der sah völlig anders aus als Gavrila. Außerdem war es nicht nur die äußere Schönheit, was mich an ihm fesselte. Wir waren einfach siamesische Zwillinge. Es lag Schönheit in allem, was uns verband.

Ich lief auf ihn zu und umarmte ihn, und wir drückten uns lange und fest – wie wir es immer taten. Und wenn einer von uns nicht mehr konnte, lösten wir uns voneinander. Dann lachten wir. Ich weiß nicht, warum, aber wir lachten immer. Ich glaube, wir waren in den Momenten sehr glücklich.

Er nahm meine Hand und zischte: »Lass uns von hier verschwinden. Ich will niemanden sehen, und ich will nur mit dir zusammen sein, in dem Fenster dort oben, über dem Löwen.«

Ich verstand genau, was er meinte. Und ich sagte ihm, was ich gehört hatte.

»Alle wissen es, Gavrila. Sie wissen, dass du nachts abhaust.«

Er hob den Kopf und starrte die Decke an, als hätte er plötzlich etwas Seltsames entdeckt: eine Pflanze oder ein unbekanntes Tier.

»Und dass du Teo die Schlüssel klaust, während er schläft.«

Da lächelte er und sagte, ohne den Blick von der Decke abzuwenden: »Ja, Teo hat einen tiefen Schlaf, aber sehr sanft, wie ein Engel, würden *sie* sagen.«

»*Sie* sagen, du wärst der Engel … und ein Spitzbub.«

Er starrte immer noch an die Decke, aber das Lächeln verschwand.

»Ich bin der Rabenkönig«, murmelte er, wie so oft.

Als ich das hörte, war ich beruhigt, und ich zupfte ihn am Ärmel, damit er sich mir zuwandte.

»Das wollte ich hören! Wann lesen wir das letzte Kapitel?«

Er beugte sich zu mir und küsste mich, immer und immer wieder, bis mir die Luft wegblieb. Als ich wieder atmen konnte, sagte ich: »Paco ist ein Denunziant, er hat alles erzählt. Er ist ein Denunziant.«

Es war eines von vielen Worten, die wer auch immer Isabel gegenüber verwendete, wenn ihr wieder Mal jemand erzählt hatte, man habe ihren Verehrer mit Patricia gesehen, und ich hatte es mir gemerkt. Ich fand das Wort sehr treffend, auch wenn ich seine Bedeutung nicht genau kannte.

»Nein«, sagte Gavi. »Paco ist dumm.«

Es kränkte mich ein wenig, dass jemand sich so abschätzig über meinen ehemaligen Verehrer äußerte.

»Er ist nicht dumm, du hast ihm selbst von den Ausflügen erzählt.«

»Ich hab ihm gar nichts erzählt. Teo hat ihm nur das von dem Schlüssel gesagt, als er es gemerkt hat. Ich erzähle niemandem etwas von mir, nur dir. Erinnerst du dich nicht, dass ich dir davon erzählt habe? Und dass ich dich gefragt habe, ob du mitkommen willst?«

In dem Moment geschah etwas Unerwartetes.

Die Absätze meiner Mutter hallten durch den Flur uns entgegen. Tata María eilte herbei, nahm mich an der Hand, und wir passierten die Schwingtür, die den vornehmen Bereich von unserem trennte.

»Du hast Besuch, Kind, benimm dich anständig.«

Meine Mutter kam mir strahlend entgegen, sie hatte ein Wesen an der Hand, das ich im Gegenlicht des Flurs nicht erkennen konnte.

»Sieh mal, Adri, ich bringe dir deine neue Freundin, Georgina!«

Ich war so überrumpelt, dass ich mich nur noch sprachlos gegen die Wand lehnen konnte. Auf der anderen Seite, hinter mir, weit weg, schien sich alles aufzulösen: das Kindertheater, das gemeinsame Lesen, das Reich aus blauen und braunen Rauten, der Rabenkönig und die steinerne Mähne des Löwen auf der Terrasse, die sich langsam im Licht der

Abendsonne färbte. Es war wie ein Blitz, ein zerstörerischer Strahl, der alles vernichtete, was er berührte. Sogar, dass ich fliegen gelernt hatte.

»Adriana, Liebes, das ist Georgina. Du erinnerst dich doch an sie, nicht wahr? Aber natürlich tust du das, sie war auf deiner Geburtstagsfeier! Sie möchte gern deine Freundin sein, und das wird sie auch, da bin ich mir sicher. Von jetzt an und auch, wenn du im September wieder auf das Saint Maur zurückkehrst! Ihr werdet euch gut verstehen!«

Georgina sah ebenso verzweifelt aus wie ich. Ihr weißes Gesicht voller Sommersprossen, die dunkeln Augen flehend. Vielleicht wollte auch sie am liebsten weit weg sein.

»Jetzt hast du eine Freundin, die zu dir passt«, sagte meine Mutter.

In mir schäumte etwas auf. Wie das kochende Wasser im Topf, das ich oft bei Isabel in der Küche hatte aufsteigen sehen. Brodelndes Wasser, Zornesschaum, der das Gefäß zum Überlaufen bringt.

»Das will ich nicht!«, rief ich, und es war wie ein Heulen. Denn der Satz war der Beginn meines Aufstandes gewesen. Und bevor mich der grüne Blitz aus den Augen meiner Mutter vernichtete, bat ich geistig den Rabenkönig um Beistand, den aus dem Buch und den, der auf der anderen Seite der Schwingtür auf mich wartete. Ich konnte meine Wut nicht mehr im Zaum halten und schrie: »Ich will keine Freundin, ich habe Gavi!«

In dem Moment ging eine Verwandlung mit meiner Mutter vor sich. Auf einmal war sie ein gezähmter, schlafender Drache.

»Komm mal mit. Georgina, Schatz, warte einen Moment. Tata, kümmere dich um Georgina, es dauert nicht lange.«

Tata María legte ihren Arm um Georgina – der liebevollste Arm, der sich je um meine Schultern gelegt hatte – und führte sie ans Ende des Flures, in den Salon mit dem Einhorn.

Meine Mutter zog mich in ihr kleines Zimmer, und ich schielte zu dem Paravent und wünschte mir sehnlichst, ich wäre wieder dort versteckt, wie in alten Zeiten.

Doch jetzt stand ich gut sichtbar vor meiner Mutter. Sie setzte sich an ihren Frisiertisch voller Flakons. Das Funkeln der Fläschchen war nicht wie das der Lüster im Salon des Einhorns. Eher wie das ihrer unvergesslichen Augen.

»Diese alberne Geschichte hat ein Ende. Es ist Schluss damit, dass du dich den ganzen Tag bei den Hausmädchen rumtreibst … Tata María ist etwas anderes. Aber vor allem ist Schluss mit dieser Kumpanei mit dem Sohn der Ballerina und ihrem perversen Diener. Mit all dem, schreib es dir hinter die Ohren, ist ein für alle Mal Schluss. Aus dir wird bald eine junge Dame.«

Mein ganzes Leben sollte ich etwas werden, was andere von mir erwarteten, und es ist nie eingetreten.

»Und das heißt«, sagte meine Mutter, nach einem kurzen Blick in den Spiegel, bei dem sie über ihre Haut strich, auf der sich die ersten zarten Fältchen andeuteten, »dass du dich so verhalten wirst wie deine Schwester.«

An dem Punkt schien sie kurz zu zögern, doch dann fuhr sie fort: »Im Großen und Ganzen, meine ich …«

Sie konnte nicht verleugnen, dass Cristina sich in der letzten Zeit sehr verändert hatte. Das war mir sehr gegenwärtig.

»Von jetzt an wird Georgina deine Freundin sein und umgekehrt. Ihre Mutter ist meine Freundin, und sie freut sich, dass ihr … Du wirst sehen, mein Kind, wie wichtig es ist, im Leben eine gute Freundin zu haben.«

Während sie das sagte, kam es mir so vor, als ob ihre Stimme an Härte verloren hätte, und so wagte ich mich vor.

»Ich bin Gavis Freundin, und wir sind … es ist Liebe.«

»Liebe?«, schrie meine Mutter wie von Sinnen. »Liebe? Mein Gott, habe ich richtig gehört?«

»Ja. Das mit Gavi ist Liebe.«

Der schlafende Drache erwachte. Sie hob den Kopf, die geflügelten Klauen und spie Feuer aus Augen und Mund: Höllenfeuer. Sie war nicht mehr meine Mutter, und sie machte mir furchtbar Angst.

Sie brüllte: »Liebe? Was weißt du Unglückskind von der Liebe? Was weißt du von der Liebe … was weißt du von der Liebe? Was weißt du …?«

Ich weiß nicht, wie oft sie das wiederholte, bis sie merkte, dass ich vor ihr stand. Sie hob die Hand wie eine Schaufel, und auf meinem Gesicht ging die heftigste Ohrfeige nieder, die ich je bekommen habe.

Niemand, außer Margot, hatte mich je geohrfeigt. Das Erstaunen war noch größer als der Schmerz und die Demütigung. Aber das Erstaunen wurde noch größer, als ich sah, wie der Drache in sich zusammenfiel und wieder seine wahre Natur annahm: eine noch schöne Frau, die dabei war, sich von ihrer Schönheit und vielleicht auch ihren Hoffnungen zu verabschieden. Ihr Kopf war auf den Frisiertisch zwischen ihre Arme gesunken. Einige Flakons fielen zu Boden und zerbrachen. Einen Moment lang war ich versucht, mich zu bücken und die Scherben zwischen den Parfümschwaden aufzuheben. Doch dann ging ich auf sie zu und legte sanft die Hand auf ihre Schulter. Sie trug eine weiße Satinbluse, die sich so weich anfühlte, wie man es in Saint Maur von den Engelsflügeln sagte. Wie kann ein Drache zum Engel werden?, fragte ich mich.

»Mama.«

Etwas anderes fiel mir nicht ein. Aber sie legte ihre Hand auf meine, drückte sie und sagte leise, das Gesicht noch immer verborgen: »Geh, geh zu Tata María und freunde dich mit Georgina an. Und vergiss die Liebe. Die Liebe ist eine Lüge … wenn es nicht die Liebe zu Gott ist oder zur Familie oder …«

Ich wollte das Zimmer schon verlassen, ohne mir all die verschiedenen Formen wahrer Liebe anzuhören, als sie mich noch einen Moment zurückhielt.

»Ihr könnt meinetwegen zu dritt spielen, aber nur, bis du wieder in die Schule gehst. Dann ist Schluss, das weißt du!«

Ich stieß die Tür mit solcher Wucht auf, dass ich beinahe hingefallen wäre. Die Ohrfeige meiner Mutter brannte auf meiner Haut, und ich hatte das Gefühl, dass meine Wange anschwoll.

Im Salon traf ich auf Tata María und Georgina. Tata María versuchte sie für die Geschichte der Uhr mit den falschen Brillanten zu begeistern. Georgina sah aufmerksam hin, aber ich merkte, dass sie mit den Gedanken woanders war. Darin war sie mir ähnlich, und zum ersten Mal empfand ich so etwas wie Sympathie für sie. Georgina war in der Tat völlig anders als Margot.

»Mama hat gesagt, wir sollen zu dritt spielen, bis ich wieder in die Schule gehe«, sagte ich leise zu Tata María.

»Gut«, sagte sie.

Aber ich hatte den Eindruck, dass sie zögerte.

Dennoch holte sie Gavi in den Salon, wo Georgina und ich einander schweigend gegenübersaßen und warteten.

Gavi trat zögerlich ein, als hätte er Angst oder als wollte er niemanden aufwecken.

»Gehen wir hinaus auf die Terrasse?«, fragte er. Er hob dabei den Daumen nach oben, was ich aus irgendeinem unerfindlichen Grund furchtbar lustig fand. So hatte ich einen Vorwand zu lachen.

»Klar! Nicht wahr, Georgina?«

»Meinetwegen«, erwiderte sie. Man merkte, dass es ihr gleich war.

Gavis Blick traf auf meinen, und es bedurfte keiner Worte mehr. Georgina nahm eine Tasche, die ich bis dahin gar nicht bemerkt hatte. Sie war ein stilles Mädchen. Sie hängte die Tasche über die Schulter und folgte uns offenbar ohne Argwohn. Fügsamkeit und Gleichmut, das waren die Eigenschaften, die bis jetzt von ihrem Charakter zutage getreten waren. Und das missfiel mir nicht, im Gegenteil. Zumindest störte sie nicht.

Wir überquerten den Hof und fuhren mit dem Lastenaufzug nach oben.

Als Teo die Tür öffnete, war er ein wenig verlegen. Doch er fing sich sofort.

»Guten Tag, die jungen Herrschaften«, sagte er, ganz nach alter Schule. »Sie erlauben?«, fügte er an Georgina gewandt hinzu.

Georgina ließ sich aus dem Übergangsmantel helfen, immer mit der ihr eigenen geistesabwesenden Miene, und folgte uns auf die Terrasse. Teo sah uns argwöhnisch an. Man merkte, dass ihm die Sache nicht geheuer war, und so ging ich zu ihm, zupfte ihn am Ärmel und sagte in sein gutes Ohr: »Wir müssen jetzt zu dritt spielen. Ihre Mutter ist eine Freundin von meiner.«

»Ja, schon gut. An mir soll es nicht liegen.«

Ich wusste nicht, was an ihm hätte liegen sollen, aber ich ließ es dabei bewenden. Schließlich verstand man von dem, was die Riesen redeten, ohnehin nur die Hälfte.

»Wir wollen Rollschuh laufen«, sagte Gavi beim Hinausgehen. »Ich weiß nicht, ob es dir gefällt oder ob du es überhaupt kannst.«

»Ja, ich kann Rollschuh laufen«, erwiderte Georgina. »Aber ich hab meine heute nicht dabei. Außerdem möchte ich lieber lesen. Ich hab meine Kinderzeitschriften mitgebracht.«

Sie setzte sich in einen der Korbgeflechtstühle und holte aus ihrer Tasche einen Berg an Kinderzeitschriften, die sie auf dem Tischchen neben sich ausbreitete. Dann schlug sie eine auf, tauchte zwischen den Seiten ab, bis ihr Kopf nicht mehr zu sehen war, und vergaß alles um sich herum.

Georgina fing an, uns entschieden zu gefallen.

Als Gavi sich hinkniete, um die Schnürsenkel der Rollschuhe zu binden, sah ich an seinem Nacken zwischen den goldenen weichen Locken kleine rote Pünktchen.

»Hat dich eine Mücke gestochen?«

»Ich glaube nicht. Aber mir tut der Kopf so weh.«

Kurz darauf, die Schnürsenkel waren noch nicht fertig gebunden, fasste er sich plötzlich an die Stirn und neigte sich zur Seite wie ein Papierschiff. Wie die, auf denen ich vor langer Zeit durch den Flur gesegelt war.

Ich hatte so große Angst, dass ich nicht einmal schreien konnte; ich zitterte, die Hände um die Sessellehnen geklammert. Georgina schaute auf, warf die Zeitschriften zu Boden und eilte herbei.

»Was ist mit dir, Gavi?«

»Mir tut der Kopf so weh«, flüsterte er und umfasste ihn mit den Händen, als wollte er ihn vor einer unsichtbaren Bedrohung schützen.

»Ruf Teo, Adri, Gavi geht es schlecht.«

Ich lief zu Teos Zimmer; er saß am offenen Fenster und

stickte. Die ersten Schwalben schienen schreiend in den Himmel zu flüchten.

»Komm, Teo, schnell!«

Georgina und ich mussten zurück in die Wohnung im unteren Stock, ohne Gavi. Ich erinnere mich an Teo, Isabel und Tata María, die eine Mauer des Schweigens bildeten.

Als Tata María uns wieder in den Salon führte, sah Georgina mir direkt in die Augen. Zaghaft tastete sie nach meiner Hand und flüsterte mir ins Ohr: »Wein nicht, Adri, wein nicht; *sie* sollen dich nicht weinen sehen.«

Schützend legte sie den Arm um meine Schulter. Sie war zwei Jahre älter als ich und viel größer. Sie wirkte gar nicht wie ein Mädchen.

Gavi war nicht da. Gavi war nur mehr seine Abwesenheit, die Leere, die eine aus dem Sand gelöste Muschel hinterlässt, die Spur, das Echo ihrer Existenz. Und nachts, in meinem Zimmer, wenn mich niemand sah, weinte ich.

Bis Cristina es bemerkte.

»Was ist mit dir? Warum weinst du?«

Sie setzte sich zu mir aufs Bett.

»Erzähl es mir, ich werde niemandem etwas verraten.«

Es waren ein paar Tage vergangen, seit Gavi unter den furchtbaren Kopfschmerzen, Erbrechen und hohem Fieber litt.

»Gavi ist sehr krank. Er verlangt nur nach mir, und ich darf ihn nicht besuchen.«

Cristina nahm mich in den Arm. »Aber sicher kannst du das, Adri, ich werde dich hinbringen.«

Sie hielt Wort und ging am nächsten Morgen mit mir zur Dachwohnung. Teo erschrak, als er uns sah.

»Ich habe gerade ein Telegramm an die gnädige Frau aufgegeben. Ich bin in großer Sorge«, begrüßte er uns ohne die gewohnte Förmlichkeit.

»War der Arzt bei ihm?«, fragte Cristina. Plötzlich war Cristina eine mächtige, standhafte Verbündete, die sich Gehör verschaffte, auf deren Wort man etwas gab.

»Oh, ja, ja. Der Arzt der gnädigen Frau, Doktor Cifuentes.«

»Und was sagt er?«

»Er will mit der gnädigen Frau sprechen … und mit Don Mauricio.«

»Dürfen wir hereinkommen?«

»Ich weiß nicht, aber vielleicht …«

Noch bevor der Satz ausgesprochen war, hatte Cristina mich schon in Gavis Zimmer geschoben. Er lag im Bett, mit zerzaustem Haar und schweißgebadet. Doch er sagte leise, so leise, dass nur ich ihn hören konnte: »Adri …«

Ich lief zu ihm. Seine Augen glänzten, aber sie waren wie blind.

»Gavi, da bin ich …«

Eine feuchte Hand drückte meine.

»Adri, ich komme wieder. Ich komme wieder und hole dich …«

In dem Moment betrat Doktor Cifuentes das Zimmer, ein großer, kräftiger Mann, der stark nach Eau de Cologne duftete. Seine Miene war ernst, hart, fast schon ein wenig furchteinflößend. Als er uns sah, sagte er: »Geht, geht, er braucht Ruhe. Keine Aufregung.«

Langsam verließen Cristina und ich das Zimmer. Teo begleitete uns, und als wir an der Terrasse vorbeikamen, rief ich: »Lass mich hinauf, lass mich zu unserem Fenster hinaufklettern!«

Da fing Teo an zu weinen.

Cristina wusste nicht, was sie tun sollte. Schließlich legte sie eine Hand auf seine Schulter und flüsterte: »Weine nicht, weine nicht. Du wirst sehen, er wird wieder gesund. Alles wird gut.«

Teo sah sie an, und seine schwarzen Augen waren schmerzerfüllt. Ich kannte diesen Schmerz bei Teo nur zu gut, er war immer da, selbst wenn er lächelte oder mit Gavi und mir herumgealbert hatte, an den Nachmittagen mit Samowar und Tee, die auf einmal so weit weg zu sein schienen.

»Mädchen«, sagte Teo. Ich merkte, dass Cristina sich wunderte, dass man sie immer noch mit Mädchen ansprach und nicht mit Fräulein. »Mädchen, möge Gott dich erhören!«

Die Tür zur Terrasse stand offen, ich stürzte hinaus, hin und her gerissen zwischen Hoffnung und Verzweiflung.

Unerwartet geschickt und mutig stieg ich ohne fremde Hilfe zum Himmelsfenster hinauf und setzte mich auf die Fensterbank. Jetzt schossen wirklich Schwalbenschwärme schreiend durch den Himmel, Pfeilwolken (wie wir im *Rabenkönig* gelesen hatten), immer weiter empor flohen sie, bis sie sich im grenzenlosen Licht verloren. »Ich komme zurück und hole dich«, hörte ich Gavis Stimme sagen, so deutlich, als flüsterte er es mir ins Ohr. Doch sogleich legte sich ein undurchdringliches Schweigen über alle Geräusche, alle Erinnerungen.

Cristina hatte Angst, und als sie mich wieder mit beiden Beinen heil am Boden sah, seufzte sie erleichtert.

»Ich wusste gar nicht, dass du so behände bist! Aber sei vorsichtig!«

Hand in Hand kehrten wir nach Hause zurück.

Kurz darauf ging sie weg. Damals hatte sie viele Verabredungen. Mich zog es in die Küche. Dieses Mal musste ich mich nicht mehr in der Speisekammer verstecken wie noch vor einiger Zeit. Sie bemerkten meine Anwesenheit nicht einmal, und ich kauerte mich in eine Ecke und lauschte.

Tata María und Isabel saßen einander gegenüber, aber sie unterhielten sich nur, sie erledigten nebenbei keine Hausarbeiten, und die auf den Schürzen ruhenden Hände waren ein klares Zeichen, dass es sich nicht um ein alltägliches Gespräch handelte. Etwas brachte die Routine, die kleinen Zankereien, die vertraulichen Gespräche, das häusliche Klima durcheinander.

Ein kalter Windhauch erfasste mich, und ich musste gegen eine plötzliche, unkontrollierbare Furcht ankämpfen.

Ich hörte sie sprechen.

»Er hat es mir gesagt, er hat gesagt, ich werde ein Telegramm für die gnädige Frau aufgeben, bitte, Isabelita, bleib bei dem Jungen, es dauert nur eine Viertelstunde, die Telegrammannahme ist gleich um die Ecke. Ich hab zu ihm gesagt, natürlich, selbst wenn es zwanzig Stunden dauert. Was hättest du an meiner Stelle getan?«

Isabel trocknete ihre Augen mit einem Taschentuch, das sie zusammengepresst in ihrer Hand hielt.

»Aber das ist doch selbstverständlich! Und das war gestern?«

»Gestern, genau, als er diesen Arzt angerufen hat, der sehr berühmt ist.«

»Ja, ja, ich weiß, er kommt auch zu denen im ersten Stock.«

»Mal sehen, was er heute sagt! Aber, María, ich hab kein gutes Gefühl, der Junge ist nicht mehr er selbst … er geht von uns!«

»Gott liebt ihn nicht … ein so schöner, wohlerzogener Junge …«

Die Geschichte mit den Bettlaken war offensichtlich vergessen. Obwohl ich wie betäubt war vor Schmerz und nur dasitzen, sie anstarren und zuhören konnte, blieb mir das nicht verborgen.

»Und erst der Graf, du wirst sehen, den wird es bitter treffen ...«

»Er liebt ihn sehr. Du kannst sagen, was du willst, aber ich glaube, er liebt den Jungen mehr als die Mutter.«

»Meinst du, dass er der Vater ist?«

»Ich weiß nicht, aber ich glaube nicht. Der Junge wurde in Paris geboren, als die beiden noch nicht zusammen waren.«

Paris. Blitzartig tauchte die Erinnerung an die Umarmung von Eduarda und Michel Mon Amour auf, an jenen Tag, als sich im Michael Strogoff plötzlich alle Kerzen entzündeten.

»Wer weiß, von wem der Junge ist. Ach, was ist das für ein Hundeleben!«

All diese Worte bildeten ein Knäuel von Enthüllungen, die mir keine Klarheit brachten, sondern die Verwirrung noch größer machten. Meine Unwissenheit, was das Hundeleben anging, wie Isabel es nannte, die wenigen Zeichen, die mich aus der abscheulichen, brandschatzenden, Unschuldige verprügelnden, ungerechten, rachsüchtigen Welt erreichten, und alles, was ich sonst hier und da noch über sie aufschnappte, stießen mich unbarmherzig immer weiter in das gefürchtete Labyrinth, aus dem sie bestand. Ich hatte Angst; vor allem war da eine ganz massive, konkrete Angst: Gavi würde fortgehen. Er würde wiederkommen, doch meine Überzeugung wurde von Tag zu Tag schwächer, es erschien mir immer abwegiger. Ich hielt mir die Ohren zu und schrie. Oder ich glaubte zu schreien, denn aus meiner Kehle kam nur ein schwaches Heulen, erstickt von glühenden Blättern, die unter den Schritten eines Waldwesens raschelten. So wie ich mir die Schritte dieses Wesens vorstellte, nachdem ich *Der Rabenkönig* gelesen oder das Einhorn aus seinem Rahmen hatte fliehen sehen.

»Mein Gott, Kind! Was machst du denn hier?«

Tata María stürzte zu mir, aber Isabel saß mit aufgerissenen Augen und offenem Mund da, als könnte sie sich nicht rühren. Genau wie ich.

Ich wollte etwas sagen, aber ich brachte kein Wort heraus. Tata María setzte sich neben mich, legte den Arm um meine Schulter, und ich ließ den Kopf auf ihre Schulter sinken. Sie wiegte mich sanft, wie früher, als ich noch klein war.

»Beruhige dich, beruhige dich, du wirst sehen, es wird alles gut«, sagte sie. »Wir müssen abwarten, was der Arzt sagt. Ihr Kinder habt öfter mal Fieberschübe, und das geht dann vorbei und …«

Sie würden nicht vorbeigehen, und sie wusste es. Wie sie auch wusste, dass wir fast schon keine Kinder mehr waren.

18

Die gleichgültige Ruhe des vornehmen Teiles stand im krassen Gegensatz zu dem Kommen und Gehen, dem Gemurmel und den mitleidigen Seufzern, die man vernahm, sobald man durch die Schwingtür getreten war. Im vornehmen Teil wusste man nichts darüber, was in der Dachwohnung vor sich ging – oder man sprach nicht davon –, mit Ausnahme von Cristina. Doch Cristina besaß eine erstaunliche Fähigkeit – vielleicht nur vorgetäuscht, denke ich mir jetzt –, Dinge zu vergessen, je nachdem, worum es ging. Vor allem, wenn es sie nicht direkt betraf.

Während der Mahlzeiten (im Esszimmer, in dem ich jetzt zugelassen war) versäumte meine Mutter keine Gelegenheit, mir Lektionen über gute Tischmanieren zu erteilen. Niemand bemerkte meine stille Verzweiflung. Das Schweigen selbst wurde zur Kenntnis genommen, egal ob es von mir ausging oder ob es das Ergebnis der strengen Unterweisung war. Verzweiflung kam im Erziehungsprogramm nicht vor. Zumindest nicht in diesem Haus.

Sobald wir den Nachtisch aufgegessen hatten und meine Mutter mir erlaubte, vom Tisch aufzustehen, rannte ich durch den Flur, stieß fast schon wütend die Schwingtür auf und stürmte in die Küche.

Ungefähr drei oder vier Tage nach meiner letzten Spionageaktion hörte ich Neuigkeiten über Gavis Gesundheitszustand. Isabel und Tata María waren noch beim Essen. Zu meinem Entsetzen saß auch Tomasa mit am Tisch, die mit dem aufgerichteten Messer in ihrer Faust herumfuchtelte, das sie nicht ablegte, bis sie aufstand. Wie eine Trophäe oder ein Symbol. Doch es hatte nichts Einschüchterndes, wie man denken könnte. Ich habe es eher als subtile Warnung in Erinnerung.

Obwohl mir die Beine zitterten, musste ich an Isabels Worte denken, und ich überwand mich und ging auf sie zu.

»Tomasa, Gavi und ich, wir möchten dich um Verzeihung bitten.«

Sie hob die Augenbrauen, sah mich von oben bis unten an. »Bitte? Wovon sprichst du, Kind?«

»Von der Geschichte auf dem Dach, mit den Laken. Es tut uns leid.«

Da warf Tomasa den Kopf in den Nacken und riss den Mund auf, als wollte sie lachen. Doch sie lachte nicht. Schließlich sagte sie: »Was redest du! Da gibt es nichts zu verzeihen! Man hat mir den doppelten Lohn gezahlt, und es ist alles in Butter. Außerdem sind das Kindereien. Ich bin es gewöhnt, denn ich habe selbst ein Früchtchen zu Hause, das ist hundertmal schlimmer. Ja, sieh mich nicht so an: meine Tochter. Wusstest du das nicht?«

»Nein.«

»Ja, ich habe eine Tochter in deinem Alter, vielleicht ein wenig älter. Ulalia, die ist schlimmer als Zahnschmerzen. Ich habe es satt.«

Sie wandte sich wieder dem Teller zu, schob sich einen großen Bissen in den Mund und fuhr fort: »Die hat es faustdick hinter den Ohren. Da seid ihr Lämmchen dagegen.«

»Warum?«

»So ist das Leben«, sagte sie, schluckte den Bissen herunter und wischte sich mit dem Handrücken über den Mund.

»Ich will Ulalia kennenlernen«, sagte ich, ohne nachzudenken.

»Meinetwegen. Kann ich sie mal mitbringen?«, fragte sie und sah Tata María an.

Tata María war unentschlossen, aber Isabel ergriff das Wort: »Solange sie nicht in der Wohnung herumläuft. Ich werde schon dafür sorgen!«

Tomasa zuckte die Achseln und aß weiter.

Doch meine Neugier, Ulalia kennenzulernen, hielt nicht lange an. Ich dachte nur an Gavrila. Nachts, vor dem Einschlafen, betete ich, er möge gesund werden. Als Tata María mich noch ins Bett brachte, ließ sie mich jede Nacht »meine Gebete«, wie sie es nannte, aufsagen, die sie mir beigebracht hatte. Aber seit ich allein schlafen ging, hatte ich sie vergessen.

Jetzt erblühten sie wieder, in der Hoffnung, Gavi würde so die schrecklichen Kopfschmerzen los, die ihn quälten und uns trennten.

Doch Gavi erholte sich nicht, und Nacht für Nacht weinte ich, sobald ich die Wange auf das Kissen legte. Es war eine leise Klage, und ich atmete schwer, aber nicht schnell. Nur Tata María merkte es, wenn sie kam, um über meinen Schlaf zu wachen. Manche Gewohnheiten konnte sie einfach nicht ablegen. Für sie war ich noch immer das kleine Mädchen, das letzte kleine Mädchen in ihrem Leben, so wie meine Mutter und Eduarda für sie immer die ersten bleiben würden.

»Der Kopf tut ihm sehr weh, schlimm … Teo hat große Angst«, verriet Isabel.

»Ach«, sagte Tata María, nachdem sie eine Weile darüber nachgedacht hatte, »der Junge denkt einfach zu viel. Ja, mach nicht so ein Gesicht! Ich kenne viele Kinder, und die, die so sind, wie soll ich sagen? Also Kinder, die viel denken, enden schlecht.«

»Ach, halt den Mund, María, ich bekomme ja eine Gänsehaut!«, sagte Isabel und bekreuzigte sich. »Wo ist denn ›unsere‹?«

Ich befand mich in der Speisekammer und genehmigte mir ein Likörchen, und als ich das Wort »unsere« hörte, wäre ich fast in Tränen ausgebrochen. Aber ich tat es nicht. Leise stieg ich von dem Hocker und kauerte mich mit der Flasche im Schoß in eine Ecke.

»Sie wird sicher bei ihren Büchern sein, wie immer. Oder vielleicht weint sie auch. Man weiß gar nicht, wie man damit umgehen soll …«

Isabel fiel ihr ins Wort: »Ja, du siehst, ein Elternteil hier, der andere da, und keiner bekommt etwas mit. Ein Hundeleben ist das!«

Es war das zweite Mal, dass ich sie das sagen hörte. Ich genehmigte mir noch ein Schlückchen.

»Und die Eltern des Jungen? Hat Teo dir nichts gesagt? Ob sie das Telegramm erhalten haben, ob sie auf dem Weg sind …«

Ich hörte, wie Isabel schnaubte, bevor sie sagte: »Ja, anscheinend sind sie auf dem Weg, aber es wird ja auch langsam Zeit, wie ich meine!«

In dem Moment ertönte die Klingel an *unserer* Tür, und kurz darauf polterten lautstark Leute in die Küche. Mit leichtem Schaudern erkannte ich die Stimme von Tomasa.

»Hier, das ist das kleine Luder! Wenn wir nicht ungelegen kommen, sonst nehm ich sie wieder mit, und alles ist in Butter.«

Diese Redewendung schien ihr zu gefallen, ich hatte sie schon mehr als einmal aus ihrem Mund gehört. Sie hatte Ulalia dabei. Jetzt sitze ich in der Falle, dachte ich, nicht etwa weil ich bereute, den Wunsch geäußert zu haben, dass ich Ulalia kennenlernen wollte, sondern weil ich mich an diesem Ort befand, noch dazu mit der Flasche im Schoß. Also stieg ich, ohne zu überlegen, auf den Hocker, stellte die Flasche wieder an ihren Platz, setzte eine Unschuldsmiene auf und trat hinaus in die Küche.

»Sieh mal einer an!«, sagte Isabel.

»Was hast du da drin gemacht?«, fragte Tata María mit argwöhnischer Miene.

»Ich hab Gnom gespielt, im Versteck«, murmelte ich.

»Immer noch? Das hast du als kleines Mädchen gemacht, wann wirst du endlich eine junge Dame, wie es sich gehört?«

Ich sah Tomasa und ihr Früchtchen an. Am meisten überraschte mich, dass Ulalia noch viel kleiner war als ich. Selbst wenn man davon ausging, dass ich in der letzten Zeit gewachsen war – und das war schon gewagt –, war sie immer noch eine Handbreit kleiner als ich.

Mädchen wie Ulalia stellten einen ungewohnten Anblick für mich dar. Sie war blond wie ihre Mutter, aber sehr zart. Und sie hatte auch nicht Tomasas große grüne Augen; ihre waren wie graue Kügelchen, die wie die Scherben eines zerbrochenen Glases glitzerten. Der halb geöffnete Mund, als erwartete sie etwas oder als würde sie jeden Moment etwas ausspucken, hatte nichts von einem Lächeln. Einen Moment lang dachte ich, dass sie entweder blöd sein oder unendlich viel weiser sein musste als ich.

Da sah ich Tomasa an, und als ich ihren auf Ulalia ruhenden Blick sah, durchzuckte es mich. Es war eine Art neidvoller Traurigkeit. Denn Tomasa sah ihre Tochter auf eine Weise an, wie meine Mutter mich noch nie angesehen hatte. Und vielleicht war es genau dieser Blick, nach dem ich mich insgeheim sehnte – so tief in meinem Innern, dass ich es selbst nicht wusste.

»Hallo, Ulalia«, sagte ich und streckte ihr die Hand hin. Aber sie drückte sie nicht. Sie sah mich befremdet an und sagte zu ihrer Mutter: »Was will sie?«

Sie hatte eine raue, fast heisere Stimme. Und ich bemerkte, dass sie ein rotes Tuch um den Hals trug.

»Auf, auf, jetzt spielt mal«, sagte Isabel. Tata María stand abseits, hatte die Hände auf der plissierten Schürze übereinandergelegt und schwieg. Ich kannte sie gut und wusste, dass sie sich mit Bedacht im Hintergrund hielt.

»Willst du mit mir spielen?«, schlug ich vor.

»Klar, warum bin ich sonst hier!«, sagte Ulalia. »Ich habe Karten mitgebracht. Kannst du Karten spielen?«

Die drei Frauen hatten uns längst uns selbst überlassen. Sie machten Kaffee und stellten Gebäck auf den Tisch. Tomasa hatte immer tausend Dinge zu erzählen.

Doch Ulalia und ich hatten keine gemeinsame Erinnerung, keine gemeinsame Sprache.

In dem Wissen, dass der Bereich jenseits der Schwingtür tabu war, führte ich sie in das ehemalige Studier- und Spielzimmer. Etwas schnürte mir den Hals zu, als wir auf der Türschwelle standen, und die Geister von Jerónimo und Fabián tauchten wieder auf. Vor allem Jerónimo, der mich immer auf seine Knie gesetzt hatte. Warum waren sie nicht mehr da? Warum war Beau Geste gestorben?

Um die Traurigkeit zu vertreiben, packte ich Ulalia an der Hand und zog sie in den Raum, in dem es immer noch nach Stiften, nach Heften mit Plastikumschlägen und nach den Holzschmetterlingen roch, die aus dem Spitzer flogen.

Sie folgte mir, ein wenig verängstigt, wie mir schien. Vielleicht aber auch nur erstaunt. Oder beides.

»Wo bringst du mich hin?«

»Hier, hier werden wir spielen.«

Sie dachte nach. Genau wie Georgina hatte sie eine Tasche dabei. Sie öffnete sie und sagte: »Stell einen Tisch hin.«

»Was für einen Tisch?«

»Was schon, einen Tisch zum Spielen! Hast du noch nie gespielt?«

»Doch, oft, aber nicht immer nur auf einem Tisch«, erwiderte ich.

Ich musste ein Zittern unterdrücken, denn mir kam der Teppich mit den blauen und braunen Rauten in den Sinn und die darauf verstreuten Bücher und unsere Köpfe, die sich fast berührten, als wir gemeinsam lasen und die Seiten umblätterten.

»Also, das hier ist die Kneipe. Wir legen gleich los: Du holst den Tisch, und ich spendiere Karten und die Flasche.«

Anstelle von Kinderzeitschriften holte sie ein ziemlich abgegriffenes Kartenspiel und eine halb gefüllte Flasche mit einer rosafarbenen Flüssigkeit aus der Tasche.

»Was ist das?«, fragte ich neugierig.

»Komm, kannst du etwa nicht spielen? Und das? Das ist der Geist.«

»Der Geist?«

»Ja, der belebt. Komm, setz dich, ich zeige es dir.«

»Was?«

Ich kann mich nicht an die ganze Litanei von Namen erinnern, die auf diese Frage folgte. Doch auf einmal sagte sie: »Ich bringe dir Dreiblatt bei. Das lernst du ruck, zuck … aber zu zweit ist es langweilig, gibt es nicht noch jemanden, der mitspielen will?«

»Ich weiß nicht«, sagte ich völlig verwirrt.

»Gut, ich bring's dir trotzdem bei«, sagte sie mit ihrer rauen Stimme. »Komm, nimm einen Schluck, so machen es die Leute in der Kneipe von meinem Onkel Sabino … Ich bin aus der Kneipe.«

»Du bist aus der Kneipe? Was ist das?«

Sie sah mich schweigend an und sagte: »Lass. Ich zeig's dir.«

Und wie sie es mir zeigte. Immer gewann sie. Und wir leerten die Flasche mit dem belebenden Geist. Es handelte sich um Wein mit Sprudel.

Ich sehe mich noch in dem ehemaligen Spielzimmer sitzen, das später zum Studierzimmer und in dem Moment zum Zimmer der Abwesenheit geworden war; Ulalia war gegangen, und ich wartete, ohne zu wissen auf was.

Alles, was mich umgab, trug die unsichtbare und trotzdem greifbare Spur von Jerónimo und Fabián, wie sie über ihre Bücher und Hefte gebeugt sitzen. Vor langer Zeit – noch vor jenem Weihnachtstag mit dem *Kreuzritter Richard Löwenherz* und dem verschneiten Park – war mein Vater mit uns in ein Museum gegangen, wo es Basreliefs gab. Als ich feststellte, dass, je nachdem aus welcher Position ich darauf blickte, das Licht zu Schatten und der Schatten zu Licht wurde und dass die Figuren in neuen wiederaufzuleben schienen, die gleich und doch anders waren, war ich gefesselt, denn es kam mir vor wie Magie. Und ich erinnerte mich an die vorbeihuschenden Schatten von Gavi und Zar an der Decke, in der Nähe des Fensters. Jetzt sah ich die Leere, die Lücke, die Spur, die Jerónimo und Fabián im Zimmer hinterlassen hatten: ihre auf den Stühlen sitzenden, über den Tisch gebeugten Körper. Und vielleicht ein stimmloses Echo, nur mehr die Spur ihrer Worte. Die sich verändert, je nachdem, aus welchem Winkel ich sie betrachtete. Wie die Basreliefs im Museum. All diese Entdeckungen überschlugen sich, verworren und beunruhigend. Vor einer halben Stunde war Tomasa gegangen und Ulalia mit ihr.

Auch Ulalias Abwesenheit hatte ihre Spur hinterlassen, wenngleich anders: Von ihr waren nur die Worte geblieben und das, was sie mich gelehrt hatte.

Alles, was sie mir gesagt hatte, kehrte zurück und erfüllte mich mit Neugier und Verwirrung. Warum fühlte ich mich vor ihr so unwissend, sogar dumm? Ich musste schnell ihre Sprache lernen, denn es war nicht meine. Doch durch intensives Zuhören und mit etwas Phantasie konnte ich ihr folgen. Manche Worte bekamen eine ungeahnte Größe. Das Wort KNEIPE zum Beispiel. Oder wenn sie mir von dem Ort erzählte, an dem sie wohnte. So etwas hatte ich mir nie vorgestellt; anhand ihrer Beschreibungen sah ich, wie in einem Traum, eine phantastische Arena vor mir, ähnlich einer Stierkampfarena, und eine bunt gemischte Menge, die sich auf Treppen, Gängen und Geländern tummelte. Wie Ulalia erzählte, feierten sie dort Feste; es gab einen Brunnen, Zelte wurden aufgebaut, und es gab Musik, Churros, Spritzkuchen und getrockneten Thunfisch. All diese Dinge – außer den Churros und dem Spritzkuchen – waren mir völlig unbekannt.

Später kam ich auf den Gedanken, dass Ulalia wohl in einem sogenannten *corral* lebte, einem Hof, wie er heutzutage nicht mehr existiert, genauso wenig wie sie, ihre Mutter und das Mädchen, das ich einst war.

Am nächsten Tag hörte ich Isabel sagen: »Teo hat mir erzählt, die Küchenuhr, die große schöne, das gute Stück, ist stehengeblieben. Sie ist einfach stehengeblieben, und keiner kann sie reparieren. Er sagt …«

Sie merkte, dass ich im Raum stand, hielt inne und sah Tata María an.

»Na, was hat das jetzt schon für eine Bedeutung, jetzt zählt doch nur die Gesundheit des Jungen«, erwiderte Tata María.

»Natürlich«, sagte Isabel. »Klar. Nur für Teo … nun, für uns Köche ist die Zeit wichtig. Und eine so gute Uhr …«

»Er hat doch eine Armbanduhr, ich habe es selbst gesehen.«

Nun meldete ich mich zu Wort, wenn auch nur, um das Gespräch zu unterbrechen, das mich beunruhigte.

»Ulalia geht in die Kneipe.«

Tata María sah mich schockiert an.

»Eulalia geht in die Kneipe? Gütiger Gott!«

»Ja, sie geht in die Kneipe … und ich glaube, wenn der Junge nachts ausbüchst, geht er auch in die Kneipe. Warum kann ich nicht in die Kneipe gehen? Ulalia hat mir erzählt, dort sind alle sehr fröhlich, ob sie sich prügeln oder nicht. Und wenn sie sich prügeln, wirft Onkel Sabino die Kinder hinaus, aber dann tauchen sie an den unteren Fenstern wieder auf, sie halten sich an den Gittern fest, damit sie nicht runterfallen; und die Betrunkenen sind sehr witzig, auch wenn der ein oder andere ein wenig furchteinflößend ist. Aber vor denen hauen die Kinder schnell ab und …«

An dem Punkt hielt Tata María es nicht mehr aus. Sie streckte die Arme zum Himmel empor und rief: »Gütiger Himmel, Gott steh uns bei! Was ist denn das für ein Mädchen? Glaub ihr kein Wort, sie lügt! Und dass der Junge nachts ausbüchst – merk dir das ein für alle Mal –, ist nur eines von Pacos Lügenmärchen, ich kann die Sticheleien von diesem Witzbold nicht mehr hören. Außerdem heißt sie nicht Ulalia, sondern Eulalia!«

»Nein«, erwiderte ich, der Einfalt kindlicher Logik folgend, »sie heißt Ulalia, ihre Mutter ruft sie Ulalia …«

Tata María gab sich betont streng.

»Dieses Mädchen kommt mir nicht mehr ins Haus.«

»Aber … wieso denn?«, fragte Isabel schüchtern.

»Weil sie einer von den faulen Äpfeln ist, die die gesunden verderben und …«

Das hatte ich schon am Saint Maur gehört. Aber mir war nicht klar, was die Kneipe, der Hof und Ulalia mit Äpfeln zu tun haben sollten.

»Doch, sie kommt wieder«, sagte ich mit einer Entschlossenheit, die mich selbst überraschte. »Sie kommt wieder, denn sie weiß mehr als ich, und ich will von ihr lernen.«

»Jesses Maria und Josef!«

Tata María war rot angelaufen, und es sah aus, als würde sie gleich in Tränen ausbrechen. Wenn sie die heilige Familie anrief, war sie entweder sehr verängstigt oder sehr erbost. Ich eilte zu ihr, schlang die Arme um ihre Taille und drückte den Kopf an den schwarzen, plissierten Stoff ihrer innig geliebten Schürze.

Isabel griff ein: »María, um Gottes willen. Nimm das doch nicht so tragisch. Das sind doch kleine Mädchen. Kindereien!«

Tata María hatte meinen Kopf in ihre Hände genommen, und ihre Stimme schien aus einer weit zurückliegenden Zeit zu kommen, als sie Isabel antwortete.

»Kindereien? Was weißt du von Kindereien? Ich habe Kindereien erlebt, die eine ganze Familie durcheinandergebracht haben …«

Sie ließ meinen Kopf los, beugte sich zu mir hinab und küsste mich. Es war einer der seltenen Küsse von Tata María. Ich war so gerührt, dass ich mich auf einen Hocker setzen musste. Genau auf den, der Ulalia und mir beim Dreiblatt als Tisch gedient hatte.

Da sagte Tata María etwas, das mir sehr wehtat: »Du bist

zu groß, um dein Gesicht in meiner Schürze zu verstecken. Du musst begreifen, dass du nicht mehr wie früher bist.«

Dieses »wie früher« war wie eine bösartige Nadel, die sich an einer schmerzhaften Stelle in mein Fleisch bohrte.

Ich stürzte davon, durch die Schwingtür hindurch bis in mein Zimmer, warf mich aufs Bett und weinte.

Eine halbe Stunde später kam Tata María herein.

»Komm mit, Adri …«

Wegen des fröhlichen und zugleich leicht besorgten Ausdrucks in ihrem Blick wusste ich, dass es mit der Dachwohnung zu tun hatte. Ich sprang aus dem Bett, wischte mir mit dem Handrücken die Tränen ab und rannte voraus.

Teo war in der Küche. Er weinte nicht, aber man sah, dass er sich gerade die Tränen abgewischt hatte, genau wie ich. Ohne mich um die Anweisungen von Tata María zu scheren, lief ich auf ihn zu und schlang meine Arme um seine Beine, höher kam ich nicht.

»Der Junge fragt nach dir«, sagte Isabel an Teos statt,

dem man anmerkte, das er etwas sagen wollte, aber nicht konnte. Seine Lippen bebten.

Isabel hingegen weinte hemmungslos, mit offenem Mund, und der Glanz der Tränen vermischte sich mit dem des Goldzahns.

»Der Junge fragt nach dir«, sagte sie noch einmal, als sie sah, dass Teo und ich uns nicht vom Fleck rührten.

In diesem Moment schien Teo aufzuwachen.

»Der Junge fragt nach dir, er fragt nach dir … und ich dachte, vielleicht, wenn er dich sieht …«

Das Zimmer lag im Halbdunkel. Es roch nach Medizin und schlechter Luft. Der kreisrunde Kegel einer kleinen Lampe strahlte vom Nachttisch ein dezentes Licht aus.

Ich ging auf das Bett zu und sah, dass Gavis Kopf in den

Kissen versunken war. Sein Haar war stark gewachsen, und eine blassgoldene Lockenpracht umhüllte seinen Kopf wie früher. Er sah dem Erzengel Gabriel ähnlicher denn je, jetzt allerdings wie nach einer verlorenen Schlacht.

»Gavi«, sagte ich. Ich nahm seine Hand, die wie ein abgestürzter Vogel auf dem Laken lag. Auf grausame Weise kam mir der Spatz wieder in den Sinn, den ich einmal tot und von Ameisen übersät auf der Terrasse am Badeort gesehen hatte.

»Gavi, ich bin gekommen, um dich zu besuchen.«

Seine Augen waren immer noch geschlossen. Nur ein schwaches Wimmern kam aus seinem Mund.

Plötzlich richtete er sich auf. Für einen Moment war er wieder Gavrila der Große. Er streckte die Arme aus, und so weit das auf die Distanz über Decke und Laken möglich war, fühlte ich mich gedrückt. Die kraftvollen, harten, starken Arme, die ich so gut kannte. Doch es waren nicht mehr die Arme des Jungen, den ich aus dem Innenhof kannte – mit Paco, Zar und dem Einhorn – oder aus dem Reich der blauen und braunen Rauten, in dem wir nie dazu kamen, das letzte Kapitel des *Rabenkönigs* zu lesen, nicht die des Jungen, der mich mit empor zum Himmelstor genommen hatte. Ich weiß nicht, ob es aus Traurigkeit geschah oder ob die Hoffnung mich antrieb, jedenfalls durchlebte ich in dem Moment noch einmal all die Tage, in denen wir beide, die Köpfe zusammengesteckt, in magischem Gleichklang eine Seite zu Ende lasen und Stunden mit einem Buch zubrachten, ohne dass einem von uns ein Komma oder ein Punkt entgangen wäre. Aber ich merkte, dass sich etwas von uns entfernte oder wir uns von etwas entfernten. Wie ein Schiff, das vom Strand ablegt und man nicht weiß, ob sich der Sand oder das Schiff von einem wegbewegt.

Im Bett aufgerichtet, fast schon sitzend, waren seine Hände wieder die, die mich über dem Löwenkopf in die Lüfte gehoben hatten. Und er rief mit einer Stimme, die nicht aus seiner Kehle zu kommen schien: »Warte auf mich, Adri!«

»Ja, ich werde auf dich warten. Ich werde immer auf dich warten!«

Ich hatte bei diesen Worten all meine Kraft zusammengenommen. Obwohl jetzt, in der Erinnerung, bin ich mir nicht mehr sicher, ob ich sie nicht nur in Gedanken ausgesprochen habe. Sein Kopf sank wieder in das Kissen. Seine blonden Locken hatten sich in einen Lichtschein verwandelt. Wie seine ganze Gestalt in meiner Erinnerung.

Isabel schleppte den Einkaufskorb in die Küche. Sie kam vom Abascal-Markt, und es kam nicht selten vor, dass sie von dort keuchend und auf rätselhafte Weise gekränkt heimkehrte, von wem, das wusste nur sie.

Doch diesmal klang ihr Keuchen anders. Sie stellte den Korb auf den Tisch, zog eine Stoffkugel aus dem Ärmel – die sich gewöhnlich als Taschentuch entpuppte –, wischte sich ein paar Mal damit über Stirn und Lippen. Dann setzte sie sich.

Aus irgendeinem unerfindlichen Grund setzten sowohl sie als auch Tomasa sich immer seitlich hin, vor allem beim Essen.

Nach ein paar tiefen Schnaufern sah Isabel lange Tata María an, die mit neugierigem Blick wartete.

»María, sie sind gekommen.«

»Wer ist gekommen?«

»Sie. Und der Graf. Beide. Aus Paris.«

Tata María seufzte, es kam mir vor, als wäre ihr ein Stein vom Herzen gefallen. Als hätte sie eine schlechte Nachricht befürchtet und nun eine gute bekommen.

»Das wurde aber auch Zeit! Was glaubst du? Dass eine Mutter so …?«

In dem Moment bemerkten sie, dass ich da war, und schwiegen abrupt.

Sie sahen sich wortlos an, wie Erwachsene sich ansehen, wenn sie glauben, dass Kinder nichts mitbekommen.

»Wer ist gekommen?«, fragte ich. Obwohl ich es längst wusste.

Ich war für den Nachmittagsimbiss in die Küche gegangen, denn meine Mutter und Cristina waren nicht zu Hause, und Brot und heiße Schokolade waren mir immer noch eine geliebte Gewohnheit.

»Die Mutter des Jungen und der Graf!«

Noch vor ein paar Minuten war es, als ob in der Küche vergangene Zeiten wieder Einzug gehalten hätten: eine Atmosphäre großen Friedens, gewebt aus Klatsch der Nachbarschaft oder Isabels Klagen (ihre Geschichten von den Verehrerschuften). Die Lehrjahre im Bügelzimmer hinter Eduardas Kasperletheater, wohin ich mich geflüchtet hatte, ebenfalls mit heißer Schokolade und einem Stück Brot bewaffnet. Als wäre es auf einmal möglich, in der Luft die Federchen einer Pusteblume zu fangen.

Und plötzlich schienen ein paar Worte von Isabel, ein langer Blick zwischen ihr und Tata María wie ein Stein, den man auf die glatte Oberfläche eines ruhigen Gewässers wirft: Das Wasser beginnt sich in Kreisen auszudehnen, einer nach dem anderen, immer größer, bis sie am Ufer verschwinden. Sätze, die niemand sich ganz auszusprechen getraut.

Ich sprang von meinem Stuhl auf und ließ alles stehen und liegen. Eine gebieterische Stimme, eine von innen nach außen drängende Kraft trieb mich.

»Wo willst du hin?«

Ohne eine Antwort zu geben, rannte ich aus der Küche. Aber kaum hatte ich sie verlassen, blieb ich stehen: Ich wusste nicht, wohin ich wollte.

Ich wusste nur, dass ich weglaufen, fliehen musste. Ich wollte nichts hören, das furchtbar wehtat. In meinem Ohr hallten noch die ängstlichen Stimmen von Isabel und Tata María. Ich rannte durch den Flur, passierte die Schwingtür. Wieder blieb ich unschlüssig stehen. Dann ging ich langsam zurück ins Bügelzimmer, und ich glaubte, den Geruch nach frisch mit Wasser besprengter weißer Wäsche wahrzunehmen, nach Stärke, nach Bügeleisen, die sich auf den glühenden Gittern des Herdes erwärmten. Noch hatte niemand Eduardas Kasperletheater fortgeräumt.

Ich setzte mich hinter die Kulisse, die letzten Dekorationen hingen noch über mir. Ich betrachtete die alten Puppen mit den bunten Stoffkleidern, in die ich meine Hände schob und sie an den Bühnenrand emporhob. Ich wusste, dass man von dort alles mithören konnte, was in der Küche gesprochen wurde. Die Stimmen drangen klar und deutlich an mein Ohr, und so hörte ich den letzten Fetzen des Gesprächs zwischen Tata María und Isabel.

»Was hat denn der Arzt gesagt?«

»Man weiß jetzt, was es ist, Hirnhautentzündung. Das übersteht er nicht, der Arme.«

»Sei still, sei still, damit ›unsere‹ das nicht hört.«

Ich kniete hinter der Kulisse und sank zu Boden, umgeben von grotesken bemalten Pappmachégesichtern mit Glasaugen, die mich anstarrten. Niemand hatte den Staub entfernt, alles war vergessen. Doch in meiner Erinnerung wurde der Flur wieder zu einem Fluss, der zum Salon der funkelnden Lichter strömte. Ein Papierschiffchen ging langsam im Teppich unter.

Ich zitterte nicht. Ich fühlte nichts. Alles floh vor mir, wie Andersens Vögel in die warmen Länder. Ich konnte nicht weinen, ich ließ mich sanft auf den Boden gleiten und glaubte das langsam verhallende Klappen der Schwingtür zu vernehmen. Und einen durch die Stille erstickten Glockenklang, die Stille, in der eine tonlose Stimme immer wieder sagte: »Komm, komm, komm …«

In dem Moment bin ich zum ersten Mal gestorben.

19

Wieder einmal kam die kürzeste Nacht des Jahres. So wurde sie genannt, aber mir war sie immer wie eine zeitlose Nacht vorgekommen. Hin und wieder hörte man durch die geöffneten Fenster ferne Echos von Leierkästen oder die Musik der Karussells und anderer Attraktionen. Doch all das war weit weg, sehr weit weg, und die Echos wurden durch die Entfernung größer, schöner. Wieder waren wir nur zu dritt. Diesmal bestand Cristina darauf, dass ich sie begleitete.

Hin und wieder schoss eine Rakete in den Himmel. Der Sommernachtsball: Das erinnerte mich an Großmutter, die uns Enkel immer in kleinen Grüppchen mit zu den Zarzuelas nahm. Ich war nur einmal auf dem Sommernachtsball gewesen, aber ich verband das Erlebnis mit dem Parkett des Fontalba Theaters, in dem wir so berühmte Zarzuelas wie *La verbena de la Paloma* oder *La Revoltosa* gesehen hatten. Die Leute im Zuschauerraum lachten oder litten mit, aber sie mischten sich nicht unter die Darsteller auf der Bühne. Es war, als ob man sie durch ein Schlüsselloch beobachtete. Wenn die Vorstellung zu Ende war, nahmen sie – nahmen wir – die Mäntel, die Tränen und das Lachen und gingen nach Hause. Für all diese Leute, die man zum Lachen oder zum Weinen gebracht hatte, war der Vorhang gefallen.

Obwohl meine Schwester mich drängte, sie zu begleiten, hatte ich keine Lust, mit meiner Mutter, Cristina und der »üblichen Gruppe« auf den Ball zu gehen. Es waren immer dieselben Leute, Freunde und Familienangehörige, denen meine Mutter »seit ewigen Zeiten«, wie sie sich ausdrückte, verbunden war. Jetzt war ich alt genug, dass ich »dazugehörte«.

Ich weigerte mich, sie zu begleiten, und meiner Mutter schien das nicht unbedingt zu missfallen. Als wir uns verabschiedeten, hörte ich, wie sie meiner Schwester ins Ohr flüsterte: »Sie ist noch zu kindlich, sie hat ja noch Zeit genug.« Ich blieb zu Hause. Besser gesagt, in der Küche.

In der Johannisnacht durfte ich jedes Jahr aufbleiben und mir die Geschichten und Erinnerungen von Tata María und Isabel anhören. Im Kalender war die Johannisnacht von einem goldenen Schein umgeben wie die Häupter der Heiligen. Und während die magischen Geschichten der beiden Frauen wiederkehrten, wurde diese Nacht durch Gerüchte getrübt (ein unergründliches ängstliches Beben) über das, was um uns herum vorging, und nur wenige vermochten zu sehen, warum es die Magische Nacht war.

Als wir allein waren, murmelte Tata María: »Es kommen schlimme Zeiten auf uns zu.«

Das war keine Überraschung. Diese Ahnung stieg wie ein Duft aus allem auf, was wir taten und sagten.

Als ich noch sehr klein war und Tata María mich auf den Arm nehmen musste, damit ich aus dem unvergesslichen Fenster schauen konnte, hob sie immer meinen Kopf an, damit ich das Stück Himmel über dem Innenhof gewahrte, auf den die Küchen des Hauses hinausgingen. Der Lärm der Hausmädchen drang an unser Ohr, die jede auf ihre Weise und nach ihren Möglichkeiten den Beginn des Sommers feierten. Man hörte Gelächter, Lieder (das zeigte, dass die Riesen abwesend waren) und hier und da knallende Korken und Flaschenverschlüsse unverwechselbarer Provenienz. Und hoch oben, so er auftauchen wollte, schien der Mond und tauchte die Wände in silbriges Licht. Und die Grille in ihrem Käfig zirpte, aber man hörte sie kaum.

Später erzählte Tata María mir zum wiederholten Male das Märchen von Schneeflöckchen, das schmilzt, als man es zwingt, über das Feuer zu springen. Isabel erzählte mir, auf den Hügeln ihres Dorfes hätten die Jungen auch immer Feuer entzündet, und dann wären sie, Jungen und Mädchen, darübergesprungen, manchmal auch Jungen und Mädchen Hand in Hand. Sie seien über die Flammen geflogen, sagte sie. Und keiner ist je geschmolzen.

»Und keiner hat sich verbrannt?«

Sie schüttelte den Kopf, von Osten nach Westen, und damit war die Frage beantwortet.

An jenem Abend hob mich niemand hoch ans Fenster und nicht nur, weil ich inzwischen zu groß dafür war. Man hörte auch nicht so viel Tumult im Innenhof vor der Küche. Doch die Grille zirpte.

Jedes Jahr zerschlug Isabel ein Ei und verquirlte es in einem Glas mit Wasser. Wenn sich das Ei nach einer gewissen Zeit in ein Schiff verwandelt hatte, bedeutete das Wohlergehen. Manchmal kam es vor, dass das Ei sich tatsächlich in ein Schiff verwandelte – in ein Segelschiff vorzugsweise –, aber manchmal verwandelte es sich auch in etwas, das man beim besten Willen nicht als Schiff erkennen konnte. Isabel warf dann ein, es gäbe so viele Schiffe, mit so unterschiedlichen Formen, da könne man nie wissen. Dann sagten sie etwas auf. Es handelte sich nicht um ein Gebet und auch nicht um ein Gedicht. Ich weiß nicht, was es war, aber ich bewundere noch heute die Andacht, mit der sie das taten, mit gefalteten Händen und geschlossenen Augen. Das zeigte mir, welche Bedeutung es für sie hatte und dass ich sie nicht unterbrechen durfte. Danach umarmten sie mich und küssten mich auf die Stirn. Vielleicht war ich das letzte Glied, das sie gegen die Ungläubigkeit der Riesen verteidigten. Denn ich glaubte mit ihnen. Ich weiß nicht genau an was, aber ich glaubte mit ihnen. Ich erinnerte mich, dass Paco einmal gesagt hatte: »An etwas muss man ja glauben, oder?« Und die anderen Chauffeure hatten ihm zugestimmt.

Als Isabel das Ei im Wasserglas aufschlug, hielten wir alle drei den Atem an. Nach ein paar Minuten verwandelten sich das Eiklar und das Eigelb, umgeben von einem Dunst, der mich an einige Bilder im Salon erinnerte, in ein prächtiges Segelschiff aus Gold inmitten des Meeres. Wir waren völlig aus dem Häuschen.

»Ein gutes Omen!«, rief Isabel, und dann brach sie in Tränen aus und umarmte mich. Ihre Tränen benetzten mein Gesicht, aber ich spürte nichts, hörte nichts.

Isabel zog die Schürze aus, strich das Haar glatt und sagte voller Überschwang zu Tata María: »Ich gehe zu Teo hinauf!«

Doch Tata María blieb gelassen, ruhig. Nur ihre Lippen bebten ein wenig.

»Nicht so voreilig. Stör ihn nicht.«

»Aber ich läute doch an der Hintertür. Teo kennt mein Klingeln. Ich muss ihm die gute Nachricht überbringen!«

Sie kehrte nicht zurück.

Wir haben lange auf sie gewartet, sehr lange. Am Ende brachte Tata María mich ins Bett, wie früher, als sie mir den Pyjama anzog und ich Jesus Christus meines Lebens aufsagen musste. Doch sie sagte kein Wort, mich umfing nur der Geruch nach getoastetem Brot, nach Nachmittagsimbiss, nach verlorener Kindheit.

Niemand sagte es mir. Ich kann mich nicht erinnern, dass jemand sich getraut hätte, es mir zu sagen, obwohl das ganze Haus von den Riesen bis zu Joaquín und seiner Frau tief bewegt war. Und niemand sagte ein Wort.

Das Schweigen kann die grausamste Offenbarung sein.

Damals wurden die Menschen zu Hause gezeugt, geboren, und sie starben auch dort, nicht selten im selben Bett. In dem Bett, das von den Eltern an die Kinder vererbt wurde. Der Sarg wurde aus dem Eingangsportal getragen (das mit dem Schild: KUTSCHEINFAHRT), vor den Augen der erwartungsvoll dastehenden Nachbarschaft, die immer mitbekam, wenn jemand von dieser Welt gegangen war. Besonders die Diener, Lieferanten und alten Kindermädchen.

Um eine Braut zur Kutsche schreiten zu sehen, drängten sich geradezu alle um das Portal. Denn auch dann war der Eingang voller Blumen. Weiße Lilien und Jasmin für die Bräute und Chrysanthemen für die Entschlafenen.

Ohne dass mir jemand ein Wort gesagt hatte, fuhr ich mit dem Lastenaufzug nach oben. Ich ging auf die Terrasse hinaus, es war niemand da, nur mein Schatten dehnte sich am Boden aus, als wollte er vor mir fliehen.

Langsam und ungeschickt kletterte ich zum Himmelsfenster hinauf, und dort hörte ich, dass der Löwe brüllte, und ich sagte mir: »Er kommt zurück. Bald.« Denn er hatte es oft gesagt, und er war kein Lügner.

Auf dem Weg zurück nach Hause ließ ich mir Zeit.

Die Hausmädchen taten alles, um vor mir zu verbergen, was vor sich ging. Sie wirkten ängstlich, betrübt und verbannten mich so oft wie möglich in die Küche.

Ich weiß nicht, wie viel Zeit vergangen war, aber auf einmal war es Tag, und eine riesige Sonne stand am Himmel, eine Frühlingssonne. Und weil mich alle vergessen hatten, lief ich einfach hinter ihnen her, mit dem beunruhigenden Verdacht, sie hätten mich einfach schlafen, schlafen, schlafen lassen … Leise, heimlich – vielleicht unsichtbar – schlich ich hinter ihnen her wie zu den Zeiten, als ich noch ein Gnom war. Weinend gingen sie auf den großen Balkon vor dem Salon. Ich erfuhr, dass meine Mutter zum ersten Mal mit Cristina die Dachwohnung aufgesucht hatte. Vorsichtig, lautlos schob ich mich just in dem Moment in eine Lücke zwischen Isabel und Tata María an der Balkonbrüstung, als die Kutsche aus dem Portal gefahren kam, und ich erinnere mich an Joaquín, der mit dem Taschentuch über seinen Schnurrbart fuhr, und an Regina, seine Frau, die sich hinter ihm die Schürze vors Gesicht hielt und weinte. Wie groß die Sonne am Himmel war! Zumindest kam sie mir so vor. Und als die weiße Kutsche, gezogen von zwei weißen Pferden, mit den weiß gekleideten Pagen herausgefahren kam, zerbrach etwas in mir oder der Welt. Plötzlich glaubte ich an nichts mehr, das man mir gesagt hatte: Alles war wieder nur eine von vielen Lügen der Riesen; denn dort aus dem blendenden Weiß stieg er vor meinen Augen empor – und ich wusste, es geschah nur vor meinen Augen, es war ein Lebewohl allein für mich –, die Arme gekreuzt, angestrahlt von der Sonne. Alles, was er berührte, verwandelte sich in ein riesiges Lichtfeuer und das ferne, fast schon verklungene Glockenläuten, das rief: »Komm, komm, komm«. Die Riesen hörten es nicht, aber die trappelnden Hufe und die sich sanft wiegenden Äste im Garten von La Milagrosa wiederholten es.

Niemand sagte ein Wort. Doch die goldenen Blütenpollen, die der Wind hochwehte und über die Terrassen und Balkone oder die Baumkronen hinweg trug, schrien es hinaus.

Ich erinnere mich, dass mich ein Nebel aus Licht umgab, der gerissen war wie ein dünnes Segel im Sturm. Alles sehr verworren. Sehr deutlich in Erinnerung geblieben ist mir hingegen die Begegnung mit einem schwarzlockigen Mädchen im Aufzug; sie war noch sehr klein, vielleicht fünf. Als sie mich sah, rief sie:

»Der Sohn der Ballerina ist tot!«

Es war die Zeit für den Spaziergang im Park, und das Kindermädchen Paz, das sich um sie kümmerte, eine Freundin von Tata María, gab ihr eine Backpfeife, worauf das Mädchen zu weinen anfing.

20

Man kann Tage, vielleicht Jahre in einer Nebelglocke verbringen, ohne dass man etwas von dem mitbekommt, was um einen herum geschieht. So ähnlich erging es mir wohl damals, denke ich heute. Nach der Episode mit dem Mädchen im Aufzug sind Zeit und Raum so vage, dass ich kaum einen Bezug zu den Ereignissen habe, die mein Land damals aufwühlten. Genau zu dem Zeitpunkt stand wieder mal mein Geburtstag vor der Tür, und wie wenig war ich gewachsen. Diesmal widmete meine Mutter mir ganz besondere Aufmerksamkeit.

Ich weiß nicht, wie lange ich nicht gesprochen hatte, denn jene Tage sind aus meinem Gedächtnis wie ausgelöscht. Aber irgendwann muss ich wohl etwas gesagt haben, denn ich erinnere mich, dass meine Mutter mich in den Arm nahm und so fest drückte, dass ich mich beklagte: »Du tust mir weh.« Anders als erwartet, brach sie in eine wahre Symphonie an freudigen Seufzern aus und drückte mich noch fester.

Dann erinnere ich mich an Gesprächsfetzen aus Telefonaten mit Felisita: »Sie ist traurig, du weißt ja … aber in dem Alter vergisst man den Kummer schnell. Wer hat als Kind nicht …« Ich saß im Sessel neben ihr – ich glaube, damals bin ich ihr nicht von der Seite gewichen. Ich erinnere mich an mein Verhalten, nicht aber an meine Gefühle, an das, was mich dazu trieb, mich an sie zu klammern wie ein Schiffbrüchiger an das rettende Brett. Fast schon besessen starrte ich das Muster des Teppichs an. Als suchte ich blaue und braune Rauten und Kreise. Aber da waren nur Blumen oder seltsame Bilder.

An die Sommerfrische entsinne ich mich vage wie an eine Abfolge von Postkarten, immer am Rockzipfel meiner Mutter. Ohne Gedanken, ohne Gefühle. Jener Sommer verging für mich in einem Gefühl der Leere, als wäre ich abwesend, als existierte ich überhaupt nicht.

Die Sonne des nahen Septembers verwandelte die Bäume an der Strandpromenade in Fackeln, bevor sie im Meer versank. Und so wusste ich, dass wir bald nach Madrid zurückkehren würden; die Sommerferien waren vorbei.

Der erste Brief meines Vaters war in Brüssel abgestempelt. Offensichtlich hatte meine Mutter ihm auf ihre Art mitgeteilt, dass ich niedergeschlagen war. Doch für sie hing das mit dem Alter zusammen. Und mein Vater schickte mir einen merkwürdigen Brief, bei dem ich nur zwei Dinge verstand: dass er mich sehr liebte, auch wenn er mich immer noch nicht besuchen konnte, und dass ich sehr, sehr stark sein musste, und wenn er käme, würden wir eine wunderbare Zeit miteinander verbringen. Wie das letzte Mal …

Ich hatte das letzte Mal schon fast vergessen, doch in dem Moment fielen mir die Filme, der Park und die Vögel wieder ein. Mich beschlich ein Gefühl der Wärme, aber auch eine leise Traurigkeit – wie immer, wenn von meinem Vater die Rede war –, und in mir erwachte der matte Wunsch nach einem Wiedersehen und vielleicht sogar das Bedürfnis, zu weinen. Ähnliches verrieten mir auch die bebenden Lippen von Tata María. Sie umarmte mich, wiegte mich langsam und murmelte: »Das ist doch schon mal was …«.

Der zweite Brief enthielt fast denselben Wortlaut wie der erste, er war nur kürzer.

Ich wusste nicht, warum, vielleicht wegen all der Dinge, die ich gehört und teilweise selbst erlebt hatte, aber ich sah auf einmal die rundliche Gestalt der Wäscherin vor mir, mit dem Messer in der Hand und mit vollem Mund fluchend. Sie machte mir keine Angst, vielleicht weil sich sogleich das Bild von Ulalia davorschob, mit ihrem gezinkten Kartenspiel, der Flasche mit dem belebenden Geist, ihrer heiseren Stimme und dem nicht allzu sauberen Halstuch.

Das Beste an der Rückkehr nach Madrid war Isabel, die uns von einem Ohr zum anderen grinsend erwartete. Der Goldzahn blitzte. Joaquín, der Portier, hingegen schien sehr besorgt zu sein. Er begann sogleich mit Tata María zu tuscheln, während er ihr half, das Gepäck hinaufzutragen.

»Die Revolution, die Revolution«, murmelte er in seinen weißen Bart. Auf einmal tat er mir leid. Er wirkte auf mich so schutzlos wie ein ausgesetztes Waisenkind. Fast so wie eine Gestalt von Dickens.

»Cristina ist nicht da«, teilte mir meine Mutter mit. »Sie ist für ein paar Tage nach Brüssel zu ihrem Vater gefahren.«

Von dem Moment an überschlugen sich die Ereignisse. Ich fühlte mich ausgeschlossen und zugleich Teil eines Geheimnisses, das mich betraf, obwohl ich nichts davon wusste. Ein Anruf jagte den nächsten, wie immer, wenn meine Mutter etwas organisierte. Gespräche, ominöse Beratungen und Klagen zwischen meiner Mutter, Felisita und ihrer Schwester Carolina. Sie rief sogar Großmutter an, die in Barcelona lebte (und nichts zu verstehen schien, was nicht direkt mit meinem Vater zu tun hatte). Nachdem sie sich schweigend die Tirade meiner Mutter angehört hatte, fiel ihr nichts Besseres ein, als zu fragen, ob es Neuigkeiten aus Brüssel gebe. Bis sie sich zum Glück an Eduarda wandte. Mit ihr kommunizierte sie per Brief.

Ich habe Eduardas Brief gelesen, weil meine Mutter, die immer völlig kopflos war, ihre Sachen überall herumliegen ließ. Der Brief weckte meine Neugier, weil ich ihm mehr oder weniger entnehmen konnte, dass meine Mutter Zweifel hatte, ob sie einer Bitte nachgeben sollte. Und Eduarda wischte die Zweifel in der ihr eigenen knappen Art beiseite. »Du wirst doch dieser Frau nicht den einzigen Trost verweigern: die Freundin ihres Sohnes kennenzulernen, die Einzige, die …«

Ich las und hörte alles wie im Traum. Aber es waren nicht die Träume einer angenehmen und geruhsamen Nacht, sondern die aufgewühlten Träume im Halbschlaf der Siesta, in denen ich auf einem zerbrechlichen Floß kenterte, hin und her gepeitscht von den Fetzen realer Gespräche und phantasierter Ereignisse; eine schweißtreibende Mischung aus Unruhe und Beklemmung. Eduarda schrieb: »Deshalb werde ich kommen, denn ich denke vor allem an Adri.« Meine Mutter wiederholte das alles für die Ohren von Felisita, der ergebenen Freundin, die am anderen Ende der Leitung vor Neugier brannte. Ich hörte schweigend zu. Ich musste mich nicht mehr verstecken, ich wusste, dass ich unsichtbar war, umgeben von umherirrenden Worten, von Wechselfällen, die sich bereits ereignet hatten oder noch folgen würden. »Eduarda«, sagte ich leise vor mich hin, »Eduarda.« Ein sanfter Wind erfasste mich.

Eines Nachmittags – ich glaube, es war derselbe, an dem ich Eduardas Worte hörte –, drang aus dem Hof etwas durch das Fenster, das ich dunkel vermisst hatte: Zars Jaulen. Ein langes Jaulen, gefolgt von einem Japsen, das wie menschliches Schluchzen klang.

Ein strahlender, warmer Tag kündigte sich an. Eine kühle Brise wehte von Zimmer zu Zimmer, während die Hausmädchen sie bei sperrangelweit geöffneten Fenstern lüfteten. Tata María murrte: »Ich werde mir noch einen Katarrh holen!« Tata Marías Katarrh wurde schon seit langem angekündigt, auch wenn niemand zu sagen vermochte, worin er bestand.

Damals hatte bei uns ein neues Hausmädchen angefangen, und es war mir zunächst gar nicht aufgefallen. Es war ein blutjunges Ding mit großen Kuhaugen. Ich hörte, wie Tata María und Isabel sie in den Hausarbeiten unterwiesen. Mir kam sie völlig überfordert vor. Sie hieß Crescencia, aber sie wurde Cenci gerufen, weil der Name so lang war. Wenn ich mich recht entsinne, sah ich sie zum ersten Mal beim Frühstück. Sie stand hinter Tata María und blickte mich mit großen Augen an, wie jemanden, von dem man viel gehört hat, und sie wirkte verängstigt.

Ich faltete gerade die Serviette auseinander, da sagte Tata María: »Die Mutter des Jungen will dich kennenlernen.« Sie sagte nicht, die Ballerina. »Du musst sehr höflich und vorsichtig sein … am besten hältst du den Mund. Denn alles, was du sagst oder tust, kann ihr das Herz brechen.«

Tata María ging langsam, sie schlurfte nicht, aber es fiel ihr schwer, einen Fuß vor den anderen zu setzen, und sie bewegte sich vorsichtig, mit Bedacht, so wie man Schachfiguren bewegt. Und als sie mir den Kaffee eingoss, fielen ein paar Tropfen auf die Tischdecke, was noch nie vorgekommen war. In dem Moment erwachte in mir ein großes Gefühl der Dankbarkeit, und so etwas wie Liebe stieg in mir auf und trübte meinen Blick. Es war wie ein Aufflammen. Ein neues Gefühl, das möglicherweise von den verschwundenen Mädchen auf mich übergegangen war, die jetzt Mama und Eduarda hießen – verschwunden für alle anderen, außer für Tata María.

Und ich wünschte, es wären meine Hände, die gezittert und den Kaffee verschüttet hätten, nicht ihre. Ich schloss die Augen und wartete. Ich glaube, ich habe die Hälfte meines Lebens mit Warten zugebracht.

Die Ballerina und der Graf hatten meine Neugier nicht geweckt, bis zu dem Tag, an dem zwischen den Kulissen des Kindertheaters, scheinbar verloren, Fotos von ihnen aufgetaucht waren, Schnappschüsse, bei manchen fehlten sogar die Köpfe. Das war zu der Zeit, als wir uns noch, jeder auf seiner Seite der Bühne, mit Hilfe der Pappfiguren unterhielten. Nachdem Gavi sie entdeckt hatte, sammelte er sie schnell ein und packte sie weg. Als wollte er die beiden nicht sehen, sondern nur von ihnen sprechen. Das war der Tag, an dem er mir später über die Pappbühne hinweg gesagt hatte, dass er seine Mutter manchmal nicht liebte.

Damals hatten wir das Kindertheater stehen lassen und das erste Gespräch vis-à-vis geführt, in unserem Reich aus braunen und blauen Rauten.

Ich hörte, wie meine Mutter und sie sich mit den bei den Riesen üblichen Worten begrüßten. Danach zog sich meine Mutter diskret zurück und ließ uns allein.

»Du bist Adri«, sagte sie. Und an der Art, wie sie das R aussprach, glaubte ich ihren Sohn meinen Namen aussprechen zu hören. Ich schloss die Augen, aber ich sah sie vor mir.

Sie sei nicht so groß, wie sie auf der Bühne wirke. Das hatte ich Felisita einmal sagen hören. Aber ich hatte sie weder auf der Bühne noch sonst irgendwo gesehen. Sie trug einen schwarzen Pelzmantel, der einen Kontrast zur Blässe ihres Gesichts bildete, es war ein bloßgelegtes, nacktes Gesicht.

Ich weiß nicht, warum sie in mir den Eindruck erweckte, dass sie völlig nackt war, nur von Wolfsfellen bedeckt.

Sie beugte sich zu mir herunter, und eine Wolke ihres Parfüms hüllte mich ein – der Duft des Vergessens. Ihre ganze Gestalt strömte den zarten Geruch von etwas aus, das gegangen, das unwiederbringlich fort war, vielleicht sie selbst oder ihre Kunst oder ihre Hoffnungen. Zum ersten Mal gewahrte ich den Schatten einer Enttäuschung. Ihr Gesicht war ganz nah, und ich sah in ihren Augen eine zurückgehaltene Träne, die vielleicht niemals vergossen würde.

»Ich wollte dich nur einmal sehen, dich kennenlernen. Ich weiß, dass du seine einzige Freundin hier warst. Ich habe dir etwas mitgebracht. Wir haben alles verbrannt, was er während der Krankheit angefasst hat. Aber dieses Buch nicht; dieses Buch, das er so geliebt hat, das ihr beide geliebt habt, ist geblieben. Nimm es, als Erinnerung an ihn. Es lag an einem anderen Platz, es ist nicht infiziert. Wir haben mit dem Arzt gesprochen …«

Sie hatte es noch nicht ganz ausgesprochen, da umarmte sie mich. Mein Gesicht tauchte in den zarten schwarzen Wald ein, der sie umgab. Dann löste sie die Umarmung und verließ den Salon. Wie in weiter Ferne hörte ich, dass sie sich von meiner Mutter verabschiedete. Ich kann immer noch das Klappern ihrer hohen Absätze hören, die so gar nicht zu einer Ballerina passten.

Ich war wieder allein unter den erloschenen Kristalllüstern und hielt den *Rabenkönig* gegen meine Brust gepresst.

Als ich das Buch aufschlug, stellte ich fest, dass das letzte Kapitel fehlte. Jemand hatte es herausgerissen.

Ängstlich sah ich zu dem Bild hinüber. Das Einhorn war da, aber ich bemerkte, dass es keuchte, ich konnte seinen schnellen Atem, das Zittern seiner Hufe nach ermüdendem

Lauf förmlich spüren, es hatte bestimmt einen anstrengenden Weg hinter sich. Aber jetzt war es da.

Ich hatte die Hoffnung fast schon aufgegeben, ihn wiederzusehen, da tauchte Teo auf. In der Küche – im Herzen der Wohnung, wie ich in einem Märchen gelesen hatte –, nicht in dem gedämpften Salon.

Tata María rief mich: »Adri, Liebes, Teo ist da!«

Er stand vor mir wie der standhafte Zinnsoldat meiner Lektüre aus Kindertagen. Obwohl der Glanz seiner Tränen versteinert war, lag noch ein Leuchten in den wunderschönen Augen, die ich nie vergessen werde.

Ich lief zu ihm und stieß ein paar erstickte Seufzer aus, zart wie Spatzenfedern. Ich war inzwischen zu groß – wer hätte das gedacht –, um mich an seine langen Beine zu schmiegen.

Er schlang seine Arme um mich und flüsterte mir ins Ohr: »Er kommt wieder.«

Nur diese drei Worte. Er wusste, das war das Einzige, was ich hören wollte. Er erklärte Isabel, die Wohnung würde abgeschlossen – das gesamte Gebäude gehörte dem Grafen –, und er würde wieder Don Mauricios Hausdiener. Und Zar nähme er mit. Das Letzte, an das ich mich fast schon traumartig erinnere, ist die herzzerreißende Trennung, denn als er ging, lief ich hinter ihm her und rief etwas, das sich anhörte wie das Heulen von Zar. Ich weiß nicht mehr, was ich ihm nachrief, nur dass in diesem Schrei mein Leben entschwand, das wunderbare Leben, das ich mit Gavi und ihm geteilt hatte. Während diese Erinnerung in halb durchsichtigen Nebel getaucht ist, sehe ich im prallen Sonnenlicht lebhaft die Flucht der wilden auf dunkelblaue Atlasseide gestickten Schwäne vor mir. Langsam, mit harmonischem, todtraurigem Flügelschlag erhoben sie sich in die Lüfte, als die Tür – *unsere* Tür – sich hinter ihm schloss. Sie flogen durch die Wand und folgten ihm, liebend und treu ergeben wie die elf Schwanenfürsten. Mir hinterließen sie nur eine von grausamen Scheren zerstörte Stickerei.

Im letzten Moment steckte Teo mir etwas zu: den Schlüssel zu der Wohnung unter dem Dach und zu der Terrassentür, der Terrasse, auf der sich immer noch das Himmelsfenster befand.

21

Der Wohnungsschlüssel, den Teo mir zugesteckt hatte, glänzte geheimnisvoll wie ein Kleinod. Ich saß im Bett und betrachtete ihn wie ein aufgeschlagenes Buch, das ich Seite um Seite durchblättern wollte. Immer wieder fragte ich mich: Was waren seine letzten Worte? Und dann kehrten nicht die Worte, sondern ihr Klang zu mir zurück: »Komm, komm, komm …« Dann dieses »Ich komme wieder«, das mich nicht losließ. Sollte ich ihn suchen, oder würde er zu mir zurückkommen, wie er es so oft versprochen hatte?

Ich war hin und her gerissen zwischen Angst und Hoffnung. Cristina war in Brüssel bei meinem Vater und den Zwillingen, und ich war allein. Ohne Zeugen, Berater oder Verteidiger. Vielleicht habe ich Cristina in der ersten Nacht noch vermisst, aber später, als mir klarwurde, dass das geteilte Zimmer jetzt allein mir gehörte, atmete ich erleichtert auf, dankbar für die Einsamkeit. Das stetige Ticken der Uhr gab der Stille eine Leitlinie, ohne sie zu zerstören. Ich wartete, wie viele Jahre zuvor, auf die magische Stunde, in der ich mein Papierschiff besteigen würde. Nur dass Gavi jetzt irgendwo auf mich wartete, vielleicht am Ende des Flures oder an der Tür zum Salon oder unter dem Bild des Einhorns … Wer weiß, vielleicht sogar in einem Winkel der Dachwohnung. Ich musste ihn finden und erkennen. Wie Gerda nach mehreren Täuschungsversuchen ihren geliebten Kay wiederfand und erkannte, als die böse Schneekönigin ihn in den

Eispalast entführt hatte. Ich erinnerte mich daran, wie wir die Geschichte gelesen hatten, wir beide auf dem Rautenteppich, das Buch zwischen uns, sein Kopf ganz nah an meinem. Wie Gerda ihn unermüdlich suchte, in der Räuberhöhle, unter der Erde und in den Blumensamen, bis der Gute Rabenvogel kam, der Vogelfreund, der ihr half, den Weg zu Kay zu finden, Richtung Norden, und der nichts mit dem Rabenkönig gemein hatte. Die Bilder überschlugen sich in meinem Kopf, und ich schloss die Augen. Sie alle hatten mit etwas zu tun, das ich gerade entdeckt hatte. Als würden sich Traumbilder über Bilder aus der Wirklichkeit schieben.

Durch die geschlossenen Lider sah ich wieder die Schatten der Hausbewohner. Lange heulende Schatten in grausamer Hatz. Wie die Träume der Bewohner im Schlosse des Prinzen – der nicht Kay war – und der Prinzessin – die nicht Gerda war. Kay war außerdem nicht im Schloss, also musste sie ihre Suche fortsetzen. An dieser Stelle wachte ich auf, ich löste mich von Andersen, wie die Schlange sich ihrer nutzlos gewordenen Haut entledigt. Und ich sagte mir: »Ich wachse.« Oder: »Ich bin eine Schlange geworden.«

Wie vor Jahren machte ich mich auf die Suche nach dem Einhorn und dem Funkeln der Lüster, nur dass ich jetzt den Schlüssel in der Hand hielt. Ich wusste nicht, ob ich ihn benutzen sollte. Geschichten von gefährlichen, geheimnisvollen Schlüsseln verwoben sich in meinem Kopf zu einem Knäuel, es war ein Kampf zwischen Furcht und Verlangen. Das Bild des blutbefleckten Schlüssels, den Blaubarts Frau mit Sand zu reinigen versucht, tauchte immer wieder auf. Aber dann war da die Hoffnung, dort oben etwas zu finden, und sei es auch nur ein noch so kleiner Hinweis, der bewies, dass er nicht fort war. Mich selbst sah ich, im Bett sitzend, den Schlüssel in der Hand, als wäre ich geschrumpft, als wäre ich eine winzige Gestalt in der großen Einsamkeit einer Liebe, die ich nicht teilen konnte, und ich wusste nicht, wohin damit.

Ich weiß nicht, wie lange ich so reglos verharrte. Ich saß im Bett, starrte auf den Schlüssel oder hielt ihn fest umklammert. Langsam breitete sich die Stille der Nacht in der Wohnung aus, und mit jedem Knarren des Holzes wurde sie noch größer, noch weiter. Ich hatte mich nach wie vor nicht entschieden, ob ich schlafen oder in die Dachwohnung hinaufgehen wollte. Ich wusste, alle Schlüssel bergen eine Geschichte, die nur sie selbst enthüllen können. Nur sie können die geheimnisvollen Bereiche öffnen oder verschließen, in denen sich die Sehnsucht, die Hoffnung, das Grauen, die Erinnerung verbergen.

Oder eine große Leere.

Nach langem Zaudern traf ich die Entscheidung fast abrupt, auch wenn ich mich wie eine Schlafwandlerin bewegte. Ich ging in die Küche, wo mich das »Plop-plop« von Wassertropfen daran erinnerte, dass fast immer irgendwo ein Hahn nicht richtig zugedreht war. Ein lautes und beruhigendes Schnarchen kam aus dem Hausmädchenzimmer, von dieser Seite war also nichts zu befürchten. Vorsichtig schlich ich zu *unserer* Tür. Der Schlüssel hing immer griffbereit in der Nähe des Spions. Niemand hatte daran gedacht, dass jemand ihn heimlich, mit angehaltenem Atem, abnehmen könnte, wie es in der Dachwohnung in manchen Mondnächten geschehen war, wenn der Junge sich weggeschlichen hatte. Wohin oder zu wem, ich werde es nie erfahren. Jetzt hielt ich zwei Schlüssel umklammert.

Leise öffnete ich die Tür. Zum Glück quietschte sie nicht.

Und als ich durch den Hof ging, sah es aus, als wäre er aus Silber. Ich stieg in den Lastenaufzug, und als er losfuhr, kam mir der Lärm so höllisch laut vor, dass ich fürchtete, er würde das ganze Haus aufwecken. Dann stand ich vor der Türschwelle zu der Dachwohnung. Langsam öffnete ich die Tür, auch hier kein Knarren, samtgleich glitt sie auf den Angeln dahin. Es war, als ob die Wohnung – fast schon ein Mensch – aus dem Schlaf erwachte. Sogleich wurde mir klar, dass ich den Abwesenden die Tür geöffnet hatte, deren Schatten über die Wände huschten, flüchtig, fast durchscheinend, bevor sie verschwanden.

Es waren fast keine Möbel mehr da, und über allem lag eine dünne Staubschicht – ein merkwürdiger Staub, wie Asche, wie ich ihn noch nie zuvor gesehen hatte – gleich einem Schleier, der sich an manchen Stellen hob und wie ein Wölkchen davonflog. Zerknüllte Papiere, Kordelstücke, leere Pappkartons. Ich drückte auf den Lichtschalter, aber es blieb dunkel. Durch die Ritzen fiel jedoch ein weißes Licht herein. Der Mond stand am Himmel, als würde er warten, lauern. Für mich hatte der Mond schon immer etwas von einem Wilderer.

Ich ging zur Terrassentür. Die Blumen in den Kübeln waren seit langem verwelkt. Es waren nur noch ihre verdorrten Skelette übrig. Selbst wenn Gavi zurückkehrte, wäre nichts mehr wie früher. Daran gab es keinen Zweifel, und doch konnte diese Überzeugung die Hoffnung nicht zerstören, dass ich ihn wiedersehen würde, wie er es versprochen hatte: »Ich komme zurück.«

Langsam, innerlich bebend, ging ich durch die Räume, die zum Spielzimmer führten. Von unseren Sachen war nichts mehr übrig, sie hatten alles verbrannt. Eine trockene Klage setzte sich in meiner Brust fest; ich konnte nicht weinen.

Wie war es möglich, dass all das verschwunden war? Wie sollte ich damit umgehen, dass vor mir unsere Welt in Schutt und Asche lag? Ich hatte gelesen, dass manchmal Karawanen in der Wüste unter einem Sandsturm begraben wurden. Eine Art Wüstensturm hatte auch die Kinder begraben, die hier einst spielten, lasen und sich liebten. Als hätten sie nie existiert. Und auf einmal schlug der Schmerz in Zorn um. Und der Zorn wurde größer, wie ein Feuer, ich hörte es in meiner Brust förmlich knistern, und ich wusste wieder nicht, gegen wen ich ihn richten, wo ich damit hin sollte, wie zuvor mit der Liebe. Ich konnte nicht weinen, aber ich war verletzt, und wäre ich Zar gewesen, ich hätte geheult.

Da entdeckte ich auf dem Boden, halb bedeckt von dem niederträchtigen Staub, das Stück Teppich, das unser Reich aus blauen und braunen Rauten gewesen war, und daneben das alte Grammophon; die Platte von Tschaikowsky lag noch auf dem Teller, auf der ein Hund immer noch darauf wartete, die Stimme seines Herrn zu hören. Ich kniete nieder und schloss die Augen, doch erst als ich sie wieder öffnete, kehrte die Musik zurück, denn ich hörte sie nicht, ich sah sie. Wie damals, als Gavi sie in die Luft gezeichnet hatte. Ich erinnerte mich daran, und ein einzigartiger Duft breitete sich aus, den man einsaugen und vielleicht sogar anfassen konnte. Ich ließ mich sanft auf den Boden gleiten, wie damals. Und ich träumte, dass sein blondes Haar meine Stirn berührte. Als ich erwachte – ich kann mich gar nicht entsinnen, eingeschlafen zu sein –, hörte ich ein Rascheln von Blättern, das sich langsam entfernte. Ich stand auf und rieb mir die Augen; ich bewegte mich immer noch wie eine Schlafwandlerin oder als folgte ich einem unbekannten Befehl. Ich ging in die Küche. Dort hing die riesige Uhr, deren Stundenzeiger stillstand. Und ich glaubte, eine sich entfernende Stimme zu hören, die sagte, ich werde sie einen nach dem anderen töten, langsam.

Wie ich.

Am Abend strahlte der Garten des Klosters La Milagrosa einen geheimnisvollen rotgoldenen Glanz aus. Ich betrachtete ihn aus dem Fenster unseres Zimmers – der Oktober hatte noch nicht begonnen –, und ich erinnerte mich an andere Abende, auf dem Balkon des Salons. Ich wusste, dieses intensive Farbspiel hielt nur ein paar Tage an. Und als sich die Dunkelheit auf den Garten herabsenkte, tauchte der Laternenanzünder wieder auf und entzündete eine nach der anderen die Straßenlaternen, und während der Park erlosch, erstrahlten die Akazien. Es gefiel mir immer noch zuzusehen, wie die kleinen bläulichen Flammen Krone für Krone das Grün der Bäume belebten. Doch der Laternenanzünder war nicht mehr mein Freund. Viele andere Dinge *waren* auch nicht mehr.

Meine Mutter rief mich in ihr Zimmer. Sie saß mir gegenüber und tat so, als wollte sie mein Medaillon richten oder meinen Kragen glattstreichen.

»Mein Gott, wie groß du geworden bist!«, log sie und fuhr fort: »Du musst wieder auf das Saint Maur, Adri …«

Es folgte eine lange Rede über das, was erforderlich war und was nicht. Am Ende war ich mit den Gedanken bereits woanders. Nach einem kurzen Schweigen räusperte sie sich – wie so oft –, und dieses Räuspern war das Zeichen, dass das Wichtigste erst noch kam.

»Adri, ich muss dir ein paar Dinge mitteilen. Du weißt, dass wir schwierige und gefährliche Zeiten durchmachen. Du wirst feststellen, dass sich auch am Saint Maur vieles verändert hat.«

Die erste Veränderung bestand darin, dass Tata María mich nicht mehr länger in die Schule begleitete. Meine Mutter war der Ansicht, ich sei schon eine junge Dame, und offensichtlich durften junge Damen ohne Begleitung draußen herumlaufen. Vor allem, wenn sie zum Saint Maur gingen, das nur zwei Blocks von unserem Haus entfernt lag.

Die zweite Besonderheit war ein großes Schild über dem Eingangstor: Saint Maur hieß nicht länger Saint Maur, sondern Mädchenschule. Doch die wahre Überraschung erlebte ich, als ich feststellte, dass die Mesdames ihren Habit abgelegt hatten. Sie trugen jetzt lange Röcke und hochgeschlossene Pullover oder Blusen. Zum ersten Mal sah ich ihr Haar. Die meisten hatten es zu kleinen Knoten zurückgebunden. Sie sahen seltsam, fast schon lächerlich aus. Die, die ich vorher hübsch gefunden hatte – die ein oder andere war schon darunter –, wirkten jetzt, wenn auch nicht hässlich, so doch angegriffen. Sie hatten den Hauch von Eleganz eingebüßt, der ihnen früher eigen war, in ihrer Art zu gehen oder ihre Hände zu bewegen.

In dem zur Mädchenschule umgewandelten Saint Maur war etwas verloren gegangen, das man, wie bei ihnen, nicht genau fassen konnte, aber spürte. Und auch ich verlor zwei Dinge: Die Angst und meine Leichtgläubigkeit. Unter einem neuen Blickwinkel verschwand auf einmal alles, was mir Angst gemacht, mich verwirrt und traurig gemacht hatte – die Mädchen und Nonnen eingeschlossen – und was ich für unverrückbar gehalten hatte. Wenn Gavrila nicht zurückkehrte, war alles, was mich umgab, nur mehr ein einziger großer Schwindel.

Am ersten Tag rief mich Madame Saint Genis, die Direktorin, in ihr Zimmer, eine seltene und meist nicht unbedingt erwünschte Ehre.

Das Wiedersehen war getragen von einer Mischung aus Willkommensgruß und Furcht, einem uneindeutigen Tonfall, als müsste sie sich für etwas entschuldigen, das sie nicht selbst getan hatte, wofür sie sich jedoch verantwortlich fühlte.

»Wir sind sehr froh, dass du wieder unter uns bist. Du wirst bemerkt haben, dass sich vieles verändert hat. Aber deine Mutter hat sicher schon mit dir über die gefährlichen Zeiten gesprochen, die wir durchmachen, vor allem wir Ordensleute. Doch der Geist, der uns leitet, hat sich nicht verändert, nur im Moment …«

Meine Mutter hatte mir nichts gesagt. Und wenn doch, dann hatte ich ihr nicht zugehört.

Madame Colette drückte wieder ihren Zeigefinger in meinen Rücken und schob mich durch den Gang, bis wir zu demselben Klassenraum kamen, den ich im letzten Schuljahr verlassen hatte. Vielleicht hatten sich die Dinge nur äußerlich verändert.

Wieder betrat ich den Raum, in dem es nach Kreide und Schlaftrunkenheit, nach Holzpulten und Tintenfässern roch. Und erneut wartete mein Platz in der letzten Reihe auf mich. Das zumindest war unverändert.

Das Schuljahr hatte schon angefangen, und ich hatte vieles verpasst, nicht nur die Neuerungen, deren Zeugin ich gerade geworden war. Ich setzte mich an mein leeres Pult – ich würde mich erst mit der Zeit dort ausbreiten –, bis mich das bekannte Geräusch trappelnder Schritte auf dem Steinboden warnte: Sie kommen. Doch diesmal zog sich mein Herz nicht zusammen, mein Atem ging nicht schneller wie in früheren Zeiten – die so nah und doch auf einmal so weit weg waren –, sondern ich dachte mit kindlich boshaftem Vergnügen: Ihr werdet mich kennenlernen.

Die Tür ging auf, und sie stürmten herein.

Es waren andere Mädchen, aber den alten sehr ähnlich. Die Meute blieb abrupt stehen und sah mich schweigend an. Aber eine erkannte ich sehr wohl wieder und sie mich auch: Margot.

Sie wiederholte das Schuljahr, denn abgesehen von ihrer Geschicklichkeit beim Ballspielen und Menschenquälen, war sie in der Schule eine Niete.

Und ich war sehr böse. Der Schreck der Mädchenschule. Ich verprügelte jeden, der sich mir in den Weg stellte, ich machte mich über die Lehrerinnen lustig – ich malte ihre Karikaturen an die Tafel – und verlor jegliche Angst und jeglichen Respekt vor allen, die mir Einhalt gebieten wollten. Zu meiner Verblüffung hagelte es anfangs keinen Tadel, und es gab auch keine Briefe an meine Mutter, in denen man sich über mein Verhalten beklagte. Und immer wieder drang aus der Erinnerung ein Flüstern an mein Ohr – oder vielleicht auch an einen anderen unbekannten Ort in mir –, und ich hörte ihn sagen: »Lach nur, lach. Und schlag zu, bis ich zurückkomme und wir wieder zusammen sind.«

Leise schlich ich zu dem leeren Zimmer, das in den ersten Jahren mein Zimmer gewesen war, wo ich zum ersten Mal die Schatten von Gavrila und Zar an der Decke gesehen hatte. Und ich sagte mir: »Hab keine Angst, fürchte nichts und niemanden, du bist stärker, du bist besser …« Und ich vernahm sein unvergessliches, ein wenig raues, leises Lachen: ein schmales sich durch den Sand schlängelndes Rinnsal, das seine Spur durch den Sand zog, wie ein Schatten. So konnte ich einer überraschend kleinlauten Margot gegenübertreten, mich den verhassten Fragen verweigern. Margots früher so spöttisches und verächtliches Lachen war jetzt demütig, schüchtern und zugleich auf eine falsche Art herausfordernd.

Sie wiederholte das Schuljahr, ich nicht – ich war fort gewesen. Außerdem trug ich wie ein Schutzschild das Licht Gavrilas, das Licht des Himmelsfensters in mir. Ich war immer noch kleiner als sie, doch bei der erstbesten Gelegenheit – und ich muss gestehen, dem war keine ausgesprochene Provokation vorausgegangen – verpasste ich ihr eine Ohrfeige. Ich erinnere mich noch an die Genugtuung, die ich empfand, als ich die Wölbung ihrer Wange unter meiner Hand spürte. Sie war so verblüfft, dass sie sich nicht einmal wehrte, mit Angst hatte das wohl nichts zu tun.

Nachts, wenn ich endlich allein in meinem Zimmer war, fragte ich ihn, wann er zurückkäme. Ich sagte ihm, dass ich die Angst verloren hätte, dass ich auf ihn wartete, denn außer ihm habe nichts für mich eine Bedeutung. Ich war inzwischen wie eine Insel, nichts konnte mich aus dem herausreißen, was einmal unsere Welt war. Er antwortete mir nicht, doch hin und wieder drang durch irgendeine unsichtbare Ritze sein leises, raues Lachen an mein Ohr. Es war nicht das Lachen eines Kindes. Das war es nie gewesen.

Ich erfuhr, dass die Nonnen nicht mehr in Saint Maur schliefen. »Sie haben Angst«, erzählte mir das Mädchen, mit dem ich mir das Pult teilte. »Zu Recht, denn sie können jederzeit kommen und sie töten.« Und in der Art, wie sie »sie töten« sagte, lag eine Mischung aus Ergötzen und Entsetzen. Nachts war Saint Maur also einsam und verlassen. Und da kam ich auf die Idee.

In einer Ecke im Klassenraum befand sich eine Tür, die immer schon mein Interesse geweckt hatte. Sie war schmal und klein wie die in den Illustrationen meiner alten Feenmärchen, hinter denen sich Gnomhöhlen und geheimnisvolle Schlafstätten von Wölfen verbargen. Ich dachte oft: Dort werde ich hineinschlüpfen, und ich werde wieder ein Gnom sein, wie früher, als die Hausmädchen mich nicht finden konnten. Eines Tages stand die Tür zufällig offen. Ich spähte hinein und entdeckte ein kleines Lager mit Heften, Büchern, einem unerwarteten Besen und anderen Reinigungsutensilien. Die Tür hatte ein Fenster aus geschliffenem Glas.

„Dort werde ich mich verstecken, und niemand wird mich finden. Und ich werde warten."

Nachts, in meinem Bett, bei erloschenem Licht, plante ich alles minutiös. Es war, als sähe ich all meine Schritte wie in einem Film vor mir. Ich sah das Innere der Kammer, sah, wie es sich mir nichts, dir nichts in das Innere eines Baumstamms verwandelte, und sogleich fiel mir die Zeit wieder ein, in der ich im Strafzimmer im Dunkeln ausgeharrt hatte. Auch jetzt fühlte ich mich von magischem Glanz umgeben, wie damals, als ich das Zuckerstückchen in der Hand hielt. Jetzt war es ein Schlüssel. Ich trug ihn immer bei mir, als würde er mir am Ende die geheimnisvolle Tür öffnen, durch die ich eintreten oder er zurückkehren würde, wie er es gesagt hatte. Ich hatte keinen Zweifel daran.

Es musste an einem Samstag sein, denn bei uns hatte man die sogenannte »englische Woche« eingeführt, das heißt, wir hatten am Nachmittag keine Schule. Wenn die Mädchen mit der Aussicht auf eineinhalb Tage ohne Unterricht bei Ertönen der Schulglocke lärmend aus dem Klassenraum stürmten, so glaubte ich, könnte ich mich leichter davonstehlen. Am Samstag war der Tumult am größten.

Ich feilte immer weiter an meinem Plan. Ich würde mir etwas zu essen mitnehmen. Ich würde warten. Darin war ich ja geübt, sogar, wenn ich gar nicht wusste, worauf. Ich legte mir einen kleinen Vorrat an Keksen und Schokolade an (etwas Besseres fiel mir nicht ein, und so war es bequem). Im

Grunde dachte ich gar nicht darüber nach, wie es nach dem Samstag und dem Sonntag weitergehen sollte, ich dachte nur an Gavrilas Rückkehr. Der Montag war weit weg; ich und alles, was ich mir wünschte und erhoffte, lag hinter einer Nebelwand oder einem Regenvorhang, wo er, dessen war ich mir ganz sicher, stehen würde. Wo sich sein Versprechen erfüllen würde, dass wir wieder zusammenkämen. Nie mehr habe ich so sehr an etwas geglaubt. Ich wusste nicht, wie und wann es dazu käme, aber es würde geschehen.

Schließlich kam der Samstag. Als um Punkt eins die Schulglocke ertönte, schob ich das Päckchen mit den Keksen und der Schokolade schnell in meinen Ranzen, während die anderen Mädchen ihre Hefte und Bücher und die Geheimnisse ihres Pultes zusammenrafften, als müssten sie einen Zug erreichen, der jeden Moment abfuhr, und mit einem Riesenradau zur Treppe eilten. Dort stellten sie sich in einer Reihe auf, um zum Ausgang zu gehen. So wie ich es bis zu jenem Tag auch getan hatte.

Bei meinem Talent, mich zu verstecken, das ich schon in meinen ersten Lebensjahren weidlich ausgenutzt hatte, fiel es mir nicht schwer, aus der Reihe zu verschwinden und zu meinem Refugium zu huschen. Ich öffnete die Tür, und als ich hineinging, fiel mir der Besen auf den Kopf. Allmählich erstarb der Lärm, es blieben nur die anderen, fast unhörbaren Geräusche übrig, die verlassene Räume aussenden.

Ich setzte mich auf den Boden, viel Platz gab es nicht. Nach einer Weile musste ich auf die Toilette. Vorsichtig ging ich hinaus. Ich wusste ja, wo die Toiletten waren. Ich kehrte in mein Versteck zurück. Ich fühlte mich wieder wie der Gnom meiner Kindheit, der sich im Herzen eines hohlen Baumstammes versteckte. Ich würde weiter warten. Warten. Warten.

Briefe.

Eduarda, wir haben einen Leidensweg hinter uns, einen wahren Leidensweg, sie hat sich in der Schule in einer Art Schrank versteckt, es waren schlimme Tage, wir haben sogar die Polizei gerufen und uns blamiert, ausgerechnet jetzt, wegen so einer Sache, und sie taucht einfach wieder auf, als wenn nichts wäre. Dieses Mädchen kennt keine Scham, sag mir, was ich machen soll. Du warst immer meine Ratgeberin, und jetzt, wo ich allein dastehe, mit diesem unberechenbaren Kind …

Briefe.

Ich fand die Briefe und las sie, bevor sie eingeworfen wurden, denn manchmal vergingen zwei oder drei Tage, bis jemand sie zur Post brachte. Das war typisch für meine Mutter. Ich sah das Wort »unberechenbar« im Lexikon nach.

Und so kam es, dass ich am Ende von der Mädchenschule flog. Und ich erinnere mich, dass ich Befriedigung empfand, als hätte ich eine Pflicht erfüllt.

Diesmal schrieb Eduarda nicht. Sie kam, allein, wie beim letzten Mal. Mit dem Zug.

»Und die Kaffeekanne?«, fragte ich, als sie sich zu mir hinunterbeugte und mir einen Kuss gab.

»Sie ist kaputt«, erwiderte sie.

Meine Mutter und sie zogen sich sofort in das kleine Zimmer zurück. Ich wollte sie nicht belauschen. Ich konnte mir vorstellen, worum es ging.

Doch ich irrte mich.

»Wir können dich jetzt nicht an einer anderen Schule anmelden, mal abgesehen von den Unannehmlichkeiten, die das mit sich brächte. Deine Tante wird dich für die nächsten Monate mitnehmen und versuchen, dich auf den rechten Weg zu bringen. Das Leben in der Burgruine – wie sie selbst es nennt, und das erscheint mir sehr treffend – ist nicht so wie hier. Ich hoffe, du begreifst endlich, dass das Leben manchmal sehr kompliziert ist und dass du wieder auf den rechten Weg kommst …«

Eduarda unterbrach sie:

»Genug jetzt. All das ist überflüssig. Sie kommt mit zu mir, wir werden versuchen, einen guten Lehrer oder eine gute Lehrerin zu finden … Bei mir hat sie Kontakt zu den Bäumen, und sie wird viel mehr lernen, als man ihr auf dem Saint Maur beibringen könnte …«

»Auf der Mädchenschule«, sagte ich und unterdrückte ein müdes Lachen. Eduarda lachte für mich. Ich bemerkte, dass meine Mutter nicht wusste, was sie sagen sollte, sie seufzte nur.

»Es ist ja nur für kurze Zeit, es ist ja nur für kurze Zeit …«

Keiner wusste damals, dass aus »nur für kurze Zeit« drei lange Jahre werden würden, in einem Krieg, in dem wir in feindlichen Gebieten voneinander abgeschnitten waren, der meine geliebten Brüder Jerónimo und Fabián an die Front brachte und tötete, und dass mein Vater für immer aus meinem Leben verschwinden würde.

Doch an jenem Abend war all das noch weit weg, ich fuhr mit Eduarda zu ihrer Burgruine, ohne zu wissen, wohin die Reise ging, aber in dem Bewusstsein, dass Eduarda wie ein Deich war, der das Meer aufhalten konnte, so wütend es auch tosen mochte.

Es gibt viele Lücken in der Erinnerung an jene Tage. Nach dem letzten Kuss meiner Mutter sehe ich mich an der Hand von Eduarda am Nordbahnhof stehen. Trotz meines großspurigen Auftretens an der Mädchenschule fühlte ich mich wie ein vom Wind umhergetriebenes Blatt Papier, und ich war dankbar für die Hand.

Zwei Nächte hatte ich in dem Kämmerlein verbracht. Und jetzt schleppte ich diese Nächte, das Morgengrauen mit herum. Er war nicht zurückgekehrt, obwohl ich auf ihn gewartet hatte. Ich hatte den *Rabenkönig* gegen meine Brust gedrückt und gewartet. Bis ich irgendwann auf dem harten Boden eingeschlafen war. Ich hatte zu dem Türfenster emporgeblickt, und die Scheibe war allmählich immer dunkler geworden, und als ich wach wurde, wieder heller. »Der Tag kehrt zurück«, sagte ich mir, »und er auch«, zumindest glaubte ich das. Doch er kehrte nicht zurück. Weder Samstagnacht noch im Verlauf des Sonntags, noch am Sonntagabend.

Zur letzten Stunde des letzten Tages, als mir schon der ganze Körper wehtat und mehr noch das Herz, meinte ich mit halb geschlossenen Augen – es war wohl das letzte Mal, das ich zu dem Türfenster emporblickte – das Einhorn davonlaufen, abhauen, fliehen zu sehen. Es war wie ein Abschied.

Nicht der Montag ist der quälendste Tag, eher der Sonntag. Aber der Montag war gerade erst angebrochen, als ich aufstand, die Tür des Kämmerchens aufmachte, dem Besen einen verschwörerischen Blick zuwarf und verschwand.

Bevor jemand die Mädchenschule betrat, war ich schon verschwunden und stand vor dem Eingangsportal, das Joaquín und Regina gerade aufschlossen.

Sie waren sprachlos vor Schreck. Aber mir war alles gleich, ihr Entsetzen und selbst dass Tata María fast in Ohnmacht fiel, als ich vor der Tür stand. (Ich betrat die Wohnung nicht durch *unsere* Tür, sondern durch die der Riesen.) Meine Mutter fiel tatsächlich in Ohnmacht.

Ich ließ zu, dass man mich wegführte, schüttelte, hätschelte, mir Standpauken hielt … Was machte mir das schon aus? Ich schleppte meine Enttäuschung, meine verlorene Liebe wie einen Schatten mit mir herum, der sich allmählich auflösen und erlöschen würde.

Auf dem Gleis des Nordbahnhofs sah ich zwischen dem Kommen und Gehen der Leute den Koch, der mit seiner hohen weißen Mütze aus seinem Waggon herausschaute. Und mir fielen Gavis Worte wieder ein, als er mir erzählt hatte, ihm gefielen Züge und der Schlafwagen, und bei dem unter den Rädern aufsteigenden Rauch handle es sich um Teufel, die mit uns reisten, und auf den Dächern der Waggons würden die Diebe mitfahren, die uns ausraubten … Da wurde mir klar, dass ich ihm nicht mehr glaubte. Und dass das letzte Kapitel von *Der Rabenkönig* mir nicht mehr sonderlich wichtig war.

Eduarda und ich strebten auf den Waggon zu, gefolgt von dem Kofferträger. Sie sagte nichts, drückte nur meine Hand. Da erinnerte ich mich an Michel Mon Amour.

Es war noch nicht Nacht, aber als der Zug losfuhr, sah es durch die Fenster so aus, als ob die Nacht dem Zug hinterherliefe.

Wir gingen in das Zugrestaurant und setzten uns einander gegenüber an einen Tisch. Zu meiner Linken sah ich stoßweiße blasse Felder, die im Abendlicht kaum zu erkennen waren. Die vibrierenden Kristallgläser schienen auf besondere Weise zu funkeln, jedes wie eine eigene leuchtende Welt, unabhängig vom Licht, wie ich es bisher noch nie gesehen oder nicht zu sehen vermocht hatte. Ich blickte Eduarda aufmerksam an, während sie die kleine Speisekarte studierte.

»Eduarda … Und Michel Mon Amour?«

Sie warf mir über die Speisekarte hinweg einen kurzen Blick zu, und es kam mir so vor, als ob ihre Augen mindestens so funkelten wie die Gläser.

»Er ist tot.«

Sie sagte es in demselben Ton, in dem sie meine Frage nach der Kaffeekanne beantwortet hatte: »Sie ist kaputt«, »Er ist tot«. Endgültig, trostlos, nüchtern. Nein, Eduarda wusste, dass Michel nicht zurückkehren würde, und vielleicht auch, dass Gavi nicht wiederkehrte. Sie war die Einzige, die verstand, was in mir vorging.

Dort in der Ferne, durch das Zugfenster, kam mir der große runde Ball der Sonne vor wie etwas, das ich noch nie gesehen hatte. Langsam ging sie hinter den Bergen unter, und bei dem Anblick verspürte ich ein unbändiges Bedürfnis, zu weinen. Ich kam nicht dagegen an.

Eduarda sah mich an. »Wein, wein, so viel du magst. Aber still.«

Ich ließ die Tränen fließen, ohne ein Wort zu sagen.

»Sag mir, warum du das gemacht hast.“

Eduarda sah mich lächelnd an, aber ihr Blick war ernst.

»Weil ich geglaubt habe, er würde wiederkommen, wenn ich fern von ihnen allen wäre … wenn ich allein wäre, bei ihm, wie zu der Zeit, als wir siamesische Zwillinge waren. Und er hat gesagt, dass er wiederkommt, er hat immer gesagt: Ich komme wieder …«

Sie zündete sich eine Zigarette an, und das Geratter des Zuges, das Ratata, Ratata, wurde lauter, größer, klangvoller. Und aus ihren Nasenlöchern kamen zwei dünne weiße Rauchsäulen auf mich zu.

»Das Licht ist hinter dem Türfenster verschwunden«, erklärte ich. »Ich wollte nicht schlafen, ich habe gewartet und gewartet … Immerzu warte ich.«

Eduarda betrachtete die glühende Zigarettenspitze. Sie nahm einen Zug und sagte: »Jeder wartet.«

»Aber da hörte ich die Schritte des Einhorns, wie es die Blätter im Wald mit seinen Hufen zertrat …«

»Einhörner machen keine Geräusche, sie hinterlassen keine Spuren, und sie zertreten keine Blätter.«

»Aber ich habe es gesehen: Ich habe es davonlaufen sehen. Und dann war es verschwunden. Ob ich das Einhorn wohl wiedersehen werde?«

Eduarda drückte die Zigarette im Aschenbecher aus, fächelte mit der Hand den Rauch weg, der in einer nahezu unsichtbaren Wolke in der Luft schwebte, und sagte:

»Einhörner kehren nie zurück.«

Barcelona, im Oktober 2008